Depois daquele Sonho

ANGIE HOCKMAN
VENCEDORA DO RWA GOLDEN HEART AWARD®

Depois daquele Sonho

São Paulo
2023

Grupo Editorial
UNIVERSO DOS LIVROS

Dream On
Copyright © 2022 by Angie Hockman

© 2023 by Universo dos Livros

Todos os direitos reservados e protegidos pela Lei 9.610 de 19/02/1998.
Nenhuma parte deste livro, sem autorização prévia por escrito da editora, poderá ser reproduzida ou transmitida, sejam quais forem os meios empregados: eletrônicos, mecânicos, fotográficos, gravação ou quaisquer outros.

Diretor editorial
Luis Matos

Gerente editorial
Marcia Batista

Assistentes editoriais
Letícia Nakamura e
Raquel F. Abranches

Tradução
Dante Luiz

Preparação
Aline Graça

Revisão
Bia Bernardi e Nilce Xavier

Capa
Renato Klisman

Diagramação
Saavedra Edições

Dados Internacionais de Catalogação na Publicação (CIP)
Angélica Ilacqua CRB-8/7057

H621d	
	Hockman, Angie
	Depois daquele sonho / Angie Hockman ; tradução de Dante Luiz — São Paulo : Universo dos Livros, 2023.
	336 p.
	ISBN 978-65-5609-338-3
	Título original: *Dream on*
	1. Ficção norte-americana I. Título II. Luiz, Dante
22-6379	CDD 813.6

Universo dos Livros Editora Ltda.
Avenida Ordem e Progresso, 157 — 8º andar — Conj. 803
CEP 01141-030 — Barra Funda — São Paulo/SP
Telefone/Fax: (11) 3392-3336
www.universodoslivros.com.br
e-mail: editor@universodoslivros.com.br

Para meus dois amores, Cooper e Jimmy.
E para minha mãe, cujos apoio e amor infinitos
me deram coragem para tentar.

Prólogo

— Quer café da manhã? — A voz grave de Devin acaricia meu corpo, retumbando na escuridão como o ronronar inebriante de um motor.

Abro os olhos, piscando, e estico os braços para cima até os nós de meus dedos roçarem a cabeceira lisa. Devin sorri para mim ao lado da cama, vestindo o mesmo jeans justo e a camisa polo azul-marinho da noite passada. A suave luz matutina invade as cortinas translúcidas do quarto de hotel, deixando o cabelo dele, geralmente castanho-escuro, com um brilho de mogno.

— Você está falando de comida ou de si mesmo? — pergunto. Virando de lado a fim de encará-lo, puxo o lençol muito branco até o peito.

O colchão afunda quando ele se senta ao meu lado, com os olhos escuros faiscando.

— Sinta-se à vontade para escolher.

Afastando uma mecha de cabelo de meu rosto, ele pressiona a boca à minha em um beijo demorado. Meu peito se expande, enchendo-se de alegria até eu ter certeza de que vai estourar.

Depois de anos deixando o amor de lado para focar na carreira e nos estudos, mal posso acreditar que *finalmente* encontrei alguém para mim. Estamos juntos há apenas alguns meses — três, acho eu — mas é pra valer. Consigo sentir em cada fibra do meu corpo a nossa conexão de alma. Sinto aquela sensação intensa de *você-me-completa* que sonhava encontrar em alguém. E, sabe do que mais? Ele sente o mesmo por mim.

Como tive tanta sorte?

Devin abre um daqueles sorrisos arrebatadores.

— Comprei o seu favorito.

Ele pega algo atrás de si e tira, do nada, um prato branco e brilhante com uma fatia de cheesecake com cobertura de morango.

Sorrio quando ele me passa o prato.

— Sobremesa no café da manhã? Que luxo.

Provo um pedaço e retorço o nariz de imediato. Tem algo errado no gosto. Em vez do sabor delicioso, cremoso e azedinho, algo rançoso e plástico enche minha boca. Provo mais uma vez, só para ter certeza, e acabo enfiando o garfo na garganta. Meu esôfago é tomado por uma dor aguda e a vontade de vomitar me domina. Um clarão preenche o quarto, borrando a silhueta de Devin como se ele fosse uma aquarela.

Meu coração bate mais rápido. Tem algo errado.

Agarrando o lençol, levo o tecido até meu queixo e me encolho contra os travesseiros. Acima de mim, o teto recua até virar um céu azul e infinito. E está cheio de *gatinhos voadores*. Pequenas asas felpudas batem conforme eles descem aqui e ali, tocando violinos enormes como querubins peludos e fofinhos. Um deles, um gato malhado de olhos verdes e dourados, pisca para mim ao passar o arco nas cordas, fazendo algumas centelhas efervescentes caírem sobre mim e Devin.

Bem… Acho que estou sonhando. Ao menos, Devin está no sonho, o que significa que é um Sonho Muito Bom.

Noto que meu corpo parece flutuar no oceano; estou naquela zona liminar entre dormir e acordar — sei que estou sonhando, mas não estou inteiramente consciente. O quarto de hotel, o cheesecake: ambos são da viagem-surpresa que Devin fez para mim mês passado. Talvez, se eu não pensar muito em acordar, consiga permanecer dormindo. Talvez eu consiga fazer o sonho mudar… Reviver outra de minhas memórias favoritas…

Uma pesada camada de nuvens passa pelo céu, mas o céu está mais brilhante do que nunca, e preciso apertar os olhos. Um par de braços fortes me agarra, me erguendo contra um peito firme e conhecido. *Devin…*

— *Cassidy…* — chama uma voz distante, como a reverberação do sino de uma igreja. É fácil ignorá-la, então é o que faço.

O sonho muda. Não estou mais deitada na cama, mas de pé no meio de um restaurante à meia-luz, usando um vestido bordô de seda na altura do joelho. Devin veste uma camisa branca com um cachecol vermelho, e estamos dançando — como em nosso primeiro encontro. A música suave se acomoda ao nosso redor. Tenho a vaga consciência de que há pessoas nos encarando, mas não dou bola. Agarro Devin com tanta força que meu corpo se funde ao dele e nossas almas se enroscam. Estamos completos.

— *Cass, volte para nós.* — A voz distante ecoa mais alto dessa vez.

— Hora de ir. — A voz grave de Devin ressoa em seu peito.

Suspiro contra o pescoço dele e o seguro com mais força.

— Quero ficar aqui contigo.

Ele dá um passo para trás até ficar a um braço de distância, se desfazendo com gentileza do meu abraço. Aliso o vestido por cima da barriga. Não é um tecido suave e exuberante, mas um vestido meio fino e áspero. Estranho. Um caminhão buzina à distância, um som estável e ritmado. Devin segura minha mão, mas a palma dele não é mais dura. É pequena e suave, e unhas compridas fazem cócegas em minha pele.

— Cass… — sussurra ele, com a silhueta embaçada.

— *Cass… consegue… me ouvir?* — pergunta uma voz aguda.

O sonho se embaralha. *Não, ainda não. Não quero acordar.* Mas a forma de Devin rodopia e se dissolve como fumaça.

Retomo a consciência como uma criatura saindo das profundezas. Entendo, vagamente, que estou deitada em uma cama que não é minha e que há algo apitando. Um alarme? Abro os olhos. A luz fluorescente me cega e pisco devagar. Minhas pálpebras estão pesadas como halteres. Alguém aperta minha mão com tanta força que machuca, e a figura familiar, porém desfocada, de minha melhor amiga preenche meu campo de visão. O cabelo loiro está preso em um coque bagunçado e o rosto transformado em uma máscara de preocupação.

— Brie? — Minha voz é um sussurro rouco e começo a tossir.

— Meu Deus, Cass! Você acordou! — Ela aperta minha mão de novo. Atrás de seus óculos delicados e dourados, os olhos cor de mel estão arregalados como calotas.

— Onde estou? — pergunto.

— No hospital. Você sofreu um acidente.

Minha visão fica mais nítida e noto que estou, na verdade, em uma cama de hospital, vestindo uma camisola fina e estampada com um lençol branco e duro que vai até minha cintura. Um monitor cardíaco apita, estável, no canto da sala. Brie está aqui, mas onde está Devin? Ele deve ter saído um pouco.

— Onde…

— Espera. Mel… Melanie! — Brie chama por cima do ombro.

Passos velozes se aproximam e minha mãe aparece ao lado de Brie. Ela tem olheiras escuras e seu cabelo, geralmente brilhante, está sem vida. Ela só tem quarenta e dois anos — nasci quando ela tinha dezessete —, mas agora parece ter ao menos cinquenta. Meu estômago se aperta quando ela penteia uma mecha de cabelo úmido em minha testa.

— Cass, é você? Consegue me ouvir?

Limpo a garganta.

— Sim, mãe. Estou ouvindo. Você está gritando.

Tento me erguer na cama, mas a dor maceta todas as células de meu corpo e estremeço.

— Shhh, não tente se mover. Você sofreu um acidente de carro, querida. Estava em coma. Nós não tínhamos certeza se… — Minha mãe solta um suspiro pesado e não consegue conter o soluço. Caramba, ela nunca chora. Brie a abraça pelos ombros enquanto ela tenta recobrar a compostura, em geral inabalável.

Espere, *coma*? O monitor cardíaco apita mais rápido.

— Quanto tempo fiquei…?

— Apagada? — completa Brie. Mordiscando o lábio, ela respira fundo. — Não sei como explicar, mas… Estamos em 2041 e os robôs tomaram conta de tudo. Sinto muito. Espero que esteja pronta para o apocalipse.

Os lábios dela se retorcem em uma tentativa óbvia de conter um sorriso. Eu pisco.

Minha mãe dá um tapa no braço de Brie.

— *Brielle Owens*.

— Quê? Eu não podia perder a oportunidade. Não resisti.

Meu peito se enche de calor. Brie sempre sabe como me fazer rir.

Minha mãe sacode a cabeça.

— Hoje é quatro de agosto. Você ficou inconsciente por seis dias.

Olho para a sala hospitalar, para a cadeira de vinil azul que está sendo usada como cama ali no canto, a bolsa aberta no topo do lençol amarrotado, a bandeja de almoço, comido pela metade, sobre a mesa de rodinhas. Talvez elas estejam se revezando com Devin durante as visitas.

— Ei, vocês podem…

— Vejo que alguém acordou. — Uma enfermeira de rosto rosado entra na sala e diversas coisas começam a acontecer. A enfermeira chama um médico, que me examina e faz o que parece ser um milhão de perguntas. *Você sabe qual é o seu nome? Em que ano estamos? Quem é o presidente?* Meia hora depois, chega uma especialista que se apresenta como dra. Holloway, neurologista. Ela avalia meu prontuário enquanto a enfermeira inclina a maca.

— Preciso de um pouco de cafeína — anuncia Brie. — Quer um café, Mel?

— Sim, por favor. Duas colheres de creme, uma de açúcar. Obrigada, Brie — diz minha mãe.

— Tudo bem. Já volto. — Antes de sair, ela abre um sorriso reconfortante.

Arrumando seu laptop, a médica me olha por cima dos óculos de armação tartaruga.

— Diga, Cass, qual é a última coisa da qual se lembra antes de acordar hoje?

— Eu… — começo a tossir, e minha mãe me passa um copo de lascas de gelo. Coloco uma na boca. Ao que parece, fiquei em um ventilador até dois dias atrás, quando comecei a demonstrar sinais de consciência, dos quais não me lembro, mas minha garganta arde como se tivessem me enfiado um atiçador goela abaixo. — Lembro de ter feito o exame da ordem.

— Aham. E o que aconteceu depois? — pergunta a médica.

Pondero um pouco. Lembro-me do último dia do exame, que dura dois dias e suga a alma de qualquer um, e de como estava animada e exausta ao sair do centro de exames em Columbus, e então…

— Nada.

Ela digita por vários longos segundos antes de fechar a tela do laptop.

— A boa notícia é que não parece ter dano cerebral.

Do outro lado da sala, minha mãe suspira, aliviada.

— Ah, graças a Deus.

— Mas ela tem uma longa recuperação pela frente. Conseguimos diminuir o inchaço no cérebro com uma craniotomia de emergência, mas é possível que ela continue tendo efeitos adversos.

De imediato, toco na bandagem atrás da minha orelha.

— Que tipo de efeitos adversos?

— Possíveis problemas de coordenação e memória de curto prazo. Não vamos saber até fazermos mais exames. E, com duas costelas quebradas e uma tíbia fraturada, recomendo que ela seja transferida para um centro de reabilitação...

Fecho os olhos enquanto a médica explica meu plano de recuperação. Minha nuca formiga e uma memória adormecida volta à superfície.

— Espera — digo, abrindo os olhos. — Eu me lembro de algo. Antes de voltar para casa depois do exame, jantei com Devin.

Minha mãe franze o cenho.

— Quem é Devin, querida?

Pisco.

— Você sabe, Devin Bloom. O cara com quem estou saindo há um tempo.

— Você não me disse que estava saindo com alguém.

— Falei sim, você só estava trabalhando demais — balbucio. — Espera, então ele não veio me visitar?

A decepção inunda meu peito como uma onda.

— Ninguém veio aqui além de mim, seu padrasto e seus irmãos. Eles vieram ontem, depois de você sair da UTI. E Brie, é claro. Ela veio correndo aqui assim que soube do seu acidente.

Será que o hospital só permite visitas de familiares? Não, não pode ser, Brie está aqui e ela não é da família. *Espere.* Talvez Devin nem saiba que sofri um acidente. Meus pulmões se apertam com o pânico. Olho ao redor, no automático, procurando o celular, mas ele não está na mesa de cabeceira.

— Onde está meu celular? Preciso ligar para o Devin e dizer que estou bem. Ele deve estar morrendo de preocupação.

Minha mãe franze o cenho.

— Seu celular foi destruído no acidente.

A porta se abre e Brie volta, trazendo dois copos de café. Ela passa um deles para minha mãe e beberica o outro.

— Brie, posso pegar seu celular emprestado? Preciso ligar para o Devin.

Ela se engasga.

— Há? Ligar para quem?

Bufo, exasperada. O que tem de errado com todo mundo?

— Para com isso, Brie. Devin, meu namorado. A gente se fala toda semana, então sei que já te contei tudo sobre ele. — Como ela não reage, continuo: — Nós nos conhecemos em um bar em abril e estamos namorando desde então? Ele cresceu em Cleveland e cuida da empresa da família? Você ainda não o conheceu, mas tenho certeza de que já viu fotos dele.

Um metro e oitenta e sete, cabelo castanho-escuro, olhos castanhos. Você sabe… Devin Bloom.

As bochechas de Brie empalidecem enquanto ela deixa o café na mesa de cabeceira. A médica olha de mim para minha mãe e Brie, abre o laptop e começa a digitar. O horror resvala para o fundo do meu estômago, fundindo-se até virar uma bola retorcida.

Brie me encara com olhos confusos e arregalados.

— Quem diabos é Devin Bloom?

1

A vida com uma lesão na cabeça não é como nos filmes. Um bandido leva uma porrada na testa com uma barra de ferro e, minutos depois, segue em frente com seu esquema de assaltar a casa cheia de armadilhas de um garotinho. *Não, seu idiota, você deveria estar no hospital depois de uma pancada dessas!* Ou uma mulher bate em um poste de metal e acorda em um mundo onde os homens mais gostosos do planeta a desejam. *Rá, bem que eu gostaria.* Personagens de cinema caem de plataformas de metrô, pisam em caimentos, recebem socos que os deixam nocauteados, macetam o crânio tantas vezes que seria possível juntar todas as cenas e fazer os sons da concussão tocarem o hino dos Estados Unidos. Então, eles se levantam e continuam vivendo como se nada tivesse acontecido, simples assim. Na verdade, uma lesão na cabeça é muito mais transformadora — e, no meu caso, estranha.

Rastejando pelo banco de trás cheio de migalhas da minivan de minha mãe, pego a caixa de papelão que guardei com cuidado no chão. Está escrito "Armário da Cassidy" em letras grandes e inocentes. Conforme me contorço para sair pela porta aberta, dou uma olhada na janela e vejo a lixeira na calçada.

Sinto a culpa alfinetar meu estômago. Eu deveria ter jogado fora o conteúdo desta caixa meses atrás. Não as quinquilharias ou cartões de melhoras de meus colegas da faculdade de Direito — a *outra* coisa. Mas não consegui por motivos que não quero explorar.

Girando o pescoço, fico de pé e tiro a caixa do carro.

— Onde quer deixar isto? — chama um dos carregadores do caminhão de mudança estacionado em fila dupla. Ele é careca e tem ombros largos, e está levando meu armário em um carrinho vermelho. Pisco ao ver a camiseta dele, que tem um gatinho em oito bits em um arco-íris e os dizeres "Me Chame de Sr. Papai Gato" logo abaixo.

— No… — começo, mas uma canção familiar está tocando no rádio da varanda e faz minha nuca formigar. *Ah, não.* Está acontecendo de novo. Nada a respeito de "I Got You, Babe", de Sonny e Cher, deveria causar este nível de ansiedade aterrorizante (a não ser que você seja Bill Murray em *Feitiço do tempo*), mas não sou exatamente uma pessoa normal. O começo da letra invade meu cérebro e fecho bem os olhos enquanto uma lembrança indesejada volta à vida.

Não, não *é uma lembrança.*

Em minha mente, não estou mais em uma rua coberta de árvores em Cleveland, em um dia fresco de junho. Estou balançando em um palco escuro, em um bar de karaokê repleto de cerveja, com um microfone na mão. E lá está *ele* — Devin Bloom. Ele sorri para mim, as maçãs do rosto iluminadas por um holofote, os olhos escuros enrugando conforme ele muda a letra da música para incluir o meu nome: "I got you, *Cass*". Aperto a caixa de papelão com tanta força que o conteúdo ameaça chacoalhar.

A maior parte das pessoas acorda de um coma com perda de memória. Eu acordei com excesso de memória — de modo específico, com inúmeras lembranças de um homem chamado Devin Bloom.

Só que Devin não é real. Ele é um produto de minha imaginação em coma.

No começo, não acreditei. Mas a nuvem revelou a verdade: eu não tinha nenhuma foto de Devin, nenhuma mensagem e nem mesmo um contato chamado Devin. Não havia nenhuma evidência de que Devin Bloom, meu suposto namorado havia três meses, era uma pessoa real. Ninguém na minha vida o viu, conheceu ou ouviu falar dele. Pesquisas obsessivas no Google e em redes sociais também não revelaram nada.

Existem casos de pacientes que acordam do coma com memórias falsas ou fundidas, mas acordar com um namorado completamente imaginário? Os médicos disseram que é uma "anomalia médica". Eu digo que é um transplante de coração sem o coração e uma distração desnecessária na minha tentativa de voltar à vida normal.

Não que eu esteja com pena de mim ou algo do tipo. Na verdade, estou profundamente grata: estou pensando, andando, falando e de volta ao meu eu de sempre — ou quase. Eu poderia ter morrido naquele acidente de carro. Ou nunca ter me recuperado do coma. Se um namorado imaginário é a pior sequela com a qual preciso lidar, então tenho sorte. Fechando os olhos, respiro fundo para me recuperar.

— Estou aqui. Eu sou real. Ele não é real — murmuro para mim mesma o mantra de minha terapeuta.

— Ah, eu sou real, sim, meu bem — responde uma voz grave.

Abro os olhos. O carregador, o Sr. Papai Gato, continua a me encarar com as sobrancelhas grossas erguidas.

— Armário? — pergunta ele.

Minhas bochechas queimam.

— No quarto de cima. Primeira porta à direita.

— Quer que eu também leve isso? — Ele aponta para a caixa com a cabeça.

Abraço a caixa com força contra meu peito.

— Não, obrigada.

Balançando os grandes ombros, o Sr. Papai Gato puxa o carrinho pelos degraus de pedra rachada que levam a uma das casas vitorianas de Ohio City, o meu novo lar. Antes de chegar à varanda, ele lança um olhar preocupado por cima do ombro. A irritação supera a nostalgia, queimando os últimos fragmentos de memória imaginada como fumaça.

— Eu não sou louca — digo para ele.

— Tanto faz, moça.

Ele desaparece pela porta da frente.

Bufando, subo os degraus que levam à casa. As solas do meu Adidas branco batem contra a varanda conforme vou até o rádio. Equilibrando a caixa contra o quadril, mudo de estação. "I Got You, Babe" corta para dar lugar a uma música pop animada e com um baixo pesado. Eu assinto.

Muito melhor. Hoje é um dia para novos começos.

A porta da frente, azul-cobalto, já está aberta e passo por ela. Mas, antes de subir as escadas para depositar a caixa em meu quarto, Brie aparece na entrada. Meu coração fica mais leve de imediato. Desde que Brie e eu nos conhecemos no primeiro dia da sétima série e trocamos de lanche — o dela era um sanduíche de presunto e queijo gruyère preparado pela babá, enquanto o meu era um normal, de manteiga de amendoim com geleia — somos melhores amigas. E, agora, aos vinte e seis anos, nós finalmente, *finalmente*, vamos morar juntas, já que eu mais-ou-menos me recuperei por completo do acidente e a última colega de quarto dela se mudou.

Os óculos dourados dela brilham, demarcando os olhos castanho-claros.

— Cass, você chegou! Pode dizer para sua mãe relaxar, *por favor*? O Marcus passou uns minutos atrás para deixar sua chave e ela o está azucrinando desde então. Para alguém que é o proprietário de um imóvel, ele tem a paciência de um santo, mas já consigo vê-lo contemplando a ideia de rasgar nosso contrato ao meio.

Um grasnado estridente chama minha atenção e noto o papagaio-cinzento prostrado no ombro de Brie. Por costume, dou um passo para trás.

— Eu não sabia que o Xerxes estava aqui. Achei que você tinha dito que ele estava morando com seus pais.

Xerxes farfalha as asas cinzentas e passa pelo ombro de Brie, as penas compridas e vermelhas da cauda se contraindo.

— *Crâ*! Droga, Char. Droga. Vá se catar, Bill. Vá se catar. Vá se catar. *Cráááâ*!

Ela estremece.

— Ele estava. — Enfiando a mão no bolso da frente do macacão retrô que está usando, Brie pega uma semente de girassol. Xerxes mordisca a semente com gentileza. — Peguei ele de volta mês passado. Te contei, lembra?

— Eu... — Engulo em seco. Ela contou? *Não* consigo lembrar. Antes do acidente, minha memória era excelente. Eu poderia citar trechos da jurisprudência como um computador da LexisNexis e recitar minha lista do supermercado de memória. Agora, se eu não anotar as coisas (tarefas, consultas, lembretes, nomes), elas *puf*, desaparecem da minha cabeça como uma nuvem de vapor saindo de um banho quente. Culpo Devin. Se ele não estivesse ocupando um espaço que não deveria, meu cérebro estaria funcionando normalmente, como sempre.

Deixo meus problemas de memória de curto prazo para lá antes de o meu estômago dar nó.

— Sabe de uma coisa? — Brie bate na própria testa, a voz alegre demais. — Eu não te contei não. Pretendia contar, mas daí aconteceram algumas coisas no trabalho e acabei esquecendo. Desculpa, o problema fui eu. — Ela muda o peso do próprio corpo de um pé para o outro.

Suspiro.

— Você definitivamente me contou, não contou?

Ela abre a boca, mas congela, os olhos indo da esquerda para a direita. Brie sempre foi uma péssima mentirosa.

— Pi — invoco.

Quando tínhamos doze anos, fizemos uma promessa de sempre falarmos a verdade uma para a outra. "*Mas como vou saber se você quer mesmo saber a verdade?*", Brie perguntara. "*Às vezes, minha mãe pergunta para o meu pai se ela está bonita, e mesmo que ela esteja só mais ou menos, ela quer que ele diga que sim, está.*"

"*E se a gente combinar um código?*", sugeri.

"*Isso! Pode ser 'pi', o que acha?*"

"*Como pi-zza ou pi-poca? Aah, adoro pipoca. Ou é abreviação de 'promessa interna'?*"

"*Eu estava pensando na circunferência de um círculo dividido pelo diâmetro. Pi é sempre 3,14. É constante. Você não pode mudar seu valor — assim como não pode mudar a verdade.*" Brie sempre foi brilhante, com um jeito para a matemática. Não é de se assombrar que ela tenha literalmente virado engenheira aeroespacial ao crescer.

"*Perfeito. Então se uma de nós disser 'pi', a outra tem que dizer a verdade, não importa o que for?*"

Não importa o que for.

Os ombros de Brie afundam e Xerxes bate as asas, revoltado por ter sido empurrado.

— Falei sobre o Xerxes.

— Mais de uma vez?

Consternada, ela faz que sim.

— Quando foi a última vez?

— Semana passada.

Eu expiro com pesar.

— Droga.

— Se você está desconfortável com o Xerxes, posso levá-lo de volta. Sei que vocês dois têm alguns… conflitos.

Bufo.

— Pi.

— Tudo bem. Ele te odeia e adoraria arrancar seu fígado com o bico enquanto você dorme.

— Putz, Brie. Não sabia que ele me odiava tanto assim!

— Ah, odeia.

Nós rimos, mas a alegria some depressa do rosto dela.

— Sério mesmo, ele não precisa ficar aqui. Posso devolvê-lo a Charlotte. Na real, tecnicamente, ela é a dona dele.

Ancorando a caixa contra o quadril, aperto o antebraço dela, tomando cuidado para manter uma distância saudável dos olhinhos furiosos de Xerxes e do bico afiado feito uma navalha.

— Ele fica.

Brie sempre amou esse pássaro. Eu nunca o mandaria para longe, muito menos para a casa da família tóxica de Brie. Faço um lembrete mental de comprar mais Band-Aids da próxima vez que for à farmácia. O que significa que eu vou esquecer. Contenho um grunhido.

Que pena não poder pedir a Devin me lembrar por mensagem. Não, não, não posso continuar, de jeito nenhum. Empurro os pensamentos sobre Devin para bem longe até sumirem da minha vista. Atrás de nós, os passos pesados dos carregadores batem contra as escadas conforme carregam o colchão de casal em direção ao meu quarto.

— Cassidy! — chama minha mãe, que está na sala.

— Sim, mãe? — grito de volta.

— Pode vir aqui e dar uma olhada nisso?

— Viu? É disto que estou falando. Alvoroço — diz Brie.

Brie e eu atravessamos a sala de jantar dianteira. Meus braços começaram a doer, então deixo a caixa na ponta da mesa. A luz é filtrada pelas janelas salientes da sala, iluminando uma cascata de poeira. Minha mãe está parada na frente da lareira entalhada à mão, os braços cruzados sobre um blazer de lã aberto enquanto meus meios-irmãos gêmeos de seis anos correm um atrás do outro ao redor do sofá lotado de coisas.

Minha barriga se retorce. Parte de mim queria que minha mãe não estivesse aqui hoje. Ela é a maior assistente jurídica de uma das empresas mais implacáveis da cidade, e ela sabe ser *intensa*. Que pena Robert, meu padrasto, não estar aqui também. Ele se casou com ela oito anos atrás, quando eu ainda era caloura na universidade, e ele é superbom em acalmá-la. Mas Robert é corretor de imóveis, e isso significa que ele tem de trabalhar na maior parte dos fins de semana, como é o caso. Meu irmão Liam, provocativo como sempre, gargalha ao segurar uma bola de futebol longe do alcance de Jackson.

— Meninos, vão brincar lá fora, por favor — diz minha mãe por cima do ombro.

Faço um cafuné em Jackson quando ele passa correndo por mim. Ele me mostra a língua; eu mostro a língua de volta, e os dois meninos dão risadinhas e disparam para fora da sala. Minha mãe faz um sinal com o dedo para eu me aproximar. A maquiagem dela é impecável como sempre, e o cabelo acaju e liso está cortado em um chanel perfeito que ressalta sua mandíbula jovial. O estilo é como a personalidade dela: sem firulas, sem gracinhas. Ao menos temos isso em comum — com exceção do cabelo. O meu é mais castanho do que avermelhado e definitivamente não é liso, graças à vida própria dos meus cachos.

Dobrando as mangas da minha blusa cinza até chegar aos cotovelos, coloco as mãos nos quadris.

— Que foi?

Ela faz menção à lareira.

— Tem uma corrente de ar.

Dou de ombros.

— Lareiras costumam ter.

— E tem mofo no teto. — Ela aponta diretamente para uma tétrica mancha marrom estragando a pintura branca.

Uma sombra se move no canto da sala e noto, pela primeira vez, que o proprietário do imóvel, Marcus, está aqui também. Marcus Belmont se formou no ensino médio na mesma escola em que Brie e eu estudamos, mas dois anos antes, então não o conheço bem. Brie o conhece melhor do que eu — um pouco mais. Ele mora bem em cima da gente, no terceiro andar, que transformou em um apartamento separado, então ela teve mais oportunidades de falar com ele do que eu desde que se mudou, nove meses atrás.

— Não é mofo. É uma mancha de umidade — explica ele com uma expressão implacável.

Minha mãe o encara, desconfiada.

— Tem certeza? Parece mofo.

Desta vez, quando ergue o queixo na direção do teto, Marcus fecha os olhos por alguns instantes, como se estivesse rezando para ter paciência.

— Não precisa se preocupar, Melanie. — Brie dá um passo à frente. — Estou morando aqui há meses e está tudo bem comigo. — Como se fosse de propósito, Brie espirra. O som é tão delicado quanto ela. — Isso não tem nada a ver.

— Fiz todos os testes na propriedade ano passado, depois de renová-la, e asseguro que não tem mofo — diz Marcus. — Eu não teria conseguido a autorização para reforma se tivesse.

Minha mãe franze o cenho ao ver o chão de madeira de lei desbotada e os parapeitos rachados das janelas antes de repousar os olhos em Marcus.

— Quais cômodos foram renovados?

— Os banheiros. E instalei um sistema de climatização e um novo telhado. A cozinha é a próxima na lista.

Minha mãe se inclina para o lado a fim de espiar pela porta aberta da cozinha abarrotada e com eletrodomésticos antigos. Dando de ombros, ela, enfim, dá o braço a torcer, mas, ao se aproximar de mim, cochicha:

— Você não precisa fazer isto, sabe. Tenho certeza de que poderia encontrar alguém para sublocar seu quarto. Você ainda pode mudar de ideia.

— Mãe... — Coloco as mãos nos ombros dela. — Não.

— Cass...

— Não, nós já falamos sobre isso.

Bufando, minha mãe vai até o outro lado da sala de estar. Ao se virar, seus lábios estão tão apertados que formam uma linha fina.

— Só não entendo por que você quer se mudar sendo que poderia viver comigo, Rob e os meninos, sem pagar aluguel, por quanto tempo quiser.

— Porque não posso mais continuar morando no subúrbio, mãe. Meu trabalho na Smith & Boone começa amanhã e preciso ir a pé.

— Se voltasse a dirigir, não precisaria andar.

Aperto a mandíbula.

— Você *sabe* que isso não é uma opção.

Ainda não me lembro do acidente. Ou das horas antes dele. Tudo que sei — graças aos relatórios policiais — é que, mais de dez meses atrás, perdi o controle do carro e bati contra o canteiro central de concreto na rodovia I-71 às dez da noite, depois de terminar o exame da ordem. Mas algo no meu subconsciente *deve* lembrar, já que, todas as vezes que me sento atrás do volante de um carro, meu coração dispara e sinto que vou desmaiar.

— Querida, só estou tentando cuidar de você. Você passou por tanta coisa e ainda não voltou a ser a pessoa que era. Você precisa de todo o apoio possível.

Brie coloca o braço ao redor dos meus ombros e me puxa para perto dela.

— Ela tem a mim, Mel.

— Eu sei. — Minha mãe se derrete em um sorriso quando faz carinho na bochecha de Brie. — Vocês, meninas… Tão afoitas para terem suas próprias vidas. — Voltando a atenção para mim, ela baixa o queixo para me encarar. — Mas não preciso lembrar do que está em jogo este verão, preciso?

— Mãe — resmungo.

— A Smith & Boone não precisava oferecer outra oportunidade. No outono passado, você recusou a proposta de começar como associada iniciante…

— Sim, porque ainda estava me recuperando do acidente.

Minha mãe sacode a cabeça.

— Não importa. A Smith & Boone é uma empresa de prestígio, e o que não falta a eles são advogados jovens e talentosos implorando para fazer parte da equipe. Eles não precisavam reconsiderar sua candidatura, mas estão dispostos a te aceitar temporariamente durante o verão como teste… Estão te dando uma segunda chance. Se quiser que honrem a proposta original de uma posição permanente no outono, você vai ter de mostrar que está tão preparada quanto estava antes do acidente. Vai ter de impressioná-los.

— Eu sei, eu sei. Não pretendo estragar tudo, ok? Estou pronta.

Os olhos azul-acinzentados de minha mãe procuram por meu rosto.

— Está mesmo?

— Sim.

Algo relaxa em seu semblante e, pela primeira vez, acho que ela de fato acredita em mim.

Créc.

— Liam! — berra meu irmão Jackson de outro cômodo.

Minha mãe dispara em direção à comoção. Eu a sigo. Na sala de jantar, os gêmeos estão brigando. Uma caixa de papelão está jogada no chão, um dos lados abertos como se tivesse rompido com o impacto. Meu rosto fica completamente lívido. *Merda.* É a caixa do "Armário da Cassidy".

— Deixa que eu pego.

Cambaleio para a frente, mas minha mãe já está ajoelhada entre meus pertences espalhados.

— O que houve? — pergunta ela aos meninos.

— Jackson não pegou a bola — responde Liam.

Jackson lhe dá um soco no braço.

— Liam que não jogou a bola direito.

— Chega. — A voz de minha mãe interrompe a comoção como se fosse uma martelada. — Intervalo. Sofá. Agora.

Brie corre para a sala enquanto os meninos se esgueiram para fora. Xerxes não está mais em seu ombro, e ela está segurando um espanador e uma vassoura. Marcus sumiu; deve ter utilizado a oportunidade para se afastar com graciosidade das nossas farpas familiares.

— Droga — murmura minha mãe, juntando um punhado de cartões soltos.

Estou agitada ao lado dela, o coração batendo contra o peito.

— Não precisa. Deixe que eu…

Mas, antes de eu terminar, o olhar dela para no canto de um caderno verde surrado escondido debaixo de um cachecol. Ela aperta a mandíbula ao reconhecer o que é. Fecho os olhos brevemente e, ao abri-los de novo, a vejo folheando o caderno enquanto Brie espia por cima do ombro dela. Meu estômago afunda até chegar ao porão.

O rosto de Devin me encara de todas as páginas, desenhado com cuidado em grafite.

Depois do acidente, minha coordenação olho-mão foi afetada, então os rascunhos mais antigos pareciam o tipo de coisa que meus irmãos poderiam ter desenhado — uma bagunça torta e sem sentido. Mas, conforme eu me esforçava na reabilitação e mais "lembranças" de Devin ressurgiam, os rascunhos ficaram mais detalhados. Mais vívidos. Fazia anos que eu não desenhava, a última vez tinha sido no segundo ano de faculdade, na matéria de arte em estúdio, mas não conseguia parar. Parecia que a única forma de tirá-lo de minha cabeça seria levando sua imagem para o papel. Continuei por meses. Odeio admitir, mas chorei com esses rascunhos. Dormi com eles debaixo do travesseiro. E, desde o Natal, os deixei guardados em um cantinho escuro e empoeirado do quarto de hóspedes da casa de minha mãe e tentei esquecê-los.

Brie está confusa.

— Achei que você tinha se livrado disso — diz ela, com suavidade.

— Isso... nem sei como... como foi que...? *Estranho* — balbucio.

Minha mãe fica de pé e fecha o caderno com força.

— Eu sabia. Essa mudança é uma péssima ideia. Você obviamente não está pronta. Não com suas *dificuldades*.

Como eu poderia explicar que ter quase morrido em um acidente de carro e ter sido forçada a pausar minha vida *foi* a dificuldade? Quase um ano se passou desde que meus amigos da faculdade de Direito seguiram em frente e conseguiram empregos, que Brie acabou o mestrado na Universidade Purdue e começou a trabalhar no Centro de Pesquisa John H. Glenn da Nasa. Enquanto isso, eu empaquei como se tivesse um obstáculo na minha roda de hamster cheia de salas hospitalares, terapia e uma mãe onipresente e superprotetora.

Eu não conseguia mais viver assim. E não iria.

Dou um passo à frente.

— *Estou* pronta. Mais do que pronta. Não posso deixar o acidente me tornar prisioneira da minha própria vida. Quer prova de que eu estou pronta para viver por conta própria? — Apanhando o caderno das mãos de minha mãe, começo a marchar em direção à porta aberta. Quase esbarro no Sr. Papai Gato, mas ele se esquiva, veloz. O sangue lateja em minhas orelhas enquanto vou até a lata de lixo que vi mais cedo. Ao abrir a pesada tampa de plástico, hesito por vários instantes.

Será que consigo mesmo?

Jogo o caderno dentro da lixeira e bato a tampa para fechá-la.

Já passou da uma da manhã e meus músculos doem por conta da mudança, mas não consigo dormir. O colchão range quando rolo na cama e encaro o teto escuro. A casa está em silêncio; Brie foi dormir uma hora atrás. A luz de um poste escapa pelas ripas das minhas persianas, enquanto o motor de um carro acelera longe daqui. Tento engolir, mas minha boca parece cheia de algodão.

Jogo as cobertas para longe das minhas pernas nuas e saio da cama, indo em direção ao corredor. No banheiro, pego um copinho de papel da prateleira e acendo a luz. A lâmpada pisca duas vezes antes de voltar à vida. Olho de relance para meu reflexo. Minha nuca está formigando. Uma lembrança de Devin sorrindo para mim através de um espelho passa pelo meu cérebro, conforme a luz continua a piscar. No instante seguinte, a imagem se esvai, e a única pessoa diante de mim sou eu mesma. O copo desliza pelos meus dedos moles e rebate nos azulejos do chão.

Apoio as mãos no pedestal de porcelana da pia, respirando com dificuldade.

Antes de perceber o que estou fazendo, ando pé ante pé pela escadaria e abro a porta de entrada. Minha pele, exposta pelo shorts e pela camiseta, é banhada pela brisa noturna, mas ignoro o frio. Corro para alcançar a lixeira na sarjeta e hesito por um momento antes de abrir a tampa.

Começo a revirar pedaços de papel e lixo, prendendo a respiração para não ficar nauseada. *Onde está? Ainda está aqui?* A ponta dos meus dedos roça contra uma bobina de metal antes de encontrar o papelão surrado e familiar. Trêmula, tiro meu caderno da lixeira, limpando-o com a camiseta. Está com um leve cheiro de frango frito e café em grãos, mas não me importo. Engolindo a culpa, fecho a tampa cuidadosamente e volto para casa, apertando o caderno contra meu coração disparado.

Devin não é real, mas não consigo desistir dele. Ainda não. A memória de enfim encontrar alguém depois de passar tanto tempo sozinha é como uma droga: poderosa e reconfortante. E, apesar do meu show de coragem algumas horas atrás, alegando estar pronta para recomeçar minha vida, estou morrendo de medo. Não sou a mesma pessoa que era um ano atrás. O que tem de mais se eu me ancorar na memória de ter sido amada, apreciada e apoiada por alguém que fazia eu me sentir completa? Abro a porta da frente e a fecho novamente sem fazer barulho, caminhando até o meu quarto.

Alguns confortos são melhores do que nada. Mesmo que sejam frágeis como papel.

2

A brisa matutina faz meus cachos roçarem contra a bochecha enquanto encaro o aço inoxidável da placa da Smith & Boone, logo acima das amplas portas de vidro do prédio. Foi mesmo um ano atrás que eu estava parada neste exato lugar, prestes a fazer a entrevista de emprego que levaria à oferta do trabalho com o qual sempre sonhei? Parecia ter acontecido semana passada. Ou muitas vidas atrás.

Os escritórios de advocacia da Smith & Boone ficam em um moderno edifício de três andares, com uma fachada de aço e vidro junto ao rio Cuyahoga — uma justaposição estranha diante dos centenários prédios de tijolinhos que serviam de armazéns, a grua de carril enferrujada e outros emblemas da antiga glória industrial de Cleveland.

Tirando o celular da bolsa em meu ombro, verifico o horário: 8h12 da manhã. Cheguei com dezoito minutos de antecedência no meu primeiro dia como associada de verão. Meus pulmões se contraem. Eu deveria ter chegado aqui em setembro passado, como associada *iniciante*, mas o acidente não permitiu. Agora, estou de volta à estaca zero — competindo por uma posição para formandos contra uma horda faminta de estudantes de Direito, cada um de nós desejoso para conquistar uma das poucas e preciosas propostas de emprego que a empresa oferecerá no fim do verão.

E uma dessas posições já tem meu nome nela, o que significa que sou uma das pessoas a ser derrotada. A pessoa que os outros associados de verão tentarão derrotar. Preciso estar no meu melhor o tempo todo, todos os dias, se quiser me manter no topo.

Gaivotas esfomeadas grasnam mais acima conforme caminho, passando pela porta e dando a volta na esquina da rua do prédio. Encosto-me em uma grade perto de um pequeno estacionamento para visitantes, abro meus contatos e hesito com o dedo pairando sobre a tela. Depois de sacudir a cabeça rapidamente, toco no rosto de Brie e clico para fazer uma chamada de vídeo.

O celular toca uma vez antes de ela atender.

— Oi! Parece que você chegou bem — diz ela com a voz rouca, apoiando o celular. Ela está sentada, vestindo um pijama largo de algodão rosa em nossa pequena mesa da cozinha para duas pessoas, com uma enorme tigela de cerâmica à sua frente. Ouço um som triturante pelo microfone enquanto ela come. — Como foi a caminhada?

— Nada mal. Quase um quilômetro.

Ela engole e enfia na boca outra colherada do que parece ser cereal Lucky Charms.

— Eu poderia ter te levado de carro.

— É, mas daí você precisaria ter acordado cedo, e nós duas sabemos que você não é uma pessoa muito matutina.

— Um eufemismo. Nervosa?

— Sendo sincera? Um pouco. Faz mais de dez meses que fiz o exame da ordem. — *E que o acidente aconteceu.* — Estou um pouco desacostumada.

— Cass, você consegue. Você conseguiu o emprego uma vez, agora só vai precisar se esforçar um pouco para provar que merece de novo. Em três meses, seu nome vai estar em uma das escrivaninhas. Permanentemente.

— Ok. Mas e se eu não for tão boa como era antes? E se eu não conseguir me lembrar do nome de ninguém? E se o acidente tiver apagado metade do conhecimento sobre Direito da minha cabeça?

— Duvido, sério. Você não perdeu nenhuma memória de antes do acidente, só ganhou algumas novas, então tenho certeza de que a parte do Direito deve estar intacta. Além do mais, você está estudando com os antigos livros do exame da ordem e está indo bem, não está?

— Verdade.

— Ok. Então se a massa cinzenta começar a dar pane no departamento da memória, tem um modo fácil de consertar o problema: anotar. Você vai conseguir.

— Valeu, Brie.

— Espere, vire a cabeça. Para o outro lado. Ahh, sim. O Cachinho Rebelde está à solta mais uma vez.

Viro o pescoço e, em minha imagem minúscula no canto da dela, consigo ver o que ela quer dizer. Graças à craniotomia de emergência depois do acidente, os médicos tiveram de raspar parte do meu cabelo, do tamanho da tampa de um potinho de geleia, e ele continua no mesmo estágio constrangedor de crescimento.

— Droga — murmuro. — Peraí. — Enfio o celular debaixo da axila e começo a procurar no fundo da bolsa até achar um grampo. Prendo o cacho e uso a câmera do celular para checar meu reflexo. Brie aproveita para lavar a tigela na pia. — Como estou?

— Só um segundo — diz ela, apertando o botão do triturador de alimentos. Nada acontece. Ela insiste várias vezes, praguejando baixinho. — O triturador está dando pane de novo. Vou ver se o Marcus pode vir aqui mais tarde para arrumar. — Deixando-se cair na cadeira, bufando, ela estreita os olhos ao olhar para o celular. — Você está perfeita. Com todos os fios de cabelo no lugar.

Bocejando, Brie alonga os braços para cima da cabeça.

— Bom, nós duas deveríamos desligar. Preciso de pelo menos mais duas xícaras de café e um bom banho quente antes de lidar com uma segunda-feira. Eu te desejaria sorte no primeiro dia de trabalho, mas sei que você não precisa. Mande uma mensagem para mim mais tarde?

Mando um beijo.

— Claro.

— Tcha-aaau — cantarola Brie antes de desligar.

A culpa pinica minha espinha, mas ignoro o sentimento. Não contei a Brie sobre a minha missão noturna de resgate no dia da mudança, nem de ter enfiado o caderno de Devin nas entranhas do meu closet, em vez de na lixeira. Sacudo a cabeça, apertando as sobrancelhas. A vida é *minha*. E só porque não estou pronta para jogar fora meses de desenhos do Devin não significa que eu não esteja pronta para superar, começar minha carreira e encontrar alguém *real*.

Estou. Estou, tipo, superpronta.

Endireitando as costas, deixo o celular na bolsa e aliso meu blazer azul-marinho por cima da blusa branca. Sinto-me eu mesma de um modo como não sentia há muito tempo, com minhas roupas de advogada: um blazer formal e saltos de couro envernizado. A Cass de antigamente teria entrado em qualquer entrevista de emprego com a cabeça erguida por saber que arrasaria. A nova Cass pode ainda estar encontrando autoconfiança no meio da névoa mental, mas, olha, o importante é acreditar, não é?

Empurrando os ombros para trás, abro a porta da Smith & Boone e entro no prédio.

O saguão é bem do jeito que eu lembrava das primeiras entrevistas: chão com lajotas pretas e brilhantes, arte abstrata e exagerada nas paredes elegantes com pinceladas vibrantes em tons de carmim e cinza, e uma escrivaninha curva do outro lado do saguão contra uma porta que, como sei, leva a um aglomerado de escritórios. Meus saltos estalam conforme me aproximo da escrivaninha, mas o homem não deixa de olhar para a tela do computador.

— Posso ajudar?

— Meu nome é Cassidy Walker. Sou uma das associadas de verão e vou começar hoje.

Olhando para mim por cima dos óculos de armação grossa e preta, ele tira uma mecha de cabelo da testa lisa.

— Atrasada, hein?

O medo reverbera dentro do meu peito.

— Quê? Não. O e-mail dizia oito e meia. Não são… — olho para o celular — … nem oito e vinte. Cheguei dez minutos adiantada.

— Chegou? — Ele arrasta as palavras.

Que merda… Será que li errado? Puxo com rapidez o e-mail de boas-vindas com os detalhes do primeiro dia. Ali está: início, 8h30.

— O e-mail que recebi diz oito e meia. — Mostro meu celular, mas o recepcionista nem sequer olha para a tela.

— Você deve ter perdido o segundo e-mail. Eles mudaram o horário para as oito.

Minha mente entra em pane, mas não consigo falar.

— Pegue o elevador até o segundo andar e, no fim do corredor à direita, está o auditório número cinco. Glenn Boone está prestes a falar com o grupo, então sugiro que se apresse.

Reconheço Glenn Boone como um dos sócios — um advogado de renome nacional, e a pessoa que pode decidir meu futuro na empresa. Preciso impressioná-lo se quiser conquistar uma posição permanente no outono.

— Ah, você vai precisar disto. — O recepcionista me dá um crachá amarelo-mostarda de visitantes. Eu o encaro de boca aberta. Ele sacode o crachá. — Anda, anda.

Despertando do pânico repentino, pego o crachá e dou uma corridinha até o elevador à minha direita. Martelo o botão e me lanço para dentro assim que a porta se abre. Apertando o botão do segundo andar, prendo o crachá na lapela com dedos trêmulos. Enquanto o elevador sobe lentamente, respiro fundo numa tentativa de acalmar meu coração acelerado.

Ok, estou atrasada logo no meu primeiro dia. Como posso melhorar essa situação?

Quando as portas se abrem, jogo os ombros para trás e saio do elevador. Três longos corredores se estendem diante de mim — um à esquerda, um no centro, um à direita. Todo o sangue se esvanece do meu rosto. *Merda*. Já esqueci para onde devo ir. Isso *não pode* estar acontecendo.

Ajustando a alça da bolsa no ombro, marcho pelo corredor à minha frente. Acho que ele disse sala de conferências número cinco. Não, quatro, certeza que era a quatro. À minha esquerda, passo por uma porta de madeira com um três feito de bronze. Mais à frente, à minha direita, tem uma porta com o número quatro. Vozes murmuradas crescem em volume quando me aproximo. Deve ser esta.

Dou uma batidinha suave antes de abrir uma fresta na porta. Três pares de olhos atordoados pousam em mim e *aiiiii não*. Essa definitivamente não é a sala certa. Um homem de meia idade e uma mulher vestindo um terninho giram para me encarar enquanto um senhor idoso se levanta do outro lado da enorme mesa de conferência.

— Sinto muito — digo depressa. — É a sala errada.

Faço menção de fechar a porta, mas uma voz grave me faz parar.

— Para onde você está indo? — O homem mais velho pergunta. Os cabelos brancos, o rosto cheio de linhas e o terno caro dele me são familiares…

— Para a sala de conferências onde estão os outros associados de verão.

— Está com sorte. Estou indo para lá agora mesmo.

O homem me dá um sorriso malicioso. Sinto meu estômago se afundar e engulo o pânico. *Este* é Glenn Boone. Consigo reconhecê-lo agora: ele estava na banca avaliadora que me entrevistou ano passado. E ele me pegou em flagrante chegando atrasada no primeiro dia. Esta *não é* a primeira impressão que eu gostaria de passar, mas não tem nada que eu possa fazer agora. Levantando o queixo, forço-me a ficar calma.

— Volto em uma hora. — Acrescenta Glenn às outras duas pessoas na sala, presumo que também fossem advogados. — Então, vamos rever esses depoimentos mais uma vez.

Os dois acenam com a cabeça.

— Agora, qual associada de verão é você? — Ele me pergunta quando chega no corredor.

— Cassidy Walker. — Sorrateiramente esfrego minha palma suada contra minha coxa e estendo a mão. Ele retribui o gesto, e dou-lhe um firme aperto de mão. As mãos dele parecem espinhas de peixe em uma bolsa de couro. — Tive o prazer de conhecê-lo ano passado, quando fui entrevistada para a posição de associada iniciante.

— Ahhh, sim. Srta. Walker. A sobrevivente. Senti muito quando soube do seu acidente, mas parece que você teve uma ótima recuperação.

Ele baixa o olhar, contorcendo os lábios finos em uma careta ao analisar minha calça. Sinto meu pescoço queimar. Sei que alguns juízes da velha guarda não gostam de ver advogadas usando calças no tribunal — preferem terninho com saia, apenas —, mas eu não imaginava que a Smith & Boone operava com esse tipo de mentalidade antiquada. Aparentemente, opera sim.

— Obrigada. Sim, me recuperei bem.

Ele levanta os olhos até meu rosto e acena com a cabeça, solene.

— Muito bem, estamos felizes que você possa se juntar a nós neste verão e voltar à ativa depois de tudo o que passou.

— Fico muito grata pela oportunidade, senhor. Obrigada.

Começamos a andar pelo corredor. Meus pés coçam de vontade de apressar o passo, considerando que estou atrasada, mas Glenn parece contente em passear, com uma mão no bolso do colete. Quando chegamos aos elevadores, ele vira à esquerda — pelo corredor que estava originalmente à minha direita. Errei feio. Ele se vira em minha direção ao caminhar:

— Então, o que achou da minha pegadinha matutina?

Eu pisco.

— Pegadinha?

Ele se inclina como se fôssemos parceiros de crime.

— Gosto de zombar com os associados de verão no primeiro dia deles, então peço a David, o recepcionista, que pregue uma peça e os faça *acreditar* que estão atrasados.

— Então... *Não estou* atrasada de verdade?

A risada parece mais um chiado.

— Não se engane. Trabalhamos duro aqui, mas também nos divertimos bastante.

Não duvido, se a definição de "diversão" for dar um ataque cardíaco a jovens de vinte e poucos anos infelizes e competitivos. Um pouco da tensão escoa do meu ombro e os deixo cair.

— Ah, sim... Essa foi boa. — Eu forço uma risada.

Paramos, e ele aponta para uma porta sinalizada com o número cinco.

— Depois de você.

— Obrigada.

Abro a porta e *esta* é definitivamente a sala correta. Dez pessoas estão sentadas ao redor de uma mesa de conferência e todas se ajeitam nas cadeiras quando avistam Glenn Boone atrás de mim. A maior parte dos associados de verão tem mais ou menos minha idade — vinte e poucos ou beirando os trinta — e todos estão vestindo seus melhores trajes profissionais, que combinam com as expressões de foco e expectativa.

Passos fortes se aproximam e um homem usando um terno azul-marinho irrompe na sala com o rosto vermelho. Como o restante de nós, ele deve ter caído na pegadinha de Glenn e correu até aqui, a julgar pelo suor pingando em sua testa e o pânico escorrendo por todos os poros.

— Bem-vindo — cumprimenta Glenn, perambulando até a ponta da mesa. — Sente-se.

Não foi preciso dizer duas vezes. Ele passa por mim em direção à cadeira vazia mais próxima, mas se vira no último segundo e opta por uma cadeira do outro lado da mesa. *Então tá, né.* Cruzo a distância até a cadeira que ele esnobou, que está situada entre um homem vestindo um terno cáqui amassado e uma expressão esquálida e uma jovem afetadamente bem-vestida, com um ar de intensidade imperturbável.

Puxo a cadeira de rodinhas para longe da mesa e ok, *agora* entendo por que o outro cara não se sentou aqui. Uma bolsa vermelha enorme está ocupando o assento. Claramente, pertence a mulher à minha direita. A blusa de seda dela é do mesmo tom de carmesim, e assim são suas unhas perfeitamente bem cuidadas. Ela passa o olhar entre mim e a bolsa. Limpo a garganta. Com um balanço de seus cabelos loiro-avermelhados, ela se vira para encarar Glenn, que está acomodado no assento na ponta da mesa.

Meus músculos da mandíbula se contraem. A moça não tirou a bolsa de lá.

É um jogo de poder. Sutilmente, ela está tentando se livrar da competição, forçando a última associada de verão a chegar a se sentar na outra ponta da mesa, no extremo oposto do sócio-gerente — constrangedor na melhor das hipóteses, uma gafe profissional na pior. Franzo meus lábios. Esqueci como associados de verão podem ser maldosos, em especial quando se trata de competir por emprego em grandes empresas. Cinco minutos no trabalho e essa aspirante a Gloria Allred já está tentando ficar no controle — aquela que os outros almejam derrotar.

Pena que ela não *me* conhece.

Pego a bolsa pelas alças de couro duro e a coloco no chão, ao lado da cadeira dela. Apesar do movimento calmo e suave, a mulher se enrijece. Devagar, vira a cabeça para o lado e me encara com faíscas nos olhos cor de gelo. *Espere*, eu a conheço?

Estreitando os olhos, estudo sua tez retocada e os traços delicados. Estudamos juntas na faculdade de Direito? No ensino médio? A impressão de reconhecimento passa e balanço a cabeça. Não, acho que não nos conhecemos.

— Com licença — digo, oferecendo-lhe um sorriso forçado ao puxar a cadeira e assumir o assento vazio.

— Sem problemas.

Sua voz é leve e musical, mas os lábios se curvam enquanto ela puxa a bolsa para o colo, a fecha e a coloca do outro lado da cadeira — longe de mim. Os demais associados de verão nos lançam olhares furtivos. Um jovem esguio de cabelo em corte militar e camisa bem engomada coça o próprio nariz, cobrindo um sorrisinho.

Saquei qual é a sua, Allred.

Puxando um bloco de notas e uma caneta da bolsa, acomodo-me na mesa e cruzo minhas pernas conforme Glenn Boone começa seu discurso de boas-vindas.

O sol do início da noite atravessa as paredes de vidro do lobby quando saio do elevador.

— Tenha uma boa noite — digo a David, o recepcionista. Apesar de ele ser um participante voluntário da pegadinha de Glenn, quero começar com pé direito com todo mundo aqui. É melhor não fazer inimizade com ele.

David levanta a cabeça e ajusta os óculos.

— Obrigado. Você também.

Ao atravessar as portas, pego o celular. Brie já me mandou mensagem.

> Como foi seu primeiro dia?

Com os dedos voando pela tela, respondo:

> Foi... um dia.

> Bom ou ruim?

> Bom, na maior parte. Conheci os outros associados de verão e todos são legais (tirando uma, mas sei lá).

> Amanhã a gente recebe nossas tarefas de grupo.

> Acho que foi um dia bom, então?

> Aeee! Vamos comemorar hoje à noite! Que tal delivery & champanhe?

> SIM, POR FAVOR! Vou pegar um espumantinho na volta pra casa.

Casa. Porque tenho uma casa aqui, no pitoresco bairro de Ohio City, no centro de Cleveland, com minha melhor amiga no mundo todo.

> MINHA HEROÍNA.

> *reverência* 🙇

> Nos vemos em meia hora!

Botando o celular de volta na bolsa, sorrio para o céu manchado de nuvens. Então *é assim* que é a vida normal. Quase tinha esquecido. Comecei em um novo emprego em uma das maiores empresas da cidade como uma mulher normal de vinte e poucos anos — pode não ser o emprego estável que eu queria, mas ainda assim é um emprego. E ninguém me olhou com pena nem me perguntou, com sussurros simpáticos, como eu estava. E mais? Não tive um único "episódio Devin" hoje. É oficial: depois de um ano de um minucioso processo de recuperação, estou *finalmente* voltando aos eixos. Ai, ai, talvez eu até conheça alguém novo no verão — desta vez, alguém real.

Dou um suspiro. Ok, talvez isso seja um exagero. A vida de uma advogada trabalhando em um escritório de grande renome não deve deixar muito espaço para socializar por aí. Mas, ei, nunca se sabe o que o futuro nos reserva, não é? E, depois de um dia como hoje, estou me sentindo quase pronta para o que der e vier.

3

𝓟ego o caminho de volta para casa ao longo do rio Cuyahoga, banhada pelo sol e pelo ar fresco. Uma pesquisa rápida no Google me revela que um Dave's Markets é o fornecedor de champanhe mais próximo, então ando alguns quarteirões a mais até a loja, esbanjando dinheiro em um espumante de vinte dólares e vários pacotes de M&M's — porque toda boa celebração precisa de chocolate — e guardo as compras na sacola. Do lado de fora, respiro fundo pelo nariz, preparando-me para seguir o caminho de casa, mas congelo no mesmo lugar.

Conheço esse cheiro. Inalo mais uma vez para confirmar o delicado e dolorosamente familiar aroma floral. *Lírios.*

Minha flor favorita. E não é só porque eu tinha inventado que o Devin imaginário me comprou um exuberante buquê de lírios brancos no nosso primeiro encontro. Eu os amo desde criança — as pétalas grandes e sedosas, com um aroma que te transporta para jardins ensolarados cheios de mistério e beleza.

Olho ao redor a fim de procurar a fonte daquele aroma e me deparo com uma casa vitoriana, cor de malva, escondida na rua lateral mais próxima, prensada entre um prédio baixo de tijolos e uma casa antiga, ambos com placas de execução hipotecária. Há um letreiro escrito *Blooms & Baubles* na fachada da casa vitoriana, e uma placa na janela indica *aberto* em letras vermelhas maiúsculas. Uma floricultura. Isso com certeza explica os lírios. Titubeando, passo a língua nos dentes.

É isso. É o que vou fazer. Comprarei flores para mim mesma, porque tenho outro sucesso para celebrar: *não* tive outro episódio Devin. Pensei nele, sim. Mas não me afoguei num turbilhão de lembranças falsas. Ontem posso até ter tido uma recaída, mas minhas *"dificuldades"*, como minha mãe gosta de dizer, estão virando coisa do passado. E vou provar isso — se não por ela, por mim mesma.

O nítido perfume das flores cresce à medida que me aproximo da loja e, tudo bem, este lugar é *adorável*. A vitrine tem uma variedade de buquês junto a pôsteres de arte pendurados em arames e uma pequena prateleira de vasos de cerâmica coloridos. Uma fonte rebuscada na janela saliente proclama: "Flores, presentes e muito mais. Deixe-nos alegrar o seu dia!"

— Que gracinha — digo a mim mesma ao abrir a porta. O sino toca e um cachorro late de algum lugar no fundo da loja. Fico tensa com a série de latidos misturados a grunhidos, mas relaxo ao ver o cachorro bamboleando do lado de trás do balcão. Ele é longo e gordinho como um corgi, com as orelhas caídas de um beagle, e o pelo curto, branco e castanho, está coberto de manchas amarelas de pó. Não é exatamente um Cujo, o cachorro raivoso daquele filme de terror.

— Oi, fofucho — digo, estendendo a mão para que ele a cheire. Depois que ele lambe meus dedos, coço o lado de trás de suas orelhas. — Quem é o bom garoto? *Quem é o bom garoto?*

O cachorro sacode o rabo uma única vez como resposta à ridícula voz de bebê que eu estava fazendo, e então retorna ao interior da loja, roçando contra uma fileira de lírios ao passar. Deve ser por isso que ele está todo amarelo; é culpa do pólen. Voltando para trás do balcão, ele se deixa cair sobre uma caminha azul-marinho surrada e salpicada de pétalas e folhas.

— Ele gostou de você. — Olho para cima e vejo um homem da minha idade me observando de trás do balcão, o queixo apoiado na própria palma, o cotovelo perto da caixa registradora. O cabelo castanho-escuro e grosso brilha com a luz. Ao endireitar as costas, ele abre um sorriso para mim. — Se bem que O Coronel gosta de todo mundo.

— O Coronel?

O cara aponta para o cachorro com o queixo.

— Coronel Archibald Buttersworth iii. Mas ele prefere O Coronel, para encurtar. Só não esqueça de colocar "o" na frente.

Ele me dá uma piscadela.

O Coronel solta um grunhido, algo entre um porco vietnamita e uma baleia-jubarte, rola para se deitar de costas e fica com as quatro patas no ar. Uma risadinha escapa da minha boca.

— Cheio de dignidade.

O homem ri e dá a volta no balcão, com cuidado para não perturbar o cachorro roncando.

— Em que posso ajudar?

Ele enfia as mãos nos bolsos da frente da calça jeans e os músculos levemente demarcados de seus antebraços se contraem. A altura dele é um pouquinho acima da média, talvez logo abaixo de um metro e oitenta, e é esguio. Eu não diria que ele é de fato "atraente" — cabeleira marrom e ondulada coroa o rosto agradável —, mas tem uma energia bacana, como se estivesse prestes a pregar uma peça épica ou entregar a frase de efeito final de uma piada. Talvez seja pelo modo como as sobrancelhas dele se erguem nos cantos, o que lhe dá um ar de quem está aprontando.

Puxo a bolsa para mais perto de mim e agarro a alça de couro.

— Eu estava procurando lírios, mas queria dar uma olhadinha antes.

— Bom, além de flores, também oferecemos molduras, vasos, cartões, velas, pintura e artesanato. Qual é a ocasião? Não me diga. Deixe-me adivinhar. — Estreitando os olhos, ele toca no lábio arqueado. — Você teve um dia difícil e precisa levantar o astral.

— Não, o contrário, na verdade. Comecei em um novo emprego.

— Ah, bom. Era minha segunda teoria. Parabéns.

O telefone toca no balcão.

— Você pode atender? — grita ele por cima do ombro. O telefone toca mais uma vez. — Se não se importar com a sugestão… — ele começa a dizer, mas o toque insistente do telefone o interrompe.

O sorriso dele endurece.

— Com licença. — Indo até a outra ponta da loja, ele coloca a cabeça para dentro de uma porta que diz "Somente funcionários". — Estou com uma cliente. Telefone. — Dá para entender que ele está trincando os dentes só pelo tom de voz.

— Tá, tá. Vou atender — responde uma voz grave e abafada.

Sinto a pele do meu braço se arrepiar e puxo o blazer para mais perto de mim. O ar-condicionado deve estar me afetando. Olho para uma prateleira de velas artesanais conforme esfrego os braços.

A porta se fecha e o atendente retorna.

— Onde estávamos… Flores, certo? Enquanto você olha, o que acha de eu montar um buquê especial? Por, digamos, cinquenta dólares?

O rosto ávido e aberto dele me faz sorrir.

— Pode ser, claro.

— Ótimo! — O homem é um redemoinho de movimento. Pegando um vaso alto de vidro de uma das várias prateleiras que decoram a pequena área semiaberta atrás da caixa registradora, ele enche o recipiente de água e o deixa diante de mim no balcão. — Vejamos. — O olhar dele se fixa em meu rosto, como se pudesse adivinhar meu futuro ao analisar a constelação de sardas no meu nariz. Sinto uma onda de calor se espalhar do meu pescoço até minhas bochechas ao ser analisada assim; não consigo evitar. Depois de longos instantes, ele pisca, parecendo sair do transe em que se encontrava, e estala os dedos. — Já sei. Você precisa de anêmonas — diz ele.

Levanto as sobrancelhas.

— Vocês também vendem peixe?

O homem ri de novo, os olhos brilhando, divertido.

— Não é o mesmo tipo de anêmona. — Ele pega um punhado de flores de um buquê no chão e as ergue para que eu possa vê-las. As pétalas são de um tom profundo e marcante de violeta. — Como a primavera desse ano não foi quente, ainda temos algumas dessas belezinhas. — Ao girar o caule verde e grosso com os dedos, ele se vira para a parede de trás, cheia de fileiras de cestos inclinados que abrigam uma multidão de flores diferentes. — Precisamos de esporinhas azuis para dar altura. Bocas-de-leão. Estátices. — Enquanto diz os nomes, ele vai tirando flores dos cestos: um lindo leque de tons que vão do lavanda-claro ao roxo vibrante. — Que mais?

— Hortênsias? — indago, apesar de tudo.

Ele solta um som gutural, uma mistura de grunhido e risada.

— Não.

— Por que não? Gosto de hortênsias.

— Claro que você gosta, não tem problema nenhum em gostar. Todo mundo gosta de hortênsias porque elas estão em tudo que é lugar. Mas sinto… Que a ocasião é especial demais para hortênsias.

Quando nossos olhos se encontram, ele abre um sorriso tímido.

Este cara está *flertando* comigo. Qual foi a última vez que isso aconteceu? Talvez na faculdade? Tem o Ben, meu ex. Mas depois de terminarmos no terceiro ano, fiquei tão focada na universidade e em procurar emprego que não fui a uma única festa nem reunião de colegas até a formatura. E, depois do acidente, eu estava um caos, no sentido literal da coisa. Estou tão desacostumada que chega a ser patético. Será que eu deveria sorrir de volta? Dar uma piscadinha? Jogar meu cabelo para o lado e ronronar baixinho "Nossa, obrigada"? Será que eu *quero* flertar com ele?

Uma vozinha diz que sim. Quanto tempo faz que estive em um relacionamento de verdade — um que não tenha sido um desastre sem graça ou imaginário? Meus pulmões se apertam quando noto que não sei qual foi a última vez que me senti *vista* por alguém.

Antes de conseguir fazer nada além de fechar minha boca, o homem limpa a garganta.

— Já sei, precisamos de contraste. Verde-claro. Sino-irlandês. — Ele colhe mais flores. — Alguns verdes para preencher o buquê, e então... — Ele segura um caule com folhas escuras. — Sinta o cheiro.

Pego o caule da mão dele e inalo profundamente conforme ele arranja as flores que selecionou no vaso em cima do balcão.

— Menta?

— Quase. Eucalipto. Pela fragrância. Vá em frente. — Ele faz um sinal para o buquê. Coloco o eucalipto no vaso, acomodando-o entre as flores. O homem acrescenta outros dois brotinhos e dá um passo para trás a fim de apreciar seu trabalho. Ele se abaixa para pegar algo debaixo do balcão, um barbante grosso que passa ao redor do vaso junto a uma fita verde e alegre, fazendo um laço.

— Pronto — diz ele, empurrando o vaso em minha direção. — Um buquê de aê-fui-contratada.

Giro o vaso para apreciar as flores de todos os ângulos. O arranjo é magnífico; uma mistura estonteante de tons, texturas e aromas. Nada que eu teria escolhido sozinha, mas, de algum modo, parece perfeito para este dia, para este momento. Eu me aproximo, fecho os olhos e sinto o aroma do buquê. Uma sinfonia de essências me responde, e sinto vontade de esfregar o rosto contra as flores.

Abro os olhos e passo os dedos pelas pétalas sedosas das anêmonas.

— Por que você escolheu roxo? — pergunto, afastando o olhar das flores.

O florista dá de ombros.

— Combina com seus olhos.

— Meus olhos são castanhos.

— São. Mas você tem um tom um pouco verde ao redor da pupila. E, se olhar para um círculo cromático, o roxo e o verde são...

— Contrastes — completo.

Ele pisca, surpreso.

— Exato. Então o roxo ressalta os seus olhos.

Nós dois nos encaramos. Noto que os olhos dele são o contrário. Enquanto os meus são castanhos com um toque de verde, as íris dele são esmeralda salpicada de marrom. Deveria ser ilegal que um homem tivesse olhos bonitos assim. Minhas bochechas ficam quentes e preciso quebrar o contato visual primeiro.

— Você tem muito talento.

Ele passa a mão pelo queixo liso.

— Obrigado. E você conhece teoria das cores; fiquei impressionado. Você é artista?

Dou uma risadinha.

— Nem de longe. Sou advogada. — Quando ele me encara, intrigado, esclareço. — Estudei arte por um semestre na faculdade antes de trocar para gestão pública.

Ele cruza os braços diante do peito, mas os descruza quase de imediato.

— Aposto que tem uma história interessante por trás disso.

Dou de ombros.

— Não é tão interessante quanto parece.

— Talvez você poderia me contar qualquer hora dessas... Talvez tomando um drinque?

Meus lábios se abrem, mas nenhum som sai. Ele acabou de me convidar para sair? Estou pronta para um encontro?

A imagem de Devin aparece em minha cabeça antes que eu possa me conter, e tento deixar de lado o lampejo de culpa. *Não estou traindo meu namorado imaginário porque: Ele. Não. É. Real.* Este cara — este florista bonitinho com sobrancelhas travessas e olhar intenso? Ele é real. E está claramente interessado em me conhecer.

Então por que não consigo responder?

O clique da porta do outro lado da loja me salva de responder.

— Ei, Perry? Estou saindo — diz a mesma voz grave e masculina que ouvi antes. Minha nuca está formigando. Levanto a cabeça na direção do som, mas as muitas prateleiras obscurecem minha visão.

— Pra onde? — pergunta o homem atrás do balcão: Perry, de acordo com o recém-chegado.

— Vou fazer a entrega do Schmidt. De nada.

Tem *algo* nessa voz. Umedecendo os lábios, inclino-me para trás a fim de olhar para a vitrine mais próxima. A luz ilumina o perfil de um homem, os traços claros demais para que eu possa discerni-los. Mas, então, ele dá a volta, e consigo ver o rosto inteiro.

Engasgo e meu coração retumba tão alto que ecoa em meus ouvidos.

O homem tem olhos escuros e cabelo grosso, quase preto, que se derrama sobre a testa e chega até as sobrancelhas. Um nariz longo e comprido. Lábios ousados e sensuais. Maçãs do rosto tão altas que fariam um modelo chorar. Meus joelhos fraquejam e preciso segurar a prateleira atrás de mim. Alguma coisa retine e tomba, mas não me importo.

Um tsunami de memórias fragmentadas e trechos de conversas se fundem na forma dolorosamente familiar do homem parado do lado oposto da loja. Conheço os traços dele tão bem que poderia desenhá-los. Porque já desenhei. Umas mil vezes.

É Devin. O meu Devin. Devin Bloom.

Meu coração acelera como se fosse um trem de carga descontrolado. Com um último aceno na direção de Perry, Devin coloca um buquê gigante de rosas contra o peito, cruza a porta e sai da loja. Ele nem sequer olha para mim. A batida da porta se fechando atrás de si reverbera em minha cabeça como o gongo do sino de uma igreja.

Devin. Ele está aqui. Ele é real. Ele...

Minha cabeça está anuviada. A sala começa a rodopiar. E o chão se apressa a me dar as boas-vindas.

4

— Ei. Ei! Tudo bem? Uma forma nebulosa paira sobre mim.

A esperança pula em meu peito.

— Devin? — Pisco várias vezes, e os traços do florista se solidificam. Não é Devin, é o florista que fez o arranjo. Atrás das bochechas pálidas e do cenho franzido, um ventilador branco de teto gira preguiçoso acima dele.

Ouço um grunhido em meu ouvido antes de uma língua molhada alcançar meu queixo. Estou na altura dos olhos e do focinho de um cachorro que, no momento, está me cheirando.

Espera, estou no chão. *Como acabei no chão?*

— Você desmaiou — diz o florista.

Torço o nariz. Devo ter dito a última parte em voz alta. Tem algo ressoando de leve em meu ouvido e minha cabeça lateja quando estico o corpo para me sentar. Ao menos a queda foi amortecida por uns cobertores grossos de tricô que estão à venda ali perto. A última coisa da qual meu cérebro de queijo suíço precisa é de uma concussão. O cachorro sacode o rabo e encosta a cabeça na minha mão. Faço carinho nele, distraída.

— Eu... quê? Cadê o Devin? — Balanço a cabeça para tentar ver a loja e me arrependo de imediato. A dor se intensifica e massageio meu crânio dolorido. Bati a cabeça com mais força do que pensei.

O florista me encara, desconfiado.

— Você conhece meu irmão?

— *Irmão?* Seu irmão é Devin Bloom?

— Não, Devin Szymanski. Meu nome é Perry Szymanski e você está na Blooms & Baubles — diz ele lentamente.

— Devin Szymanski. Blooms & Baubles. Devin Bloom — murmuro para mim mesma. Fantasia e realidade se encontraram em um emaranhado incompreensível. Minha visão fica borrada enquanto encaro o chão sem ver o que está à minha frente. — Sonhei com Devin. Mas Devin é real. O que isso significa? — sussurro.

— Significa que você bateu a cabeça muito forte. Vou chamar uma ambulância.

Ficando de pé, o florista... Qual era mesmo o nome dele? Gary? Não, *Perry*... vai até o balcão em passadas largas.

— Espera! — Eu me levanto em um pulo. Hoje, porém, a gravidade não é minha amiga e cambaleio para o lado.

Perry corre para segurar meu braço, reequilibrando-me antes de eu cair como uma peça de dominó.

— Epa, cuidado. Vai com calma.

Faço pouco caso dele.

— Chega de médicos. Preciso ver o Devin.

A expressão dele endurece ao me observar, a suspeita superando a preocupação.

— Você precisa se sentar.

Uma mistura inebriante de pânico e desespero cresce dentro de mim e agarro Perry pela gola da camiseta, puxando-o em minha direção até estarmos com os narizes quase grudados. Ele arregala os olhos e contém uma expiração chocada.

— Você não está entendendo — enuncio. — Eu *preciso* falar com o Devin. Quando que ele volta?

Preciso conter a vontade de sacudi-lo como uma boneca de pano.

As narinas de Perry ficam infladas, e ele tira meus dedos, um por um, da sua camiseta. Assim que me solta, ele dá alguns passos para trás, deixando um bom metro e meio de distância entre nós.

— Não faço ideia.

Meus joelhos ameaçam ceder pela falta de contato, ou talvez seja o fato de que minha cabeça parece pudim e não consigo entender esta nova realidade — uma na qual meu namorado imaginário existe de verdade. Vacilo até o balcão, com a intenção de me apoiar, mas antes de chegar lá, Perry pega um banquinho de sabe-se lá onde e o coloca embaixo de mim. Afundo no assento circular, o pânico escapando de mim tão rápido quanto surgiu, substituído pela confusão. Cobrindo o rosto com as mãos, meus dedos escavam meu cabelo.

A mandíbula de Perry retesa enquanto me analisa.

— Ele fez aquilo de novo, não foi? — Praguejando, ele esfrega as têmporas como se pudesse apagar uma memória. — Olha, desculpa se meu irmão deu um nome falso em um bar ou algo assim, mas, só para você saber, ele acabou de sair de um relacionamento ruim e não está atrás de algo sério no momento.

— Quê? Não, não foi isso que aconteceu. Espera… Ele estava em um relacionamento com uma mulher chamada Cassidy?

— Não.

— Então você nunca me viu antes?

— Não antes de você entrar na loja e começar a me assustar com o desmaio e o olhar de assassina em série.

Ignoro o comentário.

— Mas aquele *era* Devin Bl… Szymanski. — Testo o nome, e ele parece estranho em minha língua.

— Sim.

— Estou ficando louca.

— Se você está dizendo...

Levanto do banquinho.

— Preciso ir.

Ele se endireita.

— Quê?

Abaixo para pegar a bolsa que caiu no chão. Minha carteira, celular e vários pacotes de M&M's estão no chão, então empurro tudo de volta para dentro.

De pé, vejo Perry segurando a garrafa de champanhe que comprei na loja. Deve ter rolado para fora da minha bolsa quando desmaiei. Ele dá um olhar enfático para mim e para a bebida, a compreensão se espalhando em seu rosto antes de eu apanhar a garrafa de volta.

Sinto as bochechas ficarem quentes.

— Não estou bêbada — digo, ríspida.

— Aham.

— Você não está entendendo.

— Acho que estou, sim. — Ele cruza os braços diante do peito. — Você veio aqui e fingiu flertar comigo para poder espiar meu irmão mais novo. Admita.

Enrubesço.

— Eu não estava flertando com você. E, mesmo que estivesse, você acha que eu teria *desmaiado*?

— Sinceramente? Não faço a mínima ideia. — Ele passa a mão pelo cabelo de maneira tão vigorosa que os fios se levantam como se ele tivesse colocado o dedo na tomada. — Isso é estranho. *Você* é estranha. E meu irmão lidou com muita merda no ano passado para lidar com seja lá o que isso — ele aponta para mim — for.

Minha boca fica seca e preciso de três tentativas até conseguir engolir.

Erguendo-se, ele cruza os braços na frente do peito.

— Olha, se não quer uma ambulância e não quer que eu chame alguém para te buscar, acho que preciso pedir que vá embora.

Meu peito se aperta.

— Muito bem. Você não acreditaria em mim mesmo que eu falasse a verdade, de qualquer forma. Eu mal acredito nela — balbucio em voz baixa. Só preciso encontrar outro modo de chegar a Devin. Na porta, dou uma última olhada para o buquê no balcão. Minha barriga se contorce de arrependimento pelas lindas flores que deveriam simbolizar o começo de uma nova vida. Perry está me observando com a expressão anuviada. — Desculpe o incômodo — digo com rapidez.

Viro para o outro lado, abro a porta e desço os degraus. Meus passos estão trêmulos e preciso fazer uma pausa para me equilibrar contra a grade de ferro forjado na calçada.

Devin é real.

Exceto que o irmão de Devin acha que eu sou doida, então ele claramente não me conhece e nunca me viu na vida. Mas se Devin e eu estávamos juntos mesmo, o irmão dele deveria saber quem eu sou… Certo? *O que tudo isso significa, então?* Devin me conhece ou não? As memórias que apareceram durante o coma eram reais ou não?

Sinto meu sangue latejar enquanto caminho para casa, a ansiedade abrasando a tontura da queda. Quando dou a volta na esquina, tiro os saltos, os enfio debaixo do braço e corro de pés descalços pelo último quarteirão que leva ao duplex. Subo dois degraus de cada vez e empurro a porta para entrar como se estivesse mesmo louca. A porta bate contra a parede e volta, quase esmurrando minha cabeça.

— Que inferno...? — Brie grita de onde está, sentada de pernas cruzadas no sofá da sala, remexendo na tigela de chips de tortilha que acomodou no colo. Alguns chips caem e Xerxes, que estava mordiscando fatias de fruta na mesinha de centro, voa para pegar uma. Deixo os sapatos caírem no chão.

— Ah, Cass, é você — diz ela, e então para ao ver a expressão na minha cara. No instante seguinte, ela saiu do sofá e foi direto para onde eu estava, na entrada. — O que houve? O que aconteceu? — Ela me estuda, agarrando meus ombros, com preocupação exalando de cada poro seu.

Aperto os antebraços dela.

— Ele é real, Brie.

— Quem?

— Devin.

Ela empalidece.

— *Quê?*

— Eu o vi.

— Cass. — Essa única palavra está carregada com tanta dor, consternação e resignação que meu coração parece afundar até chegar aos pés. Ela passa um braço ao redor dos meus ombros e me leva ao sofá. — Vamos, sente. Me conte desde o começo.

Relato tudo o que aconteceu. Quando termino, ela vira o rosto para me encarar.

— Eu sei que você pensa que o viu. Tem um monte de caras por aí que provavelmente são parecidos com sua imagem mental de Devin. Mas, querida, nós todas sabemos que ele não é real — Brie diz, baixinho.

— Mas ele é. Eu o *vi*. Conheci o irmão dele.

Ela respira fundo, massageando minhas costas em círculos longos e lentos.

— Tudo isso foi uma grande mudança para você. Ontem você discutiu com sua mãe e hoje começou no escritório... Você está sob muita pressão. Está tomando seus remédios?

— Claro que estou.

Ela faz uma careta.

— Pi?

— Sim! — Pulo do sofá e ela estremece. — *Brie*. Não estou inventando e não estou tendo um surto induzido pela ansiedade. Ele é real. Olha. Eu vou mostrar.

Corro para o andar de cima e pego meu caderno do armário. De pé, do lado oposto de onde Brie está encolhida no sofá, coloco o caderno cautelosamente na mesinha de centro entre nós.

— Olha, não fique brava…

Ela vai para a frente.

— Você ainda tem isso? Como assim? Você foi fuçar na lixeira no meio da noite?

A expressão no rosto dela me deixa envergonhada.

— Não estou pronta para jogar ele fora, tá? Só não queria discutir isso com a minha mãe.

— Você poderia ter sido sincera *comigo*.

— Eu sei, desculpa. Mas, olha…

Tento ignorar a reprovação de Brie enquanto abro o caderno para chegar a um dos desenhos mais recentes. Devin olha para nós, a cabeça inclinada ao dar risada.

— Deixa eu ver onde está meu celular… — Procurando o telefone na bolsa, arrasto a poltrona mais perto do sofá para começar a procurar no Google. — Aqui. Blooms & Baubles. Ele trabalha aqui. — Entro no site. Horários, informações de encomendas, buquês mais vendidos, mas nada sobre a equipe além de algumas linhas a respeito de serem um negócio cuidado pela mesma família há três gerações. Entro na conta da floricultura no Instagram. Só tem flores.

Fico irritada.

— O irmão de Devin também trabalha lá. Qual era mesmo o nome dele? Não é Bloom. Devin Sizeman… Seymour? — A Blooms & Baubles tem mais de mil seguidores no Instagram, e digito "Devin" na barra de pesquisa. Nenhuma conta com o nome Devin segue a loja. Tento pesquisar diferentes variações de nome e sobrenome. Nada.

— Droga! — Dou um tapa no caderno. Xerxes solta um piado de rasgar os tímpanos no braço do sofá. Uma única lágrima traidora escorre na minha bochecha, e a limpo com o punho. — Eu o vi. Eu *sei* que vi.

Em silêncio, Brie se aproxima até a coxa dela estar a centímetros da minha. O peito dela sobe e desce com pesar, mas sua mão está firme quando ela toca meu antebraço com gentileza.

— Cass, eu quero acreditar. Quero mesmo. Mas já passamos por isso, lembra? Quando você acordou do coma, tinha tanta certeza de ter um namorado chamado Devin. Mas nós *sabemos* que ele não é real. Até os médicos concordam que ele é o resultado do trauma cerebral. Então, você acha que faz mais sentido que, de alguma forma, ele seja real e esteve se escondendo até agora, apesar de o seu celular e suas mensagens não mostrarem nenhuma prova de comunicação com alguém além de mim e de sua família na última primavera? Ou acredita que faz mais sentido você *supor* ter visto alguém que se parece com Devin?

O ar vai embora de mim e murcho como um balão. Eu me inclino para a frente, passo os dedos no cabelo e tento ignorar o pedregulho que se instalou em meu peito.

— Você tem razão. Não faz sentido. Não pode ter sido ele.

— Qual é o nome daquela neurologista de Cleveland que te atende?

— Dra. Holloway.

— Por que não ligamos para a dra. Holloway e marcamos uma consulta para as próximas semanas? Tiro folga no trabalho e te levo, para te dar apoio moral.

Meus olhos estão queimando quando a encaro.

— Estou ficando maluca, Brie?

Ela estremece e seus ombros se erguem um pouco antes de reorganizar a própria expressão.

— Não, querida. Você só passou por algo que nenhuma de nós tem como entender. Seu cérebro não está funcionando da maneira como costumava funcionar, mas isso não significa que esteja quebrado. Ou que você esteja louca. O que, olha, não é um termo muito bom. Você está passando por algumas dificuldades neurológicas, só isso. Prometo que vamos encontrar uma solução.

Tombando para o lado, apoio a cabeça no ombro dela.

— O que eu faria sem você?

Ela passa os braços ao meu redor e me aperta.

— Você é a pessoa mais resiliente que conheço. Você ficaria perfeitamente bem.

A campainha interrompe o silêncio.

— Eu atendo — diz Brie. Ela atravessa a sala de jantar e desaparece na esquina.

— Ei, Brie. O triturador de alimentos continua sem funcionar? — A voz grave de Marcus ecoa pela casa.

— Agora não é o melhor momento, Marcus — responde Brie.

— Tudo bem, ele pode entrar. — Tento injetar um pouco de ânimo em minha voz, mas ela sai tão infeliz quanto estou me sentindo.

O que vou fazer? Será que realmente posso continuar morando sozinha e trabalhando na empresa, se já sucumbi aos Delírios de Devin? Minha mãe tinha razão... Não devia ter me mudado ou tentado voltar à ativa no trabalho. É bem óbvio que não estou pronta.

Passos pesados se aproximam e Marcus aparece na sala de estar atrás de Brie, me encarando com surpresa.

— Você está bem?

Solto um sorriso fraco.

— Estou.

Ele acena com a cabeça, hesitante, mas se aproxima.

— Tem certeza? Você não parece bem, não. Tem algo que posso fazer?

— A não ser que você tenha a bebida mais forte do mundo no bolso da calça, não. Mas agradeço.

— Olha, posso ser o locador de vocês, mas também somos vizinhos, sabe. Estou aqui caso precisem de alguma coisa.

Brie dá um tapinha no ombro dele.

— Você é um fofo, Marcus.

Um sorriso se esboça nos lábios de Marcus e o pescoço dele enrubesce. Enquanto se vira para acompanhar Brie até a cozinha, ele repara no meu caderno de desenho. Franzindo as sobrancelhas, ele aponta, com o queixo, para a página aberta.

— Ei, você conhece o Szymanski?

Pera, ele acabou de dizer *Szymanski*? Meus olhos se arregalam e paro de respirar por vários batimentos cardíacos.

— De onde *você* o conhece?

— A gente joga na mesma liga de softball.

Brie corre até a mesa de centro do outro lado da sala.

— Você joga softball com *ele*… Este cara aqui? — Ela aperta o dedo contra meu desenho.

— Sim, esse aí é o Devin Szymanski, não é? Ele e o irmão trabalham numa floricultura chamada Blooms & Baubles na Providence com a West 28th.

— Floricultura? — falo ao mesmo tempo que Brie guincha. — Tem certeza de que é *ele*?

— Hum, era para ser outra pessoa? Caramba, isso aqui poderia ser uma fotografia do cara. — Curvando-se, Marcus folheia o caderno. — E porque você tem todos esses desenhos? Você que fez?

Confirmando de maneira vaga, mordo o interior da bochecha tão forte que sinto um gosto metálico. Lentamente, me viro em direção à Brie. Imagino que minha expressão combine com o choque dela.

— Cass. Você tinha razão. Você o conhece. Você deve conhecer. Devin… Devin existe?

— Ele existe.

— Devin existe. — Ela afunda no sofá ao meu lado.

— Devin existe, Devin existe! — Xerxes grasna.

— Alguma de vocês pode me explicar o que está acontecendo? — pergunta Marcus.

Eu dou uma bufada.

— Você não vai acreditar.

Com um movimento suave, Marcus afasta a mesinha de centro para longe do sofá e se senta nela, ficando então de frente para nós. Apoiando os cotovelos nos joelhos, ele entrelaça os dedos.

— Só tenta.

5

A boca de Marcus se escancara como uma porta telada em dia de brisa forte.

— Não acredito.

Brie se ajeita ao meu lado, cruzando as pernas.

— Compreensível, considerando que eu também não acreditava até cinco minutos atrás.

Eu me arrasto para a frente até que estou empoleirada na borda do assento acolchoado.

— Eu sei que parece loucura, sei que parece tipo, totalmente impossível. Mas estou dizendo a verdade.

Ficando de pé, Marcus vai até a lareira.

— Então você ficou em coma por uma semana e, quando acordou, de repente tinha todas essas lembranças de... Devin Szymanski?

— Lembranças dele como namorado dela, sim — afirma Brie.

Eu lanço a ela um olhar de "*valeu, Brie*".

— Mas você nunca o conheceu antes? — Marcus franze as sobrancelhas.

— Nunca — respondo.

Eu pestanejo e acrescento:

— Porque Brie nunca ouviu falar dele antes.

— E ela conhece todos os seus namorados?

— Bom, sim.

Brie levanta o indicador. O esmalte rosa-choque brilha.

— Não cheguei a conhecer o Tucker.

— Porque você estava em Purdue e só saí com ele por dois meses no primeiro ano da faculdade. Não perdeu nada, ele era tosco.

Marcus anda de um lado para o outro na sala.

— De acordo com suas lembranças, quanto tempo você e Devin passaram juntos?

— Três meses — respondo.

Ele dá de ombros.

— De dois para três meses não tem muita diferença. Talvez você estivesse mantendo o relacionamento em segredo?

Eu rio.

— Sem chance.

— Por que tem tanta certeza?

— Porque nunca mandei nenhuma mensagem nem liguei para alguém chamado Devin, não tenho nenhuma foto com ele. Se a gente tivesse namorado por três meses, eu teria ao menos o número dele salvo no celular.

— A menos que você quisesse manter o relacionamento em segredo. — Ele dá de ombros. — Nesse caso, é concebível que você não tenha o número salvo nos contatos. Talvez só tenha falado com ele por algum aplicativo ou DM e tenha deletado as mensagens. Ou tenha usado um celular descartável para falar com ele.

— Um celular descartável? — Brie dá risada. — Você assiste *thrillers* demais.

Eu me afundo de volta nas almofadas do sofá e cruzo as pernas.

— Isso não faz sentido nenhum. Por que eu iria querer manter um relacionamento secreto?

Marcus bate os longos dedos nos jeans sobre a coxa.

— Quando foi mesmo que você sofreu o acidente?

— Julho passado.

— Ok, então foram onze meses atrás… — Marcus anda de um lado para o outro, pensativo, analisando. — Se me lembro bem, Devin estava namorando alguém nessa época. E se você fosse, tipo, a outra?

— Como assim "a outra"? — Brie fica indignada, cruzando os braços em seu amplo peito.

Ele ergue os braços em sinal de rendição.

— Estou falando com todo respeito. Tudo que quis dizer é que talvez ele estivesse te namorando às escondidas porque, tecnicamente, estava namorando outra pessoa.

— Sem chance — Brie caçoa.

— Sem chance mesmo — acrescento. Nunca me envolveria com um cara comprometido... *Certo*? O último ano da faculdade de Direito foi o mais difícil da minha vida até então: aulas cada vez mais difíceis, candidatar-me para várias vagas de emprego, além das obrigações de editora do *Periódico Jurídico*, e uma dose de Lexapro para ansiedade como cereja do bolo. Para não falar do término difícil do início do ano letivo. Eu estava uma pilha de nervos. Era possível que eu tivesse me entregado a uma aventura romântica aleatória com um cara comprometido só para dar uma relaxada? Eu sacudo a cabeça em uma negativa. — Não. Nunca, nem em um milhão de anos.

Marcus dá de ombros.

Apoiando o cotovelo no joelho, Brie aperta o lábio inferior entre o polegar e o dedo indicador.

— Tem que haver alguma explicação lógica.

— Como a que acabei de sugerir? — indaga Marcus.

Brie olha feio para ele.

Os olhos dele flamejam.

— Ok, e se for o destino?

— Como assim? — pergunto.

Marcus muda de postura.

— E se você e Devin *tiverem* que se encontrar? E se as recordações que tem dele, seu acidente, forem obra do destino?

Brie suspira.

— Destino é a desculpa que as pessoas usam para justificar os eventos grandiosos que acontecem na vida delas, quando, na verdade, é só o resultado das decisões que tomaram, e talvez uma pitada de pura sorte. Para o bem ou para o mal, são as ações das pessoas que determinam o futuro delas. Causa e efeito. Ação, reação. Colocar a culpa no destino só minimiza a importância da escolha.

— Então você não acha que tem uma mãozinha do universo cutucando as pessoas na direção certa... Deus, carma, sina, sei lá?

— Não, e já que você está perguntando, também não acredito em Papai Noel nem na Fada dos Dentes.

Marcus inclina a cabeça para o lado.

— Mas há tanto sobre o mundo e o universo que a gente não sabe. Talvez seja possível que algo maior esteja mexendo os pauzinhos aqui, para juntar Cass e Devin.

Os lábios de Brie se curvam em um sorriso malicioso.

— Ah, Marcus, seria você o último romântico?

Ele fica ruborizado.

— Só estou bancando o advogado do diabo.

Ela empurra os óculos mais para cima no nariz.

— Bom, não acredito em explicação pirlimpimpim para nada, só acredito em fatos. A resposta do que aconteceu com a Cass está na ciência. Só precisamos formar uma hipótese e testá-la.

— O que você quer dizer? — pergunto.

— Aqui está minha teoria: Devin nunca foi seu namorado, mas talvez você *já* o tenha conhecido. Só não se lembra. Não tem outra explicação.

Eu suspiro.

— Tá, e como testamos sua hipótese?

— Você vai lá falar com Devin, é óbvio. Aposto que ele pode desvendar o mistério e nos contar como vocês se conheceram.

Minhas coxas se tensionam.

— Isso teria sido uma boa ideia se eu já não tivesse estragado a possibilidade.

— Como assim? — Marcus pergunta.

— Fui à Blooms & Baubles depois do trabalho para comprar flores e passei um vexame na frente do irmão dele, o Larry.

— Você quer dizer o Perry? — Marcus indaga.

— Ah, sim, ele. Gente, eu vi o Devin por aproximadamente dois segundos e meio e *desmaiei*, como uma donzela vitoriana.

— Você está bem? Não bateu a cabeça em nada, né? — Brie segura meu crânio, mexendo minha cabeça de um lado para o outro em busca de um galo. Deixei esse detalhe de lado na explicação anterior.

— Não foi nada demais, eu estou bem. Mas sim, digamos que Perry acha que sou uma doida varrida. Ou doida ou uma stalker. Se eu aparecer naquela floricultura de novo, não ficaria surpresa se ele chamasse a polícia.

— E se eu convidasse Devin para dar uma passada no meu bar, para que vocês possam conversar? — sugere Marcus.

— Você tem um bar?

— Marcus gerencia o Zelma's Taphouse na West 13th — Brie responde. Eu não fazia ideia.

— Ah, bem, se é o caso, pode ser. Seria ótimo.

Marcus já está com o celular em mãos antes que eu possa fazer qualquer objeção, com os polegares voando pela tela. Após um minuto de silêncio tenso, ele levanta o olhar:

— Ele está livre hoje à noite.

— *Hoje à noite*? — Deixo escapar. — O que você disse a ele? O que contou sobre mim?

— Perguntei se ele queria me encontrar para beber e bater um papo, já que a gente não se fala faz um tempo. Não mencionei você, seria difícil explicar esse tipo de coisa por mensagem. Achei que seria melhor apresentá-los quando ele chegar e você assume dali. O que acha?

— Sim, perfeito. — Brie dá um tapinha no meu joelho e se vira para mim. — Precisamos ir nisso a fundo.

Encolho os ombros em rendição, apesar de o meu estômago dar cambalhotas.

— Ok.

Marcus concorda com a cabeça e manda outra mensagem para Devin. Depois de muitos segundos, ele olha para cima.

— Estamos todos prontos para as sete?

Olho para o meu celular e engulo em seco, tentando engolir o surto prestes a vir à tona. Já passou das seis, não falta nem uma hora para encontrar Devin cara a cara.

— Sim, ok, sete horas. Perfeito.

— Vou ficar ao seu lado o tempo todo — diz Brie. Eu retribuo com um sorriso agradecido.

Marcus coloca o celular no bolso.

— Falando no Zelma's, preciso voltar ao trabalho. Vejo vocês lá? — Marcus me olha com expectativa, e Brie me cutuca com o cotovelo.

— Sim. — Minha voz está firme, mas meu estômago, não. Dúvida, pavor, antecipação, medo e fiapos de esperança rodopiam e colidem entre si, sugando-me para um vórtice prestes a me deixar de cabeça para baixo.

Como diabos você se prepara para conhecer um homem com quem só sonhou a respeito?

— Acho que não vou conseguir — grito contra a música alta do bar.

Brie insistiu para que eu usasse um sutiã modelador por baixo da blusa cavada, que agora está afundando em minhas costelas e me obrigando a ajustar o arame do bojo. Estou usando saltos de quase oito centímetros, mas mesmo sem eles sou muito maior que ela. Na escola, nos chamavam de "dupla estranha". A delicada Brie, com um e cinquenta e cinco de altura, curvas atraentes, cabelo loiro e farto, nariz arrebitado perfeito e um sorriso adorável com espacinho entre os dentes da frente. E, ao lado dela, eu: a desengonçada Cass Walker, com pernas longas demais, um e setenta e cinco, e um nariz reto sempre enfiado nas páginas de um livro. Na escola, a galera se perguntava por que éramos amigas. E, mesmo hoje em dia, as pessoas nos olham com estranheza quando a gente passa.

E atrair olhares é a última coisa que eu gostaria que acontecesse neste momento. E se Devin entrar no bar, me notar e nada acontecer? Não me reconhecer. Ou, pior, demonstrar aversão. Ou, pior... me reconhecer *e* demonstrar aversão. Preciso vê-lo antes que ele me veja. Meu coração dispara e seco as mãos suadas na minha calça skinny preta.

— Você *vai* conseguir. — Brie bate o quadril dela contra o meu.

— Tudo bem aí, meninas? Precisam de mais alguma coisa? — pergunta a bartender. Ela tem ao menos vinte anos a mais que nós e se move com a eficiência precisa de alguém que passou anos trabalhando em um bar. Minha boca está tão seca que só consigo sacudir a cabeça.

— Outra rodada de Miller Lite, por favor — pede Brie.

A bartender acena com a cabeça. Com movimentos ágeis, ela pega duas garrafas debaixo do balcão e abre as cervejas antes de deixá-las na nossa frente.

— Obrigada — enfim consigo dizer, mas a bartender já foi atender um casal sentado do outro lado do bar.

Brie empurra uma das cervejas contra a minha mão. Acabo a primeira em uns quinze minutos, mas não me ajuda a acalmar os nervos.

Tomo várias goladas barulhentas, e então aperto a garrafa contra o pescoço. É gostoso sentir a condensação fria contra a pele quente.

A porta da cozinha se abre e Marcus aparece. Ele vai até nós em passadas largas ao nos ver.

— Como estão indo? — pergunta ele, atrás do bar.

— Por enquanto tudo bem — fala Brie por cima do burburinho generalizado, dando um tapinha encorajador em meu ombro. — Alguma notícia sobre que horas Devin vai chegar?

Marcus encolhe os ombros.

— Ele disse sete horas.

Olho para meu celular pela décima vez desde que chegamos, às 18h55. São sete e quinze. Talvez ele não venha. O alívio e a decepção fazem guerra em meus intestinos. Engulo um arroto.

— E aí, Marcus, meu chapa — uma voz grave e sedosa fala atrás de nós.

Cada músculo do meu corpo endurece e quase derrubo minha cerveja. Respirando pesado, giro o pescoço apenas para localizar a fonte da voz familiar com o canto do olho.

Devin. Ele está aqui. E está bem ao lado de Brie — a praticamente um metro e meio dela — e, meu *Deus*, ele está lindo. Veste uma camiseta em degradê cinza meio presa dentro do jeans estreito e um blazer de algodão com as mangas dobradas até metade do antebraço. Já sabia que ele era o mesmo Devin de minhas lembranças, mas estava me questionando se elas bateriam com a realidade quando eu o visse de perto.

Mas este Devin, o Devin *real*? A esta distância, posso absorver a inclinação sutil das sobrancelhas dele, a cor suave das bochechas bronzeadas, o brilho dourado nos olhos cor de chocolate, o subir e descer do peito largo. Os traços dele são tão afiados e vibrantes, são arrebatadores... e ainda mais atraentes do que eu lembrava.

Registro de forma vaga que não sou a única a observá-lo. Várias outras mulheres aqui perto lançam olhares, murmurando umas com as outras com as cabeças sobre os canudos de seus drinques. Até mesmo os olhos da bartender se arregalam quando o encara por segundos demais e derrama um pouco a cerveja que está servindo.

Aproximando-se do bar, Devin bate na mão de Marcus e depois a aperta.

Algo cai no chão ao meu lado. Brie desaparece por um segundo e depois volta, agarrada ao próprio celular. O rosto dela está pálido e sua boca virou uma linha fina.

— Puta merda, é *ele* — murmura Brie.

— Eu falei — digo, apertando os dentes.

Minha cabeça fica anuviada e me seguro ao bar com força para manter o equilíbrio. *Não* vou desmaiar. Não dessa vez.

Devin se senta em um banquinho vazio e se inclina sobre o bar.

— Como vão as coisas? — pergunta para Marcus.

— Bem. Faz tempo que não nos vemos. Achei que seria legal botar o papo em dia.

Devin concorda e toma um gole de cerveja, analisando o ambiente. Prendo a respiração quando os olhos dele passam por mim, mas ele nem me vê. Tomo um gole apressado de cerveja para esconder meu espanto.

— Vamos. Diga algo — murmura Brie.

— E que merda eu deveria dizer? "*Oi, você provavelmente não me conhece, mas eu sonhei que nós namorávamos quando eu estava em coma. Quer beber alguma coisa*"? — sibilo.

Brie dá de ombros.

— Nada mal.

Com um grunhido, tento levar a cerveja à boca, mas minha mão está tremendo tanto que devolvo a garrafa no lugar de imediato. Coloco as palmas contra a superfície de madeira rústica do bar. Se consegui sobreviver à faculdade de Direito, a um acidente de carro e a um coma, vou sobreviver a isto. Inspiro fundo com o nariz.

— Certo, seja uma mulher forte — murmuro para mim mesma.

— Isso aí. Você consegue — sussurra Brie.

A voz de Marcus ressoa no bar.

— Então, há, na verdade, tem alguém que eu queria te apresentar...

— Ah, é? — indaga Devin. Ele segue o olhar de Marcus, os olhos escuros indo de mim para Brie.

Brie me cutuca para que eu siga em frente e me vejo cara a cara com Devin. É agora. Hora de ver se ele me conhece... E o quão bem me conhece.

— Oi — cumprimento.

O foco dele está em mim e ergo o queixo para encará-lo. A íris dele é de um castanho-escuro e intenso, do jeitinho que eu lembrava. Seguro a respiração. O olhar dele passa pelos meus traços e seus lábios se curvam em um sorriso lento e sensual. É um sinal de reconhecimento? Meu peito dói tanto que tenho até medo de que se parta ao meio.

Quantas vezes vi este sorriso em minha mente? Entretanto, agora Devin está aqui, sorrindo para mim como se não houvesse nenhum outro lugar em que ele gostaria de estar além daqui, olhando para *mim*.

Será que Marcus tinha razão? Nós nos conhecemos?

Os lábios dele me hipnotizam como se fossem um farol. A memória da sensação dessa boca contra a minha — os lábios carnudos e suaves provocando, provando. Só percebo que estou me inclinando precariamente na direção dele quando quase perco o equilíbrio e tropeço ligeiramente para frente. O sorriso de Devin aumenta, revelando dentes muito brancos. Ele dá risada, e o som me envolve como seda.

— Oi. Meu nome é Devin — diz, estendendo a mão.

Então... ele *não* me conhece?

Encaro seus longos dedos. A ponta do mindinho direito é um pouco torta, bem como em minha mente. Brie dá um cutucão dolorido em minhas costas. Certo, estou ali parada, encarando-o boquiaberta como um peixe. Nossas palmas se encostam e volto a respirar. A mão dele cobre a minha e a aperta de leve.

— Oi-prazer-te-conhecer. — Minha voz sai como uma única sílaba ofegante. — Sou Cassidy Walker. Cass.

— Prazer, Cass.

Marcus muda de posição, olhando de Devin para mim.

— Eu não apresentei vocês dois antes, apresentei?

— Acho que não — responde Devin, com os olhos brilhando.

— Então nós *não* nos conhecemos? — insisto.

A risada de Devin é aveludada, e um dos cantos de sua boca se ergue quando ele foca todo o poder de seu olhar em mim.

— Acho que eu teria me lembrado de você.

Ser observada por ele é como encarar o sol. Ele é tão atraente que a atenção chega a cegar. Meus lábios se abrem, mas não fazem nenhum som. A palma dele se afasta da minha depois de alguns segundos. Não sei se quero dar risadinhas histéricas ou cair em prantos.

— Então, olha que história engraçada... — começo, mas uma voz masculina me interrompe.

— *Você?* — O irmão de Devin vem até nós do outro lado do bar. Ele está usando a mesma camiseta branca e jeans soltos que vestia mais cedo, mas a expressão dele está tão tensa que se alguém soltasse um "bu", ele provavelmente pularia de susto. Qualquer sinal do florista divertido e galanteador que conheci já se fora.

Fecho os olhos, grunhindo.

— Quem é esse? — sussurra Brie.

— Harry, o irmão de Devin — sussurro de volta.

— Quer dizer Perry?

— Isso.

— Ei, cara, que bom que conseguiu vir. Espero que não se importe de eu ter convidado o Perry — Devin diz para Marcus.

— Sem problema nenhum. — O sorriso dele se contrai por trás da fileira de torneiras. — Bom te ver, Perry. Estamos sentindo sua falta lá no softball ultimamente.

— Ando meio ocupado. O que *ela* está fazendo aqui? — Ele aponta para mim com o polegar.

Eu levanto o queixo.

— Marcus me convidou.

— A gente fez o ensino médio juntos — explica Marcus. — Cass é uma das minhas inquilinas.

— Talvez você queira repensar isso — murmura Perry. Posicionando-se entre mim e Devin, ele usa o próprio corpo como um escudo, como se eu fosse me lançar em cima do irmão dele tal qual uma gata raivosa. — Dev, é ela, a moça sobre quem falei mais cedo. A que foi lá na loja querendo te ver.

Ele está de costas viradas para mim e fala baixo, mas não perco uma única palavra. Também não deixo de ver a expressão de Devin se fechar.

— Espera aí, eu posso explicar. — Tento falar por cima do ombro de Perry, mas ele se mexe a fim de me bloquear.

Deslizando da banqueta do bar, Devin se afasta com as mãos para o alto.

— Não sei o que você tem em mente, Marcus, mas eu...

Coloco minhas habilidades de basquete, até então esquecidas, em prática, dando a volta ao redor de Perry para bloqueá-lo.

— Olha, sei que isso vai parecer esquisito, mas... Mas acho que a gente já se conhece. Na verdade, acho que a gente se conhece muito bem.

Devin aperta os olhos.

— Já disse que não te conheço.

— Eu sei, eu sei. Apenas me escute, por favor. Sei que é estranho, mas tem algo acontecendo que não consigo explicar, e tem a ver contigo.

— Como?

— Bem… Ah… — Como que eu começo a explicar algo assim?

— Ela acordou de um coma dez meses atrás e jura que te conhece — Brie diz, e eu a encaro, furiosa. Ela dá de ombros. — Que foi? Melhor já explicar logo de cara.

Essa é a Brie — sutil como um caminhão.

Perry fica de queixo caído.

— Você esteve em coma? — O jeito como Devin franze o cenho ao me observar, em busca de algum sinal de sequelas, me deixa agoniada. Odeio esse tipo de reação; pena com uma dose de cautela. Como se minha cabeça fosse um melão sendo inspecionado para ver se está estragado ou não.

— Fiquei em coma só por alguns dias. Quando acordei, tinha várias lembranças desconhecidas, e você estava nelas. Talvez não exatamente *você*, mas uma versão idealizada sua? É por isso que tive uma reação tão intensa ao te ver hoje lá na Blooms & Baubles.

— Você desmaiou — diz Perry.

— Estou ciente, obrigada. — Minha voz sai tão dura quanto papelão.

Devin inclina a cabeça para o lado.

— Então talvez não seja *eu* a pessoa de quem você se lembra?

— Se não for você, é uma coincidência bizarra. Quer dizer, você é exatamente como me lembro. Lembro até que você tinha um mindinho torto, e lembro de você me contando que quebrou o dedo depois de cair de um trampolim quando tinha oito anos.

Devin toca na própria mão, a mão com o mindinho torto, intrigado.

— O que mais você sabe sobre mim?

— Bem, eu… — Eu mudo meu peso de um pé para o outro. — Sei que sua comida preferida é rolinho de pizza, mas você não gosta de pizza de verdade porque é gordurenta demais. Você jogava futebol no ensino médio. A sua cor favorita é vermelho e…

— Como se ninguém pudesse descobrir tudo isso na internet — Perry bufa.

— Então estou certa? As coisas que sei sobre você são verdadeiras?

Perry me lança um olhar fulminante antes de agarrar Devin pelo ombro.

— Dev, por favor. Lembra que você me pediu para te avisar caso sentisse alguma maluca grudenta vindo em sua direção? *Alerta vermelho, alerta vermelho*, essa moça é uma stalker. Vamos embora.

Devin encara o irmão fixamente e algum entendimento subentendido ocorre entre eles. Depois de um longo momento, ele pega a carteira e joga uma nota de dez dólares no balcão do bar. Eles viram em direção à porta.

Meu coração bate mais rápido. *Não, ele não pode ir embora. Não até que eu tenha respostas.*

— Espere — eu grito, e eles param. — Tenho plena consciência do quão maluco tudo isso soa, mas juro que não sou uma stalker. Por favor, só me dê uma chance. Passei um ano vivendo com você na minha cabeça, e até agora achava que era tudo coisa da minha imaginação. Mas você está aqui, e é real, e eu não faço ideia de como ou por que sei coisas sobre você, mas eu sei. Por favor, me ajuda a entender o porquê.

Devin me analisa, apertando os lábios.

— E como posso saber que você está dizendo a verdade? Vendo assim, só parece que você me viu num bar e inventou essa história numa tentativa tosca de se aproximar de mim.

— Bem isso. — Perry cruza os braços. — Eu não ficaria surpreso se você tivesse um histórico gigante de pesquisa na internet e um altar com mechas de cabelo e pedaços de unha do Devin no seu quarto.

Marcus sacode a cabeça.

— Não, Cass é gente fina. Conheço ela e Brie desde o ensino médio, posso atestar. Você deveria ouvi-la.

— Quer uma prova de que Cass está dizendo a verdade? — Brie se aproxima. — Aqui tem um artigo sobre o acidente dela no *The Columbus Dispatch*.

Ela estende o celular para Devin. Na tela, há uma manchete que diz "Estudante de Direito Quase Morre em Acidente", acompanhada de uma foto que ainda faz meu estômago revirar toda vez que a vejo: meu pequeno Camry branco amassado como uma lata contra a barreira de concreto da Interestadual 71. As luzes vermelhas e azuis dos carros policiais refletem dentro do vidro quebrado manchado de sangue.

Com cautela, Devin pega o celular de Brie e começa a ler. Perry acompanha a leitura por cima do ombro do irmão. Com a mandíbula tensa, o olhar dele foca em mim e depois volta ao artigo.

— E tem isso... — Com os dedos tremendo, pego meu caderno de desenho da bolsa. A capa surrada e familiar é suave ao meu toque. — Eu... comecei a desenhar você, algumas semanas depois do acidente... Olha.

Eu me viro e coloco o caderno no balcão do bar, abrindo em uma das primeiras páginas.

No desenho, Devin está descansando o queixo na mão, olhando a uma curta distância, como se estivesse ouvindo algo com atenção. O Devin real se aproxima; percebo sua presença conforme ele devolve o celular a Brie, de pé do meu lado. Com o coração a mil, dou uma olhadinha rápida em seu rosto. Os olhos arregalados passam pela imagem, tentando, sem dúvida, processar o que estão vendo. Engulo em seco e percorro mais algumas páginas, dando espaço para ele pensar.

— Que diabos...? — fala Perry por cima do ombro de Devin.

— Desenhei este aqui sete meses atrás. E este... — folheio vários outros rascunhos até encontrar um de Devin deitado na grama com as mãos atrás da cabeça — cinco meses atrás. Eles têm data, está vendo? — Toco na data escrita na parte inferior da página.

— Como se você não pudesse ter falsificado as datas — caçoa Perry.

Dou a volta para encará-lo, sentindo as bochechas queimarem.

— Sei que é difícil para você acreditar nisso, mas tenho coisas melhores para fazer do que inventar um esquema mirabolante para fisgar um cara qualquer. Tenho minha própria vida e uma carreira como advogada, sabia?

— É muita coisa para absorver de uma vez só — murmura Devin. Esfregando a palma contra a boca, ele respira fundo. — Tudo bem. Diga algo que mais ninguém tenha como saber sobre mim. Algo que você não tenha como descobrir na internet.

O som de outras conversas zumbe ao nosso redor enquanto uma música animada preenche o ambiente, mas sinto como se estivesse presa no vácuo do espaço sideral. Tudo parece ficar em silêncio quando decido me concentrar, como um *laser*, no rosto determinado de Devin. Como eu poderia contar algo tão pessoal? A maior parte das minhas memórias são fragmentos ou *flashes*; trechos de conversas e impressões de sentimentos, sons e cenas. Abro a boca, mas tudo que sai é um coaxo.

Perry sacode a cabeça.

— Sabia. Vamos embora. — Ele pega o braço de Devin e o guia em direção à porta.

— Espera! — chamo. — Eu... sei que seus pais se divorciaram quando você tinha seis anos. Você gosta de assistir a documentários de *true crime* com seu pai. E... e... sei dos seus planos para o negócio da família! Como você quer... — uma frase ecoa das profundezas de minha memória e eu a agarro. — ... entregá-lo ao futuro.

Não sei se entendo o significado do que estou falando, mas Devin e Perry parecem ter entendido, já que congelam na hora. Perry arregala tanto os olhos que as sobrancelhas desaparecem debaixo da juba de cabelo castanho-avermelhado.

Devin empalidece.

— Como você sabe disso?

— É o que estou tentando dizer. Não faço a mínima ideia. É o que quero descobrir. — Injeto as palavras com a convicção mais genuína que consigo, tentando convencê-lo a acreditar em mim. Encaramo-nos por vários instantes. Ele está de pé, a quase dois metros de mim, mas o espaço entre nós parece tão vazio quanto um estádio de futebol. Minha barriga se contrai e seguro a respiração.

Finalmente, ele coloca o peso no outro pé e evita meu olhar.

— Cara. Merda. — Jogando a cabeça para trás, ele gargalha, grave e retumbante. — Então eu sou o homem dos seus sonhos?

Uma risada rouca escapa de mim.

— Mais ou menos.

— Tudo bem, então.

Meu coração está pulando amarelinha.

— *Tudo bem, então*? Isso significa que vai me ouvir?

— Claro. É loucura. Acho que nunca nos vimos antes... — A voz de Devin se esvai enquanto ele estuda meu rosto. Sacudindo a cabeça, ele afasta o olhar. — É muita coisa para processar, mas talvez tenha algum fundamento. Vamos fazer assim: por que não bebemos alguma coisa e tentamos desvendar esse mistério? Na sexta, pode ser?

Minha mente fica em branco.

— Ahhhh...

— Sexta. Combinado. — Brie se mete.

Engulo em seco.

— É um encontro. Quero dizer... Não é um encontro — acrescento depressa quando Devin pisca. — É mais como... uma entrevista. Tipo para nos conhecermos melhor. — Minhas bochechas estão ardendo e quero me esconder debaixo do bar. *Por que sou tão esquisita?*

Devin coça o nariz.

— Então, vamos nos sentar. Tomar alguma bebida. Falar. Trocar histórias de vida. Ver o que temos em comum ou se conhecemos as mesmas pessoas além de Marcus, que possam explicar a situação. Algo nessa linha.

— Certo.

— Tudo bem. — A língua dele escapa para molhar o lábio inferior e faz meu estômago dançar dentro de mim. Pegando uma caneta da parte de trás do bar, Devin anota seu número de telefone em um guardanapo e me entrega. Fechando a caneta com um clique, ele me olha por baixo de uma mecha de cabelo escuro que caiu em sua testa. — A gente se vê, então.

Ouço um grunhido atrás de mim e vejo Perry encarando o chão e sacudindo a cabeça. Minhas entranhas se contraem. Passei por tanta coisa no último ano, mas o homem dos meus sonhos ser... bem, real? E ter a oportunidade de descobrir por que ele está em minha cabeça desde o acidente? Negar a chance seria como recusar uma grande ajuda do universo. Se ainda tenho alguma esperança de viver o melhor possível de novo, preciso descobrir o que aconteceu na vida imaginária — e dane-se se Perry não gostar.

Brie pega o guardanapo de Devin e o coloca em minha bolsa junto ao caderno.

— Bom, acho melhor irmos. Temos que acordar cedo amanhã. Né, Cass?

— É. Foi bom te ver... há, te conhecer.

Dando risada, Devin passa o polegar sobre o lábio inferior.

— Você também. Até sexta, *Cass*.

O som do meu nome nos lábios dele quase faz meus joelhos cederem mais uma vez, e só consigo chegar até a porta com Brie me guiando pelos ombros como se estivesse empurrando um pedregulho para cima de uma montanha.

Vou sair para beber com Devin. Mas agora é de verdade.

6

Como cheguei à sexta-feira sem virar uma pilha de nervos é um mistério. Bato os pés debaixo da escrivaninha e me forço a *não* olhar para o relógio do computador. Mesmo assim, os números minúsculos no canto são visíveis quer eu queira ou não, então acabo assimilando o horário com minha visão periférica.

São três da tarde. Faltam quatro horas para eu sair com Devin.

Ou, ao menos, acho que ainda vou sair com ele hoje à noite. Mandei mensagem para ele na quinta com a hora e o local para nosso encontro. Em dez minutos, ele respondeu.

> Junção, 19h. Combinado. Quero te conhecer, garota misteriosa.

E então... nada.
Nenhuma outra mensagem.
Nenhum "Como foi sua semana?"
Ou "O que você fez hoje?"
Apenas silêncio total.

Não posso culpá-lo. Eu também não disse nada. Mas só porque não tinha confiança de que conseguiria ter uma conversa normal. Apesar de só termos nos conhecido alguns dias atrás, parte do meu cérebro ainda acredita que estamos namorando, o que é bem bizarro. A realidade é que nunca namoramos. Ele pode parecer o Devin dos Sonhos, mas como vou saber se o Devin Real não é completamente diferente?

A única maneira de ter certeza é *conhecê-lo*. E esta noite é minha chance de entender quem ele é e por que meu cérebro fabricou memórias de nós como casal — uma chance que nunca pensei que teria. Não posso arruinar isso.

A tela escura do meu celular me provoca ao lado do teclado. Virando-a para baixo, forço minha atenção para as mil abas cheias de pesquisa do Westlaw e o memorando que estou rascunhando, que lotam meu monitor duplo. As palavras parecem se mesclar umas nas outras e massageio minha testa numa tentativa de dissipar a enxaqueca maçante que alugou um tríplex na minha cabeça.

Tive sorte de ter sido designada para um grupo de litígio — minha escolha principal —, mas tinha esquecido o quão cansativo é ficar dez horas por dia sentada analisando densos documentos jurídicos. Sacudindo a cabeça, tomo um longo gole d'água da minha garrafinha e volto a me concentrar na tela.

Alguém pigarreia — um som delicado que de alguma forma se faz ouvir mesmo com meus fones de ouvido. Fechando os olhos para manter a paciência, tiro um dos fones e giro minha cadeira, mesmo que eu já saiba a fonte do barulho.

Minha colega de cubículo, Mercedes Trowbridge, a associada de verão também conhecida como "Allred", me dá um sorriso cortante.

— Pode parar?

Ela aponta para meu pé com a cabeça, o que me faz perceber que eu estava batucando na mesa com a ponta do sapato. Seu cabelo loiro-avermelhado está tão liso quanto no primeiro dia, e ela usa sua cor característica: vermelho. Exceto que hoje a blusa é mais vermelho-alaranjado que o tom de vinho de ontem ou o tom carmesim que havia usado na segunda-feira. Parece que acertei em cheio em apelidá-la de "Allred": toda vermelha.

Seus dedos longos e delicados pairam sobre o teclado enquanto ela me encara com expectativa, com uma sobrancelha levantada.

Diminuo o batucar até que o *tuc tuc* se silencie. Cruzo as pernas.

— Desculpa. — Meu sorriso é tão amarelo quanto o dela.

Ela exala de forma ríspida pelo nariz, jogando o cabelo por cima do ombro ao se virar para a própria tela e começa a digitar. Grunhindo, volto a olhar para a minha escrivaninha. É óbvio que, com minha péssima sorte, eu acabaria no mesmo cubículo duplo que a estudante de Direito mais antipática e hostil que já conheci.

Desde o golpe da cadeira na segunda-feira que eu, de coração, esperava estar errada sobre ela — e não digo isso apenas porque compartilhamos um cubículo. Já há poucas mulheres em nossa área, e há ainda menos que conseguem se distinguir, subir na hierarquia e virar sócias. Acho melhor ajudarmos umas às outras na escalada em vez de nos chutarmos para baixo. Só há duas outras mulheres entre os doze associados de verão da Smith & Boone, além de Mercedes e de mim: uma de meia-idade que mudou de carreira e outra que deseja virar advogada de patentes e é mais quieta que uma pedra. Tinha esperanças de que, assim que Mercedes e eu nos conhecêssemos melhor, encontraríamos um meio-termo. Talvez até poderíamos ser, se não amigas, ao menos colegas que respeitam uma à outra.

Mas não. Todas as minhas tentativas de quebrar essa casca gélida ricochetearam miseravelmente. Se ela não está me ignorando pra valer enquanto jogo conversa fora na hora do almoço, está limpando a garganta de modo passivo-agressivo ou dando suspiros dramáticos cada vez que espirro. E, quando ousei oferecer um bolinho de mirtilo que comprei em um café da rua como tratado de paz, ela me olhou como se estivesse oferecendo um copo de arsênico. As narinas de Allred se inflaram e sua boca se retorceu quando dei de ombros e mordi um pedaço, como se eu fosse o ser mais repulsivo do planeta por gostar de açúcar e carboidrato.

Ao menos nossas escrivaninhas não estão frente a frente no estreito cubículo de três paredes, então não preciso ficar olhando para a arrogante expressão de reprovação que ela reaplica tantas vezes quanto o batom chamativo. Ao menos isso.

Meu telefone vibra e eu suspiro. Aposto cinquenta dólares que é Brie me preparando emocionalmente para hoje à noite. Ou é minha mãe mandando a milésima mensagem do dia querendo saber de novidades da minha primeira semana na empresa. O nome na tela me sacode com tanta força que quase derrubo a água. Meu coração dá pulinhos como uma bailarina. É Devin.

> Tudo certo para hoje à noite?

Meus dedos não param de tremer quando respondo.

> Claro! Já estou com minha lupa pronta para ir!

Assim que aperto em enviar, estremeço de vergonha. *Meu Deus*.

> Tipo, resolver um mistério 😄

Escondo o rosto com as mãos. Passar um ano sem contato social além de Brie, minha família e os médicos deve ter exterminado qualquer capacidade que eu tinha de flertar por mensagens — não que fosse muita.

Uma batida abafada reverbera contra a parede de meu cubículo. Tiro os fones de ouvido e o celular cai em meu colo. Andréa Miller, uma das advogadas-sênior do escritório e líder do grupo de litígio, está de pé ao lado da minha escrivaninha, com um sorriso que ressalta os olhos castanho-escuros. Ela veste uma camisa branca de botão cujas mangas estão dobradas até os cotovelos, expondo os antebraços escuros e bronzeados, e a prega em sua saia de alfaiataria é tão afiada que poderia cortar vidro.

Sinto um quentinho no coração. Andréa é a razão pela qual consegui uma oferta da Smith & Boone, para começo de conversa. Ela foi minha mentora na Promotoria dos Estados Unidos quando fiz estágio lá, no primeiro ano da faculdade de Direito. Continuamos em contato e, dois anos depois, quando ela foi contratada pela Smith & Boone como litigante-sênior e descobriu que eu havia me candidatado à posição de associada júnior, ela falou bem de mim ao comitê de contratação. E, agora que sou uma associada de verão — e, espero, uma associada júnior no futuro — ela pediu que *eu*, especificamente, participasse de seu grupo de prática: litígio, um dos grupos mais respeitados (e lucrativos) da empresa.

— Como está indo a ata do recurso de Beckley? — pergunta ela.

Meu olhar vai até o documento de Word aberto na tela do computador. O rascunho está pronto, mas precisa ser formatado de maneira adequada com citações e uma boa dose de revisão. Mercedes parou de digitar. Ela parece reler o próprio e-mail, mas as costas dela estão rígidas de forma pouco natural. Bisbilhotando, óbvio.

— Está indo bem. Vai estar em sua caixa de entrada até o fim do dia.

— Excelente! Você tem uma horinha? Vou entrar em uma videoconferência com um cliente para repassar algumas perguntas antes do depoimento dele semana que vem. Seria bom se você ouvisse. E, se não se importar, que anotasse algumas coisas.

O celular vibra no meu colo. Devin respondeu. Olho para baixo rapidamente.

> Entendido, Nancy Drew. A gente se vê às 7.

Engulo o caroço seco que se instalou em minha garganta. Se eu for para a videoconferência, não terei muito tempo para finalizar a ata, ir em casa e me arrumar para o encontro mais tarde.

Mas faz parte da vida de advogada. Só existe uma resposta.

— É clar…

— Seria um prazer fazer anotações para você, Andréa — interrompe Mercedes.

Cada músculo de meu corpo se retesa. Sei o que Mercedes está fazendo. E não gosto disso. Nem um pouco.

Andréa pisca.

— Obrigada, mas Cass já vai fazer… Mercedes, não é?

Mercedes se levanta da cadeira e estende a mão. A saia cinza que está vestindo abraça a curva voluptuosa de seus quadris.

— Trowbridge. Formada na faculdade de Direito da Universidade Estadual de Ohio, *magna cum laude*.

Que merda é essa? Achei que fosse a única formada no programa de associados de verão. Geralmente, associados de verão são estudantes que se destacam no segundo ou terceiro ano da faculdade. Meu caso era único. Ou pelo menos foi o que pensei. Isso explicaria por que ela é tão competitiva comigo. Estamos competindo pela mesma posição, ao vivaço.

— Também é de Ohio? Muito prazer. — Elas apertam as mãos. — Em que grupo de prática a colocaram?

— Lei pública.

— Ah, o grupo de Frank Carlson.

— Sim. Mas eu adoraria um pouco de experiência em litígio, e fico sempre contente em ajudar se você precisar.

Vindo de qualquer outra pessoa, eu consideraria esse pedido por experiência prática em outra área legal algo favorável e comum. Mas, considerando o tom de voz de Mercedes e o jeito como o canto de seus lábios se curva em um sorriso maldoso por apenas um instante, fica nítido que se trata de uma acusação contra minhas supostas habilidades. Uma tentativa de escanteio para me tirar de seu caminho e entrar no meu grupo. Sinto uma onda de calor em minhas veias e fecho o punho sobre meu colo. Minhas unhas entram na palma.

Andréa pisca duas vezes.

— Vou falar com Frank e ver o que posso fazer a respeito. Pronta? — Ela pergunta para mim.

Confirmo que sim, coloco o celular na gaveta, tiro o laptop da tomada e sigo Andréa para fora dali.

— Essa aí é intensa — diz Andréa, assim que já passamos dois corredores e ela não poderia nos ouvir.

Fico tentada a falar mal de Mercedes, mas controlo o impulso selvagem. Prefiro seguir o caminho correto; tem espaço de sobra por lá.

Dou de ombros.

— Ela não estaria na Smith & Boone se não fosse.

Andréa dá uma risadinha.

— Verdade.

Entramos em seu escritório repleto de janelas e ela fecha a porta atrás de mim. Eu me acomodo em uma cadeira estofada e elegante do outro lado da mesa de Andréa, e rezo para qualquer deus que esteja ouvindo... *por favor, que a ligação não demore muito.* Tenho de finalizar uma ata e preciso me arrumar para o encontro de minha vida. Não é pedir muito, né?

— Brie, estou com um problema. — Minha voz sai em um sussurro engasgado mesmo que eu esteja sozinha no banheiro feminino do outro lado do saguão.

— O que houve, fofa? São quase sete horas... Por que você não está em casa se arrumando para ver o Homem dos seus Sonhos?

— Porque ainda estou no escritório.

— Quê?! Por quê?

— Tive que participar de uma reunião com um cliente e finalizar uma ata para minha supervisora, o que levou muito mais tempo do que achei que levaria. — Ao menos Mercedes já foi embora. Tudo que me faltava seria ela aparecer bem no meio do meu ataque de pânico.

— Você sabe que precisa chegar em quinze minutos, né?

— Eu sei! E não tenho tempo de ir para casa e trocar de roupa… socorro! Tem como você pegar o carro e me trazer o vestido do qual falamos? O lavanda até o joelho que está pendurado na parte de trás do meu closet? E o colar de pedra branca com as sandálias combinando? — Não é um encontro, mas, ainda assim, quero estar o mais bonita possível… Sem parecer que passei as últimas dez horas curvada na frente de um computador, parecendo uma gárgula.

— Ah, querida. Bem que eu gostaria. E, se fosse qualquer outra noite, eu já estaria aí, mas estou enrolada aqui.

— O que houve?

— Hoje vou fazer uma apresentação em uma conferência de engenharia no centro. Eles me pediram para dar uma palestra em uma banca de Jovens Líderes em Viagem Espacial — ela fala em um tom de bravata, mas praticamente consigo vê-la revirando os olhos.

— A: isso é incrível, você vai arrasar. B: por que disse ao Devin que eu estaria livre hoje quando ele sugeriu o bar? Eu não abriria mão de te prestigiar por nada no mundo. Eu poderia encontrar Devin qualquer outra noite.

— Eu não queria que você postergasse o encontro com ele. Tem outras conferências no mundo. Não é nada de mais. Por que você não manda mensagem para ele e diz que vai atrasar uma meia hora? Daí você pode ir para casa e se trocar — sugere ela.

— Já mandei uma mensagem mais cedo dizendo que talvez me atrasaria um pouco, e ele já estava a caminho.

— E se ele estiver preso no trânsito? Hoje é sexta, no horário de pico. Talvez você tenha sorte e ele também esteja atrasado…

Meu telefone escolhe vibrar neste momento e olho para a notificação na tela.

— Merda! — exclamo em voz alta.

— O que foi?

Coloco Brie no viva-voz e leio a mensagem.

— *"Estou aqui. Consegui uma mesa para nós perto do bar. O que quer beber? Posso já ir pedindo pra você".*

Respondo, os dedos pulando na tela.

> Gim e tônica, obrigada! Saindo do trabalho agora...

— Ahhh, que fofo — cantarola Brie.

Sinto o peito ficar quente e o calor sobe até meu pescoço.

— Concordo. Mas, Brie, ele já está no restaurante. Não posso fazer Devin me esperar mais meia hora enquanto vou para casa me arrumar. Ele mal concordou em falar comigo. Se eu não chegar logo, ele pode começar a pensar duas vezes e ir embora.

— Então é hora de ir. Vamos, deixa eu ver o que podemos fazer. — Meu celular vibra mais uma vez, agora com um pedido de Brie para FaceTime. Aceito e apoio o telefone no espelho. O rosto ansioso em forma de coração de minha amiga preenche a tela, olhando para mim conforme dou um passo para trás e giro, erguendo os braços.

Ela empurra os óculos dourados e finos para a parte de cima do nariz.

— Humm — murmura.

— *Humm*? Só isso?

— Não é um "humm" ruim. Só um "humm" pensativo. O que você tem na bolsa?

— Não sei. Lacres de nylon, querosene, talvez um pouco de dinamite?

— Acredito, conhecendo você. Mas estou falando de acessórios que podem dar um *up* no visual.

Pego minha bolsa de cima da pia e começo a escavar em suas profundezas assustadoras, puxando tudo que possa me ajudar a não parecer ter acabado de rastejar para fora de uma vala em formato de escritório.

— Corretivo, batom, rímel, grampos… — Sinto algo pequeno e metálico com os dedos. — Aah, brincos compridos! — Procuro pela outra parte do par. Finalmente encontro o brinco e fico maravilhada com o brilho do pingente dourado em forma de lágrima que achei ter perdido anos atrás. Graças a Deus por não limpar esta bolsa desde a faculdade. Ou, provavelmente, por nunca ter limpado, para ser sincera. Brie tira sarro de mim dizendo que sou a rainha da acumulação, e ela não está errada.

— Perfeito! — ela exclama. — É tudo de que você precisava. Agora é esconder as olheiras com o corretivo, aplicar rímel e passar batom na boca, bochechas e pálpebras. Troque de brinco, e você está pronta para ir!

Faço a maquiagem em tempo recorde. Já pareço ter dormido ao menos duas horas a mais. Meu rosto brilha com a cor adicional e os brincos cintilam ao redor do meu queixo.

— E o cabelo?

— Dá para soltar?

— Ele está marcado pelo coque.

— Tá, então deixe preso. Talvez seja melhor prender o Cachinho Rebelde com um grampo.

— Certo. — Molho os dedos na pia, abaixo os fios soltos na minha testa e coloco um grampo atrás da orelha, perto do que já está lá, tomando cuidado para que o cacho mais curto não escape.

— Linda. Com essa estrutura óssea, você arrasa com coques altos como ninguém. Agora, abra mais um botão da camisa.

— Por quê? — pergunto depressa.

— Você vai ver o homem dos seus sonhos. Está tudo bem mostrar um pouco de renda.

— Estou usando um sutiã simples cor de pele.

— Só veja como vai ficar.

Solto o terceiro botão da minha camisa verde-esmeralda, que se abre, revelando um leve indício de decote, mas felizmente não o sutiã estilo vovozinha.

Brie ergue o punho.

— Uhul, você está *gostosa*! Já chamou o Uber?

Pego o celular.

— Estou pedindo. Mil vezes obrigada, Brie. E boa sorte na conferência. Sei que você vai arrasar.

— Valeu, gata. Não vejo a hora de ouvir tudo sobre a conversa com Devin quando você voltar pra casa. — Ela balança as sobrancelhas. — Até logo!

— Te amo! — Desligo a chamada e abro o aplicativo do Uber conforme saio do banheiro. Nenhum motorista aceitou a corrida ainda enquanto desço do elevador no primeiro andar. Praguejo baixinho. O Uber mais próximo está a doze minutos de distância e já é cinco para as sete, mas o caminho a pé até o restaurante é de apenas dez minutos. Se for andando, dá para chegar mais ou menos na hora certa.

Ao sair na rua, um vento forte chicoteia minha blusa. Nuvens cinza-púrpura sinistras cobrem o céu. De acordo com o aplicativo de meteorologia, só vai chover daqui meia hora. Vai ficar tudo bem. Ajusto a alça da bolsa no ombro e começo a caminhar. Meus saltos fazem um barulho seco na calçada irregular.

Quando estou a um quarteirão do escritório, um trovão ecoa pelo céu escurecendo. *Não.*

Apresso o passo. Dois quarteirões depois, a primeira gota de chuva respinga no meu nariz.

7

Ouço mais trovoadas acima de mim ao abrir a porta do restaurante. As solas do meu sapato rangem com um som molhado contra o piso de madeira enquanto passo pelas sete ou oito pessoas esperando por uma mesa. Quando a recepcionista me avista, seus olhos se arregalam.

— Posso te ajudar?

Secando a água da minha testa, luto com a perplexidade.

— Vim para um encontro.

— Cass? — Devin está a menos de três metros de distância em uma mesinha quadrada atrás de uma divisória de vidro, ao lado do estande da recepcionista.

Meus lábios se abrem. Ele é ainda mais gato do que eu lembrava. Como isso é possível? Não faço ideia. Ele está usando um jeans cinza justo e uma polo preta que delineia bem seu peitoral. Abaixando-se, ele pega algo na cadeira ao lado: um buquê de lírios brancos.

Exatamente como no nosso primeiro encontro imaginário. Meus lábios se abrem de novo.

A parte de trás do meu pescoço formiga e a cena se embaça. Pisco, e uma imagem de Devin vestindo um casaco preto casual sobre uma camisa branca de botão e um cachecol carmesim enrolado frouxamente em torno do pescoço aparece na minha frente. Ele está segurando lírios como agora, mas não estão embrulhados em papel pardo; em vez disso, um sussurro de plástico ecoa nos meus ouvidos.

Minha respiração fica mais lenta, meus joelhos vacilam. Concentro-me na cena real, e o Devin Real está lá, arrebatadoramente lindo como sempre, com os lábios delineando um meio sorriso, surpreso ao me olhar dos pés à cabeça.

Isso já aconteceu antes? Será que sonhei com este momento durante o coma, ou com alguma variação disso, até que virou realidade? Eu passo a língua nos meus lábios molhados de chuva. Talvez nada disso importe. Devin está aqui e está esperando por mim. Minhas pernas me levam até ele como se estivesse naquelas esteiras automáticas de aeroporto. De repente, sinto uma pancada e a dor explode no meu rosto. Cambaleio para trás, apertando meu nariz.

— Ai!

Eu...? *Sim*. Dei de cara com a divisória de vidro ao lado da recepcionista. Que maravilha.

— Você tá bem? — Devin está ao meu lado agora, sua voz é uma carícia aconchegante conforme ele me ampara. Ele está tão perto que posso sentir o cheiro de gengibre em seu hálito e as notas cítricas de seu perfume.

Soltando as mãos, aceno com a cabeça.

— Sim.

Não posso acreditar que dei de cara com o vidro. Pelo menos meu nariz não está sangrando, mas está doendo muito. Sinto meu rosto pegar fogo e preciso me controlar para não sair correndo porta afora e pular no lago Erie. Devin me guia, passando pela recepcionista perplexa, tomando cuidado para não chegar perto da divisória, me conduzindo até a mesa. Quando me sento em uma das cadeiras de metal, ele se acomoda no assento à minha frente. A atmosfera do restaurante à meia-luz está repleta de aromas que dão água na boca. Atrás de Devin, o elegante bar ladrilhado está lotado de pessoas conversando e bebendo drinques.

Eu me ajeito na cadeira, de repente consciente de que estou toda molhada. Minha blusa de seda está colada na pele, e apostaria uma fortuna que meu rímel está escorrendo. Arrumando meu decote, tiro algumas mechas de cabelo molhado da minha testa e abro meus braços.

— Bom, este é um ótimo começo — rio. Não posso deixar de rir. Depois de passar horas me preocupando em como me arrumaria para o encontro com Devin, chego aqui parecendo um poodle molhado e quase quebro o nariz assim que entro no restaurante. Não me lembro de *nada* disso acontecendo.

Os olhos de Devin brilham e fico aliviada quando ele se junta à minha risada. Agora que comecei, é difícil de parar, e as lágrimas se acumulam no canto dos meus olhos. Desdobrando meu guardanapo, seco meu rosto — e meu rímel escorrido — e me forço a respirar bem fundo.

— Me desculpe, estou uma bagunça.

Ela sorri para mim, inclinando a cabeça para trás.

— Nem, você está linda.

O calor irradia do meu peito com cada batida do coração.

— Ah, tem um negocinho no seu...

Ele aponta para um ponto atrás de minha orelha e minha risada se esvai.

— Ah, é meu Cachinho Rebelde, não é?

Com um sorriso envergonhado, removo os grampos e o elástico prendendo o coque e sacudo o cabelo. Água é um botão de reset para cabelo cacheado, então posso deixá-lo secar sem me preocupar que fique marcado. E, quando está solto, posso esconder o Cachinho Rebelde atrás da orelha para que fique menos perceptível.

— Cachinho rebelde?

— Tenho uma mecha de cabelo que é mais curta que o restante e que sempre fica arrepiando. — Diante da confusão em seu semblante, explico. — Os médicos tiveram de raspar parte do meu cabelo para cirurgia depois do acidente. — Devin fica bem sério por um momento, mas não pede para eu explicar, o que me deixa grata. — As flores são para mim? — pergunto, apontando para o buquê de lírios na mesa.

— Claro que são. Não posso aparecer para me encontrar com uma mulher linda de mãos vazias. — Ele estende o buquê para mim, que o pego.

— São lindas, muito obrigada. — Inspiro profundamente. O forte aroma floral enche meu nariz, fazendo cócegas em meus seios nasais, e espirro.

— Saúde. — Devin ri.

Coloco o buquê em uma das cadeiras vazias.

— Obrigada. E obrigada de novo por concordar em vir me conhecer.

— Ei, não é toda hora que uma mulher aparece num bar e diz que você é o homem dos sonhos dela. O que posso dizer? Estou intrigado.

Com um sorriso de tirar o fôlego, ele me oferece um drinque: o gim com tônica que pedi.

Tomo um longo gole. Uma pitada de limão acalma a explosão efervescente de tônica enquanto faz um caminho quente pela minha garganta.

— Então. — Eu lambo os lábios. — Por onde começamos?

— Como é possível que não conheçamos *ninguém* em comum? — Espeto um pedaço de lula com o garfo e quase gemo quando mastigo. A lula levemente frita é temperada com molho de gengibre picante, e os sabores salgados se entrelaçam em uma sinfonia de sabores na minha língua. Meia hora bebendo drinques, comparando contas de mídia social e discutindo possíveis conhecidos com certeza abre o apetite. Fico aliviada que Devin tenha chegado com fome e pedido uma entrada antes que eu chegasse.

— Você que me diz, Scully. Esse é seu show.

Nosso garçom chega com mais drinques, e Devin levanta seu Moscow Mule em uma saudação antes de beber um gole. Fico distraída por um momento com uma gota de umidade que gruda em seu lábio inferior antes de ele lambê-la.

Pigarreio.

— Achei que a gente teria mais de um conhecido em comum além do Marcus. Parece que a divisão do lado leste e oeste de Cleveland é real.

— Você cresceu no lado leste?

— Extremo leste. Em Chagrin Falls.

Ele assovia.

— Chique.

— Não onde eu morava, confie em mim. Por causa do sistema escolar de lá, quando eu tinha doze anos, minha mãe nos mudou para um banga-lôzinho dos anos 1930, na beira da cidade.

— Nenhuma mansão na beira do rio, então?

Eu rio.

— Sem chance. — Eu rio. — Mas Chagrin Falls é mesmo conhecida pelas famílias endinheiradas, então não foi muito fácil fazer amizade com as outras crianças na escola. Ainda bem que tenho Brie em minha vida. Ela foi a única que não se importou que eu fosse filha de uma mãe solteira que mal conseguia pagar hipoteca, mesmo que eu não pudesse arcar com os acampamentos de verão, aulas chiques de música e férias extravagantes como os outros colegas.

Devin se inclina para a frente, apoiando os cotovelos na mesa.

80

— Deixe-me adivinhar… Você já sabe onde cresci?

— Cleveland, certo?

Ele concorda com a cabeça.

— Ohio City. Na rua de baixo da Blooms & Baubles, na verdade.

— *Disso* eu não sabia, não.

— Achei que você sabia de tudo a meu respeito… — ele provoca.

— Nem tanto e muito do que me lembro é um grande borrão, como um sonho se esvaindo da memória. Tem coisa que sei, tem coisa que não, tipo o fato de você ter um irmão. Sinceramente, nem sei se tudo que eu lembro é verdade.

— Muito do que você disse no bar aquele dia é, sim. Quebrei mesmo meu dedo num trampolim quando tinha oito anos. Gosto de documentário de *true crime*, e não gosto de pizza; um sacrilégio, eu sei. — Ele abaixa a voz em um sussurro conspiratório e meus lábios se abrem com a confirmação.

— Então vai, diz aí. O que mais você sabe sobre mim?

— Bom… — Respiro fundo. — Você fez faculdade na Denison e um MBA na Ohio State?

— Resposta certa.

— Ok. Você jogou futebol de base no último ano do ensino médio?

— No primeiro ano também. — Ele estala a língua enquanto dá uma piscadela.

Dou uma risada.

— E… — eu encaro a meia distância, tentando me lembrar. — Por acaso você tem um cachecol vermelho? Carmesim com franja e estampa de círculos brancos? Sei que é estranho, mas acho que já vi esse cachecol antes. Até achei que ia usar hoje, se não estivesse tão quente lá fora.

Ele me encara por tanto tempo que o suor ameaça se acumular entre minhas omoplatas e me mexo na cadeira.

— Errado. — Finalmente ele diz.

— Ah. Viu? Não sei tudo sobre você.

— O cachecol tem estampa de *quadrados*, não de círculos. Era o favorito do meu avô; foi a primeira coisa que ele comprou na Higbees depois de imigrar da Polônia e começar a vender flores num carrinho no centro da cidade. Ele me deu de presente antes de morrer.

— Eu sinto muito.

Ele acena com a mão.

— Ele faleceu faz muito tempo. Mas *é* mesmo meu cachecol favorito, e eu considerei *sim* usá-lo essa noite… mas você está certa. Está quente demais. — Mesmo que as cadeiras do restaurante sejam de um metal muito rígido, Devin se espalha no assento, perfeitamente à vontade, como se estivéssemos no sofá da casa dele falando sobre o clima em vez de um restaurante lotado, batendo papo de modo casual sobre o capricho inexplicável do destino — ou do universo, sei lá.

Fico maravilhada com a autoconfiança dele, sempre sem esforço. Além da estrutura óssea divina, ele é aquele tipo de pessoa que atrai a atenção de todos a seu redor só por existir. Talvez seja pelo jeito assertivo, mas nunca agressivo. Ou talvez seja pelo jeito como ele olha nos olhos quando conversa contigo, fazendo com que se sinta a única pessoa presente no lugar. Qualquer que seja sua combinação de qualidades, Devin Szymanski é magnetismo em pessoa.

Mesmo agora, duas mesas adiante, um par de mulheres jovens o encaram sobre seus menus. Um bom número de transeuntes — mulheres, homens e os demais — olham duas vezes quando passam por ele, até mesmo a recepcionista. Mas, de algum modo, sou a única que acabou aqui, nesta mesa, tendo uma conversa gostosa e sincera com ele.

Eu me inclino para trás na cadeira com uma bufada.

— Como consegue ser tão otimista sobre isso tudo?

— Isso tudo o quê?

— Eu, a situação toda. Ainda não consigo acreditar que você está gastando tempo comigo, muito menos confiando que eu não seja uma psicopata *à la Atração Fatal*, inventando história sobre o coma só para te enrolar.

Comendo outro pedaço de lula, Devin dá de ombros.

— Acredito no sobrenatural. Ou, pelo menos, na ideia de que, às vezes, coisas estranhas acontecem e a ciência moderna ainda não consegue explicar. Além disso, tenho um bom faro para pessoas.

— Seu irmão parece discordar. Ele é bem protetor com você.

Pego outro pedaço de lula com o garfo e levo à boca.

— Perry até tenta. Quando a gente era menor, quem precisava de proteção era ele.

Termino de mastigar e engulo.

— Por quê? Ele não é mais velho?

— Só um ano e meio. Tenho vinte e sete; ele, vinte e nove. Perry sempre levou a vida da maneira dele. Desde pequeno, ficava cavando na terra e fazendo buquês, falando sobre como queria manter os negócios da família e virar florista como nossa mãe e nosso avô. Você pode imaginar como isso soava para outras as crianças na escola, em especial entre os meninos.

Estremeço. Crianças conseguem ser verdadeiras babacas, às vezes.

— E você? Nunca quis seguir os negócios da família?

— Não. Nossa mãe ofereceu deixar para nós dois, mas não é a minha praia.

— Mas te vi lá aquele dia… Você estava prestes a entregar um pedido. Trabalha lá?

— Mais ou menos. — Ao meu olhar questionador, ele explica. — Ano passado, nossa mãe foi diagnosticada com artrite reumatoide, provavelmente resultado do quanto trabalhou para manter o negócio vivo. Os médicos recomendaram uma mudança de estilo de vida drástica, então ela vendeu a casa, se mudou para uma comunidade de aposentados na Flórida e transferiu a maior parte da Blooms & Baubles para o Perry. Ele cuidou de tudo sozinho por um tempo, mas nunca foi muito bom com números, então larguei meu trabalho em Columbus no começo do ano para ajudá-lo.

— É assim que você está ajudando a "entregar os negócios ao futuro"? — Repito a frase que deixou Devin e Perry sem reação.

— Pode-se dizer que sim. — A expressão parece relaxada, mas uma linha se forma em sua testa conforme ele bebe mais um gole do drinque.

Bato os dedos contra minha coxa.

— Então, *onde* você trabalha? Se não é na Blooms & Baubles.

— Com meu pai. Ele é construtor no lado sul da cidade. Meus horários são flexíveis, então posso ficar na loja de tarde, ajudando Perry com as finanças e fazendo entregas quando o entregador dele está ocupado demais.

Abaixando o garfo, Devin apoia os cotovelos na mesa e cruza as mãos.

— Mas chega de falar sobre mim. Quero saber mais sobre *você*. Quer dizer, além de você ter se formado com as maiores notas de sua sala em Kent State e *summa cum laude* na Universidade de Direito de Case Western Reserve, onde trabalhou como a editora do *Periódico Jurídico* e ter sido a capitã da equipe de julgamento simulado. E, agora, trabalha na Smith & Boone… Ótima firma, por sinal. A empresa do meu pai é cliente deles. Acertei tudo?

Meu pescoço fica quente.

— Parece que alguém procurou tudo no Google.

— Bom, era preciso me certificar de que você não ia dar uma de *Atração Fatal* comigo. Caras como eu têm de ser cuidadosos quando se trata de mulheres misteriosas como você.

— Acho que sou misteriosa, mesmo.

— A situação? Sim. Você? — Ele olha nos meus olhos. — Você é fascinante.

— Fascinante como um experimento científico?

— Como *pessoa*. Agora, não fique brava, mas meio que amei que você deu de cara no vidro e dez segundos depois já estava rindo.

— Só para constar, eu estava morrendo de vergonha por dentro.

— E você, sem dúvida, correu na chuva só para chegar a tempo. Não conheço muitas mulheres que arriscariam arruinar o visual ou sei lá. Minha última namorada nunca pisou na chuva porque odiava estragar a maquiagem.

Fico com um embrulho no estômago. Ele está perto de um você--não-é-como-as-outras-garotas, o que nunca é um elogio. Tensiono a mandíbula e coloco minhas mãos no colo.

— Orgulhar-se de uma boa aparência não é algo ruim.

— Não, não é. — Ele esfrega a mão pelo cabelo, parecendo sentir minha tensão. — O que eu quis dizer é que… Você é linda e inteligente; tipo, obviamente inteligente, já que é advogada. Ficou cara a cara com a morte, se recuperou e está aí, prosperando. Mas, apesar de tudo, não se leva muito a sério. Gosto disso em você.

Mantendo contato visual, ele deixa as palavras se estabelecerem no espaço entre nós. Os músculos da minha mandíbula se relaxam com a intensidade de seu olhar.

— Agora é sua vez. O que gosta em *mim*?

Sorrindo, ele apoia o queixo na mão e, inferno, ele é muito fofo.

— Essa cantada sempre funciona para você?

— Às vezes. Funcionou agora?

— Achei que estávamos falando sobre mim — provoco.

— Sim, estamos. — Ele se ajeita na cadeira. — Então, Cassidy…

— Cass.

— Então, Cass. Conte mais sobre *você*.

8

— ℘arece que a chuva passou.

Devin mantém a porta aberta para mim quando enfim saímos do restaurante. Já é bem de noitinha — bem depois das nove, a julgar pelo tom roxo do céu. *Huh*. Não consigo lembrar a última vez que me diverti tanto na companhia de alguém. Não que aproveitar a atenção de Devin seja uma tarefa muito difícil.

Pisando na calçada, evito inúmeras poças de chuva brilhando com as luzes da rua. Estou surpreendentemente sóbria, considerando todos os gins com tônica.

— Ainda bem. Não preciso levar outro banho. — Dou risada. Meu cabelo está quase seco, mas minha blusa ainda está úmida. Parando, coloco minha bolsa no ombro, cuidando para não esmagar o buquê de lírios. — Obrigada pelo encontro. E pelos drinques.

Sorrindo, ele enfia as mãos nos bolsos da frente do jeans.

— O prazer foi todo meu. Pena que ainda não estejamos nem perto de desvendar o Caso das Memórias Misteriosas.

— Pois é. — Pena mesmo. Na verdade, tenho mais perguntas do que nunca. Por exemplo: por que sei detalhes aleatórios sobre Devin, mas outros aspectos grandes e importantes da vida dele estão em branco? Talvez o universo se divirta ao me ver catando migalhas em vez de comer uma refeição inteira.

Devin se aproxima até deixar apenas meio metro de separação entre nós.

— O que você acha de continuarmos com a investigação?

Pisco.

— Como assim?

— Bom, a noite é uma criança e ainda podemos falar sobre muita coisa. E se continuarmos comparando informações em um lugar mais divertido?

Engulo em seco, mas não consigo impedir que minha voz saia rouca.

— O que você tem em mente?

— Humm. — Ele toca no próprio queixo. — Poderíamos caminhar pela orla do rio. Ou ir a uma galeria de arte… Espera. — Ele estala os dedos. — Você gosta de jogar fliperama?

Apurei os ouvidos ao ouvir "galeria de arte" — faz séculos que não visito uma —, mas "fliperama" me intriga.

— Já joguei uma ou outra vez.

— Conheço o lugar perfeito. Não é muito longe. Só umas quadras daqui.

Abro um grande sorriso.

— Aceito.

O celular toca no bolso dele.

— Peraí. — Ele confere tela e ele toca no que parece ser uma mensagem antes de guardar o telefone. — Vamos?

Devim me oferece o cotovelo e passo os dedos pelos músculos firmes do seu antebraço. Seu perfume adentra minhas narinas e inspiro profundamente, deleitada com a presença sólida ao meu lado.

Andamos devagar, passeando, aproveitando a vista, aromas e sons da rua West 25th, o coração pulsante de Ohio. Observamos pessoas entrando em bares, jantando em varandas e rindo ao passear pela rua. O cheiro de lúpulo e de pizza flutua no clima ameno, enquanto conversamos sobre nossos restaurantes preferidos de Cleveland. Na quadra seguinte, paramos para olhar a vitrine de uma loja, admirando as bugigangas e mercadorias à venda.

Vejo nosso reflexo na janela e meu pescoço começa a formigar. A visão de nós dois andando de braços dados em uma rua diferente e com menos gente passa pela minha cabeça antes de se dissolver como a névoa da calçada.

Por que a vida de minhas memórias não pode ser minha vida *de verdade*? Eu me esforço desde sempre. Não fui a festas na escola a fim de conseguir uma bolsa para a faculdade de Direito. E, então, três anos estudando com a cara enfiada nos livros, enquanto tentava a todo custo virar a mulher bem-sucedida e autossuficiente que minha mãe quer que eu seja.

Talvez Devin aparecer na minha vida seja carma… Talvez o universo tenha decidido me dar alguma coisa uma vez na vida.

Talvez seja pedir demais. Mas, talvez, a esperança seja tudo.

— Você está franzindo o cenho. — O hálito quente de Devin faz cócegas em minha orelha e me arrepio.

Meus dedos se fecham de maneira automática, apertando o antebraço dele.

— Só estava pensando.

— A respeito do quê?

Respiro fundo.

— E se…? — Sacudo a cabeça. — Deixa para lá.

— E se você for médium? — sugere ele.

Dou uma gargalhada.

— Você acha que sou médium?

— Seria um jeito de explicar o que está acontecendo. Estou pensando em um número entre zero e cem.

— Não dá.

— Vai lá, qual é o número?

— Setenta e três?

— Quase. Doze.

Dou uma risadinha.

— Tá, talvez você não seja médium. Mas e se tiver um superpoder?

Reviro os olhos.

— Não tenho superpoderes.

— Não, escuta. E se você for capaz de manifestar seus desejos mais profundos?

— Isso é ridículo. E muito pretensioso. Quem disse que você é meu desejo mais profundo?

— Ei, foi *você* que acordou lembrando de *mim*. Vamos, tente.

— Ok. — Solto o braço dele e vou até a beira da calçada. Alongo o pescoço e sacudo os ombros. — Tá, e agora?

— Qual é seu maior desejo? Mentalize isso.

Com um sorrisão, fecho os olhos e digo a primeira coisa que passa em minha cabeça.

— Cheesecake. — Ergo as mãos, em expectativa. Depois de três segundos, abro um olho. — Funcionou?

— O que você acha?

Atrás dele há uma placa preta e branca, iluminada por um poste: Confeitaria Pullman.

Sorrio tanto que minhas bochechas até doem.

— Não pode ser.

— Pode. — Puxando-me pela mão, Devin me leva para olharmos a vitrine. Do lado de dentro, as cadeiras estão viradas de ponta-cabeça sobre as mesas circulares e as luzes estão apagadas.

— Fechado. — Dou um suspiro dramático. — Parece que não posso fazer meus desejos se tornarem realidade, afinal de contas.

Só noto que Devin continua segurando minha mão quando o polegar dele passa pelos nós de meus dedos, e a sensação se instala em minha barriga.

— Veremos — murmura ele.

Continuamos de mãos dadas. Minha pele está formigando contra a dele, e minha cabeça está curiosamente leve, como se eu pudesse sair voando em um sonho. Viramos à direita na esquina e entramos em uma rua lateral mais calma.

— Então… Alguma ideia para explicarmos o que está acontecendo aqui? — pergunto.

Ele para de andar. Eu também. Atrás dele, o letreiro neon na janela de um prédio baixo com fachada de tijolos diz ser o Fliperama Kantina Kinética. Deve ser o lugar sobre o qual ele falou. Antes de eu alcançar a porta, ele pega minha outra mão e a aperta. Meu coração dá uma batida em falso quando Devin baixa o queixo para olhar meu rosto.

— E se as suas memórias forem um sinal de que deveríamos nos conhecer? Que o destino, de algum modo, nos uniu? — pergunta ele, em voz baixa.

— Você acha isso mesmo?

— Não sei o que acho. — Ele dá uma risada suave. — Mas sei que gosto de você. E que estou feliz de termos nos conhecido.

Meu coração palpita dentro do meu peito dolorido.

— Eu também — sussurro.

Ele está tão perto que consigo ver cada linha, cada planície desse rosto lindo. O ângulo reto e afiado do nariz. As sombras debaixo das maçãs do rosto. A cicatriz acima da sobrancelha esquerda, iluminada pela rua. Branca e fina, ela deve ter uns três centímetros e segue o contorno do arco zigomático, espalhando-se na ponta. Franzo o cenho. Que estranho; não me lembro de ter desenhado uma cicatriz.

— Você está me encarando. — Os olhos escuros de Devin brilham.

— Desculpe. — Sorrio e minhas mãos se afastam das dele. — Parte de mim ainda tem dificuldade de acreditar que você é real.

Agarrando minha mão direita, ele coloca a minha palma contra a bochecha dele. A pele de Devin está fria e é suave como seda.

— Eu sou real.

Os barulhos da cidade diminuem ao nosso redor, e Devin é tudo o que existe no mundo para mim. O rosto dele — o rosto que conheço tão bem — parece aumentar até tomar todo o meu campo de visão. Meus membros estão soltos e lânguidos depois dos drinques, e me aproximo, tomada pelo forte desejo de transformar as memórias imaginárias em realidade. O olhar de Devin vai até minha boca. Minha língua escapa para molhar o lábio inferior e as pálpebras dele começam a se fechar.

Uma batida alta reverbera em algum lugar atrás de nós, e puxo a mão para trás, olhando ao meu redor automaticamente. De pé na janela do fliperama está o *irmão de Devin* — o que ele está fazendo aqui? O vidro é fosco, então os traços dele não estão nítidos, mas não há como negar o sorriso sarcástico em seu rosto.

— Que bom ver vocês aqui — diz ele com a voz abafada.

— Perry? — balbucia Devin. — Que porra é essa? — Ele move os lábios para a janela antes de se virar para mim. — Desculpe, Cass. Perry me mandou uma mensagem perguntando onde eu estava e falei aonde íamos. Não achei que ele apareceria do nada. Podemos ir a outro lugar, se você quiser.

Minhas entranhas se contorcem com a decepção, mas faço um gesto com a mão.

— Não tem problema que Perry esteja aqui.

Ele me encara, meio incrédulo.

— Não?

— Quer dizer, talvez ele tenha alguma ideia sobre a qual ainda não pensamos e possa explicar por que me lembro de você? Podemos dar um oi, conversar um pouco e, se você quiser, continuamos a noite em outro lugar.

Minha voz sai mais rouca do que eu esperava, e os olhos escuros de Devin ardem quando desliza os dedos pelo meu braço. O calor toma conta de meu ventre. Talvez seja a bebida, ou talvez seja o fato de que faz muito, *muito* tempo que um homem não me toca assim, mas encontrar um local mais quieto e sem Perry para atrapalhar parece uma ótima ideia.

Perry bate de novo na janela.

— Vocês vão entrar ou não?

Dou uma risadinha e Devin grunhe quando joga a cabeça para trás, sorrindo para o céu cheio de estrelas.

— Já vamos — responde ele.

A brisa sacode meu cabelo ao redor dos ombros enquanto Devin abre a porta para mim e entramos no estabelecimento. Apesar das luzes fracas e pendentes, a Kantina Kinética é uma explosão de nostalgia colorida, super *kitsch*. Há decorações de Natal nas paredes intercalando skates neon, pôsteres de filmes, discos de vinil e decoração de venda de garagem celebrando o passado da cultura pop de Cleveland. Num canto, acima do bar, entre o pôster de um show de Jimi Hendrix de 1968 e um boneco de Drew Carry, daqueles que balançam a cabeça, há uma réplica do famoso abajur de perna de *Uma História de Natal*.

Dá para ouvir tinidos eletrônicos vindos dos dez fliperamas enfileirados, assim como o rock clássico tocando nos alto-falantes e as conversas dos hipsters que compõem grande parte da clientela. Perry trocou de mesa para uma mais alta perto do bar. Quando ele nos vê entrar, ergue a cerveja, saudando-nos, e começa a se aproximar. Está vestindo jeans desbotados de caimento baixo no quadril e uma camiseta justa cor de oliva que ressalta os bíceps dele — bem diferente da camisa solta e manchada de pólen que vi na segunda-feira. Engulo em seco. Devin não é o único da família a malhar, considerando os músculos definidos do irmão.

— Dev.

Perry acena com a cabeça.

— Per. O que você está fazendo aqui?

— Você me convidou, lembra?

— Não, falei para onde eu estava indo. Não me lembro de ter incluído um convite.

— Estava implícito na mensagem. — Ele dá um tapinha no ombro de Devin. — Então! Como está indo o grande encontro com a Garota Misteriosa? Fizeram alguma descoberta?

— Ainda não — diz Devin.

— Estamos tentando pensar em como podemos ter nos conhecido — acrescento. — Tem alguma ideia?

— Além da ideia que dei antes, de você ser uma stalker da internet? Nenhuminha. — O sorriso dele é puro dente.

— Deixe ela em paz, Perry — avisa Devin.

Perry ergue as mãos para acalmá-lo.

— Sem ofensa. Se Devin acha que você está falando a verdade, quem sou eu pra questionar? — Ele toma um gole de cerveja. — A propósito, o que te fez querer vir à Kantina Kinética?

— Foi ideia do Devin.

— Foi o que pensei. — A mandíbula de Devin tensiona, mas Perry ou não nota ou não se importa, e continua. — Sabe, hoje mais cedo falei pra mim mesmo: aposto dez pilas que Devin vai levar a garota à Kantina Kinética depois de uns drinques. E, ei, parece que ganhei.

— Por quê? — Acabo perguntando.

— Porque quando você faz uma aposta consigo mesmo, sempre ganha. Não é incrível? — As sobrancelhas travessas dele saltam.

— Não, quero dizer, por que você achou que estaríamos aqui antes de Devin te contar?

— Porque ele traz aqui todas as mulheres de que gosta. E, olha só, até lírios ele te deu. Bem a cara do Devin.

Meu estômago se embrulha com a ideia de que possa haver mil mulheres na vida do Devin, todas ganhando lírios, todas indo a um encontro peculiar em um fliperama, mas deixo minhas dúvidas de lado. Todo mundo tem um passado. E é bem fofo que ele tenha o combo "drinques, flores e fliperama" para impressionar uma mulher.

Dou de ombros.

— Então está dizendo que ele gosta de mim?

Dou um piscadela exagerada. Devin ri e coloca um braço ao redor dos meus ombros.

— Claro que gosto.

— *Touché*. — Perry franze os lábios. — Perdoem-me, estou sendo rude. Vocês se importariam de se juntar a mim?

Ele aponta para a mesa, perto do bar.

— Só se prometer sair logo, Per.

— E onde fica a graça nisso? — Ele faz beicinho.

— Quer uma bebida? — Devin me pergunta.

— Claro. Qualquer drinque está bom, obrigada.

— Eu vou querer outro… Esquece. — Perry ergue a própria garrafa quase vazia, mas a abaixa quando percebe que Devin já foi, ignorando-o de propósito. Ele pigarreia. — Minha mesa é aquela ali.

Sigo Perry e me acomodo em um dos três assentos vazios. Tamborilando os dedos na mesa, examino a multidão.

— Você está aqui numa sexta-feira à noite sozinho?

As maçãs do rosto de Perry se enrubescem.

— Claro que não. Eu estava aqui de papo com Sam, meu chapa.

Virando para trás, ele acena para o bartender, um hipster vestido de preto com um moicano que parece preferir engolir um vidro inteiro de picles a bater papo com qualquer um. — E aí, Sam, como tão as coisas?

Com um grunhido, o bartender dá um aceno sem palavra para Perry enquanto serve uma cerveja para Devin.

— Sam e eu temos história.

Aham. Apoio os cotovelos na mesa.

— Deixe de besteira. Por que está aqui? Só porque você não gosta de mim?

— Não é que eu não goste de você. Nem te conheço direito.

— Exatamente.

— Ok, saquei.

— Olha, sei que a situação é… incomum… Mas não estou aqui para fazer nada de bizarro com o seu irmão. Estamos conversando, só isso. Tirando o pequeno mistério inexplicável do universo para resolver, é só um encontro básico, do tipo que as pessoas fazem para se conhecerem melhor.

— Vocês pareciam estar se conhecendo muito bem lá fora.

Estreitando meus olhos para ele, cruzo os braços sobre o peito.

— Sabe, não consigo acreditar que quase disse sim quando você me chamou para sair aquele dia na floricultura.

Fico grata ao ver Perry se engasgar no copo e a cerveja escorrer pelo seu queixo. Ele limpa a umidade com o punho.

— Não te convidei para sair.

— Convidou sim.

— Eu estava conversando. Como faço com todos os clientes.

— Aham. E você está aqui de novo… por quê?

— Pergunte a Devin sobre a Sadie. — Ele aponta com o queixo para o irmão, que está entregando o cartão de crédito ao bartender.

Sou pega de surpresa.

— Quem é Sadie?

— A pior coisa que já aconteceu com Devin, e ele não imaginava o que ela poderia fazer.

— Sabe, todas as histórias têm dois lados. Talvez ela não seja tão ruim quanto você pensa?

Ele sacode a cabeça.

— Pergunte a ele e você vai entender por que tento proteger o meu irmão. — Perry fica muito sério, mas, antes que eu possa fazer qualquer pergunta, Devin retorna, me passa uma cerveja e dá um tapa no ombro de Perry, fazendo-o estremecer. — Bom, que legal, Perry, mas é hora de você ir embora.

Ele tira a mão de Devin de seu ombro e a deixa cair.

— Cheguei aqui primeiro.

— O que você acha disto, então? — Eu me meto antes de a situação ficar ainda mais constrangedora. — Já que você gosta de fazer apostas, vamos apostar, *Terry*.

— Perry — corrige ele.

Sorrio, sarcástica.

— Você. Eu. Fliperama. Se eu ganhar, você vai nos deixar aproveitar a noite em paz. Se você ganhar, vamos embora, e você pode ficar aqui, no paraíso dos fliperamas.

Devin solta um gemido como se eu tivesse dado um soco em seu estômago. Perry abre em um sorriso tão grande que consigo ver cada um de seus dentes brancos e uniformes. Entrelaçando os dedos, ele estica os braços acima da cabeça e os músculos de seus bíceps ficam mais salientes.

— Só se for agora. Vou pegar algumas fichas… E outra rodada de cerveja. Você vai precisar de uma quando eu acabar com você.

Ele pula para fora do banquinho e vai em direção ao bar com passadas largas, bamboleando de modo decidido.

— Ah, minha pobre ingênua, você não sabe o que acabou de fazer. — Devin dá uma risadinha, esfregando a palma contra o maxilar.

— Quê? — pergunto.

— Perry é *foda* no flíper.

— Confie em mim. — Coloco as duas mãos em seu rosto, dou um selinho rápido em sua boca e congelo, meus lábios a centímetros dos dele. Devin arregala os olhos.

Puta merda, beijei ele! Não era a intenção, não exatamente. O que fiz é o tipo de demonstração casual de intimidade reservada para pessoas que se conhecem de verdade — que já saíram várias vezes, para dizer o mínimo. A gente pode até ter tido um *momento* lá fora, mas ele não pediu isso. E se eu o tiver interpretado mal antes? E se ele não quiser este tipo de relacionamento comigo? A ideia de que "Cass é uma stalker" deve ter voltado à sua mente, pois que pessoa normal teria feito algo assim?

Pedindo desculpas com uma careta, dou uns *tapinhas* amigáveis em sua bochecha, rezando para encontrar um portal para outro universo que possa me engolir. O que não acontece. Mas, antes que eu possa fugir e me enterrar na vala mais próxima, os braços de Devin circulam minhas costas, me puxam para perto e agora é *ele* que está me beijando.

Minha coragem se esvai. Os lábios de Devin são incrivelmente suaves, do jeito como eu me lembrava. Meu cérebro entra em pane. Devin está me beijando. *Ele está me beijando*. E não apenas em uma lembrança, mas na vida real. A língua dele provoca a abertura de meus lábios. Fecho os olhos, deleitando-me com o cheiro da colônia de bergamota e o jeito como a língua dele passa em minha boca, acelerando, comandando.

Ok, *não* é da forma que eu lembro, mas acompanho o ritmo dele e sinto uma onda de calor em meu ventre com os fogos de artifício causados pela sensação. Um arrepio desce pela minha coluna, e as lembranças de todos os beijos que trocamos, tantas vezes, em diversos cenários, correm por minha cabeça como se fossem parte de um filme avançando depressa. O sonho se mistura à realidade. Meu coração palpita.

Quando acho que minha cabeça está prestes a explodir pela sobrecarga sensorial e as memórias fora de controle, Devin desacelera. Com um último toque de lábios, ele se afasta e coloca uma mecha de cabelo atrás de minha orelha.

— Uau — murmura ele, a voz grave ressonando conforme seus olhos procuram por meu rosto.

— É. — Solto a respiração no meio de uma risadinha.

Ele pega minha mão e me leva até o banquinho mais próximo. Em boa hora, já que não tenho certeza de que minhas pernas trêmulas conseguem me manter em pé por mais tempo.

— Voltei — grita Perry por cima da música. Ele joga na mesa um jarro de cerveja e três copos de shot cheios de um líquido âmbar, seguidos por três copos plásticos que enfiara embaixo do braço.

— O que é isso? — Aponto para as doses de bebida.

— Um tratado de paz para mostrar minha boa vontade. — Perry faz um shot deslizar pela mesa na direção de Devin e passa o outro para mim. Levo o copinho para perto do nariz e cheiro. O aroma de canela preenche minhas narinas e começo a tossir.

— Não, mas o que *é* isso?

— Uísque Fireball.

— Ná-não. Não vou tomar, obrigada. — Já tive experiências ruins demais com Fireball ao longo dos anos. É melhor eu continuar só na cerveja, em especial depois do gim e tônica. Empurro o copinho para longe com um único dedo.

— Quer, Devin?

— Não, obrigado.

Dando de ombros, Perry pega o copinho mais próximo, joga o conteúdo na boca e bate o copo na mesa. Imediatamente pega minha dose rejeitada e engole tudo de uma vez só.

Já se aproxima do terceiro quando Devin o tira de perto dele.

— Calma aí, bebum. Vamos mais devagar.

— Quê? Acho que seria bom dar a ela uma vantagem, não?

Apoiando o queixo na mão, inclino a cabeça para o lado.

— Você tem tanta confiança assim de que vai vencer?

— Você nunca me viu jogar.

Meus lábios se estendem em um sorriso.

— Você também nunca me viu. — Dane-se. Sei que estou misturando bebidas, mas ao menos comi antes; consigo aguentar. O uísque de canela abre um caminho flamejante em minha garganta. Lambendo os lábios, deixo o copinho vazio na mesa. — É mais justo jogarmos de igual para igual. Preparado para perder?

Perry bufa.

— E você, *preparada*? — Agarrando a jarra de cerveja e os copos de plástico, ele vai em direção a uma máquina temática de *Além da Imaginação*. Apropriado.

Saio do banquinho para segui-lo, mas Devin agarra minha cintura. A mão dele parece ferro quente atravessando minha blusa ao segurar a lateral do meu corpo.

— Você é uma das mulheres mais surpreendentes que já conheci — diz, suave, o hálito quente acariciando minha orelha. A luz pega a linha de seu maxilar e, droga, ele é *lindo*, como uma pintura do Romantismo. Os lábios cheios e brilhantes, o maxilar imaculado, as sobrancelhas escuras e modeladas à perfeição sobre olhos intensos e castanho-escuros. Como o penetrante autorretrato de Orest Kiprensky misturado à energia iluminada e cativante de um Gauguin.

Com o coração pulando atrás das costelas, finjo uma bravata que não sei se estou sentindo.

— É melhor se preparar. Você ainda não viu nada.

— Promete? — O brilho nos olhos dele é tão potente que quase entro em combustão.

Parte de mim quer arrastá-lo para fora dali, dane-se Perry e nossa aposta. E, pela forma como Devin está olhando para mim, tenho certeza de que ele gostaria da ideia. Mas uma promessa é uma promessa. Prometi jogar fliperama com Perry e nunca desisto de um desafio — especialmente quando o assunto é fliperama.

— Veremos.

Dando de ombros, me afasto dos braços dele e vou até a máquina de *Além da Imaginação*, onde Perry nos encara com intensidade, aguardando.

Deixo que meus quadris rebolem mais do que de costume, sabendo que Devin também me observa.

Com uma risadinha, ele corre e chega ao meu lado depressa.

— Conte comigo, Garota Misteriosa.

9

— *P*arece que você finalmente encontrou uma rival, Perry. — O tom surpreso de Devin é quase engolido por barulhos eletrônicos e lampejos vermelhos e laranja vindos das luzes da máquina de fliperama dos anos noventa.

Admito que fiquei preocupada quando vi Perry jogar. O jogo dele demorou quase 45 minutos e terminou com um placar impressionante de 1,9 bilhão de pontos. Meu placar está em 1,4 bilhão, neste momento; ainda preciso correr um pouco. Devin se aproxima para ver de perto, mas não posso deixar que a proximidade me distraia. É minha penúltima bola, então, se eu quiser vencer, preciso manter o foco. E aquele shot de Fireball não está ajudando. Minha cabeça parece feita de algodão e preciso apertar os olhos para focar na bola. Aponto para um canto onde sei que posso conseguir pontos extras se acertar a bola direitinho e, como esperava, ela ricocheteia no lugar. Suspiro, aliviada. As luzes brilham e ganho mais dez milhões de pontos.

— Como você é tão boa? — pergunta Perry, maravilhado.

— Morei em cima de um fliperama em Euclid até os doze anos... antes de me mudar para Chagrin Falls — acrescento para Devin. — O dono costumava me dar fichas de graça se eu ajudasse a varrer o chão depois da escola.

— Isso é meio questionável. Trabalho infantil e tudo mais — diz Devin.

Não paro de olhar para a bola sacolejando diante de mim.

— Ele era um amor, na real. Minha mãe trabalhava pra caramba, então eu era uma dessas crianças que passa muito tempo sozinha, sabe?

Acho que me deixar varrer o chão em troca de fichas era o jeito dele de ficar de olho em mim sem eu sentir que ele estava fazendo caridade.

O sr. Fitzpatrick, o dono do fliperama de Euclid, sempre terá um lugar especial em meu coração. Ele era um veterano sessentão e grisalho, e sempre foi gentil com a menina quieta e tímida que morava no andar de cima. Ele até me deixava desenhar na lousa atrás da caixa registradora quando eu ia lá. Depois de pegar uns pedaços quebrados de giz colorido, ele os jogava no balcão e dizia: "Deixe isso daí bonito" com a voz rouca e áspera.

No começo, eu não sabia o que desenhar, então tentava fazer o que via no fliperama: os prêmios da vitrine de prêmios — bichos de pelúcia, brinquedinhos, tatuagens temporárias de dragões e borboletas. Depois, comecei a fazer personagens de videogame e, enfim, pessoas. Mas, independentemente do quão caricatos e horríveis fossem meus desenhos, ele assentia com a cabeça e dizia: "Bom trabalho". E, no dia seguinte, quando voltava, a lousa estava limpa de novo: um quadro esperando que minha imaginação o levasse de volta à vida.

Passei inúmeras horas lá ao voltar da escola, jogando fliperama, varrendo o lixo e desenhando na lousa do sr. Fitzpatrick. Até minha mãe descobrir. Ela acabou com o que chamou de "perda de tempo" com rapidez.

Sacudo a cabeça para voltar a focar no jogo.

— Enfim, fazia um bom tempo que eu não jogava.

— Nunca teria imaginado — murmura Perry.

Volto a me concentrar no jogo, o momento em que uso as palhetas para fazer a bola subir por uma das rampas e atingir o alvo. Entendo, vagamente, que há uma pequena multidão atrás de nós — consigo ouvir o farfalhar dos sapatos e a pressão invisível dos corpos. Sussurros e vivas ocasionais aumentam de tom quando atinjo um dos alvos. Perco uma das bolas, mas tem outra carregando; é minha última bola. Dez minutos depois, estou chegando perto do placar de Perry... se eu só conseguir...

— Aaaah, cuidado com o... — diz alguém.

O cotovelo de Devin roça no meu e chego tarde demais por um milésimo de segundo. A bola desaparece no espaço inferior.

Perry comemora e a multidão grunhe. Meu coração se aperta até um *tim* mecânico chamar minha atenção: tenho uma bola extra! Ela sai do topo da máquina. Foco na bola quando ela começa a cair, e a mando de volta para cima. A bola bate contra diversos rebatedores sucessivamente até alcançar um dos alvos. A última porta se ilumina, seguida depressa pela maçaneta com um ponto de interrogação — é agora! É minha oportunidade. A bola rola em direção à palheta esquerda secundária. Aperto o botão e ela voa em direção ao alvo correto. A máquina tintila e as luzes piscam.

— *Lost in the Zone!* — alguém comemora na plateia, como a música de *Além da Imaginação*.

A máquina dispara seis bolas com rapidez. Tenho trinta segundos para acertar todos os alvos que conseguir e aumentar o número de pontos. Maceto os botões. Os alvos se iluminam um atrás do outro. Quando uma bola cai, outra aparece. Enfim, as palhetas morrem, deixando as bolas descerem pelo buraco.

Meu placar aparece: 2.051.619.580. Maior que o de Perry.

— Ganhei! — grito.

O grupo de cinco pessoas atrás de mim comemora e aplaude.

Devin me levanta e começa a me rodopiar no ar.

— Vitória da Equipe Devin! — brada.

A euforia toma conta de mim e continuo rindo quando ele me bota de volta no chão. Nossos olhares se conectam, e os olhos dele queimam com o triunfo.

Por impulso, jogo os braços ao redor do pescoço dele e empurro a boca contra a de Devin. Ele devolve o beijo com entusiasmo, e gargalhadas flutuam na multidão que se dispersa. Não me importo de termos público ou se estamos nos beijando no meio de um fliperama. Os dentes dele arranham meu lábio inferior. Inspiro, tomada de surpresa, e a palma dele desce, pressionando a covinha no fim de minhas costas.

Alguém limpa a garganta atrás de nós, e me afasto, respirando com dificuldade. Passando os dedos pelo cabelo, dou meia-volta para ficar frente a frente com Perry.

O sorriso sentido dele não consegue esconder sua decepção.

— Vitória da Equipe Devin… como sempre — diz ele, tão baixo que quase não o ouvi. Sinto meu coração se apertar. Levando a cerveja aos lábios, ele esvazia o copo em várias goladas. — Bom, promessa é dívida. Estou indo agora. Foi um jogo incrível, Cass. Quer uma revanche, qualquer hora dessas?

— Claro.

Afastando-se da máquina, ele dá dois passos e cambaleia. Devin o segura pelo ombro, franzindo o cenho.

— Você está bem? — ele pergunta.

Perry acena, como se afastasse as preocupações do irmão.

— *Pfff*. Estou bem.

Os olhos verdes dele estão vidrados e desfocados, e há uma rouquidão em sua voz que não estava lá antes.

— O Perry não está legal. Além das doses, ele bebeu a maior parte da jarra sozinho — sussurro para Devin.

— Acho que você tem razão. Droga, Perry. Sente aí. — Devin conduz Perry até um assento livre no bar, apesar dos protestos. — Beba um pouco d'água. E não discute.

— Que mandão — balbucia Perry, mas toma a água que Sam, o bartender, empurrou na direção dele.

Segurando meu cotovelo de modo gentil, Devin me afasta da cena.

— Sinto muito. Perry não costuma beber tanto. Acho melhor levá-lo para garantir que ele vai chegar em casa bem…

— Claro, sem problemas.

— Quer uma carona? Eu não bebo há algumas horas. Posso pegar meu carro e…

Perry cai por cima do bar e só não escorrega para fora do banquinho porque Sam, que praticamente pula por cima do bar, o coloca de volta no lugar. Devin faz careta.

— Por que não dividimos um Uber? — pergunto, pegando minha bolsa, que tinha ficado no chão ao lado da máquina de fliperama.

— Boa ideia.

— Não, é uma ótima ideia. Deixem que eu faça isso. É o mínimo que posso fazer — chama Perry. Depois de alguns segundos tentando achar o celular sem resultados, Devin vai até ele e o tira do bolso da calça de Perry. Ele segura o celular na frente da cara do irmão para desbloquear o aparelho e começa a tocar na tela várias vezes.

— O Uber mais próximo está a três minutos daqui. Vamos lá.

Seguramos Perry para tirá-lo do bar e o arrastamos até a porta. Ele está tão estável quanto uma maria-mole, então passo o braço dele ao redor dos meus ombros enquanto Devin o agarra pelo outro lado. Do lado de fora do estabelecimento, o baixo de uma melodia ecoa à distância, quicando nos prédios históricos de ladrilhos.

Perry cambaleia entre nós.

— Desculpa pelo porre.

— Acontece nas melhores famílias — digo.

— Não precisava ter acontecido nesta, porém, nem hoje à noite — Devin grunhe para si mesmo.

Perry vira a cabeça a fim de olhar para Devin e depois para mim.

— Sabe o que mais? Acho que não tem nada errado com você, Cass. Tenho oficialmente 92% de certeza de que você não é uma stalker.

— Que aprovação incrível — afirmo, bufando.

— É sim. — Os olhos verdes de Perry estão desfocados quando passam pelo meu rosto. — Mas acho bom você tratar meu irmão direito, já vou avisando. Ou vou soltar O Coronel em cima de você. — Apertando um único olho, ele tira o braço de perto de Devin e aponta o dedo em minha direção.

O movimento repentino faz com que ele perca o equilíbrio, e nós cambaleamos para o lado. Eu tento me reequilibrar e acabo com o rosto apertado contra o peito de Perry. O cheiro de grama recém-cortada, canela e uísque toma conta de mim, e sinto um frio na barriga.

Devin agarra o braço de Perry antes de cairmos, puxando-o de volta de modo brusco — e eu junto.

— Meu Deus, Perry. Você precisa dar um jeito em si mesmo.

Ele ergue a mão.

— Foi mal, foi mal.

O Uber finalmente chega, e colocar Perry dentro do pequeno Ford Fusion sem ele cair de cara na sarjeta é outra aventura por si só. Depois de várias tentativas de manobrá-lo para dentro, conseguimos colocar todos os seus membros no assento de trás e entrar também. Minha casa fica a só alguns quarteirões dali, então o Uber sugere parar lá primeiro. Ao chegar em casa, Perry já desmaiou, a cabeça caída contra o apoio de cabeça, roncando baixinho.

— Ele está bem? — pergunto a Devin.

— Ah, sim, tudo bem. Ele vai ficar melhor depois de dormir.

Quando saio do carro, Devin me segue e vai comigo até a calçada. Paramos na entrada, de pé na piscina de luz criada pela arandela.

— Desculpa de novo pelo Perry — diz ele.

— Tudo bem. Eu me diverti.

— Eu também. — Chegando mais perto, ele abre um sorriso tímido. — Olha, sei que a gente só se encontrou para tentar resolver o seu mistério, mas eu gostaria de sair com você. De verdade.

A alegria pula em meu peito como um passarinho.

— Eu ficaria feliz com isso.

— Ótimo. — Um sorriso aparece no canto dos lábios de Devin quando os olhos dele param em minha boca. Ele se aproxima, com intenções inconfundíveis, e nossos lábios se conectam.

O gosto de menta permanece nos lábios dele quando os pressiona contra os meus. Dos três beijos da noite, este é, com certeza, o mais comportado — provavelmente porque o motorista do Uber está esperando com um Perry desmaiado no banco de trás —, apenas um encontro breve de respiração e corpos. O reconhecimento de que há mais por vir. Um instante depois, ele dá um passo atrás com um sorriso estonteante.

— O que vai fazer depois do trabalho na terça? — pergunta ele.

Procuro no meu cérebro e não me lembro de nada, mas já aprendi que não posso confiar em minha memória nem quando estou bem, imagine então depois de vários drinques e uma dose de uísque. Pego o celular e confiro o calendário.

— Nada.

— Eu estava planejando ver minha banda cover favorita de clássicos dos anos oitenta. Eles vão se apresentar no East Bank of the Flats. Quer vir comigo?

— É um encontro.

— Ótimo. Eu mando mensagem. — Acenando, Devin desce as escadas e entra no Uber, que ainda esperava.

Observo o carro partir e destranco a porta da frente para entrar em casa. Depois de fechar a porta, encosto-me nela e abro um enorme sorriso, encarando o teto. A noite foi melhor do que eu jamais poderia ter imaginado.

Na sala, encontro Brie dormindo no sofá. A tela de entrada da Netflix brilha da televisão até o canto do cômodo, iluminando Xerxes, que está parado acima dela no sofá como se fosse um guarda-costas. Brie deve ter caído no sono me esperando chegar em casa. Meu estômago se contorce.

Eu deveria ter mandado uma mensagem com notícias e dizer para ela não esperar. Desligo a TV e a cubro melhor nos pés e ombros com o cobertor. Xerxes pia um aviso.

— Fique calmo, não estou a machucando — murmuro.

Na cozinha, abro e fecho cada uma das portas dos armários fazendo o mínimo de barulho possível, procurando um vaso para colocar meus lírios. O melhor que consigo encontrar é uma grande jarra de vidro, então afundo os caules no recipiente e o encho de água. Eu me arrasto escadaria acima com minhas flores, a cabeça latejando a cada passo. Depois de uma parada rápida no banheiro para lavar o rosto e escovar os dentes, coloco a jarra de lírios na escrivaninha, tiro as roupas amassadas, me enfio no pijama e pulo na cama. Meu colchão range como protesto.

A porta se abre e Brie coloca a cabeça para dentro a fim de espiar o quarto. Os óculos estão tortos no nariz dela, e o cabelo loiro está tão desarrumado que parece a juba de um leão.

— Como foram os drinques com Devin?

— Bom. Muito bom, na verdade.

— Vocês descobriram onde se conheceram antes?

Sacudo a cabeça em negativa.

— Que coisa. — Ela encosta no batente da porta, bocejando.

Abraço meus joelhos contra o peito.

— Vou ver Devin de novo na terça.

Brie fecha a boca de repente e arregala os olhos.

— Tipo um encontro?

— Bem... sim.

— Puta merda, Cass. — Entrando no meu quarto, ela se estica nos pés de cama, apoiando a cabeça na mão. — Você sabe que não acredito nessas coisas espirituais, mas talvez você e Devin estejam destinados a ficarem juntos.

Meu peito se aperta e tiro um fio solto da bainha da calça do meu pijama.

— É muito cedo para dizer uma coisa dessas.

— Você gostou dele... do Devin *real*?

— Acho que sim. Ele é engraçado, charmoso e beija muito bem. Tipo, como manda o figurino.

— Peraí. Vocês se beijaram? — Ela dá um tapa na minha canela. — Conta essa história direito!

— Eu sei. Ainda nem consigo acreditar. — Sinto meu estômago revoar com a memória dos beijos... os beijos *de verdade*. — E você? O que fez hoje?

— Tive aquela banca, lembra?

Bato na minha própria testa.

— Dá. Como foi?

— *Argh*. — Ela se joga no colchão antes de se posicionar, sentando-se. — Era um aglomerado de testosterona. Eu era a única mulher da banca e os homens *não* calavam a boca. Até mesmo quando o moderador fez uma pergunta para *mim*, eles sentiam necessidade de se meter e falar no meu lugar. Se o Marcus não estivesse lá, eu teria gritado.

— Espera, o *Marcus* estava lá?

— Sim. Ele apareceu lá pela metade.

— É mesmo? — Remexo meus ombros sugestivamente.

— Não desse jeito. Somos apenas amigos. Outro dia contei a ele sobre a conferência, e ele passou lá depois do trabalho.

— Entendi. — Parece que não sou a única com um admirador. — Bom, me desculpe por não ter ido.

Bocejando tanto que a mandíbula estala, Brie sai da cama e vai até a porta.

— Você pode compensar com um bom café da manhã para mim.

— Claro. E vou querer uma descrição segundo por segundo da banca inteira.

— Só se eu ganhar uma descrição segundo por segundo de seus amassinhos com o Devin. — Ela faz barulhos de beijo enquanto sai do meu quarto. Jogo um travesseiro nela, que o bloqueia com a porta. — Boa noite — diz Brie, com os olhos brilhando.

— Noite.

Assim que a porta se fecha, me enfio debaixo das cobertas. Rolando para o lado, estico-me até o abajur, mas paro. O caderno está brilhando sob a luz. Eu me movo mais para cima na cama e abro o caderno em meu colo. Tantas páginas de desenhos conhecidos de Devin me encaram de volta.

Estudo a curva detalhada da sobrancelha dele em um dos retratos em close-up. Nenhuma cicatriz. Passo por outras páginas. Nenhum dos desenhos que fiz mostram a tal cicatriz. Enfiando o caderno dentro da gaveta da mesa de cabeceira, apago a luz e me acomodo na cama.

Como posso saber tantas coisas a respeito de Devin, como a universidade em que ele estudou, a comida preferida, os esportes de que gosta, mas não me lembrava de ele ter uma *cicatriz* no rosto? O que mais não sei a respeito dele?

E quanta coisa que sei pode estar errada?

Acho que preciso passar mais tempo com Devin para descobrir.

10

A segunda-feira seguinte começa com uma enxurrada de e-mails de trabalho e novas tarefas enviadas por Andréa: esboçar uma carta para um cliente corporativo, sumarizando nossos conselhos legais a fim de evitar um processo em potencial. Estou tão ocupada que mal noto o telefone do escritório tocando lá pelas onze.

Atendo o telefone.

— Cass Walker.

— Oi, Cass. Aqui quem fala é o David, da recepção. Tem uma entrega para você aqui na frente, quando você tiver um segundo livre. — Ele pausa. — Quer uma pista? Você deveria pegar o que chegou imediatamente... *antes que murche* — ele acrescenta com um tom significativo.

Minhas bochechas enrubescem.

— Ah! Tudo bem, obrigada. Já estou indo.

Coloco o telefone no gancho e o encaro por vários segundos. "*Antes que murche...*" Será que alguém mandou flores? Será que foi Devin?

Ficando de pé tão depressa que a cadeira rodopia, apresso-me até o elevador. Devin e eu trocamos mensagens por uma hora ontem, falando sobre o fim de semana, nossos programas preferidos da Netflix — o dele é *Making a Murderer*, o meu é *Jane the Virgin* — entre outras conversas fofas e típicas de quem está se conhecendo. Eu nunca teria imaginado que ele planejava mandar flores como preâmbulo de nosso primeiro encontro oficial amanhã.

Quando o elevador me deixa no saguão, meu sorriso é tão grande que minhas bochechas doem. Mas, quando vejo a pessoa parada na frente da escrivaninha da recepção, congelo. Não é Devin.

Perry está no saguão, segurando um pequeno vaso de íris roxas.

Ele está com uma cara bem melhor do que a que vi no Uber, na sexta-feira, isso preciso admitir. O cabelo está penteado, e a expressão está viva, sem aquele olhar vidrado. Este Perry, o que está diante de mim, é o Perry do dia em que nos conhecemos: jeans surrado, sorriso tímido e uma camiseta manchada de pólen. Ele acena ao me ver.

No canto da escrivaninha de David há um enorme buquê de rosas vermelhas com caules longos. Engulo em seco. Isso é para *mim*?

— Oi, Perry — digo ao chegar na mesa de David. — O que está fazendo aqui?

— Fazendo uma entrega. — Ele aponta com a cabeça para o massivo buquê de rosas. — Parece que uma de suas colegas de trabalho está celebrando aniversário de trinta anos de casamento hoje.

Meu estômago se aperta. Ah, então as rosas não são para mim. David espia por trás de seus óculos pretos de armação grossa, sem nem tentar esconder que está ouvindo nossa conversa com atenção. Afastando-me da escrivaninha dele, guio Perry para o lado oposto do saguão. Gosto de David, mas não quero virar o assunto das fofocas do escritório.

— E a loja? Quem ficou no seu lugar? — pergunto a Perry.

— A loja só abre depois do meio-dia, e nosso entregador de sempre, o Chuck, não começa até as três. Devin mencionou que você trabalha na Smith & Boone, então quando o pedido de rosas chegou hoje de manhã, achei que seria uma boa ideia fazer a entrega eu mesmo. E uma extra.

Aceno para o vaso de íris que ele está segurando.

— É para mim?

— De fato, é.

Nossos dedos roçam quando pego o vaso das mãos dele. As pétalas curvas das íris têm um tom violeta profundo e são enfatizadas pelos caules estreitos de lavanda e ramos verdes.

— São lindas — digo, inalando o aroma glorioso das flores. — E tão gentil da parte de Devin. Vou agradecê-lo assim que nos vermos.

Perry fica vermelho.

— Na verdade, é um presente meu.

Minha boca pende e arregalo os olhos. Presente... de *Perry*?

— Para pedir desculpas por ter ficado bêbado e arruinado seu encontro com Devin na outra noite — ele acrescenta bem rápido. — Para ser sincero, fui injusto com você desde o começo e peço desculpas. Esta é minha forma de tentar consertar o que fiz.

Puta merda. Que bacana da parte dele. Quer dizer, teria sido ainda melhor se Devin tivesse mandado as flores, mas aprecio o fato de Perry admitir os próprios erros e pedir desculpas. E ele escolheu roxo para meu buquê — de novo, como no dia em que nos conhecemos na Blooms & Baubles. Porque roxo enfatiza o verde dos meus olhos. Meu pescoço fica quente com a lembrança de nossa primeira conversa.

— Desculpas aceitas. Apesar de que não era bem um encontro, então não deu em nada.

— Eu estava errado ao seu respeito, Cass. E, se isso significar alguma coisa para você, fico feliz que esteja saindo com meu irmão.

— Obrigada, Perry. Isso é muito importante para mim. E, se significar alguma coisa para você, acho que também estava errada ao seu respeito. Você é um cara bacana.

Nós dois nos encaramos por um longo momento.

Perry limpa a garganta e olha para outro lado.

— Bom, acho que é hora de ir. Preciso abrir a loja logo.

— Obrigada de novo pelas flores.

— Sem problema. A gente se vê outra hora. — Ele se despede em tom alegre e vai até a porta.

Do outro lado do saguão, o elevador se abre e um homem com roupa de entregador sai, carregando uma pilha impossivelmente alta de caixas que bamboleiam a cada passo. Antes que eu possa perguntar se ele precisa de ajuda, Perry se apressa até a porta da frente a fim de abri-la para o homem. Quando a caixa de cima cai, Perry a segura para o entregador, e os dois vão até o estacionamento do lado de fora. David, que estava inclinado em sua escrivaninha observando a cena toda, me chama para perto.

— Quem é *aquele*? — pergunta ele.

Sorrio por reflexo.

— Um amigo. Eu meio que estou saindo com o irmão dele.

— Uau… Bom, se o irmão for tão gato quanto ele, *parabéns*.

Dou uma gargalhada.

— Obrigada, David.

Levo o vaso de íris para meu cubículo e o deixo na mesa. O cheiro doce e terroso das íris se mistura ao de lavanda, e respiro fundo, fechando os olhos. Que reviravolta surpreendente. Nunca pensei que Perry apareceria no escritório para pedir desculpas pessoalmente, muito menos trazer flores para mim. Se Devin tem esse tipo de família, então ponto para ele.

E, agora que Perry está do meu lado, tenho menos um problema até descobrir se a ligação que tenho com Devin é real. Se ele tiver metade da consideração e da autorreflexão de Perry, então estará à altura do Devin de minha memória. Mas só o tempo dirá.

Meu celular vibra na escrivaninha e o pego quando vejo o nome de Devin na tela. Ainda não consigo acreditar que faz três semanas desde que começamos a sair. Se alguém tivesse dito para a Cass que acordou do coma que as memórias de Devin seriam, na verdade, as precursoras da realidade que estava por vir, ela teria pedido à neurologista para aumentar a medicação.

Não que minhas experiências com Devin nas últimas três semanas sejam *exatamente* do jeito como eu lembrava. Tipo, no nosso segundo encontro, ele me levou para ver um show na Playhouse Square — algo que eu poderia jurar que nunca fizemos antes. E fiquei chocada ao descobrir que ele não tem uma bicicleta, apesar de eu me lembrar com nitidez de nós dois andando de bicicleta no parque.

Mas a adrenalina de conhecê-lo, junto às borboletas de antecipação cada vez que o vejo? Iguaizinhas.

Toco no botão verde para aceitar a chamada.

— Olá, você.

— Oi, linda — a voz grave dele retumba, fazendo meu peito se encher de faíscas.

— Como você está? Desculpe por ter cancelado ontem à noite.

— Não foi sua culpa. A chefe pediu para você ajudar a preparar um caso importante, o que é incrível. Eu teria ficado bravo se você tivesse deixado isso de lado para sair comigo.

— Bom, eu teria preferido sair com você, acredite. — Não saí do escritório até bem depois das nove, e continuei trabalhando em casa até quase uma da manhã. Sinto um bocejo se aproximando em minha garganta, mas o abafo com as costas da mão.

— Ótimo. Porque tenho uma surpresa para você.

— Sério? O quê?

— Venha aqui embaixo.

— O quê, agora? Mas estou no trabalho.

— Exatamente.

Sorrio tanto que meus molares doem.

— Devin Szymanski, o que você está tramando?

— Vá até o estacionamento se quiser descobrir.

Saio da escrivaninha e começo a andar.

— Tudo bem. Só um minuto.

— A gente se vê em breve.

Desligo e dou meia-volta no cubículo... só para esbarrar em Mercedes.

— Ai — grunhe ela quando nossos peitos batem um contra o outro, e nós duas nos apressamos a dar um passo atrás. Ela alisa a blusa branca e imaculada, as unhas carmim brilhando. As bochechas dela estão mais pálidas que o normal e os dedos tremulam quando ela empurra uma mecha de cabelo para trás da orelha. — Com quem estava falando?

Torço o nariz. Mercedes nunca faz perguntas pessoais, muito menos perguntas invasivas.

— Um amigo.

— Você está saindo?

— Por que, precisa de algo?

— Não, eu só estava me perguntando se você não quer almoçar comigo.

— Ah, há....

Passando ao meu redor, ela pega a própria bolsa da última gaveta da escrivaninha.

— Tem uma nova delicatéssen ali esquina e eu estava morrendo de vontade de ir lá. Vamos? — Os dentes dela aparecem em um... sorriso? Será que acordei em um universo paralelo ou Mercedes Trowbridge decidiu, de repente, ser legal comigo?

— Desculpe, Mercedes. Na verdade, estou indo encontrar alguém neste exato momento. Fica pra próxima?

— Não tem lugar para mais uma? — A risada suave dela soa como o tilintar de sinos, mas tem algo errado no tom. Na verdade, tem algo errado a respeito de toda esta interação. Mercedes não é de fazer a boazinha com os outros, a não ser que eles sejam advogados-sênior ou sócios, e ela certamente nunca foi boazinha comigo. Aperto o celular com mais força.

— Não é nada de mais. Meu namo… — *Namorado* não soa certo. Só faz algumas semanas e não conversamos sobre exclusividade ainda. Não que eu esteja pronta para ser exclusiva. Preciso conhecer *este* Devin, o Devin real, antes de me dar por inteira. E, apesar de tudo estar indo bem até agora, é um trabalho em andamento. Limpo a garganta. — O cara com quem estou saindo passou para dar um oi.

— Ah, que gracinha — diz ela com um sorriso falso.

— Ei, podemos almoçar juntas assim que ele for embora. O que acha?

Dando de ombros de um lado só, ela deixa a bolsa cair na própria escrivaninha e desliza na cadeira, cruzando as pernas longas.

— Não se preocupe. Eu não gostaria de apressar você e o *cara com quem está saindo*. Podemos fazer isso outro dia.

Com os olhos cintilando, ela gira para encarar o computador, demonstrando que a conversa chegou ao fim.

Sinto o cabelo ouriçar em minha nuca.

— Tudo bem… Até depois — digo para as costas dela antes de me apressar pelo corredor.

Associados de verão podem sair do escritório de tempo em tempo para pegar um ar — não estamos acorrentados às mesas nem nada do tipo —, mas não confio nesta nova e "simpática" Mercedes. Se considerarmos, deixe-me ver, todas as interações que tive com ela durante o verão, eu não acharia um exagero ela fazer minha breve ausência parecer que estou matando o trabalho. Preciso que o encontro com Devin seja rápido.

Devin. A ideia de ele ter feito uma "surpresa" para mim, seja lá o que for, alegra meu astral e enche meu peito de leveza enquanto desço as escadas, meus saltos gatinho retinindo contra os degraus de concreto. Aceno para David, o recepcionista, que me cumprimenta de volta enquanto atende uma chamada. Ao chegar à entrada do prédio, meu telefone toca. Checo a tela após pescá-lo em meu bolso. É minha mãe.

— Sério? — resmungo. Que hora para ligar. Hesito com o ombro contra a porta e o dedo pairando sobre o botão verde; ela já me ligou duas vezes esta semana e não tive oportunidade para ligar de volta…

Mas deixo a ligação ir para a caixa-postal. Devin já está esperando há mais tempo do que deveria por culpa de Mercedes. Vou ligar para minha mãe assim que ele for embora.

Devolvo o celular ao bolso e abro as portas de vidro do prédio, sentindo uma onda de calor e umidade contra meu rosto. As pessoas acham que deveríamos ter verões agradáveis já que Cleveland fica perto de um lago na fronteira com o Canadá. Pena que não é verdade. Os verões em Cleveland são tão quentes e pegajosos quanto os invernos são longos, frios e terríveis. Sinto suor escorrer em minha nuca conforme sigo em passadas largas em direção ao pequeno estacionamento, perambulando entre as fileiras para encontrar o carro de Devin — um BMW preta, acho —, mas ele não está aqui. Será que já foi embora?

A porta de um carro se abre atrás de mim e vejo Devin sair de um Lexus branco que nunca vi na vida. Ele está vestindo uma camisa de botão azul-claro, aberta no pescoço, calças que envolvem seus quadris da forma mais perfeita do mundo e mocassins de couro, da cor fumacenta de madeira queimada. Fechando a porta do motorista, ele joga um braço casualmente sobre a capota do carro.

— Olá, você. — Diminuindo a distância entre nós, dou um beijo rápido na bochecha dele. Passando os braços ao meu redor, ele me puxa para um abraço demorado. Uso essa oportunidade para inalar o aroma de especiarias da colônia de Devin antes de dar um passo para trás. — Desculpa ter feito você esperar tanto tempo. Uma colega me escanteou antes de sair.

— Relaxa.

— O que aconteceu com o seu carro? — Aponto para o Lexus com a cabeça. Definitivamente não é o mesmo carro que ele dirigiu ao me buscar em nosso último encontro.

Os lábios cheios de Devin se curvam em um sorriso radiante.

— Voltou para a concessionária.

— Você o trocou ou algo do tipo?

— Não, essa é a surpresa.

Fico intrigada.

— Não entendi.

— Bom, sei que você ainda não tem um carro, então pedi a um amigo que trabalha em uma concessionária em Brook Park para me avisar se aparecesse algum bom negócio por lá. Ele me ligou hoje de manhã para falar sobre um Lexus 2014 ES 350 que tinha acabado de conseguir. — Ele dá uns tapinhas no capô brilhante do carro. — Aparentemente, era de uma idosa que só o usava para ir à igreja, jogar pôquer e fazer compras, e ela cuidava dele como ninguém. Está em condições perfeitas, só 24 mil quilômetros.

Ele olha para mim e para o carro, sem conseguir controlar a empolgação, e o choque me atinge como uma bomba que acabou de explodir.

— E você... *comprou* ele? — gaguejo.

— Ahhh, não. Isso seria um grande exagero, não acha?

Graças a Deus, solto a respiração com uma risadinha nervosa.

— Sim, um pouquinho. Então o que está rolando?

Dando risada, Devin se aproxima até nossos corpos ficarem a poucos centímetros de separação.

— Eu não comprei o carro, *mas* convenci meu amigo a me emprestá-lo para dar uma volta hoje à tarde e fazer um test-drive. Veja se você curte.

Sinto um rochedo pesar sobre meu peito.

— Uau, isso é muito legal da sua parte, Devin. Obrigada. Mas não estou procurando um carro agora.

— Mesmo, por que não? Por causa de dinheiro?

Eu poderia mentir e dizer que sim. Não que eu esteja cheia de dinheiro no banco, especialmente depois de um ano pagando contas médicas sem renda alguma, mas o salário de uma associada de verão não é uma ninharia e, entre o dinheiro que juntei com minha bolsa na faculdade de Direito e o que espero que seja um futuro emprego em uma firma de elite, posso comprar um carro — um carro usado, de qualquer forma. Culpar meu orçamento seria mais fácil, com certeza, e menos dolorido do que falar a verdade, mas a verdade apareceria em algum momento e Devin merece honestidade.

— Não — respondo simplesmente. — É porque eu não dirijo. Não desde o acidente.

— Como anda por aí, então?

Dou de ombros.

— Caminhando, pegando Uber, andando de bicicleta.

— Mas e se você quiser dirigir até Chagrin Falls para visitar sua mãe?

— Ela passa para me pegar ou Brie me leva até lá.

— E você acha que isso é viável? — A voz dele é suave, mas as palavras cortam como lascas de gelo.

Esfregando os braços, dou um passo para atrás.

— Sei que é difícil entender. Cleveland não é uma cidade muito amigável para o transporte público e, sim, a vida seria mais fácil se eu tivesse um carro. Mas não estou preparada para voltar a dirigir.

— O acidente não foi um ano atrás? Sem julgamento. — Ele acrescenta depressa.

Cruzando os braços sobre o peito, forço minha voz a permanecer estável.

— Parece julgamento.

— O que eu quis dizer é… Você tentou dirigir de novo desde então?

— Sim, várias vezes. Mas, quando estou atrás do volante, fico muito tensa e não consigo respirar. Entro em pânico.

— Sinto muito. — A tensão se esvai quando vejo simpatia em seu semblante, quando ele passa as palmas em meus braços e, quando ele toma minhas mãos, não o rejeito. — Parece difícil — murmura.

— E é.

— Mas, sabe… — Ele se aproxima. — Você nunca tentou dirigir *comigo*.

— Não acho que faria diferença.

— Vamos, só *tente*. Vou estar bem ao seu lado e você não precisa ir muito longe. Só até o fim do estacionamento.

Sacudo a cabeça com força, mas ele segura as minhas mãos, me puxando para perto do Lexus.

— Vamos, Cass. Você nunca vai superar se não tentar. Não pode desistir.

A raiva borbulha em minha garganta.

— Não! — Arrancando as mãos que Devin está segurando para longe dele, dou vários passos para longe antes de me virar para encará-lo. — Não me diga do que preciso ou não. Você mal me conhece e aparece sem avisar com um *carro* e me diz que eu preciso fazer o que quase me matou ano passado? Quem você pensa que é?

— Meu Deus, Cass. Eu só estou tentando ajudar!

— Pois é. Não preciso da sua ajuda.

Estamos um de frente para o outro no estacionamento, ofegantes. Minhas bochechas são chamas e agora é oficial que o suor está cobrindo cada centímetro de meu corpo, ameaçando transparecer pela camisa. As narinas de Devin estão infladas conforme o peito dele sobe e desce.

— Tudo bem. Eu retiro o que disse, então.

— Que bom.

— Ótimo.

— Cass? Tudo bem aí? — Uma voz feminina me chama por cima do ombro.

Dou um giro tão rápido que quase perco o equilíbrio.

— Mãe? — balbucio. — O que você veio fazer aqui?

Eu estava tão absorta em nossa conversa que mal notei a minivan dela estacionada ali no canto, ou ela mesma de pé atrás de mim.

Minha mãe ajusta o blazer bege.

— Você não ouviu a caixa-postal? Eu tinha um serviço nesta parte da cidade, então pensei que poderíamos almoçar juntas. Trouxe seu favorito... um sanduíche *po'boy* do Wiseman's — diz, erguendo um pacote de papel pardo.

Um novo tipo de pânico se alastra em minhas veias. Apanho o pacote e rapidamente murmuro um "até mais" para Devin, passando o braço por cima dos ombros dela e guiando-a até o prédio.

— Obrigada, mãe. E se a gente comer no meu escritório? Posso fazer um tour...

Minha mãe nunca foi o tipo de pessoa que aceita ser empurrada de um lado para o outro, então ela se desfaz do meu toque com um *tsc*. E se volta para Devin.

— É um de seus colegas de trabalho?

— Ah! Há... ele... ele é...

Devin dá um passo à frente, com a mão estendida.

— Devin Szymanski.

— Devin — murmura ela. A compreensão ilumina seus traços, seguida da descrença mais pura e sincera. — Devin? Não pode... você não é... — Minha mãe toca na testa e nos ombros, fazendo o sinal da cruz, algo que não a via fazer desde que eu era criança.

— Fruto da imaginação de Cass? Não, não sou.

— Então... você é real. Cass tinha razão. Você sempre foi real. — Os joelhos dela falham e vou até ela automaticamente, mas ela se equilibra sem ajuda no carro mais próximo. Com o rosto pálido, faz um gesto para que eu pare. — Mas ela achava que seu nome era Devin Bloom. Por quê?

— Acho que ela confundiu meu nome com o da floricultura de meu irmão, Blooms & Baubles.

— Entendi.

Minha mãe fica em silêncio por tanto tempo que fico com medo que tenha entrado em estado de choque. Mas, então, ela endireita a postura e ergue o queixo. Ah, não. Eu conheço esse olhar. Começo a ouvir um sinal de alarme em minha cabeça, mas Devin continua a mostrar um sorriso genuíno, como se não houvesse um míssil Tomahawk indo em sua direção.

— Então... — Deixando o carro no qual se apoiava de lado, ela avança até ele. — Você namora a minha filha por três meses, ela sofre um acidente quase mortal, e você desaparece sem deixar nenhuma pista, fazendo ela acreditar que você nunca existiu? — Pela primeira vez, a expressão confiante de Devin parece ter sido afetada. — Você se dá conta do tipo de *angústia* que ela passou? Quem diabos você pensa que é? Como você *ousa*...

Eu me meto no meio dos dois, erguendo os braços.

— Mãe, se acalma. Deixe eu explicar.

— Agora vejo de quem você herdou esse temperamento — murmura Devin para si mesmo.

— Nós nos esbarramos por acidente algumas semanas atrás, começamos a conversar e nenhum de nós lembrava de ter se conhecido antes do acidente. Decidimos sair para tentar descobrir como poderíamos ter nos conhecido, já que tenho tantas lembranças dele. Uma coisa levou à outra e...

— ... começamos a sair — termina Devin.

Minha mãe fica de boca aberta.

— Vocês estão... saindo? Igual namorar?

— Correto — diz Devin.

— Eu não acredito. Não faz sentido. Como ela poderia lembrar de você se só se conheceram recentemente?

— Ainda estamos tentando entender essa parte.

Ela belisca a própria testa com o polegar e o indicador.

— Eu preciso me sentar.

— É bastante coisa para processar ao mesmo tempo, né? — Devin oferece o cotovelo.

Ignorando o convite para acompanhá-lo, minha mãe marcha pelo estacionamento e se senta em um banco que fica de frente para o rio.

Alisando a saia, sento-me ao lado dela. O *splash splash* silencioso da água batendo contra o dique de concreto compete com o som de máquinas de construção à distância. Ouço os passos de Devin chegando mais perto, mas ele não se senta no banco. Ele vai até o rio e volta, preferindo ficar de pé.

Minha mãe encara a água marrom e ondulante.

— Por muito tempo, Cass estava convencida de que você era real, e não acreditei nela. Ninguém acreditou. Sinto muito, Cass. — Os olhos dela reluzem com as lágrimas quando olha para mim.

Eu dou um tapinha no joelho dela.

— Tudo bem, mãe. É uma situação bem inacreditável.

Fungando, ela passa um dedo por baixo do olho e se volta para Devin.

— Como eu sei que você não está brincando com ela?

— *Mãe*.

— Não, ele pode estar te usando. Você sofreu uma lesão cerebral traumática e, de repente, aparece um cara que, supostamente, é o homem que você pensava ser seu namorado, e agora vocês estão *namorando*? Parece muito conveniente para o meu gosto.

— Você está brincando comigo? Não é conveniente, não. Enfim decidi seguir adiante com minha vida e, *bum*! Dou de cara com o Devin. E não, ele não está me usando. Ele graciosamente concordou em me ouvir quando a maior parte das pessoas teria fugido para sabe-se lá onde. É só uma coincidência que tudo deu certo.

Devin dá um passo à frente.

— Eu gosto da Cass, de verdade. Eu nunca faria nada para machucá-la.

Os olhos ardentes de Devin param em mim, e meu coração martela no peito dolorosamente. Ele pode não ter tido a intenção de me machucar, mas o que fez hoje foi desastroso e me machucou ainda assim. Sei que ele só queria ajudar, mas não posso evitar sentir como se tivesse sido julgada e considerada deficiente. Minhas entranhas se contorcem como uma toalha retorcida.

Minha mãe encara Devin por tanto tempo que ele é o primeiro a desviar o olhar. Depois do que parece ser uma eternidade, ela dá de ombros.

— Deus escreve certo por linhas tortas.

— Desde quando você acredita em Deus?

— Só porque a gente não ia para a igreja quando você era pequena não significa que eu não acredite em Deus. E acho que Ele aproximou vocês por um motivo.

— Mãe — sibilo baixinho.

— Eu sei, pode me ignorar. Ainda estou em choque. Desculpem, interrompi alguma coisa?

— Não, você...

— Eu trouxe um carro para Cass testar — diz Devin.

Ela vira a cabeça em minha direção tão rápido que o cabelo balança ao redor de seu queixo.

— Você finalmente voltou a dirigir?

— Ainda não.

— Bem, você deveria. Já faz um ano. Não pode desistir, se quiser voltar a dirigir algum dia.

Devin desliza no banco ao lado de minha mãe.

— Sabe, isso é exatamente o que eu disse a ela.

— Gostei dele. — Minha mãe fala para mim.

Sim, sim. Devin é incrível.

— Eu *vou* dirigir. Algum dia. Mas esse dia não é hoje.

— Entendi. — Ele acena com pesar. — Bem, acho que é hora de ir. Preciso devolver o carro e voltar para o escritório às duas para uma reunião. Foi um prazer conhecê-la...

— Melanie — diz minha mãe.

— Melanie — repete ele, apertando a mão dela. Um rubor aparece nas bochechas de minha mãe. Não me lembro da última vez que a vi corada desse jeito. Mas Devin costuma causar esse efeito nas pessoas.

— Igualmente — responde.

— Falamos mais tarde — Devin acrescenta para mim, voltando a ficar de pé.

Sinto agulhadas nervosas na barriga e forço um sorriso.

— Isso. Mais tarde.

Minha mãe e eu o observamos sair do estacionamento. Assim que ele desaparece no Lexus e o motor ruge, ela se vira para mim.

— Você o conheceu *semanas* atrás e não me contou? — Ela dá um tapa no meu braço.

Esfrego o local onde ela bateu.

— Ai.

— Não consigo acreditar. Ele é exatamente como você desenhou. Ele é do jeito que você lembrava?

— Sim... e não.

— Bom. Deixe-me dizer uma coisa. Estou impressionada. Ele é educado, sério, sem contar que é bonitão. E está te incentivando a sair de sua zona de conforto, isso é exatamente do que você precisa.

— Desculpe, estamos na vida real ou parei em um universo alternativo? Você *aprova* que eu esteja namorando? Quem é você e o que fez com minha mãe?

— Não seja tão dramática. Acho que é perfeitamente normal que você namore.

— Desde quando?

— Desde agora. Você é uma mulher adulta, que se esforçou para obter seu diploma de Direito e tem um belo futuro à frente. Eu era dura quando você era mais nova porque não queria que você cometesse os mesmos erros que eu cometi.

— Como ficar grávida aos dezessete anos? — Ela estremece como se tivesse apanhado. A culpa toma conta de mim. — Mãe, desculpe, eu...

— Não, você tem razão. Eu não queria que você virasse uma mãe adolescente e passasse as dificuldades que eu passei. — Segurando meu ombro com firmeza, ela me olha nos olhos. — Mas não quero que acredite, em momento algum, que me arrependo de você. Você foi a surpresa mais incrível e gratificante de minha vida, e eu não a trocaria por nada no mundo. Mas, ainda assim, foi difícil ter um bebê tão jovem, em especial depois de seus avós me expulsarem de casa. Aprendi do jeito mais difícil que a única pessoa que pode cuidar de você é *você mesma*. É por isso que insisto. Para ter certeza de que você consegue se virar sozinha e viver a vida que merece.

Num impulso, jogo os braços ao redor dela e lhe dou um abraço bem apertado.

— Eu te amo, mãe.

— Também te amo, querida.

— Você aprova o Devin, então?

— Ele apoia a sua carreira?

— Muito.

— Então *sim*. Você precisa de alguém como ele, que te incentive a ser o melhor que pode ser. Ele fez uma gentileza hoje, e parece que você não lidou bem com isso.

— Você não acha que foi um pouco presunçoso, porém? Ele trouxe um carro sem falar comigo primeiro, simplesmente presumindo que era o que eu queria.

— Cass, se o pior que Devin fez foi trazer um carro para você testar, parece que você tem um belo partido em mãos.

Cruzando as pernas e os braços, encaro o rio conforme um aglomerado de caiaques amarelos e laranja passam por nós, deslizando pela água calma. Uma brisa ergue um cacho de cabelo do meu pescoço. Talvez minha mãe esteja certa. Talvez eu tenha sido dura demais com ele.

— Fale com ele. Peça desculpas se você exagerou. Não o deixe partir assim — diz ela.

Aconchego-me mais, descansando a cabeça no ombro de minha mãe.

— Tudo bem, mãe. Vou falar com ele.

11

Desligo o computador e arrumo a bolsa às cinco e meia, mesmo que, normalmente, eu fique ao menos mais uma hora. Mercedes continua trabalhando e ela me dá um longo olhar de relance quando vou embora.

Pego o celular ao entrar no elevador e meus dedos pairam sobre as mensagens mais recentes com Devin. Minha mãe tem razão, eu deveria pedir desculpas; ele não é culpado por não saber de meus ataques de pânico na direção.

> Podemos conversar… pessoalmente?

> Claro. Me encontra na B&B quando sair do trabalho? Prometi ao Perry que passaria lá pra ajudar com umas coisas.

> Boa. Até daqui a pouco.

Dez minutos depois, quando chego à Blooms & Baubles, a porta está trancada, apesar de a placa dizer que eles ficam abertos até as seis. Espio pela janela — as luzes continuam ligadas, mas a loja parece vazia. Bato na porta com os nós dos dedos. Alguns segundos depois, Perry aparece, vindo da parte de trás da loja. Ele arregala os olhos ao me ver, mas se apressa para abrir a porta.

— Ei. O que está fazendo aqui? — pergunta ele, encostando no batente. O aroma de rosa e algo amadeirado, como pinheiro e alecrim, preenche minhas narinas e inspiro fundo.

Inquieta, olho por cima do ombro dele, espiando a loja vazia.

— Estou procurando o Devin. Ele está aqui?

— Ainda não. Ele disse que passaria lá pelas seis e meia para ajudar com alguns pedidos de última hora.

— Ah. Ele me disse para encontrá-lo aqui. — Devin provavelmente achou que eu não sairia do trabalho até as seis e meia ou sete, que é o horário que costumo sair. Eu me mexo, desconfortável em minhas sapatilhas. Ele merece um pedido de desculpas depois de minha explosão. De verdade. — Posso voltar mais tarde...

— Cass, não seja ridícula. Entre. Ou você prefere derreter até virar uma poça, andando por aí nesse calor? — Ao abrir mais a porta, ele desliza o braço como um convite. Sinto uma onda de ar-condicionado em minha pele quente e quase solto um gemido.

— Ok, você venceu. — Entro na loja maravilhosamente fria. Ouço latidos e grunhidos vindos de trás do balcão e um cachorro familiar, castanho e branco, vem em nossa direção, balançando o rabo. Eu me agacho para afagar seu pelo curto e espesso. — Olá, Capitão.

— O Coronel — corrige Perry.

— É mesmo. Desculpe, O Coronel. Aposto que você é o dono deste lugar, hein. — Cheirando a palma de minha mão, ele lambe meu punho uma vez, faz um círculo e deita aos meus pés.

Perry dá uma risadinha.

— Só pelos últimos onze anos.

— Ele é seu? — Eu me endireito e passo por cima d'O Coronel com cuidado, indo até o balcão.

— Mais ou menos... ele pertence mais à Blooms & Baubles. Minha mãe o encontrou cheirando a lixeira na parte de trás da loja quando ele era um filhote e o trouxe para cá. Ele se acomodou e está aqui desde então.

— Ele passa a noite aqui?

— Ah, não. Ele vai para o andar de cima comigo.

— Você mora em cima da loja?

— No apartamento do segundo andar, sim. Costumávamos alugá-lo... bem, tecnicamente, meus avós costumavam morar nele nos anos cinquenta e sessenta, antes da minha mãe nascer e eles comprarem uma casa no fim da rua. Depois de se mudarem, começaram a alugar o apartamento do andar de cima, mas, quando minha mãe vendeu a casa no ano passado para financiar a mudança para Flórida, eu vim para cá. A verdade é que consigo economizar muito sem pagar aluguel.

Roçando os dedos no balcão esburacado, examino uma estante de cartões feitos à mão, à venda perto da caixa registradora. Pergunto a mim mesma como é o apartamento de Perry. Cheio de coisas verdes e plantas crescendo por todo lado, aposto. E quadros excêntricos para combinar com a personalidade pouco convencional do dono. Um rubor não solicitado sobe às minhas bochechas. Por que estou imaginando detalhes da casa de Perry?

— Parece que ainda tem um bom tempo até ele chegar. Gostaria de conhecer a loja? — pergunta ele.

Olho ao meu redor, para o espaço pequenino e cheio de flores e as estantes repletas de bugigangas.

— Tem mais do que isso?

— Tem a parte de trás. Quer conhecer o lugar onde a magia acontece? — Ele ergue as sobrancelhas de maneira sugestiva e dou risada.

— Achei que você fazia os arranjos de flores aqui. — Aponto para o espaço estreito atrás do balcão, cercado de gavetas e cestos de flores. — Foi onde você fez o meu.

A ponta das orelhas dele fica cor-de-rosa.

— Alguns, sim. Mas os pedidos maiores precisam de mais espaço. Venha cá. — A curiosidade toma conta de mim e o sigo por uma porta que diz "Somente Funcionários" até uma sala espaçosa e bem iluminada.

Dentro há uma enorme mesa de trabalho quadrada com folhas e pétalas espalhadas, bem no meio do espaço aberto. Há cestos de flores debaixo da mesa, assim como um par de ferramentas de metal. Um balcão longo de madeira ocupa duas paredes inteiras e, acima do balcão, há estantes que vão até o teto com fitas coloridas, vasos e cestos.

Um calafrio passa por meu pescoço e noto os dois refrigeradores com portas de vidro abraçando a parede à minha direita. É o mesmo tipo de refrigerador que se encontra em mercearias ou em postos de gasolina, e estão repletos de ainda mais flores. E, enfiada em um canto no fundo da sala, perto de um gaveteiro organizador alto e uma porta cinza e metálica, uma escrivaninha abarrotada acomoda um laptop desajeitado, uma lâmpada suspensa por um fio e várias pilhas de papéis.

O aroma de flores é mais forte aqui do que na entrada da loja. Respiro fundo, imaginando que estou no meio de um campo florido e não em uma sala de fundos sem janelas.

Perry se apoia no balcão perto de dois vasos com buquês embalados com um papel branco e leve.

— Acabei de terminar os últimos arranjos que precisávamos entregar hoje à noite antes de eu lidar com um pedido maior para um casamento amanhã. Um deles é para nosso cliente mais antigo, o sr. Johansson. Há 47 anos, todos os anos, o sr. Johansson encomenda um buquê de rosas de caule longo para a esposa, no aniversário de casamento dos dois. — Ele puxa um pouco do papel branco do buquê mais próximo, e fico maravilhada com as pétalas vermelhas e aveludadas aninhadas entre as plantas verdes, duradouras e lindas.

— Que sortuda.

Ele coloca o papel de volta no lugar.

— Ela morreu sete anos atrás.

— E ele continua comprando as flores?

— Para manter a memória dela viva.

— Uau... — Eu limpo a garganta. — É difícil imaginar ter a experiência de um amor que dura mais que uma vida inteira.

— Você não conhece ninguém que viveu esse tipo de amor? Ninguém na sua família?

— Bom, fui criada por uma mãe solteira. Não sei quem é meu pai e só vi meus avós uma vez.

— Como eles são?

— Fanáticos religiosos.

— Eca.

— Pois é. Quando minha mãe engravidou no ensino médio, eles a expulsaram de casa. Ela tentou falar com eles quando eu tinha cinco anos, esperando fazer as pazes, e fomos vê-los. Não me lembro de muita coisa, só de eles me chamando de "filha de uma puta" e dizendo que não queriam o pecado dela na vida deles.

— Caramba. Que pessoas horríveis. Quer dizer, como poderiam não amar a própria neta? Especialmente você. Até eu já te acho uma pessoa ok.

— Né? Apesar da lesão cerebral e da teimosia sem fim? Não consigo pensar em nada que alguém não poderia gostar em mim.

Perry dá risada.

Passando ao redor da mesa, dou um peteleco na ponta de uma das fitas compridas penduradas em um carretel na estante mais baixa.

— Quantas pessoas trabalham na Blooms & Baubles?

— Além de mim? Duas. Alma, a florista do fim de semana. Ela é amiga da minha mãe e trabalha na loja há mais de vinte anos.

— E o outro?

— Chuck, nosso entregador de meio período. Ele é um ex-detento, mas é um cara bacana. Dá para confiar nele em tudo. Empregávamos mais pessoas, mas tive de diminuir a quantidade desde que minha mãe passou o negócio para mim e comecei a controlar tudo. — A expressão dele fica nebulosa, mas passa em um piscar de olhos.

— Então você faz a maior parte dos arranjos sozinho?

— De fato, sim.

— E isso era exatamente o que você queria fazer da vida.

Não é uma pergunta, mas ele responde mesmo assim.

— Chocante, não acha?

Dou de ombros.

— Não se você ama flores.

Perry se afasta do balcão e perambula pela sala. Parando em um banquinho alto e metálico, apoia o cotovelo na mesa.

— Não é bem as flores que amo, na verdade. Quer dizer, sim, sempre amei jardinagem e aprecio qualquer coisa que cresça na terra. Mas é a felicidade que me trouxe até aqui.

— A felicidade por fazer arranjos florais?

— A felicidade que o ato de dar flores aos outros proporciona. Comprar um buquê feito à mão para outra pessoa pode parecer algo antiquado, especialmente hoje em dia... já que dá para encontrar arranjos baratos em qualquer mercearia, farmácia e loja de $ 1,99. E flores cortadas duram pouco. Depois de uma semana, ou duas, se forem nossas flores, elas se vão e, o que antes era um lindo buquê, murcha e morre. Mas o ato de dar a alguém um fragmento de beleza, por menor que seja, e a consideração por trás do gesto... isso é permanente. É isso que amo no meu trabalho. Ser um florista é celebrar a conexão entre as pessoas e os breves momentos de beleza em um mundo com tanta feiura.

Minha pele formiga.

— Nunca pensei a respeito do assunto dessa forma.

— A maior parte das pessoas não pensa. Eu que sou estranho — diz Perry com um sorriso encabulado.

Acabando a volta que dei na sala, passo os dedos nos cantos batidos e lisos da mesa.

— De onde você consegue as flores? É você que planta, ou... ou o quê? — Nunca me questionei de onde vêm as flores antes de acabarem em uma floricultura.

Ele ri.

— Eu planto algumas, mas definitivamente não tenho espaço para plantar todas sozinho. Eu compro a maioria de um viveiro em Olmsted Falls, no mesmo que meus avós começaram a comprar nos anos setenta. É um negócio pequeno e familiar, como o nosso. Quando os donos se aposentaram, uns vinte anos atrás, o filho e a esposa continuaram com o viveiro. Eles já estão na casa dos sessenta, mas continuam firmes e fortes, e plantam as melhores flores do nordeste de Ohio.

Aceno a cabeça, pensativa.

— Você disse que planta *algumas* das suas flores... onde, exatamente? — Olho ao meu redor, como se um jardim mágico fosse aparecer do nada.

Ele arqueia uma sobrancelha.

— Quer ver?

— Claro.

Perry me guia pela sala até a porta de trás. O calor pegajoso do verão me cobre conforme descemos um pequeno lance de escadas que nos leva até um pátio de ladrilhos cobertos de musgo. Eu deixo escapar um *"Oh!"* ofegante. Estou de pé no quintal cercado de Perry, e metade dele é uma estufa com paredes de vidro e vigas de metal. Entre a variedade de cadeiras confortáveis, uma fogueira de jardim aconchegante e o fio de lâmpadas Edison vintage fazendo zigue-zague entre a loja e a estufa, o pátio é supercharmoso.

Do outro lado da cerca alta de madeira, uma árvore de bordo se estica no quintal do vizinho. As folhas se sacodem com o vento, sarapintando o quintal em um caleidoscópio de sombras bruxuleantes. Passeamos pelo caminho de lajotas colocado sobre o gramado estreito que leva à estufa. Quando entro, uma explosão de cores e cheiros tropicais me saúdam. Há palmeiras rasteiras em miniaturas; hibiscos altos e laranja; orquídeas das mais diversas cores; e tantas plantas em seus vasos que nem consigo nomeá-las.

É *muito* mais quente aqui do que na loja, o que, suponho, é a ideia. Depois de tirar o blazer, eu o coloco sobre a bolsa enfiada debaixo do meu braço e caminho até o centro da estufa, estudando cada planta conforme ando.

— Não acredito que você fez tudo isso. Há quanto tempo tem uma estufa? — pergunto.

Cruzando os braços sobre o peito, Perry se encosta na bancada mais próxima.

— Cinco anos. O jardim de minha mãe ficava aqui, mas, quando ela me chamou para ajudar na Blooms & Baubles, quando eu tinha 24 anos, fazia um tempão que ela não mexia. Perguntei se podia construir uma estufa no lugar.

Inclino-me por cima de uma planta com aparência particularmente interessante, com folhas longas e pontudas em tons verdes e vermelhos.

— Como alguém vira um florista? Além de herdar um negócio familiar, quero dizer. Tem escolas para floristas ou…?

Ele dá risada.

— Tem. Consegui meu diploma técnico em design floral antes de fazer uma transferência para a Universidade Estadual de Bowling Green para um bacharelado em Ecologia. Minha mãe insistiu que eu fizesse um curso de quatro anos para ter mais opções, mesmo que eu soubesse que queria seguir os passos dela — explica ele.

— Foi um plano esperto. — Passo o dedo pela folha enorme e rígida de uma orquídea branca e violeta. — Você vende tudo que planta aqui?

— Algumas delas eu vendo, outras ficam comigo. É meio hobby, meio negócio. Mas tudo é completamente feito com amor.

— Sabe, nunca conheci alguém tão apaixonado por algo do jeito como você é apaixonado por flores.

— Pena que não ajuda a minha vida amorosa — afirma ele, com um sorriso sarcástico.

— Como assim? Por que não?

Ele hesita, puxando o colarinho.

— Ah, bom, as mulheres que descobrem meu trabalho costumam achar que sou gay. E tudo bem, isso não me incomoda, mas complica um pouco achar uma namorada. Vender flores não é exatamente um estereótipo de masculinidade.

Sem me dar conta, meus dedos se fecham em punhos.

— Danem-se os estereótipos — cuspo. — Qualquer mulher teria sorte de ter você. Você é um comerciante talentoso e bem-sucedido, e faz os arranjos florais mais bonitos que já vi. Elas que saem perdendo se não conseguem superar os próprios preconceitos para ver o ótimo partido que você é.

O pescoço de Perry fica vermelho e seus ombros ficam tensos. Virando-se, ele estuda o hibisco atrás de si antes de tirar uma flor murcha.

— Obrigado. É gentil de sua parte.

Será que minhas palavras o comoveram?

Mas, quando se vira mais uma vez, vários segundos depois, sua postura está novamente relaxada, junto ao sorriso adorável de sempre. Erguendo as sobrancelhas, ele estala os dedos.

— Ei, tive uma ideia. Quer ver os laços? Posso dar uma aulinha de arranjo floral antes do Devin chegar. Ainda temos uns vinte minutos de espera — diz, olhando o horário no celular.

Meu coração dá um pulo. Isso parece divertido, na real.

— Claro.

Quando voltamos à sala traseira da loja, deixo a bolsa e o blazer no balcão enquanto Perry dá voltas ao redor da bancada, a empolgação tomando conta dele.

— Vamos lá. — Batendo palmas uma única vez, ele esfrega as mãos uma contra a outra. — Primeira lição: o elemento-chave de qualquer arranjo impactante é o equilíbrio, mas com um elemento inesperado.

— Como o eucalipto para dar cheiro?

— Precisamente.

Aceno com a cabeça.

— É a mesma coisa na arte. Um artista procura pelo equilíbrio em uma composição, mas também algo que chame a atenção de quem está olhando. Um detalhe único ou uma perspectiva cativante que os faça ficar ali por mais tempo.

— Com certeza. Por que não tentamos? — Perry pega um vaso retangular vazio de uma das estantes e o coloca na mesa à minha frente.

— Sério? É só… fazer?

— Sim, pode escolher qualquer coisa que tivermos em estoque. — Ele aponta o braço para os cestos de flores no chão.

— Como começo?

— Comece com o que está sentindo. Ou com o quer que o receptor do buquê se sinta. Escolha um sentimento, qualquer sentimento.

À procura de uma resposta, decido pela primeira palavra que aparece em minha mente.

— Esperança.

Ele acena.

— Ok. Agora feche os olhos e pense em esperança, o que vê?

Umedecendo os lábios, fecho meus olhos.

— Chuva.

— Chuva… sério?

Meus pensamentos se agitam e uma cena se forma em minha mente.

— Não uma chuva cinza, nublada… As últimas gotas de chuva depois de uma tempestade. O cheiro da terra, fresca e viva. Como o ar fica pesado com a promessa do sol, já que todas as coisas ruins ficaram para trás.

Pisco ao abrir os olhos. Perry está me encarando, boquiaberto. A vergonha sobe por minha garganta.

— Eu…

— *Uau. Bam!* Perfeito. — Os lábios dele se abrem em um grande sorriso de derreter o coração. — Agora é só deixar a inspiração te guiar.

Não hesito. Consigo ver as cores em minha mente e sigo meu instinto. Seleciono uma variedade de flores em tons que vão do lavanda mais escuro ao rosa-bebê e ao coral, colocando-as no vaso e ajustando-as conforme continuo. Perry fica quieto na maior parte do tempo, oferecendo conselhos quando peço ajuda. Mudo de ideia muitas vezes, inserindo uma flor, tirando-a, colocando-a de volta no cesto só para pegar outra. Depois de várias tentativas, fico satisfeita.

O semblante de Perry está focado enquanto ele gira o vaso, examinando-o de todos os ângulos.

— Excelente. Adoro o toque de vermelho que você incluiu aqui. — Ele aponta para um único lírio asiático vermelho que incluí no arranjo que, além dessa flor, tinha só amarelo, laranja e roxo. — Normalmente, eu aconselharia repetir elementos, sempre usando várias da mesma flor, mas este arranjo funciona assim. É uma escolha inesperada e realmente linda. Eu não poderia ter feito melhor.

Minhas bochechas enrubescem com tamanho elogio.

— Duvido, mas obrigada.

Ele olha para mim por cima do buquê.

— Por que mesmo você é advogada?

Dou risada.

— Por quê? Não é um bom trabalho?

— É, mas você é obviamente uma artista por dentro. Por que escolheu Direito?

— Desde o ensino fundamental eu sabia que viraria advogada.

— Sério?

— Aham. Minha mãe é assistente jurídica, então eu estava cercada pelo mundo legal desde que me entendo por gente. É uma carreira boa. Estável, gratificante. Posso amar arte, mas, além de alguns poucos sortudos, não é uma carreira viável. É incerta demais, volúvel demais. E, se tem algo que aprendi ao ser criada por uma mãe solteira, é que não se pode contar com ninguém além de si mesmo para se sentir segura. Temos de construir a segurança sozinhos.

— Você gosta de ser advogada?

— Na maior parte do tempo. Direito é uma área fascinante. Está constantemente evoluindo e, para defender um caso, você precisa olhar para o mundo em tons de cinza, e não em branco e preto. Requer uma certa criatividade para interpretar a lei e usá-la para intensificar as partes mais fortes do caso de seu cliente enquanto diminui as fraquezas.

— Não é algo meio seco, não? Sempre lendo, escrevendo e discutindo?

Dou de ombros.

— Pode ser, sim.

— Por favor, diga que continua desenhando ao menos nas horas vagas. Eu vi os desenhos que fez de Devin… Você é muito boa. Poxa, eu poderia até vender seu trabalho na loja, se quisesse. As pessoas comprariam.

Começo a rir.

— Duvido.

A não ser que sejam os desenhos de Devin; nesse caso, aposto que todas as mulheres hétero na grande Cleveland fariam fila para ter a cara dele estampada em suas paredes.

— Você ainda continua desenhando? — pergunta ele.

— Faz uns meses que não. Não tive tempo, para falar a verdade.

— Aposto que gostaria de ter tempo, não?

— Talvez não para desenhar... — Dou a volta na mesa e me sento em um dos dois banquinhos vazios. Respiro fundo e cruzo as pernas, esfregando os calafrios que me sobem pelos braços. — Sinceramente? Sinto falta mesmo é de pintar. Desenhar era mais fácil do que pintar quando eu estava me recuperando do acidente, mas, em minha breve carreira como estudante de arte, minha ferramenta favorita era acrílico. Só que pintar requer ainda mais tempo do que pegar um lápis e desenhar, além do mais, joguei fora todas as minhas coisas de pintura anos atrás... Então não tem como focar em arte como hobby no momento. — Dou de ombros.

— Humm. — Ele acena, pensativo, enquanto dá a volta na mesa para se sentar ao meu lado. — Bom, se isso significar algo para você, espero que consiga achar tempo algum dia. Nós, pessoas criativas, precisamos alimentar as nossas almas, sabe. A arte claramente te faz feliz, e você merece ser feliz, Cass.

Os olhos de Perry, entre o castanho-esverdeado e o verde, focam nos meus, e a energia faz o meu estômago queimar. Suas sobrancelhas inclinadas são travessas, como sempre, mas seu sorriso se desfaz quando nossos olhares se encontram. O ar entre nós está pesado com uma compreensão silenciosa.

— Obrigada — digo, enfim, num fiapo de voz.

— De nada.

Um clique metálico e o barulho da porta me tiram dos meus devaneios. Pisco. O Capitão, não, O *Coronel* late.

— Perry, você ainda está aqui? Desculpe o atraso — a voz de Devin retumba.

Deslizando para fora do banquinho, vou até o outro lado da sala em passadas largas, alisando a saia por cima das coxas. Minhas mãos não param de tremer. Viro-me quando Devin abre a porta.

— Ei — digo, com a voz esganada.

Ele pisca, surpreso.

— Cass. Oi. Você chegou. Achei que você saía lá pelas seis e meia.

— Saí mais cedo para a gente poder conversar.

— Podemos conversar, claro, mas pode me dar uns dez minutos? Prometi ao Perry que o ajudaria com os últimos pedidos do dia. — Devin olha, surpreso, para o meu buquê na mesa. — Isso daí é para o pedido do Johansson? Ele enfim parou de pedir rosas?

— Não, foi a Cass que fez esse. Para você — acrescenta Perry por trás de Devin, com a sombra de um sorriso ao olhar para mim.

Meu estômago dá um pulo. Eu não estava pensando em Devin quando fiz o arranjo, mas Perry está obviamente tentando me ajudar. Eu deveria entrar na dele.

— *Você* que fez isso? — Devin arregala os olhos, impressionado.

— Para pedir desculpas pelo que aconteceu mais cedo — respondo.

A expressão de Devin se suaviza quando ele olha de mim para as flores. Ele sacode a cabeça.

— Nunca recebi flores de uma mulher.

— Além da mãe — corrige Perry.

— Sim, mas ela não conta. Cass, é lindo. — Pegando meu rosto com as mãos, ele beija meu nariz. — Você nasceu para isso.

— Foi o que eu disse a ela. Se essa história de advocacia não funcionar, você deveria considerar uma carreira como florista. Ou algum outro trabalho criativo. Talvez a pintura? — Perry sugere em tom suave. Nossos olhares se encontram por meio segundo antes de ele olhar para o lado, esfregando a nuca. — Bom, acho melhor entregar esses pedidos.

No outro canto da sala, ele pega os buquês enrolados em papel branco e os equilibra em cada lado da cintura estreita.

— Precisa de ajuda? — pergunta Devin.

— Dou conta sozinho. Vocês se divirtam. Mas pode passar aqui amanhã de manhã para me ajudar com o casamento dos Leifkowitz? Ainda preciso fazer a fatura deles. Além do mais, agradeceria se me ajudasse com a última papelada que veio do Estado.

— Pode deixar, cara.

Com um aceno de cabeça, Perry atravessa a sala.

— Tchau — digo quando ele quase chegou na porta. — Obrigada de novo pela aula.

Fazendo uma pausa, Perry abre um enorme sorriso por cima do ombro, mas tem um quê de resignação em seus olhos vivazes.

— Qualquer hora que precisar.

Quando a porta se fecha com um clique, Devin se senta no banquinho metálico e cruza os braços por cima do peito largo, as pernas bem abertas.

— Tudo bem, você queria conversar, então vamos conversar.

— Devin, sinto muito pelo que aconteceu antes. Eu não deveria...

— Pare. — Ele ergue uma mão. — Cass, *eu* que peço desculpa. Não devia tê-la surpreendido com um carro dessa maneira. Exagerei. E depois ficar bravo quando você foi razoável e disse "obrigada, mas não"? — Ele sacode a cabeça. — Fui um idiota e sinto muito. Você me perdoa?

Ficando entre as pernas dele, passo os braços ao redor do pescoço de Devin.

— Só se você me perdoar.

Ele planta um beijo em minha boca.

— Claro que perdoo. Da próxima vez, vamos decidir quando e se você vai dirigir... juntos. Não quero te forçar a fazer isso. Só saiba que estou aqui e pronto para ajudar quando você tiver coragem para tentar.

Minhas entranhas ficam ouriçadas com a suposição de que me recusar a ficar atrás do volante tem a ver com falta de coragem, em vez de ansiedade debilitante que não consigo controlar. Mas nós já brigamos uma vez hoje. Ficar moderando o jeito dele de falar não seria produtivo a essa altura, e entendo que ele está mesmo oferecendo ajuda e apoio.

— Posso te levar para jantar hoje à noite? — pergunta ele.

Meu estômago ronca, como se tivesse sido ativado pela ideia.

— Só se eu pagar desta vez.

Devin pagou a conta das últimas duas vezes que saímos, então já está na hora de eu pagar também. Também parece uma boa hora de lembrá-lo de que sou perfeitamente capaz de cuidar de mim mesma — o que inclui pagar pela minha própria comida.

Além do mais, isso vai me ajudar a deixar a tarde para trás e aproveitar o restante da noite juntos. Ou assim espero.

12

— **H**um, isso é delicioso — digo a Devin. Meus lábios formigam enquanto saboreio a explosão de pimentas e *carnitas* em minha língua. Engolindo, limpo a boca com um guardanapo. As conversas flutuam ao nosso redor, preenchendo o ambiente do restaurante de *tapas* conforme o lamento de um trompete acompanha as notas rítmicas das congas. Cruzo as pernas debaixo do balcão, com cuidado para não bater na mulher sentada a centímetros de mim. — Que bom que você me convenceu a tentar a degustação de tacos.

Devin sorri.

— Não dá para errar com menu de degustação.

Um bartender com um bigode bem aparado aparece segurando duas taças de champanhe.

— Prontinho.

Ele as deixa diante de nós.

— Obrigado. — Devin deixa uma nota de vinte no balcão, pega as taças e dá uma delas para mim.

— A que vamos brindar?

— Por sobrevivermos à nossa primeira briga.

— Não sei se chamaria de briga. Foi mais um mal-entendido dos dois lados.

— Ainda assim vale a pena celebrar. Estive em relacionamentos em que mal-entendidos viram brigas rapidamente, então eu diria que lidamos muito bem com a situação.

— Lidamos sim. — Ergo minha taça.

— Saúde. — Brindamos e tomo um golinho. As bolhas fazem cócegas em meu nariz conforme o líquido ácido e efervescente desce por minha garganta. Uma coisa que Perry disse na outra noite aparece no fundo de minha mente e deixo o champanhe de lado.

— Foi assim com sua última namorada?

Devin me encara longamente.

— Perry mencionou que você acabou de sair de um relacionamento ruim com alguém chamada... Susan? Samantha?

— Sadie — diz ele com um tom pesado.

— O que houve com Sadie? — Devin chupa o interior da bochecha como se estivesse mordendo a gengiva e olha para qualquer lugar, exceto para mim. O bar está cheio de conversas felizes e inebriadas, puxo meu banquinho para ficar mais perto dele. — Não precisa falar sobre ela se não quiser.

— Não, tudo bem. É uma pergunta válida. Nós nos conhecemos em um bar em Columbus no ano passado. Eu tinha acabado de finalizar o MBA na Ohio State, e ela estava entrando no terceiro ano da faculdade de Direito.

— Então você gosta de advogadas — provoco.

— Elas são inteligentes e ambiciosas. O que há para não gostar? — Ele abre o fantasma de um sorriso.

— Quanto tempo ficaram juntos?

— Oito meses. Sei que não parece muito tempo, mas Sadie era como um barril de pólvora. Estar com ela era... explosivo. Mas a chama se apagou tão rápido quanto começou. — Ele cutuca o pote de *salsa* com um chip de tortilha e o enfia na boca.

O ciúme sobe por minha coluna como o monstro do pântano, e o empurro de volta para baixo. Não tenho o direito de sentir ciúme. O que ele fez e com quem ele namorou antes de nos conhecermos não é da minha conta.

— O que aconteceu?

Erguendo o queixo na direção do teto, ele solta a respiração.

— Ela acabou se revelando uma supermentirosa. Não notei no começo, mas ela me manipulou todo o tempo que passamos juntos. Acabamos uns três meses atrás. Não falo com ela desde então.

— Ela continua em Columbus?

— Não faço a mínima ideia. Bloqueei o número e parei de segui-la no Instagram. Não quero ver ou falar com ela nunca mais.

Bom, isso parece muito saudável.

135

— E você? Algum ex péssimo que eu deveria conhecer?

— Hora de trocar figurinha?

Ele ri um pouco.

— Se você quiser.

— Bom, minha lista é curta. Além de algumas relações rápidas na universidade, só tive o Ben. Namoramos por alguns anos na faculdade de Direito, mas o término não foi dramático, ainda bem.

— O que aconteceu com Ben?

— Nós meio que… nos separamos emocionalmente. Namoramos por quase dois anos, moramos juntos no segundo ano do curso, mas, depois de um tempo, notamos que, além de sermos ótimos companheiros de estudo, não fazíamos sentido juntos. Eu gosto de museus, ele gosta de esportes. Eu queria viajar, ele queria ficar em casa. Meu sonho é virar associada da Smith & Boone, viajar nas horas vagas e aproveitar a vida na cidade: museus, shows e festivais. O grande sonho dele é virar contador de impostos, casar, criar um par de filhos no subúrbio e conseguir ingressos de temporada para ver os Browns.

— E você não quer isso? Uma família, quero dizer. Não ingressos para ver os Browns — diz ele.

— Claro, algum dia. Mas quero mais que isso, sabe? Quero estar com alguém com quem eu possa ter aventuras. Alguém que compartilhe dos meus interesses e queira sair por aí e explorar o mundo tanto quanto eu. Tenho uma família tão pequena que eu gostaria, sim, de ter filhos… um dia, em um futuro *bem*, bem distante. Mas não estou com pressa. Tenho muita coisa para viver ainda.

— Parece justo. Então como que as coisas acabaram com o sr. Apaixonado pelos Browns?

— Um dia, estávamos jantando em casa, assistindo ao jogo na televisão, claro, e ele me olhou por cima do prato de espaguete e disse: "Acho que isso aqui não está funcionando". E eu disse: "Você tem toda razão, não está". Me mudei de lá três semanas depois.

— Uau. Que maduros.

Dou de ombros.

— Nós participávamos das mesmas aulas e tínhamos o mesmo grupo de amigos, então para que tornar tudo mais difícil? Acho que só ficamos tanto tempo juntos porque era confortável, e era melhor do que ficarmos sozinhos, em particular em um momento tão estressante da vida.

— Humm — grunhe Devin.

— O que foi, você nunca ficou em um relacionamento porque achou que seria mais fácil do que terminar?

— Ahh, não. Antes da Sadie, meu relacionamento mais longo durou três meses. Quatro, no máximo.

— Ah. Tá bom, então.

— Não que eu fosse um cafajeste nem nada do tipo — diz.

Meus lábios se curvam.

— Não, claro que não.

— Sério!

— Com essa cara? Acredito totalmente em você. — Dou um empurrãozinho de brincadeira nele e seus olhos brilham.

— Acredite se quiser, mas minhas ficadas foram poucas e esparsas. Eu sou um namorador em série.

— Eu diria que também sou, mas para isso eu precisaria namorar. — Quando ele me olha, questionando, explico: — Na faculdade, não namorei ninguém depois do Ben, e então sofri o acidente. É meio difícil namorar no meio da recuperação. Além do mais, aprendi ao longo do caminho que homens não querem namorar mulheres inteligentes. Eles dizem que sim, mas, na hora da verdade, ficam intimidados em segredo na maior parte do tempo.

— Porque são inseguros.

— E você não é — afirmo.

— Não. Quando penso no futuro, imagino uma esposa e filhos. — Ele acrescenta: — Um dia — com um sorriso irônico. — Eu adoraria crescer na empresa do meu pai e liderar projetos de desenvolvimento que façam melhorias em comunidades e ajudem a revitalizar a região do nordeste de Ohio. Quero uma parceira que possa ficar ao meu lado de igual para igual, não atrás, para criarmos o melhor futuro possível.

Eu mordo um pedaço grande demais do taco para cobrir meu espanto… porque parece que Devin quer alguém como *eu*.

— Falando em parceiros, como vai o trabalho? — pergunta ele. — Já te deram um escritório espaçoso e uma placa dourada com o seu nome na porta?

Dou uma bufada.

— Até parece. Por enquanto, ainda sou uma reles associada de verão.

— Mas eles falaram alguma coisa sobre o outono? Se a oferta de emprego permanente ainda está de pé?

— Não, mas comecei faz pouco tempo. Além do mais, tem essa outra pessoa que está louca para ter minha vaga.

— Canalha. Quem é esse aí?

— *Essa* daí é a outra formada, e ela é, sem exageros, a pessoa mais implacável e ambiciosa que já conheci. Ela me odeia.

— Não deixe que ela entre na sua cabeça. Se eu fosse você, faria de tudo para conseguir o emprego. Seja a primeira a chegar todos os dias e a última a sair. Sempre à disposição para fazer mais trabalho. Mostre a eles o quanto você quer essa vaga.

Meus ombros endurecem. Ando trabalhando tanto que não consigo imaginar fazer mais do que já estou fazendo. As palavras de Perry voltam para mim.

Você merece ser feliz, Cass.

Trabalhar mais me deixaria feliz? *Não*, responde uma vozinha na minha cabeça. Me divertir com a Brie, passar tempo com minha mãe e meus irmãos, e pegar um pincel de vez em quando me deixariam feliz — não me desgastar em um escritório das nove às seis. Mordo meu lábio. Mas é algo temporário — um empurrãozinho que me ajudaria a conseguir o emprego dos meus sonhos — o sacrifício valeria a pena... não valeria? Enfio outro pedaço de taco na boca.

— Talvez você tenha razão — digo vagamente.

— Claro que tenho. Tem centenas de advogados por aí que matariam por um emprego em um escritório como a Smith & Boone. Estou orgulhoso que eles queiram contratar *você*. — Com um grande sorriso no rosto, ele dá uma apertadinha no meu queixo.

— Obrigada, Devin.

O carro de Devin ronca quando ele para na frente de minha casa e desliga o motor.

— Obrigada pela carona — agradeço.

— Não há de quê. — Tirando o cinto de segurança, ele gira para ficar de frente para mim. — Então, o que vai fazer no feriado?

— Feriado? — Ah, esqueci que o feriado de Quatro de Julho é neste fim de semana. — Brie e eu vamos ao desfile lá no centro e depois assistiremos aos fogos no terraço do bar do Marcus.

— Entendi. — Os dedos dele brincam no meu antebraço, fazendo calafrios descerem por minha coluna. — Meu pai gosta de fazer um grande festão no dia da Independência todos os anos. Ele é amigo do dono de uma usina de concreto no centro, então a gente consegue acesso especial a uma instalação na frente do lago para se juntar e assistir aos fogos. Eu ia adorar se você viesse e conhecesse meu pai... se estiver disposta a mudar de plano, claro.

Os olhos escuros de Devin tem um quê de vulnerabilidade que eu ainda não tinha visto. *Ele está nervoso.*

— A Brie e o Marcus também podem vir, claro, se você...

Antes que eu possa pensar duas vezes, desato o cinto de segurança, me inclino por cima da marcha e o beijo. Ele respira pelo nariz, surpreso, mas responde com sinceridade, com os lábios se movendo contra os meus. Uma mão fica enredada em meu cabelo enquanto a outra passa por todas minhas costas. O sangue lateja em meus ouvidos com a sensação crescente. Os lábios dele são suaves mas urgentes enquanto sua língua entra em minha boca, provando do meu gosto. Luzes brilhantes piscam, em tom laranja, por trás de minhas pálpebras e me afasto quando um carro atravessa o local onde estacionamos, os faróis cascateando sobre nós como uma tempestade que acaba de passar.

— Isso é um sim? — pergunta Devin, ofegante.

Meus lábios formigam.

— Um sim hesitante. Preciso falar com Brie primeiro, mas, se ela e Marcus aceitarem, eu vou.

— Ótimo. — Ele alisa minha maçã do rosto com o polegar. Os olhos dele se voltam para minha casa, logo atrás de mim. — Então, posso entrar? — A voz dele é promessa pura, fundida. Mas, em vez de derreter, fico tensa.

Será que estou pronta para isso? Seguro a respiração, meu coração palpitando quando procuro o rosto dele.

139

Minha hesitação deve ter servido como resposta, já que Devin limpa a garganta e abaixa a mão.

Toco o braço dele.

— Eu quero. Sério. É só que, com tudo que aconteceu comigo, e com essa situação tão estranha, acho que prefiro ir devagar. Eu gosto de você. Mesmo. Só não sei se estou pronta para... *isto*.

Os ombros de Devin relaxam e ele passa o polegar em meu maxilar.

— Não precisa ter pressa. Eu não vou a lugar algum.

— Obrigada pela compreensão. — Com um sorriso trêmulo, pego a bolsa entre meus pés e abro a porta. — Te mando mensagem mais tarde.

Estou quase saindo do carro quando ele toma os meus dedos. Levando os nós aos lábios, ele pressiona um beijo contra a pele suave. Os olhos escuros de Devin brilham quando a língua dele escapa da boca, fazendo minhas terminações nervosas pegarem fogo.

— Vou ficar esperando — murmura ele.

De alguma maneira, consigo sair do carro sem cair — apesar de minhas pernas trêmulas — e fecho a porta.

Ele espera até eu acenar da entrada para ir embora. Encostada na porta de tela, deixo escapar um suspiro barulhento com a mão contra o peito. Devin é o espécime masculino perfeito e a personificação da fantasia de todas as mulheres: charmoso, gentil, ambicioso e mais gostoso do que um churrasco de amêijoas de Quatro de Julho. Então por que continuo hesitando?

Tem a resposta óbvia: três semanas não é tempo suficiente para começar um namoro. Eu deveria conhecê-lo melhor antes de entrar de cabeça em um relacionamento com uma pessoa com a qual continuo tendo expectativas pouco realistas a respeito. Mas ele também não é mais um estranho. Já tivemos quatro, não, *cinco* encontros e, se ele fosse qualquer um dos outros caras que namorei, eu já o teria convidado para algo mais sexy e adulto a essa altura do campeonato.

Sem ser convidado, o rosto de Perry flutua em minha mente — o sorriso tímido, o cabelo ondulado e castanho, a paixão desenfreada nos olhos dele quando fala de promover alegria aos outros. Depois do fiasco no bar de Marcus e as intempéries alcoólicas no fliperama, Perry é a última pessoa no mundo com a qual eu esperaria fazer amizade. Mas, depois de hoje à noite, posso chamá-lo de amigo, e isso é uma coisa boa. Eu *deveria* me dar bem com o irmão do cara com quem estou saindo. Tudo ficou menos complicado desde que ele parou de desconfiar de mim, é um fato.

Então por que estou pensando em Perry... agora? Minutos depois de beijar Devin?

Suspirando, abro a porta de tela e viro a maçaneta. A luz da varanda está apagada e a porta está trancada. Ou Brie não está em casa ou foi dormir mais cedo. Depois de passar um minuto procurando minhas chaves sem resultado, pego o celular e aciono a lanterna. Um raio de luz concentrada corre pela varanda, iluminando um pacote enfiado perto da porta. Eu o seguro, franzindo o cenho. Não é uma entrega; não tem endereço nem nome e é surpreendentemente pesado. Viro o pacote e vejo um pequeno envelope colado na parte de trás com uma única palavra escrita: *Cass*.

Quem poderia ter deixado isto aqui? Será que minha mãe passou para deixar algo para mim? Considerando o formato retangular e os ângulos afiados, suponho que seja uma caixa de madeira. Encontro as chaves depressa, entro e vou direto para meu quarto. Do outro lado do corredor, uma luz cálida e amarela escapa por baixo da porta de Brie; ela já foi para a cama.

Acendo a luz com o cotovelo, deposito a bolsa no chão do meu quarto antes de me sentar na cama com o pacote misterioso. A curiosidade lateja em mim com cada batida de meu coração enquanto eu arranco o envelope e tiro o cartão de dentro. Nele, uma mensagem escrita à mão foi deixada em tinta azul: *Caso "algum dia" chegue mais rápido do que você espera — Perry*.

Fico de boca aberta e releio o bilhete outras duas vezes antes de deixar o cartão cuidadosamente no colchão ao meu lado. Minha respiração acelera conforme rasgo o pacote, puxando o papel pardo em tiras. Eu estava certa; é uma caixa de madeira — três vezes maior que uma caixa de sapatos com uma série de trincos de latão enferrujados de um lado. Abrindo os trincos, levanto a tampa.

E ofego. É um cavalete. Um cavalete portátil.

Eu o viro de lado e algo chacoalha no interior anguloso do cavalete. Fixo o suporte e estendo os apoios, ajeitando vários trincos até tudo ficar no lugar, e deixo o cavalete de pé no chão. Um pequeno sulco no centro chama minha atenção, e ergo um painel fino que revela uma gaveta rasa repleta de uns vinte tubinhos de tinta acrílica. Tiro os tubos um por um e os deixo alinhados na escrivaninha, perto da jarra com os lírios que Devin me deu, que agora estão secos e murchos. No fundo da gaveta, descubro vários pincéis de diferentes tamanhos, uma paleta oval e três telas vazias, 20 × 30 centímetros. Apesar de o cavalete ser antigo, considerando as manchas na caixa, as tintas e os pincéis mal foram usados.

Lágrimas queimam meus olhos.

— Maldito Perry.

Rindo em voz baixa, pego um dos pincéis e arrasto as cerdas suaves pela palma da mão.

Talvez este seja o presente mais atencioso que alguém já me deu. E quem deu foi *Perry*.

A empolgação toma conta de cada célula do meu corpo. Jogando o pincel na cama, corro até a cozinha para encher de água um copo de plástico vermelho. Remexo no lixo reciclado embaixo da pia, pego os jornais da vizinhança que foram descartados e vários panos de prato, e levo tudo para cima. Depois de trocar de roupa e colocar uma camiseta e uma samba-canção velha, movo o cavalete para deixá-lo em um canto da escrivaninha e organizo os jornais debaixo dos apoios espichados. Meu coração está batendo rápido enquanto coloco uma tela vazia no cavalete e dou um passo para trás.

De repente, minha mente fica tão em branco quanto a tela rígida diante de mim. Faz anos que não toco em um pincel. Eu costumava passar horas perdida na arte — a tinta deslizando em telas novas, a sinfonia de cores, o ato da criação. Será que é possível que essa parte de mim esteja tão empoeirada e danificada por falta de uso quanto um relógio avariado? Imagino um nó de teias de aranha ao redor de minha alma e, em vez de um coração, há um conjunto de engrenagens enferrujadas tilintando e grunhindo.

Meu celular apita da minha bolsa ainda no chão. Suspirando, pego o aparelho. Tenho uma notificação do calendário:

Sexta, 9h, reun. de cliente c/ Andréa.

Toda a empolgação se esvai. São quase dez horas da noite. Eu devia guardar o cavalete e usar o tempo que tenho antes de ir para a cama para revisar as anotações que Andréa me mandou mais cedo sobre o cliente e o caso que veremos amanhã. É o que Devin disse que eu deveria fazer:

agarrar todas as oportunidades de impressionar a Smith & Boone a fim de conseguir o emprego dos meus sonhos.

Meu olhar volta para a tela vazia no cavalete. Do lado de fora, ouço uma trovoada distante.

Dane-se. Eu mereço uma noite — uma hora — para mim mesma. Tenho as anotações de Andréa. Posso revisá-las amanhã de manhã.

Gotas pesadas salpicam contra a janela. Suspiro e fecho os olhos. *Outra tempestade de verão*. Inspirando fundo, reabro os olhos.

Sei exatamente o que vou pintar.

13

— Cass. Ei, Cass! Você está acordada? — Brie chama de algum lugar acima de mim.

— Vai embora — resmungo, puxando o edredom para cima da cabeça para bloquear a luz indesejada.

Ela sacode meu ombro.

— São nove e meia. Você não deveria estar no trabalho?

Abro os olhos de repente.

— Você falou nove e meia?

A iluminação brilhante cascateia no rosto preocupado de Brie.

— Sim, você está...

— Merda! Estou atrasada! — Empurrando as cobertas, pulo para fora da cama. Meu dedão bate em algum caroço e vou contra a parede. — Por que meu despertador não tocou? Cadê meu celular? — Apalpo a mesa de cabeceira e debaixo do travesseiro, mas o telefone não está aqui.

Brie se agacha para procurar na bolsa-sacola no chão, o que aparenta ser a coisa na qual tropecei. Um segundo depois, ela ergue meu celular. Eu o agarro da mão dela e toco a tela. O celular está morto.

— Nãoooo, esqueci de carregar ontem à noite!

Deve ser por isso que o alarme não tocou.

Ela pega meu celular e o coloca para carregar na parede.

— Vai se vestir, eu cuido disso. — Ela corre para fora do meu quarto, os sapatinhos de couro marrom guinchando contra o chão de madeiras largas enquanto abro o closet para pegar a primeira coisa que estiver à minha frente. Ela reaparece menos de um minuto depois, quando já estou abotoando uma camisa oxford azul-bebê. — Pega isso, é meu carregador portátil. Pode usá-lo no trabalho hoje.

— Obrigada, Brie — agradeço, chegando ao último botão e voltando para o closet.

Ela estreita os olhos ao me ver.

— Ei, o que foi... — A voz dela se esvai quando vê o cavalete no canto e a tela recém-pintada cheia de pinceladas coloridas. Ela gira em minha direção de olhos arregalados. — Puta merda, *você* fez isso?

— Sim.

Eu tiro a samba-canção em pulinhos e puxo uma saia lápis anil.

— Cass, é a primeira vez que você pinta em *anos*.

— E agora estou pagando o preço. — Não faço ideia da hora que fui dormir ontem à noite, mas foi bem mais tarde do que eu planejava e dormi demais como resultado. *Não* é aceitável que associados de verão se atrasem. Não é profissional, é irresponsável e decerto não é a impressão que eu gostaria de causar se quiser uma oferta de emprego no fim do verão. Tem algo me cutucando no fundo de minha mente, agravando minha urgência como gasolina escorrendo em uma chama, mas não consigo lembrar o que é.

Pegando o celular e um par de saltos azuis do closet, eu me apresso pelo corredor até chegar ao banheiro com Brie atrás de mim.

— O que fez você voltar a pintar? Devin tem algo a ver com isso? — Ela pergunta antes de eu fechar a porta do banheiro.

— Não exatamente — grito de volta.

Ali dentro, escovo os dentes na velocidade máxima, uso o vaso e enfio meu cabelo desarrumado em um coque. Não tenho tempo para fazer maquiagem; farei isso no trabalho. Brie continua no corredor quando apareço mais uma vez. Ela vai até o meu lado enquanto descemos as escadas.

— Onde você conseguiu o cavalete, então?

— Perry me deu.

— Perry, o irmão de Devin, *Perry*?

— É.

— Nossa, Cass. E o que o Devin acha disso?

— Ele não sabe. Ou, ao menos, imagino que Perry não tenha contado a ele nas últimas doze horas.

— Então você tem um lance secreto com o Perry agora?

Dou meia-volta, indo em direção à cozinha.

— Não! Não assim. Perry e eu conversamos sobre hobbies ontem enquanto eu esperava pelo Devin na Blooms & Baubles. Mencionei que eu costumava pintar e, quando voltei do jantar, encontrei um cavalete e um conjunto de tintas na varanda com o meu nome.

— Que amor.

— Ele só está sendo amigável... já que estou namorando o irmão dele e tudo mais.

— Beeeem amigável, eu diria.

Olho torto para ela enquanto abro a geladeira.

— Espera, como ele sabe onde você mora?

Boa pergunta. Considero as possibilidades.

— Devin usou o celular de Perry para chamar um Uber para nós outro dia. A fatura provavelmente listava meu endereço, já que paramos aqui primeiro.

— Isso explicaria o motivo.

Tiro um Red Bull da geladeira e Brie joga uma barrinha de cereal para mim. Coloco os dois na bolsa.

— Vamos. Te levo de carro.

— Você não vai se atrasar?

— Não, meu horário é flexível.

— Você salvou minha vida. Obrigada, Brie.

Nós nos apressamos pela rua até o carro dela, estacionado em paralelo, entro no veículo. O motor do Ford Mustang ruge ao ser acionado e uso a oportunidade para conectar o celular ao carregador portátil e ligar o aparelho. Meu escritório fica a menos de cinco minutos de distância de carro e, quando o celular liga, nós já estamos quase lá. Duas novas mensagens aparecem na tela.

Mãe

Como foi a conversa com Devin?

Devin

Bom dia 😊 Tudo certo pra festa de 4 de julho do meu pai no fds?

Certo. Eu tinha esquecido totalmente disso.

— Ei, Brie, se importaria se mudássemos os planos para o feriado? O pai do Devin vai fazer um festão no lago e o Devin nos convidou para ir.

Os freios de Brie guincham quando ela para diante do meu escritório.

— Parece massa. Bora.

— Ótimo. Vou avisá-lo.

— E o Marcus?

— Ele pode vir também. Pode repassar o convite a ele?

— Claro.

— Valeu.

Brie abre um sorriso para si mesma quando fecho a porta. Com um aceno, corro até o prédio.

David levanta o rosto na recepção quando passo pela porta. A armação preta e grossa de seus óculos brilha com a luz cascateando das janelas do saguão.

— Você está atrasada.

— Eu sei.

— Está tudo bem?

— Falo mais tarde — respondo enquanto entro no elevador vazio.

Tento acalmar minha respiração, mas meu coração está latejando em minhas orelhas. Quando as portas se abrem, ando depressa pelo corredor coberto pelo carpete cinzento até meu cubículo. Talvez se eu for até minha escrivaninha sem ninguém notar...

— Cassidy? — A voz de Andréa me chama.

Estremecendo, me viro lentamente.

Andréa está de pé à porta do próprio escritório, os lábios carnudos franzidos em desaprovação. Uma alegre Mercedes sorri atrás dela. O cabelo loiro-avermelhado, o vestido reto cor de marfim e o blazer creme, ela parece tão angelical quanto um querubim. Pena que por dentro ela é o diabo.

— Onde você estava, Cass? Perdeu a reunião com o cliente agora de manhã — diz Andréa.

Merda. Então foi isso que eu esqueci. Meu estômago parece cair até o térreo.

— Sinto muito, Andréa. Meu despertador não tocou e dormi demais sem querer.

Andréa suspira.

— Obrigada pela ajuda, Mercedes. Já está tudo pronto, por enquanto.

— Não há de quê.

Os lábios carmim de Mercedes se inclinam em um sorriso maldoso quando ela passa por mim. Minhas veias estão fervendo de fúria e agarro a alça da bolsa com mais força.

O olhar gelado de Andréa pousa em mim.

— Posso falar com você em meu escritório, por favor?

Apesar das panturrilhas trêmulas, forço-me a ter nervos de aço enquanto sigo Andréa até o escritório. Ela fecha a porta atrás de mim, e o clique suave retumba no silêncio como o tilintar das grades de uma cela. Sinto suor na base do pescoço ao vê-la se acomodar na cadeira acolchoada, e seco minha pele.

Respirando fundo, ela se inclina para a frente, com as mãos firmes sobre a mesa.

— Você está bem?

Eu pisco.

— Sim. Só estou exausta.

— Não é do seu feitio perder uma reunião.

— Eu sei. Mais uma vez, sinto muito mesmo. Eu teria ligado para avisar, mas, quando acordei, o celular estava sem bateria, por isso ele não tocou. Eu vim para cá o mais rápido que pude...

— Respire fundo. Está tudo bem, você não está em apuros. Todo mundo dorme demais de tempos em tempos. Acontece.

Meus ombros despencam de alívio.

— Não vai acontecer de novo, prometo.

Faço uma anotação mental para comprar um despertador de pilha assim que eu chegar à minha escrivaninha.

Andréa acena com a cabeça uma vez.

— A vida em um escritório é difícil. É um emprego de muito estresse, e o trabalho é árduo. Eu só queria ter certeza de que você está conseguindo equilibrar tudo direito.

— Estou. De verdade.

A cadeira range quando ela se inclina para trás.

— Ótimo. Porque outro dia falei sobre você com Gleen Boone.

Eu me endireito na cadeira.

— Mesmo?

— Ele perguntou minha opinião a respeito de renovar sua oferta para começar como associada de primeiro ano no outono. Eu disse que você era minha primeira escolha.

— Nossa, Andréa. Muito, muito obrigada. Não sei dizer o quanto aprecio o que você fez.

Ela acena com a mão.

— Você mereceu. O produto de seu trabalho é excelente, e você tem uma veia para o litígio. O briefing que escreveu para o caso Lebow foi sensacional. Um raciocínio legal criativo e verdadeiramente brilhante. A Smith & Boone teria sorte de contratá-la.

Meu peito se enche de orgulho.

— Muito obrigada. Não vou decepcioná-la.

— Fico feliz de ouvir isso. Agora, como você sabe, gostamos de dar aos nossos associados de verão a oportunidade de ganhar experiência em diferentes áreas da lei...

Minhas sobrancelhas pulam em direção à testa.

— Você vai me tirar do litígio?

— Apenas temporariamente. Mercedes Trowbridge mostrou interesse em aprender comigo, então eu gostaria de acompanhá-la por algumas semanas e te dar a oportunidade de participar do grupo de lei pública.

Eu aceno, sentindo a boca seca.

— Claro, o que achar melhor.

— Não é uma punição, Cass. Vai ser bom para você experimentar uma área diferente da prática jurídica.

— Eu entendo, e sou grata por isso. Meu primeiro curso foi em administração pública, então me aventurar em lei pública vai ser bem interessante.

— Esse é o espírito. E não se preocupe, confio plenamente em você. Sei que vai continuar com seu trabalho de primeira linha e impressionar Frank tanto quanto me impressionou.

— Obrigada, Andréa. Não vou decepcioná-la. Nem a Frank.

Os olhos dela brilham com orgulho.

— Eu sei.

Saio do escritório de Andréa e me arrasto até meu cubículo, com as emoções rodopiando e colidindo como um barco de papel no mar debaixo de uma tempestade. Fico tensa quando vejo Mercedes sentada à própria mesa.

Ela me olha de esguelha quando deixo minha bolsa cair no chão.

— Tudo bem? Você não parece muito disposta — diz ela com um sorriso afetado.

— Estou — respondo entredentes.

— Tem certeza? Tenho corretivo se você precisar cobrir essas olheiras. — A voz dela é pura preocupação, mas vejo a curva minúscula em seus lábios.

A raiva lateja e arde em minhas veias.

— Chega, Mercedes. Quanto tempo você esperou hoje de manhã para correr até o escritório da Andréa depois de perceber que eu estava atrasada? Trinta segundos ou um minuto inteiro? — Encarando-a com fúria, me sento pesadamente na cadeira.

Os olhos azuis como gelo faíscam.

— Sinto muito, mas não é minha culpa se você não apareceu. E, na verdade, foi *ela* quem *me* chamou. Se você não gosta que eu cubra sua falta, talvez devesse fazer o próprio trabalho. — Pegando um caderno da escrivaninha, ela sai, irada, sem olhar para trás uma única vez.

Grunhindo, deixo minha cabeça cair com um *plonc*.

Ela tem razão. Eu poderia ter vivido sem essa dose robusta de satisfação e presunção, não é culpa dela que eu não tenha aparecido e que Andréa tenha lhe pedido para participar da reunião em meu lugar.

Sacudindo o mouse para acordar o computador, martelo minha senha como se estivesse martelando pregos. Isso não teria acontecido se eu não tivesse ficado pintando até tarde.

Dou uma porrada no apoio de mão com o punho. *É tudo culpa do Perry*. Tive uma conversa emotiva a respeito de arte e toda a noção voou pela janela. Eu deveria ter reempacotado aquele cavalete assim que o abri e depois devolvido a Perry com um bilhete dizendo: *Obrigada, mas não. Estou ocupada demais*. É por isso mesmo que minha mãe sempre me avisou para não ter distrações: elas realmente afetam sua carreira.

A luz mais acima ilumina a ponta dos meus dedos, que agora descansam sobre o teclado e torço o nariz ao ver tinta debaixo das unhas. Tento tirar, sem sucesso, as manchas celestes, violetas e acinzentadas, mas elas se recusam a sair. A nostalgia me cobre como uma brisa e fecho os punhos.

Quanto tempo passei andando por aí no começo da universidade com tinta debaixo das unhas e um profundo senso de contentamento no coração? Quando finalmente lavei os pincéis ao acabar ontem à noite, me senti mais calma e em paz do que me sentia há, bem, há *anos*. Deve ser por isso que dormi tão bem. Não me sacudi nem revirei nem me debati como um peixe inquieto, e não acordei uma única vez no meio da noite com a mente a mil, ruminando tudo o que eu precisaria fazer no dia seguinte.

Se eu não tivesse esquecido de carregar o celular, teria acordado descansada — e chegado ao trabalho a tempo. Não é culpa do Perry que eu tenha perdido a reunião. É resultado do meu cérebro de algodão-doce ter esquecido de carregar o celular.

E acabei de jogar tudo isso em cima de Mercedes.

Não que ela não mereça ao menos um pouquinho disso — só Deus sabe como ela tem sido uma pedra no meu caminho desde o primeiro dia —, mas, se ela estiver dizendo a verdade e se Andréa tiver mesmo pedido que ela me cobrisse e não o contrário, então ela tem razão, não é culpa dela.

Pega mal ser mesquinha. Da próxima vez que nos vermos, vou fazer uma oferta de paz.

Só espero não me esquecer disso.

14

— Você tem certeza de que este é o lugar certo? — Marcus pergunta do banco de trás quando Brie dá a volta para entrar em uma estrada industrial sem identificação, do outro lado do estacionamento vazio perto do estádio dos Browns.

Releio as direções que Devin mandou.

— Acho que sim.

— Não é um lugar que eu escolheria para uma festa, disso não tenho dúvida — murmura Brie.

Atravessamos aos sacolejos os trilhos do trem e passamos por diversos armazéns baixos e longos e pilhas de contêineres enferrujados até alcançarmos uma área aberta cheia de carros estacionados. As torres brancas e arredondadas de uma usina de concreto se erguem à distância, a uns noventa metros de distância. Mais além das torres, a água azul-acinzentada do lago Erie cintila sob a luz do entardecer, com inúmeros barcos balançando na superfície.

Brie dá a volta e vislumbro o que parece ser a festa. Ao pé de uma colina, depois dos carros estacionados, dúzias de pessoas vestidas em suas melhores roupas vermelhas, brancas e azuis pontilham a grama ao lado da margem. Há cadeiras de jardim, cobertores e caixas térmicas agrupados em cantos e, mais abaixo, várias pessoas estão brincando de tiro ao alvo. Na parte de cima da colina, uma longa mesa foi arrumada com diversos recipientes de comida cobertos de papel-alumínio.

— Esqueça o que falei. A cara está ótima — afirma Brie.

Paramos na ponta do estacionamento e pegamos nossos cobertores e suprimentos. Brie solta um grunhido, tentando tirar uma caixa térmica cheia de *hard seltzers* e cerveja do porta-malas.

Marcus tira a caixa para ela.

— Deixe que eu carrego para você. — Ele abre um sorriso tímido.

Para meu espanto, as bochechas de Brie ficam cor-de-rosa.

— Há, claro. Obrigada, Marcus.

— Sempre às ordens. Vou encontrar um lugar para a gente.

Içando a caixa térmica, ele vai em direção à festa com um passo decidido. Jogo minha pequena mochila no ombro, pego a sacola de papel cheia de compras do banco de trás e fecho a porta.

— O que está rolando entre você e o Marcus? — pergunto a Brie assim que ele desaparece.

Passando a bolsa-carteiro por cima da cabeça, ela abraça um cobertor dobrado e grosso contra o peito e fecha o porta-malas.

— Não sei do que está falando.

— Pi.

— Sério? Você vai meter um pi na conversa?

Erguendo as sobrancelhas, bato o pé no chão.

— Ah, tá bom. Estamos nos falando bem mais por mensagem desde que ele foi à minha banca. Sei o que está pensando, mas somos apenas amigos. De verdade!

— Odeio ter que jogar a real pra você, mas não acredito que Marcus queira ser seu *amigo*. Acho que ele quer te levar para a cama.

Brie bufa.

— Até parece.

— Você não notou mesmo o jeito como ele olha para você?

— Isso se chama contato visual por educação.

— Há, não. Isso se chama "ele não consegue tirar os olhos de você". Como se você fosse um picolé em um dia de verão e ele estivesse desesperado para te lamber antes de você derreter.

— Aff, isso foi bem explícito.

— É a verdade.

— Bom, não o vejo dessa maneira.

— Por que não?

— Não estou à procura de um namoro no momento.

— Ainda não superou a Sara?

— Não, já superei, mesmo. Nós nos separamos meses atrás. Estou apenas… querendo um tempo só para mim neste exato momento.

Brie é uma monogâmica em série. Antes da Sara veio Taylor. Antes de Taylor, Christopher. Cada vez que começa um relacionamento sério, ela entra de cabeça: salta alto e rápido, mergulhando no que ela imagina ser o amor final e definitivo de sua vida. Às vezes, o namoro fica morno ou amargo; e ela, arrasada e sozinha. Deve ser bom que ela tenha esse "tempo para si mesma". O fato de estar solteira há seis meses inteiros já é um milagre.

Concordo, e começamos a caminhar.

— Acho justo, mas, quando esse "tempo para você mesma" terminar, tem um proprietário-barra-gerente de bar perfeitamente adorável doidinho para murmurar palavras de amor em seu ouvido... E para chegar aos finalmentes com uma certa Brie.

— Você é péssima.

Ela dá uma cotovelada no meu braço, mas vi o jeito como sorriu.

Apesar de o sol estar baixo, a temperatura continua lá pelos vinte e tantos graus, e fico grata por ter decidido vestir um top debaixo do macaquinho de listras azuis e vermelhas. Parada em um canto da festa, escaneio a multidão até encontrar Devin. Ele está conversando com um homem mais velho vestindo bermuda cáqui, uma camisa polo vermelha e mocassins. A julgar pelo cabelo grisalho e pela estrutura óssea quase idêntica à de Devin — o mesmo nariz afiado, as maçãs do rosto altas e o maxilar incrível —, deve ser o pai dele.

Engulo em seco. Conhecer o pai dele é um grande passo. Um pelo qual tenho sentimentos conflitantes, embora jamais admitiria isso para Devin. Ele estava tão empolgado quando aceitei o convite que não tive coragem de contar sobre a minha relutância. Apresentações formais aos pais só costumam acontecer quando um casal já está namorando sério — e exclusivamente — por um bom tempo. Meses, não semanas. Até agora, Devin e eu não temos algo nem sério nem exclusivo, apesar de que esse parece ser o caminho que estamos tomando, certamente.

O rosto de Devin se ilumina ao me ver, e ele dá uma corridinha até mim.

— Cass, que bom que chegou! — Ele pressiona os lábios contra os meus em um beijo explosivo.

Meu pescoço esquenta.

— Oi, Devin. Você lembra de Brie, né?

Ele faz que sim.

— Você estava lá no Zelma da outra vez.

— Eu mesma. — Ela atira o quadril para fora em um mesura cômica. — Prazer em conhecê-lo oficialmente.

— Digo o mesmo. O Marcus está vindo?

— Estou bem aqui. — Marcus aparece por trás de nós. — Valeu pelo convite.

— Claro. Feliz que vocês vieram.

Atrás de Devin, o homem que imagino ser seu pai nota nossa presença. Pedindo licença para dois homens de meia-idade com os quais estava conversando, ele vem até nós e dá um tapinha no ombro de Devin.

— Me apresente aos seus amigos, Devin. — Seus olhos castanhos e penetrantes olham para cada um de nós.

— Claro. Pai, este é Marcus Belmont. Ele é gerente do Zelma's Taphouse em Ohio City. Jogamos softball juntos. Marcus, este é meu pai.

O pai de Devin olha para Marcus com um sorriso que não bate com seu olhar.

— Roger Szymanski. — Ele estende o braço e ambos dão um aperto de mãos.

— E esta é Cass Walker, a mulher sobre quem te falei, e a colega de quarto dela, Brie... — A voz dele se esvai.

— Owens — Brie completa.

Roger mal olha para ela, mas então se vira para Brie uma segunda vez.

— Owens... Owens? — ele repete. Apertando os olhos, inclina a cabeça. — Você é parente de Charlotte Owens, por acaso? Você é a cara dela.

Os lábios dela tremem com o esforço de manter o sorriso.

— É minha mãe.

Os olhos de Roger se iluminam.

— Ahá! Devin, você não me contou que seus amigos eram tão bem conectados! Ficamos felizes de ter em nossa humilde festinha a filha da locutora mais amada de Cleveland!

Por trás do meu pacote de salgadinhos, seguro a mão de Brie e a aperto furtivamente. Ela *odeia* quando as pessoas ficam babando em cima de sua mãe. O mundo pode achar que Charlotte Owens é tão alegre e doce quanto a personagem que vai ao ar, mas nós duas sabemos da verdade: ela é controladora estilo Joan Crawford no que diz respeito à única filha. O relacionamento das duas é, hum, difícil.

Brie aperta minha mão de volta, e parte da tensão desaparece.

— Obrigada. Fico feliz de ter vindo.

Roger faz que sim com a cabeça, e volta a atenção para mim.

— E eis aqui a famosa Cassidy.

— Cass — corrijo no automático.

— Cass. Devin me falou muito sobre você.

— Espero que apenas coisas boas. — E nada a respeito do acidente e das minhas memórias induzidas pelo coma. — É um prazer conhecê-lo, sr. Szymanski. — Estendo o braço e apertamos as mãos. O aperto dele é tão firme que chega a ser agressivo demais.

— Por favor, me chame de Roger. Devin disse que você é advogada?

— Sou sim.

— Em que área do Direito?

— Litígio, no momento. Sou associada de verão na Smith & Boone, mas espero permanecer em tempo integral no outono.

Deixando a postura corporal mais abrangente, ele prende os polegares nos passantes do cinto.

— Smith & Boone é um escritório excelente. Eles representam minha empresa.

— Seu negócio está em ótimas mãos, então. Você é incorporador imobiliário, certo?

— Fundador e dono das Empresas Szymanski. Nossas operações ocorrem majoritariamente na zona sul da cidade e nos especializamos em desenvolvimento residencial, mas estamos no processo de expandir o negócio.

— Que interessante. Aposto que você adora ter seu filho de volta à cidade para ajudar a cuidar de tudo.

Roger dá uma risadinha e tem um tom azedo nela que faz meu couro cabeludo formigar.

— Ajudar? Sim. Cuidar? — Ele grunhe. — Devin está pegando o jeito, mas ainda tem um longo caminho pela frente se um dia quiser ter uma posição de liderança.

O maxilar de Devin fica tenso e suas narinas inflam.

— Não sei, pai. Assegurei aqueles duzentos acres no condado de Medina mês passado por dez por cento a menos do que o vendedor queria originalmente. E consegui aprovação para o zoneamento de nosso novo projeto de apartamentos em Ohio City.

— Claro que conseguiu, filho — afirma Roger, com o tom equivalente ao de um tapinha condescendente na cabeça. — Mas o sucesso leva tempo e você ainda não desenvolveu aquele instinto mortal.

— Não é como o senhor, né, pai? — Alguém diz atrás de Roger. Quando ele se vira para localizar a fonte da voz, Perry aparece entre um nó de pessoas apinhadas perto da comida. Meu coração dá um pulo.

Ver Perry e Devin parados ao lado do pai deixa claro que Perry deve ter puxado à mãe. Ele tem o mesmo maxilar e a estrutura esguia de ombros largos que o pai e o irmão, mas seus traços são mais suaves, menos afiados. Seus olhos, em particular, contrastam bastante com os de Devin e Roger — e não só porque os deles são de um castanho vívido e escuro enquanto os de Perry são límpidos, avelã e esmeralda. Mas porque tem uma leveza nos olhos de Perry, uma diversão despreocupada a respeito do mundo que brilha em cada uma de suas expressões, como sementes de dente-de-leão dançando ao vento, enquanto o olhar penetrante de Devin e Roger se parece mais com vidro soprado: liso, sólido e intocável.

Roger pisca.

— Perry. Você veio.

— Achei que tinha dito que não viria — diz Devin.

Os músculos do antebraço de Perry ficam evidentes quando as mãos dele deslizam para dentro dos bolsos frontais da bermuda.

— Achei que já era hora de aparecer de novo em uma das famosas festas de Quatro de Julho do pai. Faz alguns anos que não venho, afinal. Marcus — ele cumprimenta. — Cass. — Nossos olhares se conectam e um sorriso sussurra em seus lábios.

— Brie. — Ela ergue uma mão como saudação.

Fechando a boca, Roger parece se recompor.

— Bom, fico feliz que tenha vindo. Faz muito tempo desde a última vez. — Ele abraça Perry com um braço só de forma meio constrangedora, e dá um soquinho em suas costas. — Como você anda?

— Bem. Nada a reclamar.

— E a loja? Como vai?

Perry muda o peso para o outro pé.

— A loja está ótima. Expandi meu inventário e as vendas do segundo trimestre estão aumentando. Estamos melhor do que nunca.

Roger limpa a garganta.

— Não foi o que Devin me disse.

Apesar de ele ter abaixado a voz, nós todos ouvimos o que ele falou.

Perry faz cara feia para Devin, que sacode a cabeça imperceptivelmente.

— A oferta segue em pé, Perry. Pense sobre o assunto. Posso negociar por você, dar uma chance para...

Perry suspira frustrado.

— Dois minutos. Não passei nem dois minutos inteiros aqui e vocês já estão fazendo o que sempre fazem. Pela última vez, a resposta é não. Bom te ver, pai. Se me der licença, vou pegar um pouco de comida. — Com um olhar gelado na direção de Devin, ele se afasta a passadas largas.

— Perry, espere — chama Devin. — Já volto. — Ele nos diz antes de correr atrás de Perry.

— Roger! — Uma loira, de quarenta e poucos anos com cabelo até o ombro, faz um sinal no meio de uma confusão de gente agrupada ao redor de um grande refrigerador vermelho a uns seis metros dali.

Roger acena de volta. Forçando um sorriso, ele volta a atenção para Brie, Marcus e eu.

— Foi bom conhecer todos vocês. Por favor, sirvam-se do que quiserem. E, Cass, espero que possamos conversar mais em breve. Seria bom conhecer melhor a mulher que meu filho está namorando. — A voz dele é grossa e estável como a de Devin, mas as palavras me atacam como o rosnado de um lobo. Porque este homem *é* um lobo, tão frio, ardiloso e calculista quanto um; aposto meu salário de verão nisso.

— Obrigada. — Deixo escapar, mas ele já partiu.

— Bom, isso foi constrangedor — murmura Brie.

— E como. Qual é o problema do pai do Devin? — pergunto para Marcus.

Ele dá de ombros.

— Não faço a mínima ideia. Só sei que ele é um figurão.

Brie solta uma bufada sarcástica.

— Ele é um grande escroto e um cretino, isso sim. Desculpa — diz ela para mim. — Sei que é o pai do seu namorado, mas só estou falando a verdade.

— Ele não é meu namorado — corrijo. — Mas, sim, realmente.

Não consigo acreditar como o pai de Devin fez pouco dele, e na frente dos amigos, ainda por cima. E, julgando pela resposta impassível de Devin, eu diria que não é a primeira vez que isso acontece.

Faço uma careta para Roger, no meio da multidão, para as costas largas e o jeito soberbo de erguer o queixo. Minha mãe pode me pressionar, mas nunca falou comigo assim — muito menos na frente de outras pessoas — nem nunca tentou me diminuir de propósito. Meu coração se enche de simpatia por Devin.

E *Perry*. Não é de se surpreender que ele não se dê bem com o pai. Não sei de que tipo de oferta estavam falando, mas é claramente um problema entre eles. E parece que Devin contou algo ao pai sobre a Blooms & Baubles que Perry não queria que ele soubesse. Aperto tanto o pacote de salgadinhos contra as costelas que o conteúdo estala.

Esta vai ser uma noite interessante.

15

Quarenta e cinco minutos depois, Devin finalmente retorna. Ele se deixa cair entre mim, Brie e Marcus, no grosso cobertor azul que colocamos na grama, o cabelo desarrumado e as bochechas vermelhas.

— Te encontrei. Onde você estava?

— Bem aqui. Onde *você* estava?

Tomando o último gole da minha *hard seltzer* de cereja, jogo a lata no saco de papel vazio que está servindo como nosso lixo reciclável e tomo um longo gole de água da minha garrafa de aço.

Ele leva uma garrafa de Coors aos lábios.

— Desculpe. Encontrei minha tia-avó Lydia e fiquei preso em uma conversa muito longa a respeito de, deixe-me ver: o filho dela, que é bombeiro, o estado de sua úlcera e a deterioração da saúde de seu chihuahua favorito.

— Você encontrou o Perry? — pergunto.

Ele sacode a cabeça.

— Acho que ele foi embora.

— Que pena. — Minhas entranhas se contraem. Estava torcendo para ter uma chance de agradecer pelo equipamento de pintura, mas parece que isso vai ter de esperar.

Devin volta a ficar de pé.

— Ei, vamos. Quero que você conheça uns amigos. Eu os vi mais cedo, mas não consegui dar um oi ainda.

— Vocês vão ficar bem aqui sozinhos por um tempinho? — pergunto a Brie e Marcus.

Brie me saúda com um chips de batata.

— Claro. Vai em frente. Marcus e eu vamos brincar de tiro ao alvo.

Marcus é pego de surpresa.

— Vamos?

— Sim, e espero que você seja bom… porque odeio perder. — Agarrando-o pelo bíceps, Brie o arranca da grama, em direção às três tábuas de tiro ao alvo perto da margem do lago.

Devin me estende a mão. Eu aceito, e ele me ajuda a ficar em pé.

— Vamos, bora lá.

Colocando a mochila de lona nas costas, eu o sigo.

— Você está bem? — pergunto a Devin depois de começarmos a andar.

— Sim. Por quê?

— Não sei. Seu pai… Ele pega pesado com você, não pega?

Ele admira o lago cintilante pontilhado de barcos.

— Às vezes. Ele só quer que eu faça o meu melhor.

— Fazendo pouco de você na frente de seus amigos? — indago em voz baixa.

— Ele não estava fazendo pouco de mim. Ele tem razão. Ainda tenho muito a aprender se quiser ser tão bem-sucedido quanto ele algum dia. — O pescoço dele endurece, puxando os tendões.

— Não tenho dúvida alguma de que você conseguirá. Ainda mais que ele, aposto.

Depois de um longo momento, ele pega minha mão.

— Obrigado, Cass.

Devin me guia por um labirinto de cadeiras dobráveis e cobertores até alcançarmos um grupo de pessoas na casa dos vinte anos, sentados em uma fileira de cadeiras de jardim de frente para o lago, bebericando drinques enquanto conversam. Há quatro deles, três homens e uma mulher e, com as camisas polo, as bermudas de sarja e o vestido de verão imaculado da mulher, todos pareciam saídos de um catálogo da loja J. Crew. Eles ficam de pé quando nos veem.

— Devin, seu filho da mãe! — Um dos caras o chama. Ele é atarracado e rosáceo, e tem cabelo loiro e bem curto. — Como você está, maluco?

— Mikey — diz Devin de forma arrastada.

Eles batem as palmas e dão uma ombrada um no outro.

— Precisa de refil? — pergunta Mikey.

Antes de Devin responder, Mikey troca a garrafa vazia de cerveja de Devin por uma novinha da caixa térmica deles. Devin tenta passar a cerveja para mim, mas recuso. Já bebi duas *hard seltzers* e, entre as bebidas e o calor, estou um pouco tonta. Dando de ombros, ele abre a tampa.

— Valeu.

— Cadê a Sadie? Ela está aqui? — Mikey olha ao seu redor como se a ex-namorada de Devin fosse aparecer atrás de uma cadeira de praia.

— Ahhh, não. Nós terminamos.

— Putz, cara, sinto muito. Sadie era demais, a mulher perfeita. Quando vocês começaram a falar de morar juntos, achei que logo você ia aparecer com uma aliança. O que rolou?

Encaro Devin. *Eles pretendiam morar juntos?* Ele nunca me contou isso. As narinas de Devin inflam.

— As coisas não deram certo.

— Mas…

— Mikey, queria te apresentar a Cass — diz ele em voz alta. — Cass, este é Mike Howitzer. Mike e eu estudamos juntos no ensino médio. É ele que trabalha em uma concessionária em Brook Park.

Mikey cobre a boca com a mão.

— Puta merda, ela é sua nova namorada?

— Estamos saindo há um mês, mais ou menos — digo.

— Foi mal, foi mal, foi mal. Eu sou um otário de vez em quando.

— Realmente — afirma o homem ao lado dele, abrindo um grande sorriso debaixo de uma barba ruiva e bem aparada. — Dev, quanto tempo.

Ele puxa Devin para um abraço com um tapinha nas costas.

— Gavin, bom te ver. Como vai a faculdade de Medicina?

— Difícil que é o diabo. — Ele ri, empurrando os óculos Ray-Ban mais para cima no nariz. — Vou começar o estágio no outono e, se der tudo certo, uma residência em cirurgia cardiotorácica. Ouvi dizer que você está na educação jurídica continuada trabalhando para o seu pai. O que ele manda você fazer?

— Um pouco de tudo. Procurar propriedades, negociar contratos como parte da nossa nova expansão. Esse tipo de coisa.

— Que isso, você está sendo modesto. Aposto que é o braço direito dele.

As pontas das orelhas de Devin ficam vermelhas.

— Isso aí.

Os caras riem, e Devin sorri abertamente quando Mikey finge empurrá-lo.

— Malandro.

A mulher de cabelo longo e preto e um vestido de verão cor-de-rosa dá um passo adiante e acena de leve.

— Oi, meu nome é Anisha Patel. Este é Jai, meu marido — diz ela para mim.

— Oi. Prazer em conhecer. — Aceno de volta. — Então, vocês todos fizeram o ensino médio juntos?

— Exato — afirma Jai.

— Aqui é St. Isaacs, meu bem! — brada Mikey.

St. Isaac é uma das escolas católicas de maior prestígio em Cleveland. Isso definitivamente explica a vibe sapatênis.

— Foi assim que vocês dois se conheceram? — Aponto para Jai e Anisha.

Anisha sorri, revelando dentes incrivelmente brancos.

— Jai estava um ano à frente e foi meu par no baile de formatura. Acabamos perdendo o contato na faculdade, mas voltamos a nos falar quando começamos como analistas para o banco Key cinco anos atrás. Casamos no verão passado — explica ela, afagando o peito do marido. Um diamante do tamanho de uma pequena bola de gude brilha no anelar dela.

— Parabéns.

— Então, Cass, o que você faz da vida? — O longo e elegante rabo de cavalo de Anisha cai sobre um dos ombros dela enquanto ela beberica uma *hard seltzer* com delicadeza.

— Cass é advogada processual na Smith & Boone — diz Devin. O orgulho que ele sente transparece em cada poro.

— Bacana! Onde você estudou? — pergunta Jai.

— Eu estudei…

— Case Western — interrompe Devin. — Ela editava o jornal jurídico deles *e* era capitã da equipe de julgamento simulado.

Um músculo lateja no meu pescoço.

— Devin, assim fico com vergonha — afirmo, forçando um sorriso.

Passando o braço ao redor de minha cintura, ele me puxa para perto até a lateral de meu corpo ficar totalmente pressionada contra a lateral do corpo dele.

— Deixe eu me gabar, vai. Você merece.

O tom dele é sincero, mas o jeito como seu olhar vai até os amigos me faz sentir como se as palavras dele não fossem de fato para mim.

Meu estômago revira.

— Cass. — Mikey estala os dedos. — Você é a garota interessada no Lexus 2014 ES 350, né? Devin falou de você! Peraí, você não estava em *coma*?

O sangue gela em minhas veias, apesar do calor.

— Há, sim.

Anisha empurra os óculos de sol para o topo da cabeça.

— Meu Deus, isso é terrível. O que aconteceu?

— Sofri um acidente de carro no verão passado. Está tudo bem agora.

Mikey se aproxima como se estivesse hipnotizado.

— Como é entrar em coma? Você estava presa em seu corpo? Foi uma tortura?

Gavin dá um soco no braço dele.

— Caramba, Mikey!

— Quê? Estou curioso. Nunca conheci alguém que entrou em coma.

A atenção de todos se volta para mim como se eu fosse um espécime em um laboratório.

Minha garganta aperta e respiro fundo.

— Eu também não conheci. — Forço uma risada, e ela corta minha garganta como se fosse uma faca. Todo mundo ri comigo.

— Desculpe, preciso ir ao banheiro. — Afasto-me um pouco. — Foi bom conhecer vocês. — Com um aceno curto, disparo para longe de lá o mais rápido que consigo sem parecer que estou fugindo. Tenho a vaga compreensão de que Devin está me seguindo, mas continuo mesmo assim.

— Cass, espere — ele chama.

Eu não paro.

— Cass!

Eu me viro, com o coração martelando.

— Que merda foi essa?

Ele empaca.

— Como assim?

— Por que você contou aos seus amigos que eu estive em coma?

— Eu não sabia que era um segredo.

— Não é, mas teria sido bom se você tivesse me avisado. Agora, cada vez que eles me virem, vão pensar que sou "aquela garota que já esteve em coma". Você sabe o que é isso? Ter a experiência mais traumática da sua vida transformada em assunto de conversas casuais?

— Não, não sei — responde ele em voz baixa.

— E ficar se gabando daquele jeito? Nem te reconheci, da forma que você ficou me interrompendo, tentando impressionar os seus amigos.

— Cass, era só uma conversa.

— Tem certeza? — zombo. — Olha, não sei por que você me convidou, mas não vim aqui para você ficar me mostrando por aí. Meu currículo não é uma ferramenta para você impressionar os seus amigos, e meu histórico médico não é uma curiosidade para os outros ficarem papagaiando por diversão.

Os olhos dele queimam.

— Eu te convidei porque gosto de você, e porque queria te apresentar ao meu pai e a outras pessoas importantes em minha vida. Eu me gabei de você porque você *merece* isso. Todos deveriam saber que pessoa incrível você é. — Esfregando a nuca, a respiração saindo de forma barulhenta. — Desculpe se te deixei desconfortável lá.

Cruzando os braços sobre peito, aceno com a cabeça.

— E desculpe por ter contado ao Mikey sobre o coma. Mencionei por cima quando peguei o carro na concessionária, mas deveria ter pensado melhor. Mikey não é uma pessoa ruim, mas ele é linguarudo.

— Não é só isso — digo baixinho. — Se você ainda não notou, não gosto, na verdade, de falar sobre o coma ou sobre o acidente. Eu dei duro para superar essa história e, na hora que os outros descobrem o que aconteceu, é tudo que veem em mim.

Respirando fundo, Devin diminui a distância entre nós. Aproxima-se lenta e deliberadamente, como se estivesse me dando a chance de me afastar. Quando não me afasto, ele passa a palma da mão no meu braço descoberto, de cima para baixo. Minha pele formiga sob seu toque.

— Eu não sabia. Desculpe. — A sinceridade se acumula nos olhos dele.

Depois de vários segundos intermináveis, meus músculos relaxam.

— Tudo bem. Desculpas aceitas.

Com os lábios se abrindo em um grande sorriso, ele me dá um beijo demorado.

— O que deveríamos fazer agora? Desafiar Brie e Marcus a uma partida de tiro ao alvo?

— Claro. Mas, primeiro, preciso mesmo ir ao banheiro.

Eu recuo.

— Eu te levo...

— Não, não precisa. Fique aqui, curtindo com seus amigos. Eu te encontro quando voltar.

Ele concorda.

— Tem um banheiro na usina de concreto, do lado mais próximo do lago. A porta deve estar destrancada.

— Obrigada. A gente se vê daqui a pouco.

Fechando os dedos ao redor das alças da mochila, vou em direção às duas torres brancas pairando à distância. Tento não repetir a conversa dos amigos de Devin em minha cabeça.

Ou o jeito que parecia ter uma pedra no fundo do meu estômago quando ele me beijou.

O pedido de desculpas foi sincero e o perdoei, mas uma partezinha minúscula e implicante de mim se pergunta se foi o suficiente.

16

Passo por uma miríade de gente na festa, sempre de olho para ver se não encontro o pai de Devin. Não estou com vontade alguma de falar de novo com o Sr. Construtor Bambambã, especialmente depois do fiasco com Devin e seus amiguinhos. Já tive minha cota de bancar a simpática por uma noite. Quando passo pela mesa com as comidas, a voz de uma mulher se sobressai à música alta vindo de um par de alto-falantes ali perto.

— *Cass?*

Eu viro o pescoço, procurando-a até encontrar uma mulher de short branco, uma camiseta vermelha e larga e um sorriso familiar.

Ao reconhecê-la, meus olhos pulam para fora das órbitas.

— Val? — balbucio.

— Cass! Faz séculos! — O cara ao lado dela, um trintão desengonçado com um nariz longo e fino e uma cabeça cheia de cabelo castanho, pega o prato dela e recebo um abraço de esmagar os ossos. Ela bate nos meus ombros, e a ponta de seu cabelo preto e crespo faz cócegas em meu queixo.
— Soube do seu acidente. Sinto muito. Como você anda?

— Bem. Ótima. Cem por cento recuperada.

Fisicamente, ao menos.

Ela aperta meu ombro.

— Fico tão feliz de ouvir isso.

— E você? O que anda fazendo?

— Trabalhando para a cidade de Cleveland na maior parte do tempo. Estou encarregada dos departamentos de Licenças e Zoneamentos agora.

— Você não está trabalhando com Direito?

— Não. Percebi logo depois da formatura que trabalhar com Direito não é tudo isso que falam por aí. Eu venho do desenvolvimento comunitário, então o trabalho combina comigo. Os horários são bons e não é muito estressante... comparado com trabalhar em uma firma, ao menos. — Ela dá uma risadinha. — Eu gosto. E você?

— Eu recém comecei na Smith & Boone.

Ela assobia baixo.

— Caraca, garota. Se tem alguém com o cérebro e a estamina para a vida de advogada, esse alguém é você. Eu estava um ano à frente de Cass na faculdade e nós trabalhávamos no *Periódico Jurídico* ao mesmo tempo — explica ela ao homem parado ao seu lado, que acena com a cabeça. — Ah, por sinal, este é meu noivo, Eric.

— Você está noiva? Parabéns! — Eu abraço um de cada vez. — Como vocês conhecem os Szymanski? — pergunto.

— Sou um deles. — Eric dá um sorrisão e vejo uma vaga semelhança nas maçãs do rosto altas e no corpo de ombros largos. — Sou sobrinho de Roger Szymanski.

Ergo as sobrancelhas.

— Então você é primo do Devin?

— Pelo lado da minha mãe. Como você conheceu o Devin?

— Começamos a sair mês passado.

— Que legal. Bem, é um prazer te conhecer, Cass.

— Igualmente. — Uma ideia passa pela minha cabeça e me aproximo de Val. — Então, ei, tenho uma pergunta aleatória. Você consegue lembrar se teve alguma festa ou evento de faculdade nos últimos anos ao qual Devin e eu poderíamos ter ido? Talvez algo que você ou o Eric planejaram?

Ela inclina a cabeça.

— Acho que não. Por quê?

— Quando Devin e eu nos conhecemos, tivemos essa sensação estranha de déjà-vu, como se já nos conhecêssemos. — Meu estômago se contrai com a mentira, mas continuo. — Estamos quebrando a cabeça desde então, tentando lembrar onde nossos caminhos podem ter se cruzado anteriormente. Você é só a segunda conexão mútua que encontramos. Alguma ideia?

Franzindo as sobrancelhas, Val toca no lábio com o dedo.

— Não, desculpe. Conheci o Devin pelo Eric, e Eric e eu só nos conhecemos depois de eu me formar.

Eu não a vejo desde que ela se formou, o que significa que não tem como Val ser a conexão pela qual estamos procurando. Meu estômago despenca, o lampejo de esperança de enfim ter encontrado uma pista desaparecendo. Escondo a decepção.

— Sem problema, era só curiosidade.

— Val? — Um homem grita a vários metros dali. — Bem que achei que era você! O que veio fazer aqui?

— Victor, oi. Só um segundo. — Girando, ela se aproxima. — O que *eu* vim fazer aqui? O que *ele* veio fazer aqui? — Quando vê minha expressão confusa, ela explica. — Esse é meu chefe. Ele está encarregado dos projetos de desenvolvimento comunitário da cidade de Cleveland.

— Ele deve ser amigo do meu tio. Roger conhece *todo mundo* — diz Eric.

— Nós deveríamos ir lá dar um oi. — Ela suspira. — Cass, foi *tão* bom te ver. Vamos dar uma saída qualquer hora dessas, ok?

— Claro. Você ainda tem Instagram?

Ela sacode a cabeça em negativa.

— Minha terapeuta recomendou que eu desse uma pausa nas redes sociais, pela minha saúde mental, e não voltei. — Isso explica por que ela não apareceu como contato mútuo quando Devin e eu comparamos nossas redes no mês passado. — Tenho certeza de que ainda tenho seu número, porém... — Ao checar o celular, ela faz que sim. — Aqui está o meu, por precaução.

De dentro da bolsa, o meu celular vibra.

— Responda à minha mensagem. Vamos sair para almoçar.

— Eu adoraria.

— A gente se vê. — Pegando o prato da mão de Eric, ela desaparece na multidão.

Uma brisa agradável sopra do lago quando enfim alcanço a instalação de concreto, refrescando minha pele quente. O prédio fica localizado na beira de um morrinho, e o observo de cima do declive de dois metros e meio em direção à margem rochosa mais abaixo. Não tem mais ninguém aqui e me sinto grata pelo silêncio. Minha mente segue a mil depois do encontro com Val. Por um segundo, achei que enfim tinha encontrado a conexão que poderia explicar por que imaginei Devin, mas estava errada.

De volta à estaca zero, suponho.

Minha bexiga me lembra de por que estou aqui e começo a andar mais rápido. Depois de todas as *hard seltzers* e água que bebi, realmente preciso fazer xixi. Seguindo a curva das torres baixas e arredondadas, procuro a porta. Depois de uns quinze metros, encontro uma. Sacudo a maçaneta. A porta não abre. Bato, pressionando a orelha contra o metal grosso. Ninguém responde. Dou a volta na instalação inteira, tentando abrir cada porta que vejo, mas estão todas trancadas.

— Droga — murmuro.

Vou em direção à ponta do prédio mais afastada da festa até encontrar um canto cheio de ervas daninhas que oferece um certo esconderijo de possíveis curiosos. Vai ter de servir. Praguejando em voz baixa, desço a parte de cima do macaquinho junto à calcinha e fico de cócoras. Não sei por que achei que usar um macaquinho em uma festa ao ar livre seria uma boa ideia. Pode ser lindo de morrer e combinar com a temática do feriado, mas agora estou praticamente pelada, fazendo xixi no mato, vestindo nada além de um top.

Ouço um barulho próximo. Tem alguém vindo? Ofegando, me atrapalho com o macaquinho.

Uma forma vaga beira um dos cantos, a menos de três metros de distância.

— Não se aproxime! — grito.

— Ah, merda, desculpa! — berra uma voz masculina. Tenho a impressão de ver alguém tropeçando antes de desaparecer com um gritinho. Tudo aconteceu tão rápido que não consegui entender, mas acho que alguém caiu rolando pelo morro... e possivelmente para dentro do lago. Termino o mais rápido possível, coloco o macaquinho, pego minha mochila e corro para a beira do morro.

— Ei, você está bem? — chamo o homem que está a vários metros abaixo de mim.

Voltando a ficar de, pé de costas para mim, o homem sacode areia molhada da bermuda.

— Bem. Estou bem.

Ele olha para cima.

— *Perry*? — ofego.

As bochechas dele enrubescem.

— Ah, Cass. É você. Mil desculpas… Eu não sabia que tinha alguém aqui ou que alguém estaria… — Ele engole em seco.

Minha cara está em chamas.

— Tudo bem. Não foi nada de mais.

Atrás dele, o sol se pondo reflete na água, banhando os traços de Perry com luz dourada. Esfregando a nuca, ele dá um sorriso de lado.

— Eu não vi nada, prometo. — Com um braço erguido, a camiseta jeans de manga curta vai para cima, revelando um pouco da barriga lisa e chapada. Minha boca se enche de saliva e engulo.

Tudo bem, Perry é, oficialmente, meio gostoso… E daí? É uma observação racional, empírica. Não significa nada. Admitir o fato de que ele é fisicamente atraente — e, considerando esses músculos, malhado também — não significa que *gosto* dele. Só estou apreciando a forma masculina. Qualquer pessoa com uma visão artística faria o mesmo.

Um *pi-pi-pi* esganiçado interrompe o silêncio, e um passarinho marrom de peito branco e listras escuras dá uma cortada no ar, atirando-se contra Perry. Ele se esquiva.

— Cuidado com o pássaro. Acho que você está perto do ninho dele — digo.

— Acho que você tem razão.

Dando uma olhada na subida, ele começa a atravessar as pedrinhas soltas, o *pi-pi-pi* do passarinho servindo como estímulo. Pego um vidrinho de álcool em gel da mochila e espirro um pouco do gel límpido e potente nas minhas palmas, esfregando-as. Quando acabo de guardar o vidro, Perry está quase no topo do morro. Ele sorri para mim ao dar o último passo, mas o pé dele escorrega. Pulo em sua direção automaticamente e o puxo de volta pela camiseta. Puxei um pouco forte demais, e ele tropeça para cima de mim.

— *Ai*. — Bambeio para trás, e ele me equilibra pelos ombros. A pressão das palmas dele contra mim faz faíscas pularem em meu ventre como gafanhotos.

Ao me recompor, limpo a garganta.

— Devin vai ficar surpreso de saber que você ainda está aqui. Ele acha que você foi embora.

— Decidi dar uma volta.

— Obrigada pelo conjunto de tintas, aliás — digo do nada. — E pelo cavalete.

Os olhos dele cintilam.

— Então você encontrou o pacote.

— Seria difícil não encontrar. Onde você encontrou um... cavalete daqueles?

— No fundo do meu armário.

— Era seu?

— Minha mãe me deu. Tive uma fase de pintura quando estava no ensino médio, antes de notar que não tenho talento nenhum para arte visual — explica ele. — O conjunto estava lá só pegando pó desde então. Eu queria que você ficasse com ele.

Como alguém expressa gratidão por um presente que destrancou uma parte sua que estava reprimida há anos? Umedeço os lábios.

— Obrigada. Foi um gesto muito atencioso.

A postura inteira de Perry parece relaxar.

— De nada.

— Fico feliz que não tenha ido embora. Tenho algo para você. — Erguendo minha mochila, abro o zíper e puxo uma tela pequena e fina que trouxe se, por algum acaso, o visse. Antes que eu possa me acovardar, viro a tela e a empurro na direção dele. — É um presente de agradecimento.

Ele pega, os lábios abertos em surpresa. Perry estuda a pintura por tanto tempo que uma linha de suor escorre por meu pescoço. Cada batida do meu coração ecoa em meus ouvidos, e resisto à vontade de tomar a tela e jogá-la no lago.

Posso entrar com um recurso, escrever um contrato e discutir os méritos de um caso sem piscar os olhos, mas tinha esquecido como é avassalador e aterrorizante compartilhar minha arte com os outros. É tão pessoal, como se estivesse revelando um pedacinho de minha alma.

— Esperança — murmura ele, por fim, arregalando os olhos. — Você pintou a tempestade que imaginou ao pensar em esperança.

— Isso mesmo. — Eu me aproximo até ficarmos lado a lado, olhando por cima do ombro dele para contemplar minha criação: as nuvens intensas em cerúleo e índigo, as gotas abstratas em cinza e rosa, dando lugar ao nascer do sol nebuloso e dourado.

— Cass, isso é lindo. Eu... não posso aceitar.

Ele tenta devolver a pintura, mas a empurro em sua direção. Meus dedos roçam nos dele e a sensação se aninha em meu sangue.

— Foi você que me incentivou a dar o passo que faltava e começar a pintar de novo. Eu tinha esquecido o quanto amava pintar. Como faz com que eu me sinta... viva. Pintei essa tela na noite em que encontrei o cavalete na varanda. Quero que seja sua.

— Obrig... — A voz dele falha. — Obrigado.

Os olhos esmeralda e límpidos de Perry encontram os meus, e minhas panturrilhas ficam tensas. Estamos tão perto — tem apenas meio metro entre nós. A esta distância, o cheiro amadeirado dele dança em meus sentidos e minha cabeça está curiosamente leve. Como se eu estivesse no pináculo de uma montanha ou preparada para dar o argumento final a um juiz, com o coração batendo pela antecipação.

Com o queixo trêmulo, dou um passo para trás e coloco a mochila nas costas.

— De nada. Eu teria agradecido antes, mas não tenho seu número.

— Vamos resolver isso. — Colocando a pintura debaixo do braço, ele pega o celular e toca a tela várias vezes. No interior de minha mochila, meu telefone dá um toque. — Acabei de mandar por AirDrop meu contato. Pode me ligar a qualquer hora. Quero dizer, se precisar de alguma coisa ou algo assim. — Coçando o nariz, ele olha para outro lado. — Aposto que o Devin deve estar sentindo sua falta. Você não precisa voltar?

Faço um gesto com a mão.

— Ele está bem. Está com os amigos da escola — afirmo.

— Ahhh, você conheceu "o pessoal"?

— Se está falando do "clube eu-fiz-mais", então sim. — Estremeço de imediato. — Não é justo com eles. Eles foram legais.

Na maior parte do tempo.

— Não pegue muito pesado com o Devin — diz Perry. — Sei que ele não deixa transparecer, mas as críticas do meu pai o afetam. E, às vezes, ele compensa tentando provar o quão incrível e bem-sucedido é, sabe? Mas não é por maldade, acredite em mim.

— Por que você não volta para a festa comigo? Sei que ele quer falar com você.

A expressão de Perry se torna sombria.

— Tenho certeza que sim.

— Você não vai resolver seus problemas se não falar sobre eles. — Dou uma batidinha no peito de Perry para afirmar meu ponto.

— Não tem nenhum problema, sério, não de verdade. Quero dizer, não estou feliz de ele ter falado para o meu pai a respeito das finanças da Blooms & Baubles, mas não estou surpreso. Faz parte de uma discussão de longa data entre nós.

— Sobre o quê?

— Devin acha que eu deveria liquidar e fechar o negócio.

Faço uma careta.

— Por que ele está te ajudando com a contabilidade, então?

— Pela possibilidade ínfima de que eu queira vendê-la algum dia. Ninguém quer comprar um negócio passando por dificuldades. Boas finanças significam melhores vendas.

— Mas você não quer desistir do negócio, quer?

— Não, mas talvez não tenha escolha. Minha mãe teve dificuldade por anos até eu assumir a loja. Descobri que ela devia um monte de impostos de propriedade. Estou tentando pagar tudo, mas o fato é que estamos endividados.

— E o seu pai? Você não pode aceitar a oferta que ele fez de ajudar?

Perry dá uma risada desdenhosa.

— Ele não quer ajudar. Ele quer *comprar* a Blooms & Baubles, o negócio, a propriedade, tudo. Quer tirá-la de minhas mãos para que eu faça algo "útil" da minha vida — explica, fazendo gestos imitando aspas.

— Dane-se ele. O que você faz *é* útil. Sinto muito que seu pai não veja isso.

Perry ergue e abaixa um ombro.

— Para falar a verdade, tem menos a ver comigo e mais a ver com os sentimentos dele a respeito de minha mãe. A B&B era a vida dela. Quando éramos pequenos, ele implorou que ela vendesse a loja a fim de se mudarem para o subúrbio e ele começar a empresa de desenvolvimento, mas minha mãe recusou. Ela disse que não abriria mão da própria felicidade. Apesar de estarem divorciados há quase vinte anos, acho que ele segue ressentido

174

por ela ter escolhido a loja e não ele. E tem ressentimento de mim por continuar com a floricultura... e que eu a ame tanto quanto ela a amava.

— O ressentimento é um veneno.

— Real demais. — Agachando-se rapidamente, Perry pega uma pedra pequena e achatada. Pesando-a com a mão, ele a lança em direção ao lago. A pedra quica duas vezes na água antes de afundar.

— Você já tentou falar com ele? Explicou por que o negócio é tão importante para você?

— Tentei, mas ele precisaria se dispor a ouvir uma vez na vida para isso ter resultado.

— Sinto muito — digo de novo.

— Não é sua culpa. Acontece nas melhores famílias.

— Tem algo que eu possa fazer para ajudar?

Ele me lança um olhar maroto.

— Não, a não ser que você tenha o número do melhor terapeuta familiar de Ohio. Ou saiba um jeito rápido de conseguir vinte mil dólares.

— Você deve tudo isso em impostos?

— Mais ou menos.

— Humm. — Encaro o horizonte pensativa. — Você poderia vender um rim. Ouvi falar que a cotação no mercado clandestino é bastante generosa hoje em dia.

— Sim! Como não pensei nisso antes? Quem precisa de dois rins, afinal? Eu poderia vender um de boa.

— Pois então. Aí está sua grande cartada.

A risada gostosa de Perry é contagiante, e começo a rir também.

— Você é preciosa, sabia? Devin tem sorte de você ter sonhado com ele. — O sol toma o perfil de Perry, iluminando a pele bronzeada e as mechas acobreadas no cabelo castanho como bétula. Uma onda de calor se espalha em mim como uma gota de tinta na água.

Meu celular apita dentro da mochila. Piscando, eu o pego e leio a mensagem que apareceu. É de Brie.

> Cass, cadê você? O Devin disse que você foi no banheiro. Caiu no vaso? VOCÊ PRECISA DE AJUDA???

> Desculpa, esbarrei no Perry e ficamos conversando. Volto logo!

> Ahhh, isso explica tudo 😊 Anda logo e volta. Os fogos vão começar!

> O Devin está aí com vocês?

> Estava, mas ele saiu uns minutos atrás pra te procurar.

Coloco o celular de volta na mochila e estreito os olhos, vendo o céu escurecendo. Um tom laranja brilhante coroa o horizonte onde o sol se afunda entre as ondas e um azul profundo está se espalhando das pontas do pôr do sol como uma capa.

— Devin está à minha procura. Você vai ficar para ver os fogos?

— Eu não perderia os fogos por nada. É a única coisa boa dessa festa. A cidade de Cleveland solta os fogos bem aqui… — Ele aponta por cima do meu ombro para um prédio baixo a uns noventa metros da margem, com as palavras "Porto de Cleveland" pintadas em letras verdes e garrafais sobre o telhado, com um carro de bombeiro logo atrás. — Não tem nenhum lugar melhor para ver na cidade inteira.

— Vamos lá, então. — Começo a andar com dificuldade no terreno irregular, mas Perry não está vindo comigo. Paro.

— Pode ir. Acho que é melhor eu ficar aqui — afirma ele.

— Besteira. Você não pode ver os fogos sozinho. A lei não deixa.

— É mesmo? — Ele dá uma risadinha.

— É sim. Código Revisado de Ohio, seção 375, subparágrafo D, cláusula 29. — Com o dedo no ar, limpo a garganta. — Nenhum cidadão há de testemunhar, observar ou engajar em demonstrações públicas de fogos de artifício, a não ser que esteja na companhia de ao menos um outro indivíduo, de qualquer idade, em uma distância de, no máximo, três metros.

— Não posso discutir com isso.

— Inteligente da sua parte. Sou advogada. Argumentos são meu forte. — Pisco.

— Achei que pintura era seu forte?

— Só à noite e nos fins de semana. — Abro um sorriso grande. — E, olha só, podemos evitar seu pai se esse for o problema. Você não precisa falar com ele se não quiser.

— É como se você conseguisse ler minha mente. — Perry vira a cabeça para o lado e me contempla. — Tudo bem, você venceu. Só me dê um minuto para eu correr até o carro… Não quero que nada aconteça com meu novo quadro preferido. — Ele coloca a tela contra o peito. — Depois podemos encontrar o Devin.

Sinto um frio na barriga quando devolvo seu sorriso.

— Ótimo plano.

17

*E*ncontrar o caminho de volta para a festa é consideravelmente mais difícil do que pensei que seria. Quando Perry termina de guardar a pintura no carro, descemos da usina de concreto, mas a escuridão já tomou conta de tudo. Mais pessoas chegaram de última hora — tem ao menos duzentas pessoas andando por aí, debaixo da luz da lua — e o ambiente se tornou quase uma rave.

Procurando por Devin, passamos por meia dúzia de mulheres de meia-idade dançando, bêbadas, ao som de um alto-falante do Bluetooth, e um par de pessoas de vinte e poucos anos competindo para ver quem quem bebe mais, encorajados por uma multidão. A grama pisoteada está cheia de latas de cerveja vazias, garfos de plástico e guardanapos. Alguém também deve ter trazido uma caixa de tamanho industrial de acessórios que brilham no escuro, já que colares de neon e bastões luminosos salpicam a noite como vaga-lumes em Technicolor.

Vejo o sr. Szymanski deitado em uma cadeira de jardim ao lado da mesma loira que o chamou um tempo atrás, e rapidamente guio Perry para o outro lado. Tem tanta gente que preciso agarrar o tecido da camiseta ao lado da cintura dele só para não perdê-lo. Um foguete de garrafa PET assobia perto de nós, iluminando o céu por um momento com uma explosão de faíscas vermelhas.

— Garota do Coma! — cantarola alguém. Fico tensa. Um redemoinho de verde, rosa e azul neon vai até nós, e reconheço o recém-chegado como um dos amigos de Devin que conheci mais cedo, o loiro de cabelo curto.

— O que você disse? — A voz de Perry é cortante de uma forma que nunca ouvi antes.

O cara — não consigo lembrar o nome dele — estreita os olhos na direção de Perry.

— Puta merda, é o Perry? De boa, Perinha? — Ele ergue a mão como se dissesse "bate aqui".

Perry cruza os braços.

— Podia estar melhor, Mikey.

Até com a luz fraca dos diversos colares de Mikey que brilham no escuro, que ele usa como se fossem uma coroa torta, consigo ver que o rosto de Perry endureceu totalmente

Mikey abaixa a mão.

— Faz tempo. Ainda brincando com flores?

— Ainda amassando latas de cerveja na própria testa?

— Isso aí. — Inclinando a cabeça em direção ao céu, ele uiva como um coiote.

— Onde está Devin? — pergunto, interrompendo.

— Sei lá. Da última vez o vi ali. — Mikey faz um gesto aberto, indicando metade da festa. Ajudou muito.

Meu celular vibra contra meu quadril. Talvez seja Devin.

Não é. É uma mensagem de minha mãe, desejando um bom Dia da Independência. Uma foto aparece junto: uma selfie dela com Rob e os gêmeos sacudindo bandeirolas dos Estados Unidos enquanto mostram a língua para a câmera. Meu coração dói. Sinto saudade de meus irmãos. Ao menos, vou poder vê-los amanhã, quando for à casa dela para o *brunch*. Respondo a mensagem com:

> Brigada, pra vocês também ♥ ♥ ♥ Dá um abraço no Liam e no Jackson por mim!

E me apresso a mandar outra para Devin.

> Voltei. Cadê você?

Encaro a tela por alguns segundos, mas ele não responde. Suspirando, acrescento outra mensagem antes de guardar o celular no bolso:

> Me encontra perto da nossa caixa térmica, tá?

— Acho melhor a gente ir — digo.

Mikey bamboleia ao erguer a cerveja.

— Tá bom. A gente se vê, Garota do Com...

— *Cass*. O nome dela é Cass. — Perry paira sobre o homem menor, as mãos fechadas em punhos. A gratidão que sinto me preenche, quente e doce como mel.

Mikey dá um passo para trás.

— Foi mal. Cass. Saquei. — Saudando-nos com dois dedos, ele estala a língua. — Gavin, seu filho da puta, pra onde você foi com meu brownie? — Ele grita enquanto se afasta.

Perry o observa partir, estreitando os olhos.

— Sinto muito a respeito de Mikey — grita ele por cima das conversas bêbadas ao nosso redor.

— Tudo bem.

— Não, não está tudo bem. As pessoas não deveriam brincar com o que aconteceu com você. Não é legal te chamar de Garota do Coma.

Sinto lágrimas ardendo em meus olhos sem serem convidadas. Pisco para elas irem embora. Não tinha notado até agora como é bom que alguém entenda minha situação sem eu ter de explicar.

— Obrigada por me defender.

— Sempre que precisar. — Os olhos dele brilham sob o luar.

— Se tivesse esperado mais um segundo, eu teria pegado a cerveja de Mikey e despejado na cabeça dele.

Perry dá risada.

— Que triste. Teria valido a pena ver isso.

Dou dois passos para a frente antes de a curiosidade falar mais alto e eu me virar.

— Perinha? — pergunto.

— Ah, isso — grunhe ele. — Comecei um clube de jardinagem no ensino médio e o apelido de "Perinha" pegou. Mas Mikey é o único que continua me chamando assim.

Sacudo a cabeça.

— Algumas pessoas nunca saem do ensino médio, mesmo depois de se formarem.

— Realmente. Devin respondeu?

Meu estômago dá um pulo. Checo o celular outra vez.

— Ainda não. Pedi que ele me encontrasse perto das nossas coisas.

— Boa.

Continuamos andando pelo mar de gente. Um minuto depois, encontro o local onde fizemos nosso acampamento.

— É lá. — Aperto os olhos na escuridão, mas não consigo ver se ainda tem alguém.

Vejo uma massa indistinguível esticada em nossa toalha, uma pequena sombra se retorcendo no escuro. Franzo o cenho. *Que merd...?* Perry continua andando e coloco o braço na frente para impedir que ele continue.

— Espere — murmuro, com o coração acelerado.

Clico em um botão do celular. Apontando a tela para o chão, me aproximo devagar. Erguendo o celular um pouco, foco a tela iluminada na toalha... e imediatamente seguro o celular contra o peito. Corro de volta para Perry.

— Vamos sair daqui.

— O que houve?

— Nada. Só vamos. — A dez passos longe dali, não consigo mais suportar. Caio na gargalhada. — É a Brie e o Marcus. Está rolando um *momento*.

Perry me olha confuso, me questionando.

— Quando digo "momento", quero dizer que tão se pegando como dois adolescentes loucos por sexo.

— Não sabia que estavam juntos.

— Não estão. Ou talvez estejam agora? — Considerando nossas conversas anteriores, não parecia que Brie pretendia terminar a moratória de namoro. Mas talvez Marcus seja mais persuasivo do que pensei que fosse. — É complicado.

Uma mulher tropeça na subida mais próxima e esbarra em mim ao passar, sem notar que quase me jogou no chão. Perry põe a mão na minha cintura para me equilibrar e a sensação mergulha em meu âmago.

Merda, o que está acontecendo comigo?

Remexo na barra do meu macaquinho.

— Este lugar fica sempre tão lotado?

— Suponho que sim. Meu pai não faz nada "pequeno". Qual é o objetivo de fazer uma festa se você não convidar todo mundo que conhece?

— Por que *você* não trouxe ninguém para a festa? Devin convidou amigos.

Ele dá de ombros.

— Não há ninguém para convidar. A maior parte dos meus amigos se mudou e os que ainda moram aqui tinham planos com os cônjuges e famílias.

— Que saco. E por que não convidar uma pessoa nova? Talvez alguma cliente bonitinha da loja? — provoco, mas não consigo impedir minhas coxas de se retesarem.

A mão de Perry se fecha ao redor de meu punho. O toque dele é leve como uma pluma, mas congelo como se tivesse sido eletrocutada por cinquenta mil volts.

— Porque ela já está aqui. — A voz dele é baixa, mas as palavras ecoam em minha cabeça como se tivessem sido gritadas em um saguão. Estamos tão perto que consigo perceber quando seu peito sobe e desce, e sentir cada vez que seu hálito cheirando a menta roça em minha bochecha. Meu estômago se aperta como os mordentes de um torno.

— Perry, eu...

— Cass, finalmente te encontrei! — grita Devin, perambulando até nós na escuridão e segurando o celular como se fosse uma tocha de mentirinha. Ele tem um bastão luminoso verde pendurado do pescoço por um barbante invisível, que ilumina a caixa branca que ele segura perto do peito.

Os dedos de Perry escorregam do meu punho, e minha pele formiga onde ele me tocou.

— Te procurei por tudo que é canto — diz Devin.

— A gente também. Desculpe ter demorado tanto. Tentei achar um banheiro, mas a instalação estava fechada. Daí esbarrei no Perry.

Devin para de repente.

— Achei que você tivesse ido embora — ele diz a Perry.

— Decidi ficar. Cass me convenceu a ver os fogos.

— Ela consegue ser persuasiva, não acha? — Ele abre um grande sorriso para mim. — Ei, Per, desculpa pelo que o pai disse. Mencionei que eu estava te ajudando com os impostos e ele deve ter somado dois mais dois.

— Relaxa. Sei que você está do meu lado para o que importa. — Com um sorriso tenso, Perry segura o ombro de Devin. Os olhos dele se abaixam. — O que tem na caixa?

— É para a Cass. — Ele se vira para mim. — Para pedir desculpas pelo que aconteceu mais cedo. — Dando o celular para Perry, ele abre a tampa da caixa. Dentro tem uma fatia generosa de cheesecake; Devin deve ter conseguido a última fatia da mesa, com caixa e tudo. — Seu desejo mais profundo, se me lembro bem — murmura ele.

— Você lembrou.

— Como poderia esquecer?

Meu coração dá um pulinho mesmo com a sensação de formigamento que corre por minha coluna. Uma memória vaga, meio esquecida, volta para minha consciência, como o fantasma de um sonho. Um prato branco e cintilante. Uma fatia de cheesecake se desfazendo, a geleia doce escorrendo pelos lados, pedaços de morango cortado em cima. Devin, inclinando-se por cima de uma mesa estreita, sorrindo para mim como se eu fosse a mulher mais linda do mundo.

Sinto um calafrio. É o primeiro flashback que tenho em semanas. Talvez as recordações reais que criei com Devin estejam se sobrepondo às falsas.

— Você é o melhor. Obrigada — digo, pegando a caixa das mãos dele e fechando a tampa.

Ao lado de Devin, o rosto de Perry é uma máscara inescrutável. Respiro fundo, mas a respiração fica presa na garganta.

Um estrondo abafado ressoa ali perto. Um assobio. E, então, uma explosão de luzes vermelhas no céu como uma cachoeira de fogo. Ouvem-se *oooooh*s na festa. Alguém muda a música, e as notas de metais de "Off We Go, into the Wild Blue Yonder" tomam conta da noite. A miríade de acessórios que brilham no escuro fica estática no mesmo lugar quando as pessoas se acomodam para ver o show de luzes.

— Vamos sentar — grita Devin por cima de outro estrondo dos fogos de artifício. Ele vai em direção à nossa toalha, mas toco em seu braço.

— Lá não. Brie e Marcus estão... ocupados. Por aqui. — Guio o caminho ladeira abaixo e encontro um espaço amplo e vazio, onde me sento. Devin deixa a caixa de lado e se senta na grama, ao meu lado direito.

Perry se senta ao meu lado esquerdo. Engolindo em seco, abraço meus joelhos, apertando-os contra o peito.

Uma sucessão de explosões azuis, prateadas, verdes e douradas engolem o céu. Os fogos de artifício estão tão perto que se abrem logo acima de nós, escorrendo pelas estrelas e se dissipando em uma nuvem sibilante de faíscas e fumaça. Pedacinhos de detritos chovem na direção da grama, tinindo suavemente ao nosso redor. Nunca vi fogos de artifício assim — enormes e inesquecíveis, preenchendo todo o meu campo de visão como se o céu fosse um cinema IMAX só nosso.

Ao meu lado, Perry se inclina para trás antes de se recostar nos próprios cotovelos, o queixo erguido em direção ao céu. Meu pescoço começa a doer logo, de tanto olhar para cima, e me estico na grama fofa da encosta, cruzando os meus tornozelos. Um segundo depois, Devin faz o mesmo. Assim que se acomoda, ele entrelaça os dedos aos meus. Sua palma é firme e quente, e me concentro na familiaridade reconfortante de seu toque.

Assim que a música muda mais uma vez, agora tocando uma canção country estridente superfervorosa e estadunidense, Perry também se deita. O braço dele roça contra o meu quando ele se acomoda… e ele fica onde está. São apenas três ou quatro centímetros de contato acima dos nossos cotovelos, mas minha pele está em chamas no ponto de contato. Não me afasto. Perry também não. Ele não deve ter notado que estamos nos tocando… certo?

O estrondo de outro fogo de artifício reverbera por meu peito, espelhando as batidas de meu coração. Outro fogo gigante explode bem acima de nós, as faíscas douradas descendo como os galhos de um salgueiro. Aproveito a oportunidade para contemplar Perry rapidamente. Meu coração bate em falso.

Ele não está assistindo aos fogos. Ele está assistindo a *mim*. Perry respira fundo quando nossos olhares se conectam. Meus lábios se abrem automaticamente. Nossos peitos sobem e descem, um atrás do outro, o ponto de conexão entre nós fulgurando mais do que os rojões.

A culpa me acerta como um machado e afasto o olhar. Estou aqui com Devin, *de mãos dadas* com Devin, mas todas as fibras do meu corpo estão concentradas no minúsculo ponto onde Perry e eu nos encostamos.

O que isso significa? Não posso negar que Perry e eu temos uma conexão, mas não sei ainda se é amizade ou algo… mais. Mas Devin e eu também estamos conectados — e em um nível mais profundo e inexplicável. Perry se mexe com discrição ao meu lado, aumentando a superfície de contato. Meu rosto fica ainda mais quente, mas não me afasto.

Quando a rodada final de luzes começa no que parece ser uma eternidade depois, meu coração está batendo tão rápido que tenho a certeza de ele ser ouvido por Devin e Perry, mais alto do que os acordes iniciais da *Abertura 1812*. Fogos explodem em uma sucessão tão veloz que mal consigo acompanhá-los. Estouros vermelhos, azuis, verdes, prateados, violetas e dourados iluminam o céu. Devin passa o polegar sobre o meu e minhas entranhas se contraem.

Depois de uma última rodada de fogos, o céu fica preto — e permanece do jeito que está. As pessoas aplaudem conforme a fumaça se esvai sob o luar. Soltando a mão de Devin, sento-me mais uma vez. Devin e Perry fazem o mesmo. Apesar de não estar mais tocando nenhum deles, estou extremamente consciente de que os dois estão me flanqueando na escuridão.

— Os melhores fogos de artifício que já vi — afirmo. Ficando de pé, espano a grama do meu macaquinho antes de colocar a mochila no ombro e passar ao lado de Devin para pegar a caixa guardando meu cheesecake.

— Espera, você não vai ficar para o after? — pergunta Devin, levantando-se de súbito. — Algumas pessoas vão caminhando até o Bunch Bowl Social da East Bank, no Flats.

Mordo o interior da minha bochecha. Minha cabeça é um borrão confuso e, neste exato momento, preciso falar com Brie acima de qualquer coisa no mundo.

— Não sei. Preciso acordar cedo amanhã; minha mãe vai me pegar às nove para fazermos um *brunch* na casa dela...

Devin pega minha mão e resisto à vontade de me afastar.

— Vamos, você vai curtir.

Olho de relance para Perry. Os traços dele estão cobertos por uma sombra, mas consigo distinguir de leve que está franzindo o cenho pela luz do bastão luminoso pendurado no pescoço de Devin.

— Deixe eu falar com a Brie primeiro, para ver o que ela quer fazer. Afinal, ela é minha carona de volta para casa.

— Cass, você está aí? — A voz de Brie flutua no escuro, a alguns metros dali. Ela deve ter me ouvido falando seu nome.

— Brie! — Estou grata pela interrupção. Vou até onde a voz dela parece estar, mas, antes de eu dar três passos, uma sombra vai até mim no escuro e o pequeno corpo de Brie me envolve em um abraço de urso.

— Onde você estava? Você perdeu os fogos!

— Eu vi os fogos. Nós assistimos de lá. — Aponto para o morro.

— Por que não viu comigo? — Ela faz cara feia.

— Você e Marcus pareciam ocupados.

— Oh. Ah, sim, estávamos. — Ela dá uma risadinha.

Tenho umas cem perguntas presas na ponta da língua, mas antes de poder fazer ao menos uma, Marcus aparece, passando um braço ao redor dos ombros de Brie.

— E qual é o plano agora, garotas? — pergunta ele.

— Que tal irmos para o after — Devin se mete. — Punch Bowl Social. Topam?

— Ah, vamos sim! — canta Brie. — Certo, pessoal?

Ela bate no quadril de Marcus. Mesmo no escuro, juro que consigo ver as bochechas dele ficando vermelhas. É a coisa mais fofa do mundo o quanto ele está a fim da Brie.

— Se você e Cass quiserem, claro — continua Brie. — E aí, Cass, vamos festar?

Ela está praticamente irradiando expectativa. Forço um sorriso mesmo quando os músculos da minha panturrilha se contraem.

— Claro, vai ser divertido.

Devin passa o braço em volta de mim. Ele repousa no meu ombro como um saco de batatas.

— Agora sim.

Perry dá um passo à frente.

— Se você preferir ir para casa, ficaria feliz em te levar — diz ele, baixinho.

Olho para Brie, mas sua atenção já está em Marcus. Ficando nas pontas dos pés, ela tira um cacho da testa dele com o dedo. Brie enfim tomou coragem e dizer que prefiro ir para casa seria como jogar um balde d'água em uma chama nascente. Ela insistiria em me levar e, mesmo que eu a convencesse a ficar e deixar Perry me dar uma carona, ela passaria a noite inteira preocupada sobre o porquê de eu não ter querido ir, em vez de se concentrar no cara bonito que está caidinho por ela. De jeito nenhum eu a impediria de se divertir esta noite.

— Não, está tudo bem. Vou ficar. Mas obrigada mesmo assim.

O celular de Devin toca no bolso e ele atende.

— Ei, Jai. Você e a Anisha vão ao Punch Bowl? Espere, o Mikey fez *o quê*?

Tampando a outra orelha, Devin se afasta em direção ao grosso da festa, que é uma confusão de gritos barulhentos retinindo conforme as pessoas arrumam suas coisas e correm em direção ao estacionamento.

Eu me viro para Brie e Marcus, mas eles já estão de conversinha entre si. Eu poderia muito bem estar a cem milhas de distância.

Perry pigarreia.

— Bem, estou indo. Divirta-se.

Ele se vira para sair, mas o impeço com um toque em seu antebraço. Os músculos dele se enrijecem ao toque.

— Não vai ao after também? — pergunto.

— Não, já dei de cara com o Mikey bêbado essa noite, o que significa que atingi minha cota do ano.

Rio baixinho.

— Entendo.

— Cass, eu... — Ele limpa a garganta novamente, e meu estômago se contrai. Nós nos encaramos, meu coração batendo mais forte a cada segundo que se passa. Por fim, ele se vira para olhar para o outro lado.

— Cuidado com Devin, ok?

Sinto meu estômago afundar. Achei que tivéssemos superado isso.

— Sei que se preocupa com ele, mas, sério, não tem nada para se estressar. Eu nunca faria nada para magoá-lo.

— Estou dizendo para você se cuidar. Não quero que *você* se magoe.

Pisco, surpresa.

— Você acha que o Devin vai me magoar?

— Não de propósito.

— Achei que antes você tivesse dito para eu pegar leve com ele. Agora está me dizendo para tomar cuidado?

Perry suspira.

— Eu amo o Devin, mas ele não consegue prestar atenção numa coisa só por muito tempo quando o assunto é mulher. Quando as coisas começam a ficar sérias, ele dá o fora.

— Mas não foi assim com a Sadie.

— Ela foi a exceção.

E, aparentemente, se Mikey for confiável, a certa altura Devin até cogitou pedi-la em casamento. Antes do que quer que tenha acontecido entre eles.

Perry muda de posição.

— Olha, você é a primeira mulher por quem Devin se interessa desde a Sadie, e o histórico dele com mulheres não costuma incluir relacionamentos de longo prazo. Eu... Eu só acho que você deveria saber.

Meu peito se infla de emoções. Aqui está Perry, me dando um aviso que ele com certeza não precisava me dar. A conexão que experimentamos durante os fogos de artifício brilha quente entre nós e fico dividida entre jogar meus braços em volta do pescoço dele ou sair correndo noite adentro. Minha pele se arrepia e decido só dar um passo para trás, esfregando meus braços.

— Tem certeza de que não quer ir ao after? — pergunto, apesar de tudo.

— Não, não é minha praia. Além disso, você não precisa de mim lá. Já tem o Devin.

O tom de voz dele é descontraído, mas há uma certa nota melancólica que não consigo deixar de perceber.

Com um aceno, ele desaparece na escuridão. E fico aqui, mais confusa do que nunca.

18

Apesar do interior amplo e arejado, o Punch Bowl Social é um bar suado e barulhento. Música ecoa pelos vários andares do lugar lotado de gente celebrando o feriado. Passamos pela multidão dançando, compramos uma rodada de bebidas e arriscamos a reivindicação de uma mesa alta e circular quando um casal mais velho se afasta. Só há dois bancos, e ao menos sete pessoas vieram da festa com a gente — a maior parte amigos de Devin, mais um povo que não reconheço —, então optamos por ficar todos de pé ao redor da mesa, em vez de nos sentarmos.

Brie e Marcus logo começam a conversar entre si com as cabeças abaixadas enquanto ela beberica de um copo d'água. Os olhos de Marcus estão brilhando de um jeito meio atordoado, como se ele não conseguisse acreditar na própria sorte, ou como se tivesse sido atingido na cabeça por uma marreta. Dou uma risadinha. Brie tende a surtir esse efeito nas pessoas.

Devin casualmente passa o braço por cima do meu ombro conforme conversa com Jai sobre uma liga de futebol hipotética. É um bar quente e amontoado, e resisto à vontade de me afastar dele quando meu pescoço começa a suar. A esposa de Jai, Anisha, se junta a nós. Ela arrumou o cabelo longo e preto em um coque alto, e noto que ela trocou a *hard seltzer* por um drinque clarinho. O aroma de limão flutua no ar entre nós.

— Vocês dois... — diz ela, sacudindo o dedo entre Devin e mim — são *muito* fofos juntos.

Devin ri baixinho.

— Obrigada — murmuro.

— Só não deixe a Sadie descobrir. — Ela acrescenta com uma piscadela. — Ela sempre foi muito ciumenta.

A expressão de Devin imediatamente se fecha.

— Não se preocupe, ela não vai. Está bloqueada há meses.

Anisha dá de ombros.

— Ela está aqui em Cleveland, sabia?

— *O quê?* — balbucia Devin.

— Aham. Ela se mudou para cá não faz muito tempo. Ao menos acho que faz pouco tempo. — Anisha toca nos lábios enquanto pensa. — Maio, talvez? Ela postou uma foto do novo apartamento no Instagram. Acho que é em Slavic Village.

Jai ergue um dedo no ar.

— Achei que você tinha dito que era em Old Brooklyn.

— Você está certo, dá, Old Brooklyn — repete ela.

Caralho. O bairro Old Brooklyn fica a apenas dez minutos de distância do meu.

A cor escapa das bochechas de Devin quando ele tira o braço dos meus ombros e pigarreia.

— Jai, você sabia disso? Por que não me contou?

Jai arregala os olhos.

— Desculpe, cara. Achei que você soubesse.

— Não, não sabia. — A voz dele é tão baixa que mal passa de um sussurro.

Meu estômago se aperta como uma toalha torcida quando encaro o rosto de Devin. Confusão, raiva e algo que não consigo nomear tomam conta da expressão dele.

Eu me aproximo e abaixo a voz:

— Posso falar com você ali fora por um segundo?

Devin pisca para mim e acena com a cabeça.

— Nossa, estou sufocando aqui, vou tomar um arzinho — digo para o grupo ao me abanar, e então falo para Devin, com um sorriso que espero que não pareça muito forçado: — Vem comigo?

Afasto Devin dos amigos, levando-o em direção a uma escada que dá para um terraço. Não é tão lotado aqui em cima, e inspiro o ar leve de verão, agradecida pela brisa que esfria nossa pele quente. Nós nos acomodamos ao lado de um muro de concreto com vista para um vasto estacionamento e, mais além, um punhado de arranha-céus.

Encostando meus quadris contra a parede, encaro Devin.

— Você está bem?

— Claro, por que não estaria?

O sorriso dele contradiz o olhar.

— Você parecia meio… chateado… em relação às notícias sobre a Sadie.

— Por que eu ficaria chateado? Minha ex decide se mudar para menos dez minutos de distância de mim e nenhum dos meus amigos se deu o trabalho de me contar.

Estremeço.

— Sinto muito.

Ficamos em silêncio por vários longos minutos. Risos e música alta de uma miríade de bares e restaurantes se misturam pela noite, criando um zumbido cacofônico.

— Por que você não me contou que o lance com a Sadie tinha sido tão sério? — pergunto enfim.

As sobrancelhas dele se franzem por um momento antes que ele acene em compreensão.

— Você está se referindo ao que Mikey disse.

— Sim. Teria sido bom saber antes de conhecer seus amigos.

— Desculpe. Não é algo sobre o qual eu goste de falar a respeito.

— Entendo. Sinto a mesma coisa sobre o acidente. — Eu me aproximo até estarmos a apenas alguns centímetros de distância. — Olha, se houver uma bagagem emocional gigante em forma de ex-namorada que vai pesar em cima da gente, eu deveria saber, né? O que quer tenha acontecido, pode me contar. Saiba que pode contar comigo.

Eu aperto o ombro dele com a mão.

Devin suspira.

— Ok. Sadie é meio doida e não duvido que ela possa ir atrás de alguém que eu esteja namorando. Ela é *esse* tipo de pessoa… — Ele respira fundo. — O negócio é o seguinte: ela fingiu uma gravidez para tentar me fazer casar com ela.

Meu queixo cai.

— *O quê?* Isso é ridículo. Ninguém finge uma gravidez.

— *Ela* fingiu.

— Como você soube que ela estava fingindo? O que aconteceu?

— Estávamos junto a uns sete meses quando ela me diz "*Surpresa!* Estou grávida".

— Ela não estava tomando anticoncepcional? — pergunto a primeira coisa que me passa pela cabeça e faço uma careta.

— Sim, estava, e foi por isso que fiquei tão chocado. Não pensei que uma gravidez fosse uma possibilidade real, especialmente porque estávamos tomando outras precauções. Mas mesmo que fosse uma surpresa, eu não tinha motivo para cogitar que ela estivesse mentindo. E ela estava bem empolgada a respeito.

— E você, estava empolgado?

— A princípio não — admite ele. — Fiquei bem assustado quando ela deu a notícia e mostrou uma foto do teste de gravidez, mas eu a amava. Achei que o relacionamento fosse pra valer, então uma gravidez só acelerou nossos planos em alguns anos. Quando ela disse que queria ter o bebê, apoiei. Até procuramos um apartamento e pensávamos em nomes para a criança...

Pelo seu olhar distante, aposto que ele estava bem mais animado com a ideia de um bebê do que está deixando transparecer. Meu coração se contrai e esfrego o centro do meu peito. Coitado do Devin. Empolgar-se com a possibilidade de ser pai só para ter isso arrancado dele? Não consigo imaginar como deve ser.

— Foi aí que ela começou a insistir com o lance de casamento. Perguntando se poderíamos nos casar antes de o bebê nascer, quando poderíamos marcar uma data, esse tipo de coisa. — A expressão dele endurece. — Então, um mês depois, estou no apartamento dela, ajudando com a mudança, estávamos prestes a assinar o contrato de aluguel para um apartamento de dois quartos em um condomínio no subúrbio, quando entro no banheiro dela e noto uma mancha de sangue no assento do vaso e a embalagem de um absorvente no lixo — diz ele em voz baixa.

Meu braço fica arrepiado, mas ele continua.

— Perguntei se ela estava bem, ela disse que estava sangrando um pouco, mas que era algo normal, nada para eu me preocupar. Bem, é claro que fiquei preocupado, não parecia só um pouco de sangue, para mim parecia muito, então insisti que ela ligasse para o médico. Foi aí que as coisas ficaram estranhas. De cara, ela se recusou a ligar para o médico e me acusou de ser exagerado. Disse que conhecia o próprio corpo melhor do que eu e que tudo estava bem. Bom, eu não pretendia arriscar, então encontrei o telefone da gineco no celular dela e liguei. Já era tarde, então a enfermeira de plantão me disse que precisava de um ultrassom assim que possível e que eu deveria levá-la para a emergência.

— E como foi que Sadie reagiu? — perguntei, quase sentindo medo da pergunta.

— Quando falei o que a enfermeira disse, ela ficou branca como papel e mal conseguia falar. — Ele sacode a cabeça. — Olhando em retrospecto, chega a ser engraçado... Na época, achei que a reação dela era por preocupação com o bebê, mas agora consigo ver que ela estava surtando porque sabia que não teria mais como manter a mentira. Que não tinha jeito de se recusar de maneira razoável a ir ao hospital depois de profissionais sugerirem a possibilidade, então eu a levei até lá. Foi aí que descobri que ela não estava grávida de verdade. O ultrassom confirmou.

Devin suspira.

— E nem assim Sadie me disse a verdade sozinha. Ela fez tudo o que podia para me manter longe do quarto do hospital, longe do médico... Pedindo que eu pegasse coisas, inventando problemas que precisavam ser resolvidos. Mas eu estava lá quando o médico leu o resultado. Não havia bebê nenhum.

Aperto o braço dele com tanta força que meus dedos doem.

— Sinto muito, Devin, de verdade.

Ele acena com pesar.

— Comecei a descobrir as outras mentiras depois disso. Por exemplo, por que ela me mostrou uma *foto* do teste positivo de gravidez em vez de mostrar o teste original... Provavelmente porque ela nunca fez um teste e deve ter pegado a foto da internet. Ou como ela ficou milagrosamente grávida mesmo tomando pílula, convenientemente na época em que começamos a brigar mais. Terminei com ela naquela noite e nunca mais a vi.

— Inacreditável. — Sacudo minha cabeça. — Não você, não te culpo de forma alguma por ter terminado com ela. O que ela fez foi *surreal*. Não consigo entender por que ela iria querer te forçar a casar. Parece receita certa para uma vida infeliz.

— Meu palpite é que ela fez isso por dinheiro. — Ele dá de ombros. — A família dela sempre teve problemas financeiros, e ela mesma estava afundada em dívidas pelos empréstimos que fez pra conseguir entrar na faculdade. Mesmo com um emprego com salário alto em advocacia, teria levado décadas para conseguir pagar tudo. Ela sabia dos negócios do meu pai e falava o tempo todo sobre nos mudarmos para Cleveland, assim eu poderia trabalhar com meu pai e assumir a empresa um dia. Então, quando começamos a brigar mais, talvez ela estivesse com receio de que o bilhete premiado para uma vida melhor estava prestes a desaparecer e decidiu assumir qualquer risco pra me manter por perto... Mesmo que tenha saído pela culatra.

— Mas como ela achou que seria capaz de manter uma gravidez falsa em segredo? — pressiono. — Você iria descobrir em alguns meses quando opa, cadê o bebê.

Os músculos da mandíbula dele se contraem.

— Acho que ela estava planejando "perder" o bebê de algum modo trágico assim que tivesse um anel de noivado na mão... Não há outra explicação.

Solto um suspiro longo.

— Que loucura.

— Nem me diga. Honestamente, a coisa toda ferrou com minha cabeça, mas estou bem melhor agora. Em particular agora que conheci você.

Ele pega minha mão e dá um beijo em meus dedos.

— Chega de Sadie. Isso tudo é coisa do passado. O que você me diz de voltarmos lá para dentro?

— Vá na frente. Eu queria ficar aqui mais um pouco, está *muito* quente lá dentro. — Mostro onde o macaquinho gruda na minha cintura e rio.

— Que tal eu pegar um pouco de água para você?

— Seria ótimo, obrigada.

Dando um sorriso de derreter o coração, Devin atravessa o terraço de volta para o bar. Meus ombros caem assim que ele sai de vista. Ele é tão atencioso. Mal consigo imaginar como deve ter sido difícil para ele nos últimos meses. Então, por que não consigo afastar a sensação de que tem algo errado entre a gente?

Meu celular vibra contra meu quadril e o puxo do bolso. Meu peito fica mais leve com o nome na tela: *Perry Szymanski*.

Ele me mandou uma foto. Toco nela para deixá-la maior e minhas bochechas ficam vermelhas. É uma foto da minha pintura, a que dei para ele mais cedo. Está pendurada ao lado de um retrato de família e uma aquarela do que parece ser Brandywine Falls. As cores ficam mais brilhantes contra a parede branca, e os cantos de outras três molduras se espreitam nas bordas da foto. Ele deve ter uma parede de galeria em algum lugar do apartamento e já pendurou meu quadro lá. Meu peito borbulha como uma lata de refrigerante recém-aberta.

> Olha só a joia que tenho no meu apartamento: um Cass Walker original, acredita? E foi presente da própria artista. Ela é super-talentosa, aposto que vai custar uma fortuna no futuro.

> P.S.: Obrigado de novo pelo presente. Eu amei. ☺

Minha garganta sufoca de emoção e, com um dedo trêmulo, respondo com um coração. Não sei o que mais eu poderia dizer em resposta.

Uma onda de música rola pelo pátio quando alguém abre a porta e vejo Devin retornando com minha água. Coloco o celular de volta no bolso quando ele se aproxima.

— Aqui está.

Ele estende um copo alto de água gelada para mim. Condensação escorre pela minha pele enquanto dou um gole.

— Obrigada.

— Está tudo bem? — pergunta ele, com as sobrancelhas se franzindo ao me observar.

Colo um sorriso no rosto, embora meu peito esteja apertado. Como uma mensagem tão simples e doce do Perry me faz sentir como se alguém tivesse puxado um fio solto em meu coração, dividindo-o ao meio, tal qual uma costura desfeita? Não posso me sentir assim a respeito do Perry *e* estar com Devin ao mesmo tempo. O que há de errado comigo?

— Estou ótima. Nunca estive melhor.

— Bom, então vamos lá.

Ele inclina a cabeça em direção à porta com um sorriso travesso nos lábios. Eu o sigo em direção ao bar com um peso que não deveria sentir, e um pressentimento que não consigo ignorar.

Devin é o homem dos meus sonhos, isso não posso negar. Mas estou começando a pensar que talvez nem todos os sonhos devam se tornar realidade.

19

Meu celular apita na bancada no exato momento em que minha torrada pula para fora da torradeira. Ignorando a notificação, passo manteiga nas duas fatias douradas de brioche, tiro com cuidado os ovos em nuvens do forno elétrico e coloco um em cada torrada. Pegando meu prato e meu café, estou prestes a sentar diante da mesa da cozinha quando lembro da pintura que deixei secando na noite passada. Devolvo o prato e a caneca à bancada e pego cuidadosamente a tela 30×40.

Com as sobrancelhas franzidas, estudo minha última criação: uma pintura de uma mãe e uma filha caminhando na beira do lago Erie, baseada em um rascunho que fiz semanas atrás, quando Brie e eu fomos de carro até o Parque Edgewater. Nós tínhamos levado toalhas e lanches para um piquenique e, enquanto comíamos, notei uma menininha agachada na areia ali perto, procurando vidro marinho enquanto a mãe dela admirava uma embarcação à distância, com os braços levantados a fim de fazer sombra nos olhos. Lembrou tanto a minha mãe que peguei o pequeno bloco de rascunho que comecei a carregar comigo e fiz um rascunho rápido. Ontem à noite, ao folhear o caderno, a imagem voltou a mim e decidi dar vida à cena em uma tela.

As cores estão corretas, mas a menininha precisa de mais definição. Farei isso mais tarde. Encosto a tela contra a parede do canto, para que ela fique fora do caminho, e me acomodo na mesa a fim de tomar meu café da manhã. Desbloqueio o celular enquanto dou uma garfada no meu ovinho divino e resmungo ao ver a mensagem na tela.

Devin

> Ainda vamos almoçar juntos hoje?

Limpando as migalhas dos meus dedos, respondo:

> Sim! 😁

> Ótimo. Faz dias que não te vejo e estou com saudades 🖤

Minha barriga uiva, devorada pela culpa. Faz cinco dias desde a festa de Quatro de Julho e já rejeitei dois convites para sairmos juntos desde então. Não que eu não tivesse motivos legítimos. Na segunda-feira, ele me convidou para jantar, mas Brie e eu já tínhamos combinado algo antes. Claro, os planos envolviam arroz frito com frango e pedicure, mas já estava na hora de termos outra noite só nossa.

E, ontem, eu estava no carro da minha mãe, indo assistir ao jogo de futebol do meu irmão quando ele me convidou para "assistir a um filminho". Eu poderia ter mudado os planos, mas Jackson e Liam teriam ficado chateados comigo, e minha mãe teria enchido meu saco com perguntas a respeito de Devin e nosso relacionamento se eu escolhesse fazer algo com ele em vez de ficar com minha família… Perguntas que não sei se estou pronta para responder.

Então ontem, quando Devin perguntou se eu queria almoçar hoje — quinta-feira — não havia nenhum motivo para negar. Então eu disse sim.

Dou um coraçãozinho na última mensagem antes de jogar meu celular na mesa com a tela virada para baixo.

— Que cara é essa? — pergunta Brie, entrando na cozinha.

Ela está usando um pijama que consiste em uma camiseta preta soltinha de manga curta e calça com estampa de oncinha, e o cabelo dela está preso ao redor do rosto em redemoinhos, como uma bola de algodão loira. Deixando-se cair na cadeira à minha frente, ela pega uma de minhas torradas com ovo e dá uma mordidona. Não me importo. Brie rouba minha comida desde o ensino fundamental.

— Nada — respondo com a boca cheia de ovo. — Vou almoçar com o Devin hoje.

As sobrancelhas dela se erguem.

— E é por isso que está parecendo que chupou limão?

Dando de ombros, mordo outro pedaço de torrada.

— Vocês dois não se veem desde a festa, e você não parece empolgada para vê-lo hoje. O que aconteceu com vocês?

— Sei lá. Tudo está bem, mas...

— Você não gosta mais dele? Peraí... Ele foi escroto com você? Quer que eu risque o carro dele? — Os olhos dela brilham atrás dos óculos e seu sorriso é feroz como o de uma gatinha recém-nascida.

Dou uma risada abafada.

— Não, ele está sendo incrível. Um "grande... — a palavra "namorado" trava em minha língua e eu engulo em seco — cavalheiro". Estou empolgada de almoçar com ele hoje. Mesmo.

— Então por que o evitou a semana inteira?

— Eu não evitei — afirmo, mentindo.

Brie fica boquiaberta e me dá um olhar de *ah-é*.

— Não me force a usar o pi.

— Ok, tudo bem, talvez eu esteja evitando só um pouquinho... — balbucio.

— Tem algo a ver com um certo irmão gostosão? Vocês dois pareciam bem amiguinhos na festa.

Maldita Brie, que percepção. *Espera...*

— Você realmente acha o Perry gostoso?

— Há, sim. Ele tem uma coisa meio malandro-sexy. Tipo um Peter Pan que cresceu. De uma forma não esquisita — corrige ela depressa. — Como um Tom Holland alto ou... qual é mesmo o nome do cara de *Duna*?

— Timothée Chalamet? — sugiro.

Ela estala os dedos.

— Isso. Deve ser pelas sobrancelhas — responde ela, pensativa. — E o Perry é malhado. Você *viu* aqueles braços? Ele é lindo, tesão, bonito e gostosão.

Ofego, surpresa, só para me engasgar com a torrada.

— Não acredito que você acabou de falar "lindo, tesão, bonito e gostosão" — balbucio entre dez tosses. Brie bate em minhas costas e me apresso para tomar uma golada de café e limpar a garganta.

— Se você não está mais a fim do Devin, deveria falar com ele. Arrancar o curativo de uma vez só.

O problema é que *sigo* a fim do Devin... só não sei quanto. Devin é o homem dos meus sonhos, literalmente. Desistir dele em apenas um mês seria como jogar fora uma bênção do universo embrulhada em pacote de presente. Eu devo a nós dois uma chance de verdade ao que existe entre nós. Mesmo que eu possa estar sentindo... *alguma coisa* pelo irmão dele.

Não estou preparada para confrontar o meu complicado enredo de sentimentos neste exato momento, então digo:

— Lembrarei disso. — Cubro minha hesitação com outro gole de café. Hora de mudar de assunto. — Então, me diz, por que você acordou tão cedo, afinal? De acordo com o relógio do micro-ondas, são oito e dez, e a Brie que conheço não costuma rolar para fora da cama até chegar perto das oito e meia ou nove.

Ela fecha a expressão.

— Acordei cedo e não consegui dormir de novo. Estou acordada desde as seis.

Franzo o cenho ao notar só agora as manchas escuras ao redor dos olhos dela.

— Está tudo bem?

— Sim, só estou surtando um pouco, mas nada de mais. Nada que um banho quente e uma sacudida não resolvam.

— É algo de trabalho?

Ela meneia a cabeça.

— É o Marcus.

Desde que voltamos da festa, Brie anda flutuando pela casa com o nariz enfiado no celular e um sorriso abobado e apaixonado no rosto. Será que as cosias azedaram tão rápido assim?

— Achei que estava indo tudo bem com ele.

— Tudo está *incrível*. Esse é o problema.

— Me lembre, novamente... por que isso seria um problema?

— Porque, Cass, gosto *tanto* dele. Ele deve ser a pessoa mais legal que já conheci... Além de você, é claro. E não parece, mas ele é muito *engraçado*.

Minhas sobrancelhas pulam para cima.

— Surpreendente, né? Ele me faz rir o tempo todo, apesar de que, agora que penso sobre isso, acho que tem vezes que não é de propósito. — Ela sacode a cabeça. — Enfim, ele é atencioso, fofo e faz com que eu me sinta... *especial*. Não especial porque sou a filha de Charlotte Owens, o orgulho do noticiário noturno de Cleveland, mas por causa de quem *eu* sou.

— Brie, isso é tudo muito bom. Por que está tão preocupada?

— Ah, você sabe. O de sempre: vou me apaixonar rápido demais, como sempre faço, e aí tudo vai ficar uma merda e vou acabar com o coração em pedacinhos. Acho que não conseguiria suportar isso mais uma vez. Não depois da Sara.

Meu peito se aperta com a lembrança de Brie aparecendo na casa da minha mãe, aos prantos, na noite em que Sara terminou com ela, seis meses atrás. Ela disse que Sara decidiu o término por sentir que as duas tinham "se afastado", mas, alguns dias depois, Brie descobriu o verdadeiro motivo, graças ao Instagram: Sara tinha encontrado outra pessoa. Apesar de não saber se é verdade, suspeito que ela estava traindo Brie no fim do namoro. Acho que Brie também sabe, o que provavelmente explica por que ela passou tanto tempo solteira depois disso.

— Sem contar — continua Brie — que Marcus é nosso *locador*, então, se as coisas derem errado, e elas sempre dão em algum momento, vai ser muito constrangedor saber que meu ex mora no andar de cima e recebe o pagamento do meu aluguel.

Brie arrasta um dedo por baixo dos óculos, os olhos reluzindo de lágrimas que não caíram. Com o coração dolorido, agarro a cadeira debaixo de minha bunda e me inclino para a frente na mesa — um feito complicado considerando que a saia-lápis está prendendo minhas pernas — e dou um abraço apertado nela. Ela funga em meu ombro uma vez e começa a chorar.

Abaixando o queixo, encaro os olhos rosados de Brie.

— Brie, o fato de você conseguir amar com tanta facilidade é uma das qualidades mais maravilhosas a seu respeito. É difícil se abrir tanto, mas você se abre uma e outra vez. E isso é uma coisa *boa*, mesmo que você nem sempre sinta que é. Ninguém tem como encontrar o amor se não tentar. Mas como você tenta, o coração partido é um dos inevitáveis obstáculos que aparece no meio do caminho.

Ela expira de forma longa e lenta.

— Você tem razão.

— Eu sei que tenho. — Dando um grande sorriso, agarro os ombros dela e a sacudo de leve. — Então ouça o que estou falando: pare de se preocupar tanto com futuros hipotéticos e aproveite o que você tem com Marcus hoje. Talvez funcione a longo prazo, talvez não funcione. Mas se você gostar dele, não destrua suas chances ao pensar em bobagem logo na primeira semana. E, bom, se as coisas não funcionarem e ficarem constrangedoras, sempre podemos nos mudar. Não seria o fim do mundo.

— Verdade. — A risada trêmula de Brie repercute na pequena cozinha quando ela se levanta. — Obrigada pelo papo reto. Eu precisava ouvir isso. — Indo até a cafeteira, ela tira uma caneca azul lascada de um dos armários de cima e dá um giro, brandindo a caneca como se fosse um dedo em riste. — Mas nem pense que você vai se safar tão facilmente de discutir sobre o problema Perry. Conheço você e sei quando está evitando alguma coisa.

Fechando a cara, coço o nariz. *Pega no pulo.*

— Então, eis aqui o seu papo reto — diz ela, servindo-se de café. — Não fique com Devin só porque acha que deve isso a ele, ao universo, ao destino ou sei lá. Claro, acho que vocês funcionam bem juntos e, pelo que parece, ele é um partido e tanto, mas se sua intuição diz outra coisa... você deveria ouvi-la.

A felicidade se extingue de meu coração e um sentimento amargo e amassado toma o seu lugar. O jeito como Brie sempre consegue ver o cerne de meus problemas é um mistério para mim e, neste exato momento, algo que não queria muito.

— Eu sei. — Pegando o prato, jogo os restos do café da manhã no lixo; meu apetite sumiu. — Preciso me arrumar para ir ao trabalho. Aproveita o dia, está bem?

— Você também — exclama ela atrás de mim, mas já estou na sala. Com o estômago vazio, arrasto-me pelas escadas para voltar ao quarto.

Infelizmente, dar conselhos é muito mais fácil do que recebê-los.

— Mais alguma pergunta? — A outra dúzia de associados de verão observa atentamente Glenn Boone, que está parado na frente da sala de conferências, logo ao lado de uma das sócias júnior da firma, uma mulher de cabelo castanho com uma expressão pragmática e vestindo um terninho cinza e altivo. Eu me remexo no assento, recruzando as pernas. Estou suando na parte de trás do joelho, que ficou colada no tecido de couro falso da minha cadeira por 45 minutos. Quando ninguém levanta a mão, Glenn acena a cabeça. — Tudo bem. Obrigado, Karen, por esta apresentação fantástica a respeito do futuro da legislação ambiental. Muito elucidante.

A sala é tomada por aplausos. Enfiando a caneta dentro do caderno em meu colo ao fechá-lo, ignoro os desenhos que fiz nas margens para aplaudir com os demais. A mulher aperta a mão de Glenn e sai da sala, com uma maleta enfiada debaixo do braço.

— Agora… — Glenn bate palmas uma única vez. — Antes de saírem correndo para almoçar, eu gostaria de lembrar da Social de Julho que vai acontecer daqui a pouco mais de uma semana, no sábado, dia dezoito. Obrigado, Jeremy, por sugerir boliche laser. Parece ser bem revigorante.

O homem de vinte e poucos anos de cara franzina que está perto de mim acena com a cabeça.

— O propósito desses eventos sociais mensais é dar a vocês uma chance de relaxar, se soltar e conhecer a equipe da Smith & Boone em um cenário menos formal. Já que os eventos são uma parte integrante do programa de verão do escritório, gosto que sejam liderados pelos próprios associados. Até agora, tivemos apenas uma sugestão para a Social de Agosto, que é ir a um jogo dos Indians, quero dizer, Guardians, obrigado pela ideia, Bradley, e, apesar de ser uma ideia boa, eu gostaria de ouvir outras opiniões antes de tomar uma decisão.

— Vocês têm mais seis semanas de programa — Glenn continua — então deveríamos terminar o verão de maneira grandiosa. Por favor, não se esqueçam de compartilhar suas ideias comigo até o dia 31 de julho. Como incentivo, a pessoa cuja ideia for escolhida vai ganhar um presente especial, dado por mim.

Todo mundo se endireita nas cadeiras.

— Obrigado — conclui Glenn.

Fechando o caderno, afasto-me da mesa oval da sala de conferências e fico de pé. Os outros associados de verão estão saindo atrás de Glenn. Quando me viro, fico frente a frente com Mercedes. A boca vermelha mostra os dentes brancos e brilhantes.

— Oi, Cass, como você anda?

— Oi. Bem — respondo de modo automático, forçando-me a não me afastar dela. Não a vejo muito desde que mudei para o grupo de lei pública, três dias atrás. Ela esteve trabalhando em uma dessas salas de conferência do andar de baixo, provavelmente em algo muito mais interessante do que tudo que encontrei em minha nova tarefa, enquanto passo a maior parte do tempo em nosso cubículo. — E você? — pergunto a contragosto.

— Ai, estou *tão* ocupada. — Ela joga o cabelo loiro-avermelhado por cima do ombro. — Andréa me colocou no caso Ervin. Não consigo sair do escritório antes das oito desde que trocamos de equipe. — Ela suspira, dramática. — E você, no que está trabalhando?

Minhas narinas inflam, mas consigo suavizar minha expressão com rapidez. O caso Ervin deveria ter sido *meu* caso. A própria Andréa me contou que eu auxiliaria... antes de decidir me trocar por Mercedes. Mesmo que seja algo temporário e que o motivo seja legítimo — nos dar uma chance de experimentar áreas diferentes — ainda dói.

Eu dou de ombro.

— Acabei de terminar um memorando sobre desenvolvimentos na jurisprudência de domínio eminente. Bem complexo.

Só que não, mas não vou admitir para Mercedes.

— Ah, é isso? Que sorte, o Frank não está te sobrecarregando.

Não, *não* estou com sorte, e Mercedes sabe disso. Quando se trata de associadas de verão, quanto mais ocupada, melhor. Ocupada significa que suas habilidades estão sendo bem reconhecidas e bem utilizadas. Uma associada de verão entediada provavelmente não vai receber ofertas de emprego no outono, e até agora minha carga de trabalho está bem mais leve do que estava em litígio.

Um borrão passa zunindo pela porta aberta, para e entra na sala. É Frank Carlson, ex-chefe de Mercedes e principal advogado do grupo de leis públicas — ou seja, meu novo chefe. As luzes do teto brilham no crânio liso dele, destacando o que resta do cabelo ralo, curto e grisalho.

— Aí está você, Cass. Está livre para almoçar hoje?

Meu estômago revira. Vai ser a terceira vez que vou furar com Devin esta semana se cancelar agora. Mas não tenho opção. Até ele concordaria que rejeitar um convite para almoço de um advogado-sênior não seria sábio.

Ignoro o alívio brotando em minha pele e me levanto um pouco mais ereta.

— Estou livre sim. Por quê?

— Um dos nossos clientes está apresentando uma proposta a um membro da prefeitura e quer que alguém da Smith & Boone participe. Eu vou estar lá, mas o seu memorando pode ser mencionado, então gostaria que participasse também para que possa responder a qualquer pergunta que possa ser feita a respeito. Excelente trabalho no memorando, por sinal.

O sorriso de Mercedes vacila ao mesmo tempo que o meu se abre ainda mais.

— Obrigada. Ficaria feliz em participar.

Ele bate os dedos contra o batente da porta.

— Ótimo. Vamos nos reunir na Churrascaria Sullivan à uma hora. Quer uma carona?

— Não será necessário, posso ir andando.

— Sabe onde é?

— São só algumas quadras daqui, não? Um restaurante com toldo marrom.

A única razão pela qual sei é porque passei por lá todos os dias no meu caminho para o trabalho nas últimas seis semanas. Isso me faz tensionar o maxilar — fica ao lado da delicatéssen onde eu e Devin tínhamos planejado nos encontrar para almoçar hoje.

— Esse mesmo. Te vejo lá à uma.

Frank desaparece porta afora. Todo mundo já foi; restamos apenas Mercedes e eu na sala de conferências.

— Não acredito que o Frank me manda uma dessas de última hora. Agora tenho de cancelar meus planos de almoço. — É minha vez de dar um suspiro dramático.

— Você tinha um encontro ou algo assim? — Ela percebe.

— Na verdade, sim.

— Com aquele mesmo cara com quem está saindo?

— Aham.

— A coisa é séria, então? — Ela pisca os olhos arregalados com since-ridade. Desconforto escorre pelas minhas veias.

— Ainda não. Por enquanto estamos só nos divertindo.

— Bom, boa sorte. Até logo.

Não sei se ela está desejando sorte na minha vida amorosa ou na reu-nião de almoço, mas antes que eu possa responder, ela pula para fora da sala.

Sacudindo a cabeça, pego o celular da bolsa e anoto a hora e o local da minha reunião de almoço no calendário, com alarme de quinze minutos de antecedência para que eu não me atrase. Depois, mando mensagem para o Devin.

> Ei, MIL desculpas por falar isso só agora, mas não vou conseguir ir pro almoço. Coisas do trabalho, UGH!

Três pontinhos aparecem, desaparecem e então reaparecem alguns segundos depois.

> Sem problema. Surgiu um compromisso aqui também, então fica pra outra hora.

A culpa faz meus dedos se moverem sozinhos.

> Que tal você passar na minha casa depois do trabalho?

> Podemos jantar fora, pedir alguma coisa, o que você quiser.

> Parece um bom plano. Te mando mensagem quando sair.

Bloqueio o celular, coloco na bolsa e saio da sala. Talvez sair com Devin cara a cara hoje à noite possa me ajudar a esclarecer meus sentimentos. Ou talvez não, diz uma vozinha dentro da minha cabeça. A culpa se contorce no meu peito, mas não tenho tempo de pensar nisso agora. Agora, tenho uma reunião com um cliente e um chefe para impressionar.

20

Quarenta e cinco minutos depois, o alarme do meu celular toca no mesmo instante em que a impressora cospe a última página do meu memorando. Coloco uma cópia impressa reserva na bolsa, faço um desvio rápido no banheiro para retocar a maquiagem e saio do escritório exatamente às 12h51. O restaurante fica a apenas cinco minutos daqui, então devo chegar a tempo, mesmo com meu ritmo mais lento que o normal, graças ao salto alto que estou usando em vez das sapatilhas habituais. Ao menos o céu está nublado, uma mudança bem-vinda do tempo ensolarado que estávamos tendo o mês inteiro.

Repasso os principais elementos do memorando na minha cabeça enquanto viro a esquina para a rua onde fica a Churrascaria Sullivan. *Domínio eminente permite que o Estado se aproprie da propriedade privada de um indivíduo, mas somente se o imóvel for adquirido para uso público. Ao proprietário é pago um valor justo de mercado pela propriedade, e recebe o devido processo.*

O devido processo exige que o proprietário do imóvel seja notificado da ação de domínio eminente e a oportunidade de apresentar objeções...

— Cass?

O som do meu nome me faz dar um pulo e quase torço o tornozelo quando meu salto prende na calçada. À minha esquerda está a fachada de vidro do restaurante com toldo marrom: a Churrascaria Sullivan. Eu me viro, procurando quem me chamou, e minha boca se abre em surpresa.

Devin caminha em minha direção, olhos tão escuros e redondos quanto pratos de jantar. Do outro lado da rua, o pai dele fecha a porta de um carro preto enquanto fala no celular.

— Devin? — digo, confusa. — O que está fazendo aqui? Pensei que a gente tinha combinado de não almoçar hoje.

— Eu sei, e nós não vamos. Meu pai me convidou para um almoço de negócios de última hora.

— Na churrascaria?

Ele responde intrigado:

— Sim.

— Que coincidência! Eu também tenho uma reunião de trabalho com meu chefe ali hoje.

— Peraí. Seu chefe é Frank Carlson?

Eu pisco.

— De onde você conhece o Frank?

O rosto de Devin fica branco.

— Ele está prestando consultoria ao meu pai num assunto. Espera, achei que você estava no grupo de litígio. Frank não faz litígios.

O tom dele é afiado e me afasto.

— Eu estava, mas estamos fazendo rodízio por algumas semanas em Direito público. Qual é o problema?

Devin fecha os olhos e pragueja baixinho. Quando os abre novamente, a expressão encantadora e habitual está de volta.

— Quer saber? A gente devia dar o fora daqui. Eu deixo meu pai e você diz que passou mal. Talvez a gente possa...

— Cassidy, é você? — As sobrancelhas grisalhas de Roger Szymanski se erguem enquanto ele se aproxima, guardando o celular no bolso do blazer. Tirando o terno cinza formal, ele tem a mesma aparência da festa de Quatro de Julho: cabelo bem arrumado, ar imperioso e uma expressão fria e calculista. — Devin te convidou ou... Ah, você trabalha na Smith & Boone, não é? Vai se juntar a nós na reunião hoje?

— Reunião? — repito, piscando. O cliente com quem vamos nos reunir hoje é... Roger Szymanski?

Frank estaciona o carro, um Cadillac azul-marinho, ao lado da calçada em que estamos. Desligando o motor, ele sai, de maleta na mão.

— Ah, Cass. Você chegou, e vejo que já conheceu nossos clientes. Este é Roger Szymanski, fundador e ceo das Empresas Szymanski, e este é seu filho, Devin.

As engrenagens se movem em minha mente. O relatório que escrevi era a respeito de desapropriação, o que envolve o mercado imobiliário. O pai de Devin é um construtor imobiliário. Fico cismada. Mas isso ainda não explica o que ambos estão fazendo aqui. A desapropriação não pode ser utilizada por empresas privadas para tomar a propriedade de pessoas físicas; só pode ser usada pelo Governo para tomar propriedade privada quando esta pode servir ao bem público — como expandir estradas, construir escolas ou enterrar cabos de utilidade geral. Então por que estamos em uma reunião com as Empresas Szymanski para debater desapropriação, a não ser que... espera. Frank não tinha dito que nosso cliente estava propondo algo a um membro da Prefeitura de Cleveland? Será que a proposta envolvia desapropriação, de alguma maneira? É um pouco estranho, mas não é inteiramente impossível.

Devin se aproxima do pai até os cotovelos deles ficarem lado a lado.

— Ei, pai, tem certeza de que Cass deveria estar nesta reunião? Ela é só uma associada de verão. Não precisa ser incomodada com isto, não acha? — Ele quase cochicha, mas consigo ouvi-lo mesmo assim... e Frank também, porque ele está bem ao meu lado.

Fico boquiaberta até quando sinto meus pulmões sendo apunhalados por lascas de gelo. Não acredito que Devin acabou de fazer pouco de mim na frente do pai dele *e* do meu chefe. Eu o encaro, incrédula, sentindo o desconforto subindo por minha coluna. Por que ele quer me manter fora desta reunião?

Frank ajusta a maleta debaixo do braço.

— A srta. Walker é uma jovem e brilhante advogada do escritório e pesquisou a fundo a legislação relevante ao caso. Se não se importarem, eu gostaria que ela participasse da reunião.

— Claro, Cassidy pode se juntar a nós — afirma Roger, expansivo, fazendo cara feia para o filho. — Vamos começar? — Ele gesticula em direção ao restaurante. Frank abre a porta para Roger antes de segui-lo para dentro. Lanço um olhar letal na direção de Devin por cima de meu ombro, e ele arregala os olhos.

— O que houve? — murmura ele em meu ouvido conforme esperamos na entrada até a maître achar uma mesa para nós.

— Sério, Devin? Você acabou de fazer pouco de mim diante do meu chefe — sibilo em voz baixa.

Ele empalidece.

— Eu... essa não era minha intenção. Eu só estava tentando tirar você de uma reunião entediante. Achei que estava fazendo um favor.

— Bem, não estava.

Mesmo que as intenções dele fossem nobres — e não tenho certeza de que eram, considerando o comportamento duvidoso que ele tem demonstrado desde que chegou —, suas palavras foram muito imprudentes. Esfrego as têmporas antes de a maître nos levar a uma mesa redonda, onde um homem negro de uns cinquenta e poucos anos já está sentado, lendo um menu. Ele fica de pé quando nos aproximamos.

— Conselheiro Truman, que bom ver você — cumprimenta Roger, apertando a mão dele.

— Digo o mesmo. Como tem passado, Roger?

Uma breve rodada de apresentações acontece e então tomamos nossos lugares. Sinto um desconforto quando acabo me sentando junto a Frank à minha esquerda e Devin à minha direita. Devin tenta chamar minha atenção, mas eu o ignoro. Não posso deixar meu aborrecimento me distrair. Estou tendo uma reunião com um cliente de prestígio e um proeminente político local. Profissionalismo é obrigatório... mesmo que eu não queira mais nada além de arrastar Devin restaurante afora e tirar algumas respostas dele à força. Alguns minutos de bate-papo seguem antes de um garçom chegar.

— Tem certeza de que vai querer apenas uma salada, conselheiro? Por favor, sinta-se à vontade — diz Roger. — Fica por minha conta.

O conselheiro Truman cruza as mãos em cima do menu marrom e espia Roger por cima de seus óculos de leitura.

— Roger, por favor. Mesmo se eu não estivesse de olho no colesterol, você sabe que não posso aceitar presentes de eleitores e, mesmo que pudesse, não aceitaria. Questão de decoro.

— Você e seu decoro. — Roger ri, mas há um certo desconforto no tom, como uma unha arranhando uma lousa.

Assim que o garçom retira nossos menus e se afasta, o conselheiro se recosta na cadeira acolchoada.

— Agora, diga-me, qual é a grande ideia que você gostaria de discutir?

Roger dá um sorriso largo tão caloroso quanto uma barracuda, enfia a mão na pasta e retira uma fina pilha de papéis grampeados. Ao meu lado, Devin parece desconfortável. Ele segura o apoio de braço da cadeira com tanta força que seus tendões se esticam. Franzo o cenho e volto a me concentrar em Roger, que desliza os papéis sobre a mesa.

— Como você já sabe, a cidade de Cleveland já aprovou o zoneamento para o nosso novo complexo de apartamentos na rua West 28th — explica ele.

— Eu sei, votei para aprovar a medida — afirma o conselheiro Truman. Roger acena com a cabeça, solene.

— Sim, porque sabe que a cidade está necessitando urgentemente de uma revitalização. Todos os anos, nas últimas quatro décadas, as pessoas estão se mudando de Cleveland em direção aos subúrbios. Se queremos um bom futuro para nossa cidade, precisamos reverter a situação. Precisamos atrair as pessoas de volta e aumentar a taxa tributária.

O conselheiro tamborila os longos dedos contra o apoio da cadeira.

— Aonde você quer chegar?

— Nós precisamos de mais comodidades. Mais negócios, mais atividades recreativas, mais oportunidades educacionais. *Se você construí-las, elas virão*.

— Falou como um construtor de verdade. E o que está sugerindo construirmos?

— Para começo de conversa? Um novo *campus* satélite para a faculdade comunitária de Cleveland aqui, no coração de Ohio City. Traria lucro ao bairro na forma de novos residentes e, por consequência, a Cleveland, ao oferecer uma instalação educativa para universitários, algo de que precisamos, e muito.

— Já temos uma sede da faculdade comunitária no centro, a menos de dez quilômetros, então eu não diria que um novo *campus* é exatamente "necessário". — O conselheiro esfrega o próprio queixo. — Mas não machucaria ninguém, considerando a demanda crescente por cursos universitários acessíveis. Mas Ohio City é bastante desenvolvida. Caramba, você levou cinco anos para assegurar terreno para seus novos apartamentos. Onde acha que poderíamos construir um *campus*?

Roger estende a mão sobre a mesa e vira diversas páginas da pilha de papel antes de parar no mapa em preto e branco de uma rua.

— West 28th com a Providence — explica ele, batendo no mapa com o dedo duas vezes. — Existem três propriedades prontas para construção. Duas delas já estão em minha posse, comprei quando entraram em execução de hipotecas algumas semanas atrás, mas ficaria feliz em transferir a propriedade para a cidade de Cleveland por um valor abaixo do mercado. A terceira propriedade deve uma quantia significativa de impostos para o

Estado, o que, pelo que Frank me explicou, você poderia usar como base para adquiri-la por meio de domínio eminente. Combinadas, as três propriedades ofereceriam terreno o suficiente para construir a instalação de um *campus* comunitário que beneficiaria toda a cidade.

Espere... West 28th com a Providence... dívidas de impostos...

Meu coração quase para de bater. *Roger está falando sobre a Blooms & Baubles.* Ele está propondo que a cidade de Cleveland tome a floricultura de Perry — contra a vontade dele — usando os trâmites legais de domínio eminente.

Fito Devin, de boca aberta. O olhar dele vaga por todos os cantos do restaurante... menos para mim. O sentimento de traição queima em meu peito e engulo a náusea que desliza pela garganta.

Ele sabia. Devin *sabia* do que se tratava essa reunião, e que Roger ia usar suas conexões para tirar o lar e a floricultura que Perry tanto ama. Por *isso* ele não me queria aqui. É por isso que tentou me impedir de entrar. Ele sabe que sou amiga de Perry e, pela expressão de culpa que tem no rosto, sabe que o que o pai está fazendo é errado.

E mesmo assim não fez nada para impedir.

O Devin de quem achei que me recordava pós-coma jamais teria traído alguém assim, muito menos o próprio irmão.

Este Devin aqui? Este Devin eu não conheço, nem um pouquinho.

— Espere — digo antes que consiga me conter. — A propriedade de que você está falando na 28th com Providence é de uma floricultura local, não é?

Os olhos de Roger brilham.

— Correto. Conheço o dono pessoalmente, então posso garantir que, se a cidade adquirir o local, seria uma bênção para ambas as partes. O negócio está em declínio há anos. O dinheiro que ele receberia em troca da propriedade melhoraria, e muito, a vida dele.

— E se ele discordar? Tenho certeza de que ele se oporia a uma ação de domínio eminente. A maior parte das pessoas se opõe — acrescento apressadamente, para que Frank não perceba minha conexão com as pessoas envolvidas nesta proposta.

Roger ri.

— Não é para isso que servem os advogados? Os procuradores da cidade poderiam lidar com quaisquer objeções que o proprietário possa ter. Não é mesmo, Frank?

Frank pigarreia.

— Potencialmente, sim. A rigor, a Constituição protege a propriedade como um direito, razão pela qual o Governo só pode apreender propriedade privada por meio de domínio eminente para um propósito público convincente. Construir um *campus* comunitário satisfaria o requisito desde que a razão para a cidade exercer o domínio eminente seja sólida. Em especial, levando em conta que o proprietário tem impostos atrasados, pois a cidade poderia argumentar que existe um motivo "confiscatório" e, por isso, seria justificável tomá-la. — Ele se vira para mim. — Você não concorda, Cass?

A última coisa que desejo fazer agora é dar minha opinião, mas Frank me colocou no holofote, então não tenho escolha. Engulho em seco.

— Depende da quantidade de dinheiro devido em impostos atrasados. Se for menos que o valor justo de mercado, então a propriedade pode não ser considerada "confiscatória", o que poderia dar ao proprietário uma defesa mais forte para objeção.

Se me lembro bem, Perry deve cerca de vinte mil dólares — provavelmente menos do que a propriedade deve valer, mesmo considerando a idade e a localização da construção. Ao menos isso ele tem a seu favor.

— Mas, de acordo com a pesquisa que você fez, a cidade de Cleveland poderia seguir com o plano de domínio eminente com uma grande chance de sucesso, não? — Frank pressiona.

Minha boca seca enquanto lágrimas de ódio anuviam minha visão, mas não as deixo cair. Bebericando um gole d'água para disfarçar meus sentimentos, amaldiçoo Devin em silêncio por me tornar cúmplice nos planos malignos do pai dele. Por mais que eu queira, não posso mentir. O memorando impresso queima como carvão no fundo da minha bolsa. Lei é lei, e não posso mudá-la.

— Correto — respondo enfim.

Ao meu lado, Devin fecha os olhos por um instante, mas não responde nada.

O sorriso triunfante de Roger me espeta como um alfinete, e preciso juntar o máximo que consigo de determinação para não levantar da mesa e sair do restaurante.

O conselheiro Truman acena com a cabeça, pensativo, juntando os dedos sobre o queixo.

— Devo dizer que estou intrigado pela proposta, Roger. Esse plano poderia ser muito bom para os moradores da cidade. Dependendo do custo, é claro. Vamos ter de analisar bem o aspecto financeiro. — Levantando o queixo, ele estreita os olhos para Roger. — Uma pergunta, porém... qual é seu motivo por trás disso?

Roger se recosta na cadeira.

— Motivo nenhum. Só gostaria de ter a chance de licitar a construção do *campus*, caso o projeto avance; a mesma coisa que qualquer outro construtor em minha situação faria. Além disso, estudantes precisam de um bom lugar para morar, e meus apartamentos estão sendo construídos a alguns quarteirões de distância. Com isso, todo mundo ganha.

Sim, exceto o Perry. Meu sangue gela. Se a cidade se apoderar da Blooms & Baubles, Roger conseguirá o que sempre quis: exercer controle sobre o filho que se recusa a viver de acordo com a visão de mundo do pai — e apagar o legado da ex-esposa para sempre. Controlador arrogante, desgraçado.

O restante da reunião passa em um borrão de estratégias e conversa política. Ao menos, Frank não volta a pedir minha opinião e, por isso, fico grata. Meu estômago se revira de raiva, ressentimento e choque, e só consigo dar algumas garfadas na minha salada quando a comida chega. Finalmente, cerca de uma hora depois, o garçom traz nossas contas. São apenas duas, já que Roger insistiu em pagar pela minha refeição além da de Frank e a de Devin. Parte de mim quer recusar — não quero aceitar nada desse monstro. A outra parte gostaria de ter pedido o prato mais caro do cardápio como protesto.

Meu celular vibra dentro da bolsa. Frank está conversando com o conselheiro Truman enquanto Roger assina o recibo do cartão de crédito, então puxo o telefone para meu colo a fim de checar a notificação. Minha garganta fecha quando vejo a mensagem:

Devin

Não é o que você pensa. Por favor, me deixa explicar.

Eu viro para ele; Devin aperta o próprio celular com tanta força que os nós dos dedos ficam brancos, com uma expressão suplicante no rosto. Com um olhar fulminante, apago a tela e guardo o celular na bolsa mais uma vez.

Afastando a cadeira da mesa, o conselheiro Truman se levanta.

— Bom, preciso voltar ao gabinete. Peça que seu pessoal envie uma cópia digital da proposta para minha assistente, e eu a colocarei na pauta da próxima sessão fechada da prefeitura em agosto.

— É claro. Devin mesmo cuidará disso — diz Roger, apertando a mão do conselheiro.

Os olhos de Devin brilham com fúria ao encarar o pai e seu maxilar se tensiona. Mesmo assim, ele permanece em silêncio. Uma onda de nojo me consome e fecho meus punhos no colo.

Com um breve aceno de cabeça, o conselheiro Truman se despede e sai do restaurante. Assim que ele sai, Roger se vira para encarar meu chefe.

— Frank, você tem um minutinho extra? Gostaria de falar da estratégia...

Eu pigarreio.

— Com licença, Frank? Se não precisar mais de mim, se importaria se eu voltar ao escritório? Não estou me sentindo muito bem — digo baixinho. Não é uma mentira. Se eu ficar aqui só por mais um segundo, há uma possibilidade real de que a repulsa inundando minhas entranhas exploda em cima da mesa.

As sobrancelhas de Frank se franzem em preocupação.

— Lamento ouvir isso. Por favor, por que não tira o restante da tarde de folga? — Antes que eu possa protestar, ele levanta a mão. — Descanse. Continuamos amanhã.

Eu deveria continuar insistindo — insistindo que estou bem para continuar trabalhando —, mas não continuo. Em vez disso, murmuro um obrigada, pego minha bolsa do chão e saio sem olhar duas vezes. Mal dou um passo para fora da churrascaria quando a porta se abre atrás de mim.

— Cass, espere! — Devin exclama, a voz tensa.

Toda a raiva, choque e desgosto que fervilhou em meu peito na última hora se solidifica, e me giro em direção a Devin.

— Como você pôde? — Minha voz é puro gelo.

— Você não entende... — Ele começa, mas o interrompo.

— O que eu não entendo? Que você está fingindo ajudar o Perry com a loja enquanto trama com seu pai para arrancar os negócios dele? A *casa* dele?

— Não é bem assim...

— Como pôde fazer isso com ele, com seu próprio *irmão*? — Minhas narinas inflam de raiva ao encarar Devin. Mesmo que as feições dele sejam tão familiares para mim, pela primeira vez, sinto que estou cara a cara com um estranho.

Ele estende a mão para mim, os olhos brilhando com lágrimas não derramadas.

— Por favor, não é o que está pensando. Me deixe explicar.

Eu me afasto. A ideia de ser tocada por ele me causa repulsa.

— Não há nada para explicar. Acabou.

Eu me viro e começo a ir embora, minha cabeça doendo com cada passo.

— Cass... — ele chama.

— Me deixe em paz — grito.

E ele obedece.

21

— Devin fez o *quê*? — Brie para com a taça de vinho a meio caminho da boca. Xerxes pia suavemente no colo dela enquanto uma brisa refresca nossa varanda.

— Eu sei. Ainda não consigo acreditar. — Eu me sirvo de mais uma dose generosa da garrafa já meio vazia aos meus pés. Quando cheguei em casa depois da reunião, quase quatro horas atrás, minha cabeça estava um turbilhão de emoções, então me forcei a dar uma longa caminhada e tomei um banho de banheira ainda mais longo para me acalmar antes de me sentar na varanda com uma garrafa de vinho barato para afogar as mágoas às cinco horas da tarde, um horário já socialmente mais aceitável para beber. Assim que me viu lá, quase uma hora depois, Brie foi pegar Xerxes da gaiola e uma taça na cozinha para se sentar ao meu lado.

Esparramada na minha cadeira Adirondack, tomo mais um longo gole. Um carro desce a rua, o barulho do motor cortando o ar calmo da noite. Brie apoia o copo no braço da cadeira dobrável que colocou ao lado da minha. Ela me encara com atenção.

— Me conte tudo.

Eu reconto o almoço inteiro: a proposta, a tentativa de Devin de me tirar da reunião e o silêncio dele quando descobri os planos do pai.

— Então, esse tempo todo, ele estava secretamente tentando ferrar com os negócios do próprio irmão? Que *cretino* — ela xinga.

— É, isso resume bem.

— Você o confrontou? O que ele disse?

— Ele me seguiu para fora do restaurante quando saí e tentou dar uma desculpa, mas não fiquei para escutar. Tenho certeza de que ia ser só lorota, então terminei tudo com ele.

— Sinto muito, Cass.

— Obrigada. — Lágrimas borram minha visão enquanto tomo outro gole do vinho. — Achei que o Devin fosse o cara certo para mim, sabe? Tipo, como se o universo tivesse me dado as memórias dele só para ficarmos juntos. Mas eu estava errada.

E agora estou sozinha… de novo. Seco as lágrimas que se formam no canto do meu olho.

Brie se inclina para me abraçar e o meu coração fica um tanto mais aliviado. Ouço um farfalhar seguido de uma batidinha antes de um volume suave se acomodar em meu colo. Quando Brie me solta, descubro que Xerxes pulou em minha coxa, as garras fincadas fastidiosamente em minha pele através do tecido fino da legging que estou usando. Ele olha para cima, observando-me com um olhinho amarelo e pálido, mas a malícia de sempre não está mais ali. A ironia escala por minha garganta e soluço. Acho que é a primeira vez em catorze anos que Xerxes interagiu voluntariamente comigo. Talvez papagaios consigam sentir emoções e as minhas são deprimentes demais, até para ele.

Eu me estico para pegar a pequena tigela de sementes de girassol no apoio de braço de Brie, pego uma delas e a ofereço para Xerxes. Ele mordisca meu dedo antes de comer a semente, mas a mordida é consideravelmente mais gentil do que as bicadas violentas de costume.

— Você não conseguiu se aguentar mesmo assim, hein? — murmuro enquanto ele quebra a semente com o bico. Sorrindo apesar de tudo, passo os dedos pelas curtas penas cinzentas de seu dorso. Aceito qualquer conforto no momento, mesmo que venha de Xerxes.

Brie sorri como uma mãe orgulhosa ao olhar para seu papagaio, antes de voltar sua atenção para mim, retornando à expressão preocupada.

— Você já contou o que está acontecendo ao Perry? — pergunta ela.

Considerei ligar para Perry assim que saí do restaurante, mas a raiva nos impele a tomar atitudes estúpidas e impensadas, e eu sabia que precisava me acalmar primeiro para planejar a melhor maneira de contar as notícias a ele. Em um mundo perfeito, Devin teria contado os planos egoístas do pai assim que soubesse, mas é claro que não contou. Então, essa parte sobrou para mim.

— Ainda não, mas vou. Ele merece saber.

Um BMW preto para diante de nossa casa, estacionando cuidadosamente ao lado da lixeira. Todos os músculos de meu corpo se retesam quando vejo o rosto na janela do motorista.

Devin.

— O que foi? — pergunta Brie, franzindo o cenho ao ver minha postura tensa.

— É ele — ofego.

Agora, Devin está caminhando na calçada em direção à nossa casa, os passos um pouco trêmulos, como se estivesse incerto. Deixo meu copo no apoio amplo e reto da cadeira e faço menção de me levantar, esquecendo por um momento de Xerxes. Ele bate as asas, indignado, antes de Brie agarrá-lo e colocá-lo em seu ombro. Ficando de pé, ela cruza os braços diante do peito e expande a postura como uma guarda-costas insatisfeita em miniatura.

Os passos pesados de Devin ressoam nos degraus conforme ele se aproxima. Quando chega à varanda, faz uma pausa, os olhos passando de mim para Brie e para mim mais uma vez.

— Oi — cumprimenta ele, enfiando as mãos nos bolsos.

Brie se aproxima de Devin até quase ficarem frente a frente.

— É muita cara de pau sua vir até aqui. — Xerxes abre o bico de forma ameaçadora e Devin tem o bom senso de dar um passo para trás.

— Preciso falar com a Cass — explica ele.

— Acho que ela não quer falar com você.

— Cass, caramba. Você não me deixou explicar mais cedo — diz ele por cima da cabeça de Brie. — Só cinco minutos, por favor. Se não gostar do que tenho a dizer, vou embora e nunca mais te incomodo. Prometo.

Por um breve momento, tenho a vontade absurda de gritar "Pega ele, Xerxes!", mas desisto. Devo a mim mesma ouvir o que ele tem a dizer, mesmo que não seja por nenhum outro motivo além de colocar um fim a este relacionamento. Depois desta noite, nunca mais vou precisar ver Devin de novo — um fato que faz meu estômago se revirar, tanto pela decepção quanto por um alívio pesaroso.

Suspiro.

— Tudo bem. Sente-se. — Faço um sinal em direção à cadeira vazia de Brie.

— Quer que eu fique aqui? — pergunta ela, fazendo carinho nas penas do peito de Xerxes.

— Não, tudo bem. Eu lido com isso.

— Estou lá dentro, se precisar de mim. — Fazendo cara feia para Devin, ela faz o sinal de "V" com dois dedos, aponta para os próprios olhos e depois para ele, como se avisasse *estou-de-olho-em-você* antes de nos deixar sozinhos na varanda.

Assim que ela sai, Devin se abaixa para se sentar na cadeira abandonada de Brie, mas não me sento ao lado dele. Pegando o vinho, vou para o lado oposto da varanda, ficando de frente para ele, e me apoio contra a cerca de madeira. Ela range sob meu peso.

— Eu sei que o que aconteceu hoje parece ruim... — começa ele.

Bufo.

— Que eufemismo.

— ... mas nunca pretendi deixar que meu pai completasse o projeto.

A raiva se renova e inunda minhas veias, bato o copo metálico contra a cerca atrás de mim.

— Ah, é? É por isso que você estava na reunião? Para impedi-lo? Porque não ouvi você dizer uma única palavra contra o plano dele de *convencer a cidade a roubar a propriedade de seu irmão.*

— Eu não podia. Você sabe como é meu pai. Se eu rebatesse diante de um membro da Prefeitura de Cleveland, ele teria me demitido assim que a reunião terminasse. Ele não aceita ser questionado em público, nem mesmo por mim.

— E seria tão ruim assim, ser demitido? Por que você quer trabalhar com uma pessoa tão baixa, tão traiçoeira...

— Porque preciso se quiser continuar crescendo, ok? Sei que meu pai é um homem difícil, mas, se eu quiser assumir o negócio algum dia, preciso aguentar a merda dele.

— Então está dizendo que tudo bem trair seu irmão porque seu sucesso pessoal é mais importante que o dele — cuspo. — Sabe o que acho? Eu acho que você faria qualquer coisa pela aprovação de seu pai, porque você tem ciúmes de Perry e do fato de que ele não precisa contar com ninguém pelo próprio sucesso. — Com o maxilar travado, cruzo os braços diante do peito.

Devin se levanta bruscamente, as narinas infladas.

— Você não sabe o que preciso passar. Tudo que precisei fazer para me provar para meu pai *e* minha mãe. Minha mãe simplesmente não entende por que não sou mais parecido com meu irmão. E, quanto ao meu pai, ele nunca está feliz comigo. Nada que eu faço é suficiente. Você sabe o que é isso?

— Não, mas não justifica machucar as pessoas que você ama... a sua própria família.

— Eu disse para o meu pai desde o começo que a ideia dele é insana e que eu não aprovava o projeto.

— Mas continuou nele, mesmo assim.

— Eu não sabia que ele já tinha contatado alguém da prefeitura! Achei que a reunião de hoje seria só com nosso advogado, e que Frank descartaria a ideia na hora. Eu não fazia a mínima ideia de que a lei permite que o governo tome a propriedade de alguém, e menos ainda que um conselheiro gostaria da ideia.

— Saberia, se tivesse falado comigo desde o começo. Eu poderia ter dito a você que o plano de seu pai tem mérito legal. Mas você não falou. Assim como não falou com Perry. E por que isso, exatamente?

— Eu não queria que Perry se preocupasse a não ser que houvesse motivo para se preocupar. Há anos, meu pai tenta convencê-lo a largar o negócio, até já ofereceu várias vezes comprá-lo, mas nunca achei que ele iria tão longe para controlar a vida do meu irmão... Até mesmo usando uma oportunidade legítima de negócio como justificativa. E, como eu disse antes, nunca achei que a ideia iria a lugar algum. Ele faz isso, de vez em quando: tem um grande plano, fica todo empolgado a respeito, mas abandona a ideia rapidamente ao notar que os obstáculos são grandes demais. Achei que isso aconteceria dessa vez. Nunca pensei que ele iria tão longe.

Devin respira fundo.

— E a relação do Perry com meu pai sempre foi muito difícil. A festa de Quatro de Julho foi a primeira vez que meu irmão apareceu em alguma comemoração familiar do meu pai nos últimos dois anos, e eu não queria fazer esse progresso desaparecer. Não quero ter de escolher entre meu pai e meu irmão, quero que eles façam as pazes. Não quero dar mais motivo ao Perry para odiar nosso pai enquanto esse plano ainda pode não dar em nada.

— Você não consegue ver como isso é egoísta da sua parte? Mesmo que seu pai nunca leve a ideia adiante, Perry merece saber o quanto o próprio pai quer controlar a vida dele, mesmo que seu irmão corte relações com seu pai para sempre. Ninguém merece lidar com esse tipo de comportamento tóxico, nem da própria família. Você nunca considerou que, se Perry soubesse, talvez poderia confrontar o pai e isso poderia, quem sabe, levar a um entendimento entre eles? — Sacudo a cabeça. — Não, você nunca pensou em nada disso. E agora me forçou a ser cúmplice e não tem nada que eu possa fazer a respeito.

Devin se afasta e se senta na cadeira atrás de si, com o rosto pálido.

— Você tem razão. Me desculpe.

— Você contou ao Perry o que aconteceu hoje? — insisto.

— Sim. Liguei hoje à tarde quando voltei para o escritório.

Sinto meu estômago revirar.

— E o que ele disse?

— Um monte de coisas. Vamos ver… Que não acredita que eu tenha ficado do lado do nosso pai, que não entende por que eu faria algo assim com ele e, ah, meu favorito, que posso deletar o contato dele porque não somos mais irmãos — diz ele, derrotado.

— Você disse a ele que eu também estava na reunião?

— Deixei você fora disso.

— Por quê?

— Porque sou a pessoa de quem ele deveria ter raiva, não você. Não foi sua culpa ter acabado naquela reunião. Ao contrário de mim, você não tinha ideia do que ia acontecer — sacudindo a cabeça, ele cerra os dentes. — Não consigo acreditar que fui ingênuo o suficiente para acreditar que meu pai não seria capaz de ser escroto com meu irmão "pelo próprio bem dele". Porque tudo que ele faz, não importa o quanto magoe, é pelo nosso bem. Ao menos é o que ele sempre diz. — Bufando, ele soca o apoio da cadeira. — *Merda*, eu devia ter imaginado. Devia ter avisado Perry semanas atrás. Mas não, e agora… — A voz dele fraqueja, e Devin aperta as lágrimas brilhando nos cantos de seus olhos. — Agora arruinei a vida do Perry.

É, você meio que fez isso. Evito responder. A culpa vaza de cada poro da expressão dolorida de Devin. É evidente que ele se arrepende de suas ações, e não ajudaria — nem seria gentil — botar mais lenha na fogueira.

Suspirando, ando ao redor da varanda. Imagino o rosto de Perry quando Devin contou a notícia — a tristeza, a raiva, a traição em cada linha, removendo cada grama de felicidade de seus traços travessos. Tudo o que Perry queria era trazer alegria aos outros e, agora, ele pode perder sua amada floricultura *e* sua casa. Mordo a unha de meu polegar.

Tem de haver um modo de consertar isto.

Penso em meu relatório, nos casos de desapropriação que foram levados à corte em anos recentes. As brechas legais, os desafios bem-sucedidos...

Paro de andar a pouca distância de Devin.

— Talvez haja uma maneira de você ajudar Perry.

Devin suspira.

— Quando meu pai decide seguir um plano de ação, não tem como fazê-lo mudar de ideia.

— Não, não é isso. O poder da cidade de tomar a propriedade de Perry depende de provar que existe uma forte necessidade pública por este terreno em particular, o que pode ser sustentado se for provado que a propriedade tem potencial para ser confiscada. O fato de que Perry deve impostos é um fator contra ele. Mas, se ele pudesse fazer uma dedução significativa na dívida, diminuindo o valor, isso tornaria o caso da cidade de Cleveland muito mais complicado.

— E como ele poderia fazer isso? Ele mal tem dinheiro para pagar os funcionários, quem dirá pagar dezenas de milhares de dólares em dívidas.

— O que ele *tem*, porém, são conexões. Vocês dois têm — murmuro para mim mesma, pensando em todas as pessoas que vi na festa de Quatro de Julho. Uma ideia me acerta com a força de um Boeing 747 e arregalo os olhos. — E se Perry fizesse um evento... um festival para a comunidade?

— Como assim, tipo um festival de flores?

— Isso! — Estalo os dedos. — Mas poderia ser muito mais que isso. O tema poderia ser flores; ele poderia vendê-las, oferecer cursos de arranjo de buquês, consulta para eventos especiais, coisas assim. Poderia até cobrar uma taxa para artistas locais montarem mesas com a própria arte para vender no festival.

— Não sei se vai rolar... Meu pai disse que o encontro vai acontecer daqui a um mês. Planejar um evento assim, em tão pouco tempo, é praticamente impossível. Só para começar, o Perry ia precisar de uma autorização da prefeitura...

— Eu dou um jeito nisso.

— Certo, mas mesmo se conseguirmos a autorização a tempo, precisaríamos encontrar um monte de gente para assinar em uma ou duas semanas se quisermos que dê certo. Como acha que poderíamos fazer isso?

— Está falando sério? Você deve ser a pessoa mais charmosa na grande Cleveland. E conhece *todo mundo*. Não me diga que não acha que poderia convencer alguns negócios locais a participarem de um festival que poderia, com sorte, lhes render um pouco de dinheiro e novos clientes?

— Suponho que posso ser um tanto persuasivo.

— E como.

Os lábios dele se curvam, quase esboçando um sorriso.

— Marcus me deve um favor — diz ele, pensativo. — Talvez ele consiga convencer o dono do Zelma's a ser o principal fornecedor de comida e bebida do evento. Espere... — Beliscando o lábio inferior, os olhos dele vão de um lado para o outro. — Isso me deu uma ideia. Nem todo mundo gosta de flores, sabe. Quer dizer, se eu visse a propaganda de um "festival de flores", não daria pulinhos de alegria por aí. Mas e se dissermos que é um festival de flores *e cerveja*? Poderíamos convidar algumas cervejarias locais para montar barracas e fazer algumas degustações de cerveja. Isso com certeza traria mais pessoas.

— Isso. É. Genial — ofego.

— Posso procurar empresas patrocinadoras para diminuir os custos, como o banco Key, já que Jai e Anisha trabalham lá.

— Eu ajudo com a propaganda e o planejamento! Ficaria feliz de esboçar um logo, chamar vendedores locais, encomendar mesas, qualquer coisa que Perry precisar. Se falarmos com todas as pessoas que conhecemos e todos trabalharmos juntos, acredito mesmo que vamos conseguir fazer essa ideia funcionar.

Devin me encara cheio de expectativa.

— Você vai ajudar, então?

Abro minha boca para falar, mas nenhuma palavra sai. Sob um ponto de vista profissional, eu não deveria. Advogados têm o dever ético de representar apaixonadamente o interesse de seus clientes e, neste caso, as Empresas Szymanski é o cliente de minha firma. Mas, pensando agora, já finalizamos o trabalho que o cliente pediu: oferecer conselho legal a respeito de um caso de desapropriação. Se a prefeitura continuar com uma ação de desapropriação contra Perry, os advogados da cidade é que vão cuidar do caso, não nós. Mas é provável que a Smith & Boone não aprove o fato de eu ativamente sabotar os objetivos de um cliente, mesmo que a situação se configure como uma área cinzenta, eticamente falando. Se eles descobrirem, seria um bom motivo para não me oferecerem uma posição fixa…

Trinco os dentes. Dane-se. Algumas coisas valem o risco, e ajudar Perry é o certo a se fazer. Além do mais, tenho outra ideia que poderia ajudar o caso de Perry, e sou a única pessoa que pode colocá-la em prática. Só preciso manter meu envolvimento discreto para Frank não descobrir o que estou fazendo.

Engulo com dificuldade.

— Sim, vou ajudar. Mas não posso deixar que Frank nem qualquer outra pessoa na Smith & Boone descubra.

— Feito. — Devin sorri ao ficar de pé. — Obrigado, Cass. Não sei expressar o quanto aprecio o que está fazendo. — Indo em minha direção, ele estende os braços como se quisesse me envolver em um abraço. Eu cutuco o centro do peito dele com um dedo a fim de pará-lo.

— Vamos esclarecer uma coisa aqui. Isso *não* significa que estamos juntos. Eu aceito a explicação que você deu a respeito do projeto, mas não significa que eu consiga confiar em você de verdade depois de hoje. Preciso me afastar de… nós.

— Eu entendo. — Ele assente mas, ao olhar para mim, uma faísca brilha em seus olhos. — Suponho que só preciso ganhar de novo sua confiança.

Meu estômago revira. Sinceramente, não sei se vou conseguir confiar em Devin de novo da mesma maneira. É cedo demais. Mas dar uma pausa em nosso relacionamento é a escolha correta depois de tudo que aconteceu. Além do mais, sem as obrigações românticas — e o drama — vou ficar livre para me concentrar em ajudar Perry a salvar seu negócio. Posso lidar com os sentimentos depois.

— Veremos — digo, por fim.

Uma semana atrás, o sorriso deslumbrante que ele abre para mim me deixaria com os joelhos bambos. Agora? Não sinto nada além de uma leve pontada de culpa. Mas não estou prometendo nada a este ponto, então também não estou quebrando acordo algum.

Empurrando os ombros para trás, assinto uma vez.

— Para começar, vamos falar com Perry.

Devin fecha a cara.

— Ele definitivamente não quer me ver agora.

Pegando o celular de onde o deixei, ao lado da garrafa de vinho na varanda, abro o aplicativo de mensagens e vejo a última conversa que tive com Perry.

— Deixe comigo.

22

Devin me deixa diante da Blooms & Baubles uma hora depois.

— A porta do apartamento de Perry fica passando daquele lado ali. — Ele aponta para um portão estreito de ferro ao lado da loja, que eu não tinha notado até agora. Assentindo, desço do carro e fecho a porta. As nuvens se abriram e agora o sol está aparecendo no céu, fazendo-me apertar os olhos.

— Ei, Cass? — chama Devin, e me abaixo para olhá-lo pela janela aberta do passageiro. — Obrigado mais uma vez.

Forço um sorriso. Não estou fazendo isto por Devin, mas não quero lhe dizer isso.

— Depois eu conto o que ele falou.

— Vou ficar aqui esperando. — Ele levanta a janela.

Cruzo o familiar caminho que leva à Blooms & Baubles. Já passou das sete e a placa da loja diz "Fechado". Em vez de passar pela porta da frente como costumo fazer, abro o portão lateral e sigo em direção ao prédio por uma ruela estreita, até chegar a uma porta cinza e destrancada que revela uma escada interna que dá para uma porta branca — o apartamento de Perry no segundo andar. No topo da escadaria, sinto o cheiro salgado de frango e especiarias com a melodia distante de uma música vinda do lado de dentro. Ele definitivamente está em casa.

Erguendo o punho, hesito, pensando na mensagem que enviei a Perry uma hora atrás:

> Soube do que aconteceu. Sinto muito, mesmo. Podemos conversar?

Ele nunca respondeu.

Não posso culpá-lo. Até onde ele sabe, sou a namorada do irmão dele, o irmão que acaba de estragar a vida dele de modo fenomenal. Talvez ele ache que só quero conversar para defender Devin, o que eu imagino que ele não queira ouvir. Se eu fosse Perry, também não gostaria de falar comigo.

A decepção perfura meu corpo e esfrego o polegar nos nós de meus dedos. Vir até aqui foi uma escolha arriscada, mas preciso tentar. Se Perry quiser salvar seu negócio e sua casa, precisa agir, e agora. E não vou deixar que ele desista sem lutar. Só espero que ele esteja aberto para me ouvir.

Endireito as costas, tentando ser forte, e bato na porta. Um cachorro late de dentro — deve ser O Coronel. Dou um pulo. *O Coronel.* Não consigo acreditar que lembrei do nome dele pela primeira vez. A música para, passos se aproximam e a porta se abre para mostrar Perry, de pé em um corredor escuro.

Ele está descalço, usando os jeans surrados de sempre e uma camiseta, mas sua expressão é algo que nunca vi — a antítese do Perry que aprendi a conhecer e gostar. A felicidade se extinguiu de seus olhos como uma vela apagada, suas bochechas estão encovadas e os lábios estão curvados para baixo em uma expressão condoída.

— Ah, é você — diz ele, sem força. O Coronel pula de trás dele e sacode o rabo enquanto cheira meu tênis.

— Posso entrar? — pergunto.

— O Devin está com você? — Perry olha por cima do meu ombro em direção à escada vazia atrás de mim.

Engulo em seco.

— Ele está lá fora.

— Seja lá qual for a desculpa que ele pediu para você dar, não quero ouvir. — Dando um passo para atrás, Perry começa a fechar a porta, mas vou para a frente, bloqueando-a com o pé.

— Não estou aqui para dar desculpas por ele. O que Devin fez é errado. Ele deveria ter te contado a respeito do plano do seu pai desde o começo.

Perry franze o cenho.

— Por que você veio, então?

— Porque tenho uma ideia para salvar a Blooms & Baubles.

De lábios entreabertos, Perry me encara por tanto tempo que preciso resistir à vontade de me remexer. Finalmente, ele dá de ombros e abre a porta.

— Entre, então. Preciso avisar que não sou a melhor companhia no exato momento, porém.

Entro no apartamento e o sigo por um corredorzinho que leva a um espaço limpo e iluminado que consiste em uma cozinha e uma sala de estar. Um balcão comprido de madeira com uma pia de fazenda e um fogão de quatro bocas que passa por toda a parede de trás. É salpicado de vasos de plantas florescendo e dá de cara com a estufa do quintal e o bordo grandioso crescendo do lado de fora da cerca de madeira craquelada. Uma salada colorida de pratos, canecas e copos ocupa as estantes abertas que flanqueiam a geladeira branca cheia de ímãs, enquanto uma ilha de cozinha com uma tábua de corte funciona como mesa, com duas banquetas de encosto baixo que foram empurradas para debaixo da ilha.

Na sala de estar, tem uma televisão em um canto, entre o vaso de uma palmeira e uma lareira entalhada, com um espelho redondo e antigo acima dela. Duas poltronas, uma delas azul e de costas altas, a outra pequena, arredondada e verde-musgo, estão colocadas na diagonal, perto de um sofá de couro cor de conhaque contra uma parede cheia de pinturas e retratos — a galeria de Perry. Sinto um frio na barriga quando noto uma pintura na mistura eclética. Está perto do centro, um ponto claro e focal, iluminado por um par de claraboias mais acima.

O apartamento de Perry não é do jeito que eu imaginava que seria, mas, mesmo assim, combina perfeitamente com ele. A conexão profunda de sua família com o local é evidente em cada móvel usado; cada prato antigo que não combina entre si; e em cada tábua desgastada e arranhada no chão, alisada em algumas partes pelas inúmeras pessoas que passaram pelo mesmo caminho há décadas.

O Coronel trota até uma caminha de cachorro bege diante da lareira e se deixa cair na almofada de centro com um bufido, enquanto Perry vai até a mesa de café, grossa e de mogno, pega um prato com um frango meio comido e risoto e o deixa na pia. Os movimentos agitados dele me causam uma onda de nervos, e pairo no espaço entre a sala de estar e a cozinha, sem saber onde me sentar, onde ficar parada, ou se eu deveria lhe dar o abraço apertado do qual obviamente precisa. Escolho um meio-termo ao dar um passo adiante, cheia de hesitação.

— Como você descobriu o plano de roubar a minha propriedade, afinal? — pergunta ele, de costas para mim. — Não acredito que o Devin te contou.

Minhas coxas se retesam até doer.

— Ele não contou. Eu estava na reunião com seu pai e o conselheiro Truman, que aconteceu hoje mais cedo.

O prato que ele está lavando cai na pia e tilinta.

— *O quê?*

— Eu não sabia que encontraria Devin e seu pai, ou que um membro do conselho da cidade estaria lá. — Eu me apresso a explicar. — Meu chefe pediu que eu o acompanhasse, já que pesquisei recentemente a respeito de desapropriação, a doutrina legal que permitiria seu pai continuar com o plano, mas ele não me disse quem seria o cliente que encontraríamos ou para quê minha pesquisa serviria.

— Então você foi pega de surpresa tanto quanto eu — murmura Perry. — Sinto muito, Cass. Você não merece ser arrastada para o meio do meu drama familiar.

Eu me aproximo até a ilha de cozinha ser a única coisa entre nós.

— Por que você está pedindo desculpa? *Eu* que sinto muito. Seu próprio pai está tentando usar as conexões políticas dele para acabar com o seu negócio. Não consigo nem imaginar como você está se sentindo neste exato momento.

Virando-se em minha direção, Perry apoia o quadril contra o armário atrás de si, os dedos apertando a bancada.

— Estou furioso, sim, mas não estou surpreso. Meu pai tentou me controlar minha vida inteira. Mas o Devin... — Ele range os dentes com tanta força que o queixo treme. — Achei que ele estivesse do meu lado.

— E ele está — afirmo.

Perry me fuzila com os olhos.

Levanto as mãos em sinal de paz.

— Sei que é difícil de acreditar agora, e você tem todo o direito do mundo de ficar com raiva dele. Ele deveria ter contado o que o pai de vocês estava planejando. Ele mesmo admite isso. Devin não contou porque não queria te preocupar, porque achava que a ideia era tão absurda que nem seria possível de colocar em prática. O que foi errado, concordo — adiciono quando Perry parece ficar desconfiado. — O que importa é que ele está se sentindo mal com a coisa toda. Devin me disse que deveria ter percebido mais cedo que o pai de vocês faria qualquer coisa para controlar a sua vida, e se arrepende de não ter feito nada pra impedir.

Suspirando, Perry esfrega o rosto com a mão. A postura dele não parece tão tensa quando olha para mim, mas seu sorriso continua duro.

— Achei que você não estava aqui para inventar desculpas para ele.

— Você tem razão. Não estou. Mas acho, sim, que você deveria dar a ele a oportunidade de se explicar e se desculpar pessoalmente.

Perry fica quieto por um longo e tenso momento. Enfim, ele move os ombros e se afasta do balcão.

— Vou pensar no caso.

Eu respiro aliviada.

— Mas, primeiro, quero saber como você acha que posso salvar a Blooms & Baubles. Só que preciso avisar com antecedência que, se estava falando sério a respeito de vender um rim, não vou poder aceitar. Sou bem apegado ao meu. — Um quê de diversão passa pelos lábios dele, e o nó nas minhas entranhas fica um pouco mais leve.

— Não precisamos vender nada no mercado clandestino. Palavra de escoteira.

Pegando uma cerveja da geladeira, ele faz um sinal em direção a uma das banquetas ao redor da ilha da cozinha e me sento.

— Quer uma cerveja? — pergunta Perry por cima do ombro.

Sacudo a cabeça.

— Hoje não, obrigada.

Ele enche um copo com água gelada e o coloca na mesa diante de mim. Abrindo a tampa da cerveja com um *pffff*, Perry arrasta a outra banqueta para o lado oposto da ilha e se senta para ficarmos frente a frente. A ilha de madeira é comprida, mas estreita — só tem uns sessenta centímetros de largura, o que significa que, apesar de estarmos sentados em lados opostos, continuamos perto um do outro. Debaixo da mesa improvisada, o joelho de Perry roça no meu e vibro com o contato.

Não sinto como se estivesse na cozinha aconchegante de Perry, e sim de volta à beira do lago, deitados um ao lado do outro na grama, fingindo não notar como nossas peles roçam enquanto os fogos de artifício explodem no céu — ou na conexão inegável florescendo entre nós.

Perry beberica a cerveja. O movimento faz com que seu joelho se afaste, quebrando o contato, e *não*, não estou decepcionada. De jeito algum.

Abaixando o queixo, ele olha para meu rosto.

— Tudo bem, me conte.

Respirando fundo, começo a contar minha ideia do festival. Ele arregala mais os olhos a cada minuto. Logo, está inclinado para a frente, com os antebraços fortes apoiados na mesa e os dedos fechados. Só quando terminei percebo que estava espelhando a postura dele, inconscientemente, e que minhas mãos estão a um centímetro das dele. Ao notar, sinto uma onda formigante de calor se formar em minha barriga. Com as bochechas quentes, vou para trás, colocando uma mecha de cabelo atrás da orelha.

— Cass... isso... é... — Ele dá uma risada ofegante. — Você teve essa ideia toda do festival sozinha, *esta noite*?

Aceno que sim.

— Foi ideia do Devin de acrescentar a cerveja para ter patrocinadores corporativos, e acho que é uma boa ideia. Um evento comunitário bem divulgado, patrocinado por empresas, poderia trazer ainda mais clientes novos e você poderia ganhar um bom dinheiro em pouco tempo. Se puder pagar o que deve nos impostos, ou até mesmo fazer uma boa diminuição no valor, o caso da cidade ficaria muito mais difícil...

— Mas o restante da ideia... foi toda sua? — insiste ele.

— Há, bem, sim.

— Caramba — diz ele, ofegante. Os lábios dele formam um sorriso irônico ao me observar.

Resisto à vontade de me remexer diante da intensidade do olhar de Perry.

— E então? O que acha?

— Acho que você é a mulher mais impressionante que já conheci. — A voz dele é tão baixa que não tenho certeza se o ouvi direito. Então ele pisca e toma um longo gole de cerveja. — Mas não acho que a ideia do festival vá funcionar.

— Por que não? — gaguejo.

— Primeiro de tudo, não tenho uma quantidade tão grande de flores.

— E a estufa?

— Mesmo se eu a esvaziasse, ainda não teria estoque suficiente para acomodar tantos clientes.

— Você não poderia fazer uma encomenda extra no viveiro que mencionou?

— Talvez. Eu teria que falar com os donos para ver o que poderiam fazer. E, talvez, entrar em contato com alguns outros viveiros da área. Mas, mesmo se eu conseguir uma quantidade tão grande de flores, tem o custo. Eu teria de comprar tudo com antecedência, no crédito, e se o festival não funcionar e ninguém comprar flores, eu perderia dinheiro. É um risco. Sem contar que precisaria de ajuda para organizar todas as flores assim que as trouxer para cá. Tenho Alma, minha florista de meio-período, mas uma pessoa só não dá. As flores precisam ser preparadas e arranjadas poucos dias antes do evento para continuarem frescas, e não tenho a mão de obra para lidar com um trabalho tão grande em tão pouco tempo.

— Você tem a mim. Eu ficaria feliz em ajudar. Foi você que disse que nasci para fazer arranjo floral, lembra?

— Eu disse, não disse?

— E Devin poderia ajudar também, tenho certeza... Ele faria qualquer coisa para consertar a situação com você. Brie e Marcus também ajudariam.

O músculo do maxilar de Perry se retesa, um quê de raiva voltando na menção a Devin. Mudo o assunto rapidamente.

— E se você também tivesse vasos de plantas para vender, além dos buquês? As pessoas amam plantas, e os vasos não precisam de arranjos, só de água.

— Isso não é uma má ideia. Ajudaria a reduzir o tempo de preparo, com certeza.

— Tudo bem, digamos que consiga as flores e as plantas *e* a ajuda necessária... Acha que conseguiríamos encontrar vendedores a tempo? Sei que é bastante pressão, mas Devin disse que falaria com negócios locais por você, e eu ficaria contente em fazer ligações, insistir ou o que precisar que eu faça. Você conhece artistas locais que poderiam ter interesse em participar?

— Conheço artistas, tecelões, tricoteiros, fabricantes de velas, sopradores de vidro, escultores de madeira e tudo que puder imaginar. — Ele dá risada. — A maior parte dos criadores locais cujo trabalho vendo na loja provavelmente teria interesse, já que muitos deles costumam vender produtos em festivais, então teríamos já bem mais do que uma dúzia de vendedores.

— Ótimo. Não tem mais motivos para não mergulhar de cabeça. — Estico os braços bem abertos.

— Às vezes esqueço que você é advogada. É difícil discutir com você.

— Exato. Por que tentar, então?

Perry ri, e o som de sua risada me banha como se fosse caramelo derretido. Depois de um longo momento, ele fica em silêncio e sua expressão fica mais séria.

— Por que está me ajudando?

— Por que eu não ajudaria?

— Além da sua grande carreira de advogada e uma falta generalizada de tempo livre?

Meu estômago se contrai. *Como* vou equilibrar este festival com meu trabalho na Smith & Boone? Só tenho seis semanas como associada de verão e, se quiser que eles me convidem a ficar permanentemente, não posso parar de me esforçar agora… mas, droga, sobrevivi à faculdade de Direito. Mesmo que isso signifique dormir menos por algumas semanas — sem pintar —, eu consigo. Faço um gesto, deixando a pergunta de lado.

— *Pfff*. Deixe que eu me preocupo com isso.

— Sei que você e Devin estão namorando, mas você não deve isso a ele. Ou a mim. Ou a qualquer outra pessoa. Espero que não se sinta na obrigação de ajudar.

— Na verdade, não estamos mais namorando — digo afetadamente, sem olhá-lo nos olhos.

Ele enrijece.

— Não estão?

— Terminei com ele mais ou menos uma hora atrás. Nós demos um tempo… um tempo indefinido.

— Entendi — murmura Perry, com uma expressão indecifrável.

Minhas coxas ameaçam suar, então me remexo, desconfortável, na banqueta.

— Enfim… — Bato palmas. O som retumba no apartamento silencioso, e O Coronel acorda com um ronco. — Então, qual é sua opinião: o primeiro festival anual de Flores & Cerveja de Ohio City vai acontecer ou não?

Perry batuca os dedos na mesa, observando-me por um longo momento.

— Vai, talvez, *se* as estrelas se alinharem e conseguirmos juntar todas as peças a tempo. Ainda assim será um grande risco financeiro, mas, se houver uma mísera chance desse seu festival salvar o meu negócio *e* mostrar ao meu pai que ele não pode controlar a minha vida? Então vai valer a pena.

— Então é um sim?

Abrindo um grande sorriso, ele dá um tapa na mesa.

— Sim.

Eu dou um gritinho feliz. Não consigo me conter.

— O festival vai ser um sucesso. Já consigo sentir. — Pulando da banqueta, dou a volta na ilha da cozinha e o envolvo em um abraço apertado.

Os braços dele circulam minha cintura e ele me puxa para mais perto.

— Obrigado — murmura Perry, a respiração dele movendo meu cabelo contra o meu pescoço.

— Por quê? — sussurro.

— Por ser quem você é.

Sorrindo para mim mesma, expiro longa e lentamente, o que parece mais um suspiro. Eu *deveria* me afastar agora, me desconectar do abraço, mas algo dentro de mim resiste à ideia. Os braços dele são robustos e quentes contra minhas costas, e o cheiro forte e amadeirado dele invade meus sentidos. Depois da montanha-russa emocional que foi este dia, Perry é sólido e reconfortante como uma âncora. Não quero me afastar.

E, aparentemente... ele também não quer.

Os braços dele me apertam um pouquinho mais, e minha respiração prende em minha garganta. Perry continua sentado na banqueta alta, e estou de pé no meio de suas pernas. Nossos corpos estão tão encaixados que consigo sentir o subir e descer do peito dele como as ondas do oceano. Seu polegar acaricia o declive de minha cintura — um gesto pequeno, e, pelo visto, inconsciente — e meu coração acelera como um foguete.

O que estou fazendo?

Perry é *irmão* de Devin. E mal faz uma hora que terminei com Devin, e aqui estou... com meus braços ao redor de Perry e... eu... eu quero...

Não sei o que quero.

Algumas semanas atrás, eu achava que Devin e eu estávamos conectados num nível cósmico, já que o universo o colocou em minha vida como se fosse um presente de Natal embaixo da árvore. Mas, agora, não consigo ignorar que sinto algo muito diferente aqui com Perry. Algo que não consigo nomear — ou explicar. Mas também sinto culpa.

Devin acredita que pode reconquistar minha confiança — e reatar nosso relacionamento algum dia — e talvez possa, talvez não possa… E eu definitivamente, com certeza, sinto *algo* por Perry, o que me recuso a admitir porque, oi, é o *Perry* e…

Limpando a garganta, Perry solta um pouco o abraço. O movimento me faz despertar. *Certo*, nós estamos nos abraçando por tempo demais e já ficou constrangedor. Quando começo a retirar meus braços dos ombros dele, olho de relance para o rosto de Perry e *aaaah, merda, isso foi um erro*.

O desejo queima nas profundezas esmeraldas dos olhos de Perry como chamas gêmeas. Meus pulmões estancam. A intensidade do olhar dele me joga para trás e me traz para perto como uma borboleta que se aproxima de uma flor. Meus olhos se abaixam e encaro a linha sensual do lábio superior, elegante como um arco, e o lábio inferior carnudo e brilhante. Aposto que eles são incrivelmente suaves, como seda. Antes de que possa me conter, minha língua escapa e eu molho meus próprios lábios. As narinas de Perry inflam e os dedos dele agarram meu quadril, fazendo uma onda de calor se instalar em meu ventre.

— Cass? — murmura ele.

— Sim? — pergunto, ainda inebriada pela proximidade de Perry e a suavidade imaginada de seus lábios.

— Você está pisando no meu pé.

— Há? — Pisco várias vezes.

Erguendo as sobrancelhas, ele aponta para o próprio pé. E, de fato, estou pisando nele; meu tênis direito está cobrindo por completo o dedão do pé esquerdo dele. O horror me atinge como um balde de água fria.

— Ai, meu Deus. Desculpa. — Dou um pulo para trás rápido demais e a sola de borracha de meu sapato resvala no chão de madeira. Perry me segura pelo braço antes de eu me desequilibrar. A palma dele queima contra minha pele já quente.

— Tudo bem — diz em meio a um sorriso sarcástico. As bochechas dele estão coradas e seus olhos estão nebulosos de forma curiosa. Ele limpa a garganta pela segunda vez antes de largar o meu braço. — Bem, talvez eu deva falar com Devin.

Isso. *Devin.* Ele continua lá fora, esperando para saber se Perry o perdoará ou não.

— Sim. Boa ideia. Vou avisar que você quer vê-lo quando eu estiver indo embora.

Ele franze o cenho.

— Você não vai ficar?

— Acho que não deveria. — Alisando a camiseta, começo a me afastar em direção à porta. — Tenho certeza de que vocês têm um monte de coisa para conversar, e não quero me meter. Podemos começar a planejar o festival amanhã.

— Espere aí. Cass? — Perry chama quando já estou quase chegando ao corredor. Ele atravessa o espaço entre nós em cinco passadas largas e para diante de mim. Minha boca fica seca quando vejo seus olhos verdes e brilhantes.

Soltando a respiração, ele esfrega a nuca.

— Falo com você amanhã.

— Tchau.

Eu meio que corro para fora do apartamento de Perry e não diminuo a velocidade até chegar à ruela. Encosto na parede de tijolos do prédio ao lado e coloco a palma da mão no centro do peito, encarando o céu que já está escurecendo. Nas próximas quatro semanas, estarei em contato constante com Devin *e* com Perry para ajudar a planejar o festival que talvez salve a Blooms & Baubles. E no meio disso tudo, não posso deixar que a Smith & Boone descubra o que estou fazendo.

Então estes sentimentos farfalhando em meu estômago, que certamente não quero nem preciso, devem ser colocados de lado. Há muita coisa em jogo e muitas ações a serem tomadas em muito pouco tempo para ter sentimentos por qualquer pessoa, quem dirá a pessoa mais inconveniente do mundo.

Já passou da hora de eu parar de sonhar com relacionamentos e romance e focar na única coisa que *posso* controlar: minhas escolhas. Eu me afasto da parede, abro o portão e marcho em direção ao carro de Devin, que continua estacionado no mesmo lugar de meia hora atrás.

Hora de dizer que ele pode fazer as pazes com Perry, afinal.

E, amanhã, o planejamento do festival vai começar de verdade.

23

𝒜 caixa com todo o material do caso Ervin me encara como um mau-olhado do canto da minha mesa. Maldito seja o réu por fornecer cópias impressas de seus registros em vez de cópias digitais. Vou demorar o dobro do tempo para avaliar tudo.

Faz uma semana desde que Andréa trocou Mercedes e eu de volta para nossos grupos originais, e três semanas desde que comecei ajudar Perry a planejar os dois dias do Festival de Flores & Cerveja para salvar a floricultura, e tenho uma montanha de tarefas para fazer no trabalho. Mas meu e-mail pessoal me chama, junto às tarefas aparentemente intermináveis que ainda precisam ser cumpridas antes da abertura do festival no próximo sábado, em menos de uma semana. O que uma associada-de-verão-e-planejadora-de-eventos precisa fazer?

O fato de termos chegado tão longe já é um milagre. Mais de vinte artesãos e outros fabricantes locais compraram estandes no evento, além de já termos música ao vivo programada para cada dia. O bar do Marcus — o Zelma's — vai vender comida, três microcervejarias assinaram contrato para vender cerveja e oferecer degustações, e mais de mil pessoas marcaram presença no evento do Facebook.

Mas ainda faltam alguns aspectos principais, tipo quem vai fazer a cobertura do evento, e a própria autorização da prefeitura.

Verifico meu celular pela milésima vez esta manhã. Nenhum e-mail novo.

— Pelo amor de Deus, Val, não fura comigo — digo entredentes.

Chamei a Val três semanas atrás, na segunda-feira seguinte depois de Perry, Devin, Brie, Marcus e eu passarmos o fim de semana inteiro planejando o Festival de Flores & Cerveja. Planejamos todo o cronograma e tudo que tínhamos de fazer. Minha primeira tarefa? Ajudar Perry a preencher a papelada de inscrição e contatar uma antiga amiga da faculdade de Direito — que por acaso trabalha no Departamento de Licenças e Zoneamento de Cleveland — para ver o que ela poderia fazer para agilizar o pedido. Tive *muita* sorte ao encontrá-la na festa de Quatro de Julho; ela ficou bem feliz de ajudar.

O problema é que a prefeitura funciona devagar mesmo com as melhores conexões, por isso estou roendo as unhas de ansiedade desde então. Sem a autorização para fechar o quarteirão da West 28th no fim de semana inteiro, todos os nossos esforços terão sido em vão.

Com um suspiro, alcanço a caixa do caso Ervin. Hora de trabalhar no meu emprego de verdade. Não deixei de fazer nada, mas também não estou fazendo hora extra como estava fazendo antes. Andréa não disse nada, mas tenho certeza de que já percebeu que minha carga horária diminuiu... Mesmo que meu trabalho continue igual.

Mas, pelo menos, estou *feliz*. As últimas semanas que passei ajudando Perry e Devin a planejarem o festival têm sido as melhores do meu verão inteiro. É bom que eu tenha algo todos os dias que não envolva trabalho, e sinto que estou fazendo uma diferença real para alguém além dos nossos clientes aqui — que, sejamos sinceros, têm dinheiro o suficiente para manter mansões de dar inveja ao Leonardo DiCaprio.

Meu celular toca assim que pego a primeira pilha de papéis, e quase derrubo a caixa da minha mesa na pressa de checar as notificações. Fico com o coração na garganta. Tenho um único novo e-mail, e é da Val. Prendo minha respiração e leio a resposta o mais rápido possível.

> Oi, Cass,
>
> Espero que você esteja bem! Só queria te avisar que consegui confirmar a inscrição do seu amigo, e o evento de fim de semana que ele propôs (14/8, sábado, e 15/8, domingo, das 12h às 17h) foi aprovado.
> Ele deve receber a autorização oficial até o fim do dia.
> Parabéns!
> Val
> P.S.: O festival parece ótimo, não vejo a hora de te ver lá!

— Isso! — Dou um gritinho baixo de felicidade.

Eu me preparo para ouvir a tosse crítica de sempre, mas meu cubículo segue em silêncio. Olhando por cima do ombro, fico de cenho franzido ao ver a escrivaninha vazia de Mercedes. *Hum.* Mercedes anda meio quieta nas últimas semanas. Parece que nós duas chegamos a um estado superficial de cortesia e evitação geral como colegas de cubículo, o que para mim é ótimo. Já tenho coisas demais para pensar para ter de me preocupar com gente grosseira no trabalho.

Afastando-me da escrivaninha, fico de pé. Preciso ligar para Perry.

Bom, não *preciso*. Eu poderia só mandar uma mensagem. Mas este tipo de notícia merece uma ligação, não? E daí que a ideia de ouvir o teor suave da voz dele faz meu coração dar pulinhos?

Engolindo em seco, vou até o banheiro feminino com o celular na mão. Cubículos não são exatamente um lugar privado, e não gosto de fazer ligações pessoais no trabalho — e não gosto, em particular, que elas sejam a respeito do festival, já que estou tentando evitar que descubram o meu papel de organizadora. Apesar de não estar mais trabalhando com Frank Carlson no grupo de lei pública, todo cuidado é pouco.

Quando chego ao banheiro, olho ao meu redor brevemente para conferir se estou sozinha e ligo para Perry. Ele atende depois do primeiro toque.

— E aí, Cass, tudo bem? — A voz sedosa faz minha boca se curvar em um sorriso como se fosse um barbante puxado.

— Ah, não sei. Só acabei de receber a melhor notícia de *todas*.

— Os Browns ganharam o Super Bowl? Ah, não, espere, a temporada nem começou. Deixa pra lá. O que foi?

Dou risada.

— Lembra da amiga que falei, a que trabalha no Departamento de Licenças e Zoneamento da prefeitura? Acabei de saber que ela conseguiu agilizar a sua inscrição para o evento e você vai receber a autorização até o fim do dia. O Festival de Flores & Cerveja de Ohio City está oficialmente de pé.

— Sério? Cass, isso é maravilhoso. Você faz milagres.

— Faço o que posso.

— Eu diria que você faz muito mais do que isso.

Mordo meu lábio inferior no meio de um sorriso.

— E como está indo a procura por patrocinadores?

— Tudo ótimo. Na verdade, também tenho boas notícias. Mikey já falou com a concessionária dele hoje de manhã: concordaram em participar. O que leva o número de patrocinadores a um total de cinco, incluindo o Banco Key. E todos concordaram em cobrir o custo das barracas, sinalização e a taxa da licença do evento contanto que os logos deles estejam em evidência em todo material promocional.

— Isso... é... incrível! — Dou um soco no ar, fazendo uma dancinha de vitória. Também faço uma anotação mental para rever minha opinião a respeito de Mikey; talvez ele não seja tão estúpido assim, afinal. — Estamos *arrasando* nesse planejamento de festival — cantarolo.

— *Você* está arrasando. Você desenhou o logo do evento, conseguiu um acordo excelente para as mesas e para o aluguel das barracas, acompanhou se os artistas e as cervejarias haviam pagado as taxas dos estandes e agora conseguiu a licença de que precisávamos. Nunca teríamos conseguido fazer tanto sem você.

Minhas bochechas coram enquanto me regozijo com as palavras dele. Meu celular apita e pisco, vendo um número familiar na tela.

— Ah, olha, preciso desligar. Meu padrasto está ligando.

— Sem problema. Ei, você ainda vai vir à reunião de preparação na quinta? Com todas as flores adicionais que vou receber, é o tipo de situação em que toda ajuda é bem-vinda para finalizar a tempo para o festival. Eu apreciaria muito se você viesse, se tiver tempo.

— Claro. Não perderia por nada.

— Você é a melhor. — As palavras dele inundam meu coração com uma onda de felicidade que corre por minhas veias como mel.

Sorrio para o meu próprio reflexo.

— Até mais tarde. — Tocando a tela, mudo para a nova ligação. — Oi, Rob — digo, apoiando-me contra a pia.

— Oláááá, você — Meu padrasto alonga as palavras. — Como vai a grande advogada?

— Vou bem, obrigada. Como vai meu corretor favorito?

— Nada para reclamar. Estou ótimo, tudo vai bem. É um belo dia para estar vivo. — Dou uma risadinha ao ouvir a resposta de Rob, que é sempre a mesma, não importa o clima. — Então, sabe aquela busca de propriedade que você me pediu para fazer? Achei algo interessante.

Eu me endireito.

— Ah, é?

— Encontrei dois prédios comerciais vazios em Buckeye-Shaker à venda, cujos valores estão abaixo do preço do mercado. Exatamente o que você estava procurando.

— Parece perfeito. Como eles estão?

— Um pouco abatidos, mas dão para o gasto. Um deles costumava ter consultórios médicos e o outro era alugado por uma igreja. Passei lá hoje mais cedo para vê-los e a estrutura está boa. A maior parte do trabalho que precisa ser feito é apenas no acabamento. O dono está se aposentando e queria se livrar dos dois o mais rápido possível, então tenho certeza de que ele aceitaria uma oferta abaixo do valor. Você vai me contar por que quer saber tudo isso? Está planejando mudar de carreira em segredo e virar corretora imobiliária? Sabe de uma coisa, não responda. Sou incapaz de manter segredos da sua mãe. Ela sabe todos os sinais.

Dou risada.

— Não. Só estou tentando dar à prefeitura de Cleveland algumas novas ideias de locais para uma faculdade comunitária, para evitar que cometam um erro enorme.

— Que misteriosa. Mal posso esperar para ouvir a história inteira.

Alguém puxa a descarga e meu coração dispara dentro do peito. *Ah, meu Deus. Não estou sozinha.*

— Obrigada de novo, Rob. Ligo mais tarde.

— Tudo bem, t...

Desligo ao mesmo tempo em que a porta de uma das cabines se abre para revelar Mercedes. Minhas panturrilhas se contraem. Eu não tinha notado que a última cabine estava ocupada, *droga*. O sorriso dela é grande demais quando anda tranquilamente em direção à pia ao meu lado e começa a lavar as mãos.

— Oi — cumprimenta ela.

— Oi — repito. Meus ombros estão tensos, mas os obrigo a relaxarem enquanto recoloco o grampo segurando meu Cachinho Rebelde. Talvez ela não tenha ouvido nada...

Sacudindo as gotas de água das mãos, ela puxa uma toalha de papel do rolo entre nós.

— Então, que história é essa de você estar procurando propriedades para a prefeitura de Cleveland? Que trabalho é esse que Andréa te pediu?

Desculpe, não teve como não ouvir a conversa. — Ela dá uma risadinha entre os dentes.

Ouvir? Espiar agora mudou de nome.

— Nada. Só um projeto meu. É pessoal.

— Ah, porque por um segundo achei que tivesse algo a ver com as Empresas Szymanski e a proposta que fizeram à prefeitura para ter uma nova faculdade comunitária na West 28th com a Providence.

A cor se esvai do meu rosto. Roger pediu que Frank continuasse trabalhando no assunto? Deve ter, e Frank deve ter passado a tarefa para Mercedes. *Merda*. Forço meus olhos a se arregalarem no que espero parecer inocência.

— Não. Nada a ver.

— Ah. Tudo bem. — Estudando o próprio reflexo no espelho, Mercedes penteia o cabelo com os dedos, aumentando o volume na raiz. — Boa sorte com o seu… o que era mesmo? "Festival de Flores"? Estou surpresa que tenha tempo para se voluntariar a fazer parte de um comitê de planejamento, com sua carga horária. Andréa deve ficar impressionada.

— O que faço na minha vida pessoal não é da sua conta, Mercedes.

— Mas você não está na sua vida pessoal neste exato momento, está? Aqui está você… fazendo ligações pessoais. — Os olhos dela cintilam com algo suspeito, que parece vitória.

Algo muda dentro de mim, e toda a frustração e raiva que ela causou em mim durante todo o verão voltam à superfície. Não acredito que pensei que fazer um acordo de paz com Mercedes seria uma boa ideia. Estreitando os olhos, a encaro.

— Qual é o seu problema? Você é horrível comigo desde nosso primeiro dia aqui. O que foi que eu fiz para você?

Os lábios dela se abrem e, por um momento, Mercedes parece perplexa. Então fecha a boca, a expressão gélida de sempre voltando ao seu lugar.

— Não seja tão dramática. Só não quero bancar a amiguinha com a competição. Não posso me dar ao luxo de me sentar por aí e trançar o seu cabelo ou algo do tipo e esquecer o motivo pelo qual nós duas estamos aqui: conseguir um emprego permanente. Existe uma chance ínfima de nós duas sermos escolhidas como associadas de primeiro ano. Eu *preciso* ser escolhida. Nem acho mais que você queira a vaga tanto assim.

As palavras me atingem como um tapa e dou um passo atrás, bamboleando.

Ainda *quero* trabalhar na Smith & Boone? Óbvio que sim.

Claro, estou pensando cada vez mais sobre o festival de Perry — anotando ideias e lembretes de quando eu deveria pesquisar a legislação pertinente, rascunhando os designs para os sinais nas margens dos meus cadernos, sonhando acordada a respeito do impacto que o festival pode causar no meio das reuniões. Mas conseguir um trabalho em um escritório de elite é o motivo pelo qual me esforcei tanto a vida inteira. As últimas três semanas foram uma exceção — um projeto de verão antes da carreira de verdade começar no outono.

Mas se minhas ações fizeram Mercedes pensar que não estou mais interessada em receber uma oferta de trabalho permanente, o que será que Andréa pensa? Ou Glenn Boone? Estou estragando minha oportunidade de uma carreira bem-sucedida no momento mais importante?

Mercedes joga o cabelo para trás, me trazendo de volta ao presente.

— Enfim, não se preocupe. Não vou contar a Andréa a respeito do seu *projetinho extracurricular*. — Ela acena com descaso na direção do meu celular, que sigo agarrando com meu punho já branco. — Eu não preciso contar.

Ela abre um sorriso maldoso.

Droga, o que isso significa? Ela sabe de algo que não sei ou está blefando?

Com um último olhar imperial, ela marcha para fora do banheiro, me deixando sozinha com uma sensação inescapável de mau agouro. Preciso me cuidar, agora mais do que nunca. E trabalhar mais se não quiser que Mercedes dê o bote e pegue o trabalho das minhas mãos. Só espero que, a este ponto, meu esforço seja o suficiente... e que Mercedes fique bem, bem longe de mim.

24

Na quinta-feira seguinte, entro na Blooms & Baubles com as pernas doloridas por ter corrido durante quase todo o trajeto entre a loja e o escritório. Mal consigo acreditar que estou duas horas atrasada, mas Andréa precisava de ajuda para preparar um interrogatório, então é claro que fiquei. Só espero que meu atraso não tenha afetado os arranjos florais de Perry, que precisam ficar prontos para o festival deste fim de semana.

A porta da loja está destrancada, mas a loja em si está tão escura e vazia quanto a rua. Talvez Perry esteja fazendo a reunião nos fundos. Colocando a bolsa no ombro, atravesso a loja até a sala que diz "Somente Funcionários". Quando abro a porta, luzes brilhantes me cegam por um segundo, e estreito os olhos.

— Oi, gente, desculpa a demora. O que perd… *ah*! — Minha voz se esvai quando dou de cara com uma montanha de puro músculo.

Olho para cima para ver a cara cheia de sulcos de um estranho de meia-idade pairando sobre mim, dou um pulo para trás de imediato. A cabeça dele está raspada e ele tem uma cobra do tamanho de um punho tatuada no pescoço, bem acima do colarinho de camiseta cinza com o logotipo da Script Ohio. Minha respiração some e eu congelo.

— Ei, Cass, você chegou! — Perry me chama de trás desse homenzarrão diante de mim, e meu coração volta a bater. — Esse é o Chuck.

Chuck? Ah, isso, Chuck.

— Você é o entregador de Perry. — Quase rio de alívio. Eu sabia que Chuck era um ex-detento, mas não esperava que ele parecesse, bem, saído do *Cidade Alerta*. Mas se Perry o contratou, confio nele. A aparência não é tudo, afinal. — Oi. Meu nome é Cass.

— Prazer. — A voz dele é rouca, mas o sorriso é gentil, ainda que um tanto hesitante.

Uma mulher mais velha com cabelo curto, preto e grisalho e várias ruguinhas ao redor dos olhos castanhos e suaves aproxima-se de Chuck.

— Essa deve ser a famosa Cass. Finalmente nos conhecemos. — Ela estica uma mão bronzeada na minha direção, e trocamos um aperto. — Alma Fernandes. Conheço Perry desde que ele ainda usava fraldas.

— Alma — grunhe Perry.

— O quê? É verdade.

— Você é a florista de meio-período, certo? — pergunto.

— Não seria só meio-período se meus netos não me ocupassem tanto. Minha filha acabou de ter o terceiro filho em maio e, com três bebês com menos de quatro anos, ela precisa de toda a ajuda que puder. — A risada límpida dela me faz sorrir. — Achamos que você chegaria mais cedo. O que aconteceu?

— Precisei fazer hora extra no trabalho.

— Limites, querida. É importante colocar limites. Se não colocar, os chefes pisam em cima de você. Né, Perry?

Olho por cima do ombro de Alma, em direção à porta aberta onde Perry está sentado no canto mais afastado. Os lábios dele têm um espasmo, como se estivesse contendo um sorriso, e ele assente, solene.

— Alma não deixa que eu passe nem um centímetro do limite.

Ela dá risada.

— Só estou pegando no seu pé. Perry é dos bons. Licença — exclama ela de repente, e dou um pulo. — Não pense que não te vi tentando fugir, Chuck. Você vai jantar na minha casa hoje, não quero nem saber.

Estava tão focada em Alma que não notei Chuck passando por mim em direção à loja. Ele congela a alguns passos de mim, torcendo os lábios.

— Alma, francamente. Você não precisa me alimentar. Tenho sobras de pizza...

— Pizza gelada como janta? Não na minha frente. Fiz ensopado de carne na panela elétrica e não tenho ninguém para comer comigo. Vou até fazer uma marmitinha para você comer amanhã. Então vamos, sem discutir. Vamos.

Dou um passo atrás para deixar Alma passar.

Chuck revira os olhos, mas não consigo deixar de notar seu sorriso a contragosto.

— Quer um conselho? — diz ele para mim. — Nunca discuta com Alma. Ela sempre tem razão.

— Não sei, hein — fala Perry. — Ela nunca deu de cara com Cass. Alma, acho que você finalmente encontrou uma rival à altura.

As sobrancelhas de Alma pulam quando ela me olha de cima a baixo.

— É mesmo? Você deve ser uma fera, então. Eu aprovo. Quero te conhecer melhor, Cass. Você vai ao festival este fim de semana, né?

— Claro — respondo.

— Nós nos vemos lá, então. Vem, Chuck — acrescenta ela. — Um ensopado de carne não espera por ninguém. — Dando o braço para ele, ela o guia em direção à porta da frente.

— Tchau — exclamo.

Chuck acena por cima do ombro e ambos desaparecem na loja escura. Sorrindo para mim mesma, volto para a sala dos fundos e deixo minha bolsa cair no chão. A porta se fecha atrás de mim com um estalido pesado e o meu estômago tem um baque agora que tenho o panorama do lugar.

Está vazia, exceto por Perry... e uma quantidade enlouquecedora de baldes cheios de buquês em todos os tons possíveis, do branco rosado à tangerina e do rosa-bebê a um escarlate profundo. Deve ter ao menos trinta baldes abarrotados no chão, mesa e balcão da sala traseira, cheios de inúmeros buquês. Tem ainda mais nas unidades de refrigeração na parede — é provável que haja centenas de arranjos, no total.

Solto um grunhido, apesar de estar maravilhada com a visão.

— Cheguei tarde demais, né?

— Cass. Você nunca chega tarde demais. — O sorriso que ele me dá faz até os dedos dos meus pés formigarem, apesar da crescente culpa que sinto. Vai ser assim durante minha carreira inteira? Sacrifícios pessoais, pular obrigações e chegar perpetuamente atrasada aonde for?

Andando na ponta dos pés ao redor dos baldes, passo entre os cestos até chegar onde Perry está, e me deixo cair na cadeira vazia de metal ao seu lado. Gesticulo, apontando para a sala.

— Quero dizer, cheguei atrasada para ajudar com os arranjos e agora você já acabou.

— Relaxe, sério. Você já fez tanto por mim. E, além do mais, tive um monte de ajuda. Marcus e Brie ficaram aqui por uma hora, lá pelas seis, e com eles, Alma, Chuck e Devin, conseguimos fazer tudo bem mais rápido do que achei.

— Devin veio aqui?

— Desde as cinco. Ele acabou de sair para trazer comida.

— Ainda assim, eu queria ter vindo também. Eu teria preferido ficar fazendo buquês ao que eu estava fazendo, acredite em mim.

Ele torce o nariz como mostra de simpatia.

— Dia difícil no escritório?

Suspiro frustrada.

— Sempre é. Mas essa noite foi só… — Solto um som enojado com a garganta e me viro para ficar totalmente de frente a ele. — Eu tive que ajudar a minha chefe a se preparar para o julgamento amanhã, então estávamos revisando deposições e repassando as perguntas do interrogatório e percebi… que *não me importo*. Não me importo que nosso cliente tenha sido processado por um ex-empregado por demissão indevida porque, falando sério, nosso cliente é um escroto. E a única razão pela qual estamos indo a julgamento é porque ele se recusou a fazer um acordo, embora pudesse facilmente ter pagado o valor que o autor estava devidamente pedindo. Quer dizer, sei que todo mundo tem direito a uma representação apaixonada, e que é nosso trabalho, como advogados, apresentar a evidência e nos esforçarmos para que o caso de nosso cliente seja o mais forte possível e então deixar que a corte decida o resultado, mas é *exaustivo*. Ainda mais quando não me vejo fazendo o bem para ninguém além do nosso cliente rico que acha que pode qualquer coisa, entende?

— Humm. — Perry assente, pensativo. — Definitivamente, parece que seu dia foi difícil. Tudo bem, dá meia-volta. — Ele gira o dedo no ar.

— Há, quê?

— Vá, gire a cadeira. Acredite em mim, você está precisando. — Fico meio de pé, e ele arrasta a cadeira até as costas ficarem de frente para ele. Quando me sento, os dedos dele se fecham ao redor de meus ombros. — Perry, você não precisa… *aaaaargh*, tudo bem, só alguns minutos.

Não consigo lembrar a última vez que me fizeram uma massagem, muito menos da última vez em que um cara bonitinho fez uma massagem em mim. Ben não era muito generoso com o assunto — se eu pedisse, ele faria uma muito a contragosto, e cansava depois de alguns minutinhos. E, nas poucas semanas em que namoramos, Devin nunca ofereceu nenhum tipo de massagem casualmente: nas costas, nos ombros ou em qualquer outro lugar.

Afundo na cadeira enquanto os dedos fortes de Perry amassam os músculos endurecidos de minha nuca, e meus cílios se fecham. Meu Deus, como eu precisava disso.

— Chega de falarmos sobre mim. Como foi o seu dia? — Minha voz está tão lânguida quanto os meus membros.

— Corrido, mas bom.

— O que você fez? Além de tudo isto. — Aponto para as flores com meu pé.

— Vejamos… bem, acordei cedo, lá pelas sete. Tomei banho. Tomei café da manhã: uma rosca de trigo com abacate e manteiga de amendoim. Levei O Coronel para passear…

Faço um som de desaprovação.

— Não foi isso que eu quis dizer.

— Ah, você não queria saber cada minuto mundano do meu dia? — Ele dá uma risada suave e o som suscita borboletas no meu estômago. Entre a voz forte e os dedos espertos, devo estar a uns três segundos de derreter e virar geleia. — Bem, entre os pedidos e os clientes, finalizei o cronograma dos voluntários do festival.

Meus olhos se abrem e me sento direito.

— Ah, é? Posso ver? — Não quero que ele pare, mas estávamos batendo a cabeça a respeito do cronograma dos voluntários pelas últimas duas semanas. Estou morrendo de vontade de ver como ficou.

— Claro.

Os dedos dele se distanciam da minha nuca e giro a cadeira para olhar para a escrivaninha. Dou uma olhada de relance no rosto de Perry enquanto ele se estica para alcançar o laptop antigo e pesado. O cabelo castanho está bagunçado, como se tivesse passado os dedos nele muitas vezes durante o dia, e as maçãs do rosto estão coradas. Nossas cadeiras estão tão perto uma da outra que a perna dele toca na minha quando ele vira o laptop de frente para mim, e engulo em seco.

Na tela, há uma planilha bem organizada.

— Nós tínhamos catorze voluntários ao todo: oito no sábado e seis no domingo, sem contar Alma e Chuck. Pensei que vamos precisar de voluntários que trabalhem na bilheteria em pares, caso alguém precise sair por qualquer motivo que seja, e decidi que cada par deve trabalhar em turnos de uma a duas horas — explica ele.

Estudo a planilha e sorrio ao ver uma lista de nomes conhecidos: Jai e Anisha, Brie e Marcus, Mikey e Gavin. Mas também tem um monte de nomes que não conheço.

— Quem são todas essas pessoas?

— Amigos. A maioria é da época do ensino médio, mas outros são da nossa liga de softball.

Meu coração fica quentinho ao ver quanta gente na vida de Perry se organizou para ajudá-lo em um momento de necessidade — até Mikey, que tem a língua maior que a boca.

— E a Alma e o Chuck, então? O que eles vão fazer? — pergunto.

— Alma vai ficar na loja enquanto cuido do estande da Blooms & Baubles do lado de fora. E Chuck vai cuidar de montar e desmontar as barracas nos dois dias e cuidar do estande da Blooms & Baubles quando eu precisar descansar.

Assinto.

— E eu? Meu nome não está lá.

— Achei que você poderia ser a coordenadora extraoficial junto a Devin. Ajudaria se tivéssemos alguém para direcionar os voluntários e vendedores, anunciar quando os shows estão prestes a começar, corrigir qualquer problema que aparecer, coisas assim.

Ergo as sobrancelhas.

— Tem certeza de que consigo lidar com algo tão importante? — Com minha memória de curto prazo ainda meio ferrada, não sei se eu seria a melhor escolha.

— Você praticamente planejou tudo. Não consigo pensar em uma escolha melhor.

Enrubesço.

— Eu adoraria, então. Você pode anotar meu nome para os dois dias. — Algo cutuca minha memória. — Ah, espere um segundo.

Pulando da cadeira, busco a bolsa que deixei ao lado da porta. Volto para a cadeira e a posiciono no meu colo. Escavo até o fundo, tirando a carteira, a garrafa de água e um caderninho de bolso, e deixo tudo sobre a mesa de Perry enquanto ainda procuro.

Perry pega meu caderno e seus olhos aumentam de tamanho ao segurá-lo.

— Posso?

Sinto meus nervos beliscarem minha coluna e umedeço os lábios.

— Claro.

Observo Perry folhear o caderno cuidadosamente. Ele para em um dos desenhos, estudando-o com atenção. Por fim, vira o caderno para mim.

— Amei este — afirma ele, tocando na página. — Quem é?

— Só uma senhora que vejo perto do escritório de vez em quando. Às vezes, vou almoçar no banco que fica ao lado do rio, e ela está lá.

O rosto cheio de rugas está inclinado para o lado, seus olhos fundos focados em algum lugar distante, as mãos vincadas agarradas ao topo da bengala.

— Ficou lindo. Estou tão feliz de te ver desenhando de novo.

— E pintando, graças a você.

Sinto o rubor subir pelo meu pescoço quando ele sorri para mim, e me apresso a voltar à tarefa que tenho em mãos: encontrar meu celular. Quando enfim localizo o aparelho no fundo da bolsa, Perry devolve o caderninho e jogo a carteira e as chaves de volta aos seus lugares. Deixo a bolsa cair no chão e mordo o interior de minha bochecha conforme abro o aplicativo de calendário.

— Putz, eu tinha razão. Talvez eu tenha que sair cedo no sábado. — Olho para Perry. — Eu estava para contar que um dos sócios pediu para que nós lembrássemos de não marcar nada este sábado do meio-dia às oito, porque vai ter um evento idiota, mas é obrigatório, e com tudo que aconteceu, acabei esquecendo. O evento deve durar só umas duas ou três horas, mas não sei o que vamos fazer ou que horas vai começar. Eles vão anunciar os detalhes amanhã. Desculpe, não vou poder estar lá o tempo todo.

— Pare de pedir desculpas, Cass. Você fez mais do que qualquer outra pessoa. Dedicar seu fim de semana inteiro ao festival é demais. Então agradeço pelo tempo que conseguir passar lá, não importa quanto tempo seja. — Perry cobre minha mão com a dele, ambas sobre o meu joelho. Tento não notar como o canto do mindinho dele roça contra a pele aparecendo por baixo da barra de minha saia. Encaro os dedos longos dele... e franzo o cenho. Tem arranhões finos e vermelhos machucando a pele levemente bronzeada.

— Nossa, o que houve com sua mão? — Eu tomo a mão dele e a levo para cima, mais perto da luz.

— Males do ofício. — Ele abre um sorriso irônico. — Espinhos de rosa. Tenho uma ferramenta para tirá-los dos caules, mas eles são uns filhinhos da puta. — Virando a mão, observo a palma dele. Outros arranhões cor-de--rosa e vermelhos fazem zigue-zague em seus dedos. Estremeço. Mesmo que os cortes não sejam profundos, aposto que ardem. Respiro fundo de forma brusca. *E ele me deu uma massagem nos ombros*, apesar da dor.

— Está doendo? — Passando a ponta do meu indicador de leve por sua pele, traço o padrão das linhas vermelhas e irritadas.

— Não quando você faz isso.

Sinto o tom rouco e primal da voz dele em meus ossos, fazendo meu corpo ficar mais quente.

Devagar, paro de mexer o dedo e levanto o olhar para vê-lo.

Os olhos de Perry perfuram os meus e a intensidade que encontro neles faz com que eu desfaleça. Ele nunca me olhou assim antes. Como se uma grande mão invisível fosse a única barreira que o impedisse de me jogar no chão como um tigre dando o bote na presa. O peito dele sobe e desce de modo brusco quando seu olhar para em meus lábios entreabertos.

Estou tão ofegante quanto ele, e nossas respirações sibilantes são o único som da sala. Meus nervos se agitam. Cada célula de meu corpo grita de desejo.

Ele curva um dedo ao redor do meu, e a pressão lança faíscas em minha barriga.

— Cass... — murmura ele, como se a palavra tivesse sido arrancada das profundezas de sua alma.

Nós nos aproximamos ao mesmo tempo. A mão dele se fecha em minha nuca enquanto toco seu maxilar áspero pela barba por fazer. Fecho os olhos. O cheiro de alecrim e pinheiro me envolve, puxando-me para mais perto.

Nossa respiração se mistura. Nossos lábios mal se tocam, como o simples murmúrio de um cumprimento.

A porta atrás de nós se abre com um guincho enferrujado e nos afas-tamos subitamente.

— Chegou a comida — anuncia Devin ao entrar na sala, vestindo a camisa polo justa de sempre e segurando uma sacola de plástico repleta de coisas.

Levo a parte de trás de meu punho para minha boca automaticamente. Perry limpa a garganta e se joga para trás na cadeira. Ele não olha para mim.

As sobrancelhas de Devin se juntam por um instante quando ele me vê sentada junto à Perry, com os joelhos encostando nos dele, mas então ele sorri.

— E aí, Cass. Não sabia que você viria.

Eu rio de nervoso. Devin, meu ex-mas-não-exatamente, quase entrou para me ver *beijando seu irmão*.

Bom… mais ou menos. Meio segundo de contato entre lábios conta como um beijo? Não importa. O que importa é que não consigo negar meus sentimentos por Perry, queira eu ou não. E ele obviamente sente *algo* por mim — isso ficou bastante claro.

Mas Devin ainda tem esperança de voltar comigo, e não posso continuar jogando isso para outro dia e esperar que meus rolos amorosos se resolvam sozinhos por um passe de mágica. Preciso escolher.

Mas não hoje. O festival vai acontecer em apenas dois dias e todos nós temos coisas demais para nos preocuparmos e não precisamos que eu jogue uma bomba de drama no meio de tudo.

Respiro fundo para tentar acalmar meu coração fugitivo.

— Antes tarde do que nunca, né?

— Está com fome? — Devin levanta a sacola e sinto o cheiro apimentado de comida tailandesa.

— Morta.

— Ótimo. Porque comprei um monte de comida. — Deslizando um dos baldes de flores para o lado a fim de abrir espaço na grande mesa quadrada no centro da sala, Devin coloca a sacola em um canto. — Você contou sobre as camisetas para Cass? — pergunta ele por cima do ombro.

Perry e eu nos encaramos, mas logo desviamos o olhar. Minhas coxas se retesam mesmo com a culpa correndo por minhas veias.

— Ainda não — murmura Perry.

— Que camisetas? — pergunto, soando um pouco animada demais.

— Mandamos fazer camisetas para os voluntários do festival. Uma das amigas de Perry, que é serigrafista, ofereceu um preço ótimo para nós. Fizemos uma para você também.

Abrindo um grande sorriso, Devin tira uma caixa de papelão de baixo da mesa. Depois de passar alguns segundos procurando, ele tira uma camiseta verde e a joga para mim.

— Pronto.

Desenrolando o tecido suave, ergo a camiseta. O logo do evento que desenhei há semanas aparece na parte de trás. São trepadeiras com flores enroladas ao redor das palavras "Festival de Flores & Cerveja de Ohio City", escritas em uma fonte antiga e quadradona, com os logos de nossos cinco patrocinadores formando uma linha logo abaixo. Viro a camiseta no meu colo para estudá-la de frente e dou risada.

— Tem até meu nome. — Escrito do lado esquerdo do peito, logo abaixo da gola em V, diz "Cass" na mesma fonte do logo.

— Foi ideia do Perry incluir o nome dos voluntários na camiseta — explica Devin.

Ergo as sobrancelhas ao olhar para Perry, que coça a própria nuca.

— Sei que por causa do acidente você tem dificuldade de lembrar o nome das pessoas. Imaginei que você iria querer ajudar pessoalmente no festival, e que assim não precisaria decorar o nome de todo o mundo porque estão bem ali, no peito deles. — Com um sorriso encabulado, ele dá de ombros.

Eu o encaro.

Perry fica tenso, enrugando os olhos.

— Desculpa, eu não queria ofender — diz ele depressa. — Só achei...

Pulo da cadeira e jogo meus braços ao redor dele em um abraço rápido e sincero. Seus músculos se enrijecem debaixo de mim e logo volto ao meu lugar, sentindo o pescoço esquentar. Agarro a camiseta com o punho e a pressiono contra meu peito, sobre o coração.

— Obrigada — agradeço, colocando toda a apreciação que consigo nas palavras.

— De nada — responde ele, com as orelhas vermelhas.

— Ah! — exclamo. — Isso me lembrou. Também tenho algo para você. Posso usar o computador?

— Claro. — Perry desliza o computador na minha direção no mesmo instante que me estico para pegá-lo e, por um momento, nossos braços se encostam.

Suspiro. Perry se afasta com rapidez, esfregando o local onde nos tocamos. O olhar dele pousa em mim brevemente antes de se afastar. *Tudo bem. Não entre em pânico. Está tudo bem.*

— Obrigada. — Endireitando os ombros, abro uma nova janela no navegador e entro em meu e-mail pessoal. Pego a mensagem que esbocei na noite anterior, abro o anexo em PDF e viro o computador para Perry.

— Eu estava esperando Devin chegar para compartilhar, já que tem a ver com vocês dois.

Com uma expressão indecifrável, Perry começa a ler. Depois de vários segundos, ele fica boquiaberto.

— Quando você fez isso? — pergunta ele, ofegante, os olhos correndo pela tela.

— O que é? — questiona Devin. Indo até a escrivaninha, ele se inclina para ler por cima do ombro de Perry.

— Uma *nova* ideia de faculdade comunitária para o conselheiro Truman. Uma que não envolve acabar com a Blooms & Baubles ou desapropriação para dar à cidade as propriedades que ela precisar — explico. — Meu padrasto é corretor de imóveis, então pedi algumas semanas atrás que ele procurasse propriedades comerciais em Cleveland que estivessem disponíveis ou abaixo do valor de mercado em bairros que *realmente* precisariam de uma faculdade, junto às oportunidades que isso traz aos residentes. Porque convenhamos: Ohio City é, em comparação, mais abastada *e* branca do que muitas outras áreas. Ele encontrou dois prédios comerciais, um do lado do outro, que estão à venda no bairro Buckeye-Shaker que só precisam de melhorias para que virem uma faculdade. Isso não apenas custaria consideravelmente menos dinheiro do que fazer um prédio do zero, mas ajudaria um bairro que precisa muito mais do que o nosso.

Perry me encara de boca aberta.

Endireitando-se, Devin dá uma risada esbaforida.

— Puta merda.

— Não me entendam mal. Acredito plenamente que o festival vai ser um sucesso e vai salvar a Blooms & Baubles. Mas, como todo bom advogado sabe, você não escreve uma ata com apenas um argumento legal; você apresenta backups e backups dos backups. E se a prefeitura decidir dar continuidade à ideia de seu pai? Bom, agora você tem a munição para argumentar que a cidade não *precisa* da sua propriedade *per se*. Porque existem outras opções disponíveis.

— Não achei que isso seria possível, mas você continua me surpreendendo. — A voz de Perry está tão rouca que ele tosse. — Como planeja compartilhar isso com o conselheiro Truman? Mandando por e-mail?

— Eu estava pensando em mandar para minha amiga Val, a que trabalha na prefeitura, para que deixe no escritório dele... assinado por um eleitor anônimo. Não posso ter meu nome associado ao festival, já que meu escritório representa seu pai. Poderia ser visto como um conflito de interesse.

Abaixando a cabeça, Devin aperta as costas da cadeira de Perry.

— Deixe que eu entrego a proposta para o conselheiro Truman em pessoa.

— Quê? Por quê? — pergunta Perry.

— Porque ele já me conhece e posso conseguir uma reunião com ele. Ele pode ignorar um e-mail, mas não pode ignorar alguém falando frente a frente.

— Mas daí o pai vai saber que você está envolvido, e você vai perder o emprego e a oportunidade de ser dono da empresa algum dia — protesta Perry.

— Ótimo! Cass, você tinha razão. Eu não deveria trabalhar para ele, não se esta é a forma como ele trata a própria família. Não vale a pena — diz Devin com um tom suave.

— Devin, não.

— Estou fazendo a coisa certa pela primeira vez, não tente me convencer do contrário.

Empurrando a cadeira para trás, Perry fica de pé a fim de olhar para o irmão. Ambos se encaram por um longo e tenso momento. Finalmente, Perry abraça o irmão, batendo nas costas dele.

— Obrigado.

— Te amo, irmão — murmura Devin antes de se afastar. Correndo uma mão pelo cabelo, ele abre bem os braços. — Bem, vamos comer?

Perry pisca várias vezes.

— Vou pegar uns pratos. — Sigo os movimentos dele conforme ele atravessa a sala e vai até um dos armários mais distantes, se agacha e começa a procurar.

Sinto os olhos de Devin sobre mim, e logo pego o celular, fingindo olhar meu e-mail, com o coração disparado.

Apesar da situação em que acabei me metendo hoje à noite, não consigo deixar de pensar na última carta na manga — um backup do backup, digamos. Eu *poderia* contar a Perry e Devin o que estou planejando, mas, neste exato momento, sinto que é mais seguro manter a opção para mim mesma. Acho que não vou mais aguentar nenhuma surpresa, seja dando-a ou recebendo-a.

Além do mais, se for sincera, eu gostaria de ver a cara de Perry quando ele descobrir o que estou preparando para a Blooms & Baubles.

E, olha, ele vai ficar surpreso... da melhor maneira possível.

25

O saguão está alguns graus mais quente do que o normal com todos os associados de verão mais uma dúzia de advogados indo de lá para cá, então desabotoo minha jaqueta. Glenn pediu que viéssemos até aqui ao meio-dia para anunciar a hora e o local da Social de Agosto, e já se passaram dez minutos do horário combinado. Ele gosta mesmo de nos pregar pegadinhas.

Um dos outros associados de verão, Bradley, dá uma cotovelada no meu braço.

— Onde que você acha que vai ser?

Tamborilando os dedos na minha coxa, dou de ombros.

— Aposto que em um *escape room*. — A ideia de ficarmos trancados no mesmo lugar precisando usar a inteligência para fugir parece o tipo de "jogo" de que Glenn gostaria. — Isso ou uma noite em um cassino do centro.

Ouvi outro associado de verão falando que tinha sugerido um happy hour no cassino Jack's para nossa última social, o que, sinceramente, não parece tão ruim. Ao menos uma noite em um cassino começaria mais tarde, lá pelas cinco ou seis, ao contrário de um *escape room*, que costuma ser uma atividade mais diurna — e, por isso, eu perderia mais tempo do festival.

Os elevadores da outra ponta do saguão se abrem e ouve-se um burburinho no recinto cheio de gente quando Glenn Boone sai. Bamboleando até ficar diante da mesa da recepção, Glenn limpa a garganta.

— Olá a todos — começa ele. — Sei que estão ansiosos para saber aonde iremos amanhã, em nossa última social dos associados de verão. Obrigado por abrirem um espaço tão grande em seus calendários, aliás. Até ontem, eu estava considerando duas possibilidades e, depois de discutir com outros sócios hoje de manhã, tomei minha decisão.

Murmúrios generalizados se ouvem no saguão.

— Noite no cassino. Por favor, diga que é uma noite no cassino — Bradley entoa baixinho.

Glenn gesticula, pedindo silêncio.

— Mas, antes de revelar a surpresa, prometi um presente à pessoa que desse a sugestão ganhadora. — Ele faz uma pausa dramática. — Andréa Miller, venha aqui.

Um punhado de aplausos acompanha os saltos de Andréa estalando no chão conforme ela vai até Glenn. Ele tira uma caixinha reta de dentro do terno e a entrega a ela. Com um grande sorriso, ela pega o presente, abre a tampa e ergue a caixa para que todos a vejam. Dentro, há o que parece ser uma caneta muito chique brilhando sob as luzes do saguão.

— Você gostaria de contar a eles aonde iremos amanhã, Andréa? — pergunta Glenn.

— Claro. Mas, antes, tenho uma confissão. A ideia que enviei não foi originalmente minha. Uma de nossas associadas de verão me contou a respeito esta semana. Achei perfeita e, se ela não tivesse me falado, eu nunca a teria compartilhado com vocês. Então, Glenn, se não se importar, eu gostaria de dar o prêmio a ela.

A papada de Glenn balança quando ele assente, devagar.

— Que magnânima. Qual seria a associada de verão?

— Mercedes Trowbridge — anuncia ela. — Venha, Mercedes.

O sorriso de Mercedes é ofuscante quando ela vai até Andréa e Glenn, e me forço a aplaudir com o restante de nossos colegas quando ela pega a caneta de Andréa. Quando o olhar dela vai até mim, em vez do sorriso maldoso ou mostrando dentes demais, os ombros dela ficam tensos e seu sorriso titubeia. Sinto alfinetadas de desconforto na coluna.

— Não faça tanto suspense, Andréa. Para onde vamos? — Frank chama, amável, e vários outros advogados riem.

— Mercedes, quer fazer as honras? — pergunta Andréa.

— Não, vá em frente — reluta ela.

Estranho. Desde quando Mercedes recusa uma oportunidade de ficar debaixo do holofote?

— Muito bem, então. — Andréa bate palmas. — Amanhã, vamos celebrar a comunidade. A comunidade que construímos neste escritório nos últimos três meses com nosso grupo de associados de verão emergentes, e a comunidade na qual trabalhamos... Ohio City.

Meu desconforto se torna pânico quando uma suspeita terrível e inevitável toma conta de mim.

— Para celebrar e apoiar estas comunidades, iremos a um festival feito neste mesmo bairro por um negócio familiar local, uma floricultura que existe há três gerações. Vai ter comida, música, cerveja e, é claro, flores, para aqueles que querem embelezar suas casas ou deixar seus entes queridos felizes. Nós nos encontraremos amanhã na rua 28th com a Providence ao meio-dia, onde todos receberão tíquetes para o festival e dois vouchers de bebida grátis como cortesia do escritório. Então, se preparem: vamos ao Festival de Flores & Cerveja de Ohio City!

Minha boca continua aberta quando o primeiro grupo de pessoas vai até os elevadores para voltar aos escritórios.

Vou ao Festival de Flores & Cerveja. Amanhã. Ao meio-dia. Com todas as pessoas do trabalho, incluindo meus chefes.

Meu coração acelera e meu pescoço começa a suar.

Indo até a janela, desabotoo o blazer e coloco as mãos nos quadris. Talvez não seja algo tão ruim assim. Claro, ainda precisaria esconder meu papel de coordenadora, mas ao menos eu poderia ajudar a organizar as coisas antes da hora e ficar por perto assim que meus colegas forem embora. E começando ao meio-dia? Só vou ter que prover apoio moral e fazer joinhas à distância.

Espero até haver poucos advogados no saguão antes de entrar na fila para pegar o elevador. Vejo Mercedes a vários metros de mim e encaro com raiva as costas da blusa branca rosada.

Ela fez de propósito. Eu sei. Quando me ouviu no banheiro falando do festival, deve ter conectado os pontos com as Empresas Szymanski. E deve ter achado que seria muito esperto filtrar a ideia do festival através de Andréa para eu não descobrir que foi ela que propôs. Ela não contava com Andréa lhe dando o crédito no momento da verdade, porém.

O elevador apita e o próximo grupo entra. Quando as portas se fecham, sobram só quatro pessoas no saguão: eu, Mercedes e dois sócios júnior que não conheço muito bem. Estreitando os olhos na direção dela, pego o celular do bolso e envio uma mensagem a Perry e Devin.

> Acabei de descobrir onde vai ser o evento da empresa amanhã, e vocês não vão acreditar...

> VAMOS PRO FESTIVAL 💀💀💀

Perry

> Sério??

> Sim. O chefão acabou de anunciar.

> Eu e +20 advogados da Smith & Boone vamos estar lá a partir do meio-dia.

Devin

> Maneiro, porque vamos precisar da sua ajuda

Minhas entranhas se contraem.

> Preciso esconder minha participação, lembra?

Perry

> Não podemos deixar ninguém descobrir que Cass ajudou a planejar tudo. O emprego dela depende disso. Entendeu, Dev?

Devin

> Claro, desculpa. Esqueci.

Estou prestes a digitar outra resposta quando as portas do elevador se abrem novamente. Relutante, devolvo o celular ao bolso e entro no elevador. Os dois sócios júnior estão conversando com as cabeças inclinadas um para o outro, então eu e Mercedes acabamos ficando lado a lado na parte de trás. Ela dá meio passo para longe de mim quando as portas se fecham. O elevador ascende.

— Parabéns pela ideia ganhadora, Mercedes — digo entredentes.

— Obrigada — responde ela, afetadamente, apertando a caixinha estreita em suas mãos fechadas.

O elevador apita ao chegar ao segundo andar, e os sócios saem. Assim que eles somem no corredor e as portas se fecham, paro com o sorriso falso e me viro para ela.

— Que brincadeira é essa?

— Não sei do que está falando.

— Estou falando sobre sugerir o festival para a Andréa como nosso evento de verão?

— E o que tem de errado nisso?

Estreito os olhos. Ela está tentando me fazer confessar? Será que o celular dela está no bolso, gravando tudo em segredo? A este ponto, não posso excluir nenhuma alternativa. Dando de ombros, viro-me para encarar as portas.

— Nada, suponho.

Encarando os botões do elevador, resoluta, Mercedes umedece os lábios vermelhos.

— Se quer saber, não achei que Andréa levaria a ideia para o Glenn. Ela me perguntou outro dia se eu tinha algum plano divertido para o fim de semana e mencionei que eu *poderia* passar em um festival de flores em Ohio City, e ela fez o restante. Eu não estava... tentando tornar as coisas difíceis para ninguém. Juro.

Eu a observo de soslaio. A expressão de Mercedes é a mesma de sempre, suave e serena. Mas ela engole em seco, e noto como aperta os lábios e o maxilar treme.

Ela está... dizendo a verdade?

O número três aparece acima das portas e, assim que elas abrem, Mercedes sai rapidamente, sem olhar para trás. Eu a encaro por tanto tempo que as portas começam a se fechar e preciso enfiar o ombro no meio evitar que se fechem.

De repente, me sinto *tão* cansada. Cansada de tudo. Das longas horas de trabalho, da competição implacável, da colega em quem não confio e que me faz questionar suas intenções quando tenho tantas, tantas outras coisas para me preocupar.

Mal posso esperar para que a noite chegue e, com ela, a surpresa final que preparei para Perry e sua loja.

E, depois, só preciso sobreviver ao dia de amanhã.

— Como foi que você me convenceu a fazer isto? — murmura Brie horas depois, puxando o boné mais para baixo da testa. Os grilos cantam no quintal cheio de mato, enquanto o exterior branco do depósito da rua 28th resplandece debaixo da meia-luz dos postes.

Meu coração aperta.

— Não vou te culpar se estiver começando a ter dúvidas. O que vamos fazer não é bem dentro da legalidade, e… — digo, mas ela me interrompe.

— Ah, não. Pode mandar ver com a má conduta. Quis dizer *aquilo*. — Ela torce o nariz diante dos jarros de tinta alinhados na grama como se fossem arsênico e não acrílicos. A habilidade artística de Brie inclui modelagem matemática e, às vezes, um excêntrico ponto-cruz, mas nada além disso. Arte, ou mais precisamente, pintura, nunca foi a área dela.

— Eu lido com a pintura. Se você me passar o que preciso enquanto pinto e ficar de olho para ver se tem alguém passando, isso seria ótimo.

Abrindo um grande sorriso, Brie levanta as mangas da blusa comprida.

— Sem problemas, chefe. Preparem-se, aqueles que passarem por aqui. Continuem andando! — ela grita para a noite. As palavras ricocheteiam nas janelas escurecidas da Blooms & Baubles no prédio ao lado.

— *Shhh*. Ficou doida? Não quero que peguem a gente!

— Ah, não vai dar nada. Você não está roubando um caixa eletrônico, está pintando uma parede. Banksy faz isso o tempo todo.

— Banksy é um ícone internacional. Ele pode pintar o que e onde quiser.

Ela balança a mão no ar para afastar o que parece ser um mosquito.

— Afinal, por que está fazendo isso? Quer dizer, é legal, mas esse é o maior risco que já vi você correr... transgressão de propriedade, vandalismo. Por quê? Você gosta tanto assim de Perry?

— Não é só por ele. É por mim também. Eu *quero* fazer isto. Não sei explicar, mas preciso.

Digo que não sei explicar porque também não entendo plenamente o motivo. O festival começa amanhã e esta é minha última oportunidade de fazer algo que pode causar uma mudança real e tangível.

Sim, parte de mim está fazendo isso apenas porque sei que pode ajudar Perry e a ideia de fazê-lo feliz também me deixa feliz. Mas também sinto que é minha pequena revolução pessoal. Meu jeito de desviar do caminho predeterminado e fazer algo que seja fiel à minha alma, mesmo que seja arriscado. Depois de um ano sofrendo e uma vida inteira de fazer o que esperam de mim, preciso disto mais do que consigo articular, até mesmo para Brie.

Sorrindo para a parede branca diante de nós, cutuco Brie com o cotovelo.

— Além da alegria que é pintar, só de imaginar a cara de Roger Szymanski quando ele for ao depósito no fim de semana, já ganho uns anos de vida.

— Bom, não consigo pensar em nada melhor do que isso — afirma Brie, erguendo a mão para bater a palma na minha. Ela pega a bolsa de pincéis. — Vamos começar. A escuridão é nossa amiga e a noite não dura para sempre.

— Assim como o plano de Roger não vai durar. — Desdobrando o rascunho que enfiei no bolso traseiro antes de sair, coloco o desenho na parede com fita crepe: o esquema do meu mural. Examino as latas de tinta na grama, pego uma e a sacudo gentilmente antes de abrir a tampa. Brie me passa um pincel chato de oito centímetros e o afundo na tinta roxa fosca. Erguendo o pincel molhado de tinta até a parede branca diante de mim, começo a pintar o que espero que seja um divisor de águas — para mim, para Perry, para a cidade de Cleveland, para todos nós.

26

Sei, no momento em que Brie e eu chegamos à esquina entre a rua West 28th e a avenida Jay, às 10h40 da manhã do sábado, que tem algo errado. A 28th está bloqueada com barreiras viárias entre a Providence e a Jay, exatamente onde deveria estar. Mas, além de umas dúzias de mesas e um punhado de voluntários pontilhando a rua, o bloqueio está vazio.

Meus pulmões se contraem. *Onde estão os estandes?*

Agarro a pessoa mais próxima vestindo uma camiseta verde.

— Onde estão as barracas? — Por acidente, acabo gritando na cara do voluntário, que estremece.

O nome dele é Alec, de acordo com o nome gravado em seu peito. Eu não o reconheço, então ele deve ser um dos amigos de Perry e Devin da liga de softball.

— Sinto muito, há, mas o evento não começa até o meio-dia — balbucia ele.

Ah, certo. Eu desaboto minha jaqueta de linho branco e mostro a ele a minha própria camiseta verde de voluntária. Achei que seria uma boa vesti-la durante as horas em que *posso* ajudar hoje, e apenas cobri-la quando os advogados da Smith & Boone começarem a chegar.

Alec arregala os olhos, compreendendo.

— Ah, você conhece os Szymanski. Desculpe, achei que era só uma pessoa aleatória.

Brie circula a própria camiseta verde com um dedo.

— Alô, nós somos *voluntárias*.

— As barracas? — pressiono.

— Não sei onde estão, desculpe. Devin está no telefone com a empresa de aluguel agora mesmo.

— Onde ele está?

Alec aponta para um canto a meia quadra de onde estamos, e dou uma corridinha até lá. Começo a me xingar baixinho por não ter chegado mais cedo. Mas, quando Brie e eu voltamos para casa depois de nossa aventura artística, já era quase três da manhã, e pareceu uma boa colocar o alarme para tocar às dez.

— O que aconteceu? — pergunta Brie, trotando atrás de mim.

— Os estandes não foram montados. Eles deveriam ter sido entregues hoje de manhã, e a montagem já deveria ter começado.

— Ahhhh, isso não é bom.

Não, não é. Vejo Devin mais para cima na quadra com o celular pressionado contra a orelha, mas é o que tem a uma certa distância atrás dele que me faz parar de maneira abrupta. Brie esbarra contra mim com um *ai*. No fim da rua, atrás das barreiras viárias na esquina da Providence com a 28th, fica o depósito de Roger... e o meu mural.

Ficou ainda mais lindo de dia do que eu esperava. Na parte de cima da parede branca está pintado "Blooms & Baubles" na mesma fonte grande e roxa da placa deles, e as palavras "Entregando felicidade a Ohio City desde 1946" estão pintadas logo abaixo com uma enorme flecha apontando para a loja de Perry. Sob as palavras, há uma colagem de pessoas — velhas e jovens, negras e brancas, de todos os tamanhos, formas e cores — de braços dados diante de um cenário com flores multicoloridas chovendo sobre o grupo como flocos de neve.

Um casal com uma criança pequena, com idade parecida à de Jackson e Liam, para com o intuito de ver o mural. O menininho aponta para cima em direção ao desenho, e o pai o pega no colo para que ele possa admirá-lo melhor.

Brie passa um braço ao redor dos meus ombros.

— Ficou lindo, Cass. De verdade.

Dou uma risada trêmula, sentindo meu coração tão cheio que parece uma *piñata* repleta de arco-íris prestes a explodir. Eu quase havia esquecido da sensação de colocar uma pequena parte da minha alma para que os outros a vejam... A felicidade de ver os outros, até estranhos, se conectarem a ela, mesmo que só um pouquinho.

— Ainda nada do Perry? — pergunta Brie.

Meu sorriso se esvai.

— Não.

Quando acordei hoje de manhã, esperava encontrar um áudio ou ao menos uma mensagem de Perry, deliciando-se com o mural que apareceu do dia para a noite ao lado do depósito do pai. Mas não ouço nem um pio dele desde ontem. Será que ele não gostou? Ou será que acha que eu me meti demais e agora está com raiva de mim?

Brie dá uma batidinha em mim com o quadril.

— Aposto que ele nem notou que foi você que pintou. E, além do mais, tenho certeza de que ele está cheio de tarefas do festival para fazer. Considerando o que aconteceu com as barracas e tudo mais.

— Verdade, as barracas. — Deixei meu próprio mural me distrair. — Venha. Vamos ver o que está acontecendo.

Atravessamos os últimos metros que faltavam entre nós e Devin, que anda de um lado para o outro falando no celular. Suas palavras se tornam mais claras conforme nos aproximamos.

— O que você quer dizer, que não dá para entregar até o meio-dia? Nosso evento *começa* ao meio-dia. A entrega deveria ter chegado uma hora atrás! Não, não vou me… — Socando o ar, ele xinga.

— É a empresa do aluguel? — pergunto.

Ele se vira com o celular longe da boca.

— É, e eles nos ferraram bonito. Estão afirmando algo a respeito de não garantirem o período de entrega, apesar do contrato dizer, especificamente, que era às dez *e* de eu ter confirmado com o gerente ontem que tudo seria entregue a tempo.

— Você recebeu uma confirmação escrita?

— E-mail conta como "escrita"?

Faço um sinal para ele passar o celular.

— Deixe eu falar com eles.

Ele ergue as sobrancelhas, mas faz o que peço.

— Ok. Boa sorte.

Colocando a mão debaixo de um braço, levo o celular de Devin à orelha. Vários segundos depois, uma voz entediada responde.

— É, bom, falei com o gerente e não tem nada que possamos fazer. Sinto muito.

— Oi, meu nome é Cassidy Walker. Sou a advogada da Blooms & Baubles. Com quem estou falando?

— Há, Jeffrey.

— Oi, Jeffrey. Obrigada por sua ajuda até agora. Você pode passar para seu gerente, por favor?

Ele solta um suspiro pesado, a respiração ressoando contra meu ouvido.

— Claro. Um segundo.

Bato o pé enquanto espero.

— Alô — atende a voz brusca e irritada de um homem.

— Bom dia, sou a advogada da Blooms & Baubles e queria falar a respeito da entrega de uma encomenda referente a 28 estandes para um evento público que vai ocorrer hoje à tarde. Ao que me consta, vocês prometeram a entrega para as dez horas da manhã do dia de hoje, e agora são 10h45... já se passou quase uma hora do horário combinado.

— Olha, moça, como falei para o outro cara, o entregador está atrasado e ele só vai conseguir entregar lá pelo meio-dia.

— Você está dizendo que não há ninguém em sua equipe que possa entregar o material?

— Foi o que eu disse.

— Então nem você nem seu colega, Jeffrey, são capazes de dirigir um caminhão de entrega até a esquina da West 28th com a avenida Jay? — Só se ouve silêncio do outro lado da linha. — Você está ciente de que há uma violação de contrato e que meu cliente pode processá-lo?

— Ei, espere...

— Meu cliente pagou uma quantia considerável de dinheiro para alugar 28 estandes que deveriam ser entregues às dez da manhã do dia de hoje. Não às dez e meia. Não às onze. Não às doze. E nós temos provas por escrito de que vocês confirmaram o horário de entrega ontem e que, por isso, meu cliente confiou em vocês, o que causou prejuízo a ele. E, como resultado da violação do contrato, ele agora pode perder milhares de dólares, pelos quais asseguro que o senhor é *pessoalmente* responsável. — Inspiro fundo. — Agora. Deixe-me perguntar de novo. Há mais alguém em sua empresa que poderia entregar os estandes de meu cliente, *imediatamente?*

Ouve-se uma batida pesada.

— Eles vão chegar em vinte minutos.

— Obrigada. Estaremos à espera.

Terminando a ligação, entrego o celular a Devin. Ele está boquiaberto e me encara como se eu tivesse guelras e um rabo de peixe.

— Os estandes vão chegar em vinte minutos — afirmo, dando de ombros.

— Arrasou, amiga. Me lembre de nunca te contrariar — Brie diz, impressionada.

— Realmente. — Abrindo um grande sorriso, Devin sacode a cabeça. — Aliás, Brie, você teve alguma notícia de sua mãe a respeito da emissora poder mandar alguém para fazer cobertura do festival neste fim de semana? Cass mencionou ontem que você ainda estava tentando.

O rosto dela desaba.

— A resposta é não, desculpe. Infelizmente, a grande Charlotte Owens não achou que um pequeno festival comunitário valeria uma cobertura ao vivo. Embora eu a tenha convencido a colocar no site da emissora, na categoria de "O que Fazer na Cidade". Então é isso.

Devin dá de ombros.

— Ao menos é algo. Valeu por tentar.

— E não se preocupe com sua mãe — digo. — A publicidade teria sido ótima, mas nós duas sabíamos que era improvável. — O conceito de ajudar os outros é tão estranho para Charlotte quanto neve no Equador.

— Nem me fale — resmunga Brie.

Aperto o braço dela antes de voltar minha atenção a Devin.

— Certo, então temos pouco menos de uma hora até o festival começar. O que mais precisa ser feito?

Devin torce a boca.

— Um monte de coisa. Me sigam.

— Essa era a última? — Endireitando-me, limpo o suor de minha testa.

Chuck ajusta o último nó da tela dobrada e branca do estande da bilheteria.

— Deveria ser.

Checo a hora no meu celular: 11h54. Olho para a quadra, ao festival que *finalmente* se parece com um festival. As pontas de 28 barracas coroam a rua como velas ondulantes, sinalizando a chegada de um dia cheio de flores, comida e diversão. Todos os artistas locais chegaram e estão acabando de preparar os próprios estandes e, na outra ponta da rua, dentro da maior tenda — perto da Blooms & Baubles, que é a segunda maior — Marcus, Brie e o pessoal do Zelma's Taphouse organizaram grelhas, barris de cerveja e vários refrigeradores industriais. O aroma de carne grelhada flutua no ar, dando água na boca.

Ainda não falei com Perry, apesar de tê-lo visto passar várias vezes. Enquanto estávamos indo de lá para cá para erguer as barracas depois de terem chegado às 11h05 em ponto, ele estava cuidando de outro problema: encontrar uma substituição para a banda cover que havia combinado fazer um show no festival. Aparentemente, o vocalista *e* o baterista acordaram com uma "intoxicação alimentar" (mais conhecida como ressaca, aposto todas minhas tintas nisso), então Perry passou a última hora ligando para todos os músicos que conhece a fim de achar um plano B.

Em meio ao burburinho geral, um estalido preenche o ar.

— *Um dois, um dois. Teste, teste* — entoa uma voz feminina pelos alto-falantes.

Uma guitarra arranha. As notas mudam conforme o instrumento é afinado e, vários instantes depois, as cordas da guitarra enchem a rua e uma mulher começa a cantar. O *lilting* do contralto é deslumbrante, e eu sorrio. Parece que Perry encontrou outra banda, afinal.

— Ei, Cass. Você chegou cedo. — Pulo ao ouvir a voz de David, o recepcionista, e minha mão pula em direção ao peito. *Lá vamos nós. Hora da Smith & Boone.* Aboto a jaqueta rapidamente com meus dedos desajeitados para esconder a camiseta de voluntária.

— Oi, David — digo, dando meia volta. — Bela roupa.

Inclinando o quadril para o lado, ele ajusta os óculos de sol de armação cor-de-rosa.

— Obrigado. Eu não tinha certeza quanto à pochete. É demais? É demais. — Puxando a bainha da camiseta listrada branca e preta, ele ajusta uma pochete verde limão sobre os shorts jeans rasgados.

— Não, é perfeito. Nem todo mundo consegue ficar bem usando uma pochete, mas você arrasou.

Torcendo os lábios em um sorriso, ele dá um tapinha em meu ombro.

— Você é tão fofa. Amei o look também, aliás. Meio *Emily em Paris*, meio *Além dos Limites*. — Ele abana um dedo, passando por meus Adidas brancos, os shorts cáqui de linho e cintura alta, com um cinto combinando, a camiseta para dentro aparecendo por minha jaqueta de linho branco, e o cabelo preso em um coque solto no topo da minha cabeça. — Mas você não está com calor? Está fazendo uns mil graus. — Ele sacode o canto da minha lapela.

Minha mente corre para achar uma mentira convincente.

— Eu me queimei no sol. Nos braços — acrescento rapidamente, já que é óbvio que minhas pernas estão com uma cor normal. — É, fui ao lago ontem depois do trabalho e esqueci de colocar protetor solar nos braços. Tão burra. — Virando os olhos, forço uma risada. — Então tenho de cobri-los hoje. Saco.

— Bom, ao menos linho respira bem — diz ele. — Então, tenho que comprar ingressos e tíquetes de almoço e bebida para todo mundo. Você sabe onde que dá para fazer isso? — Abrindo a pochete, ele pega um cartão de crédito preto e brilhante: deve ser um cartão empresarial.

— Ah, há…

— Te encontrei! — chama uma voz feminina e familiar. A amiga de Devin, Anisha, está acenando na minha direção há uns dez metros de onde estamos, e ela está vindo rápido. — Devin estava…

— Acho que dá para comprar os tíquetes naquele estande — mostro a David enquanto o empurro para dentro da bilheteria que acabamos de montar, sem fazer cerimônia.

— Nossa! — solta ele.

Eu coloco a cabeça para dentro depois de ele entrar.

— Espera aqui. Vou ver se consigo encontrar um voluntário para nos ajudar. — Não espero que ele responda antes de ir em linha reta até Anisha e sua camiseta verde. Eu a alcanço a uns três metros de distância.

— Cass! Eu já…

— *Shhh*. — Faço um gesto cortante em meu pescoço. — Um dos meus colegas de trabalho está ali — murmuro, rouca, apontando para a bilheteria.

As mãos dela pulam em direção à boca.

— Ah, meu Deus, mil perdões. Esqueci que hoje temos de fingir que não te conhecemos. Perry nos avisou.

— Quer dizer, vocês não precisam fingir que não me *conhecem*. É só que, assim, várias pessoas do meu trabalho vão estar aqui hoje, incluindo meus chefes, e não quero que eles descubram que ajudei no planejamento do evento. É complicado.

— Sim, sim, entendi. Devin estava te procurando, mas vou lembrar a ele que você está oficialmente fora de jogo até seus colegas irem embora.

— Obrigada, Anisha. Se puder lembrar aos outros voluntários também, eu agradeço. Ah, você sabe quem vai ficar na bilheteria ao meio-dia?

— Eu e Jai.

— Perfeito. Meu colega está ali agora, ele chegou cedo para comprar almoço e bebida em nome da empresa. Quando vender os tíquetes, pode separá-los na bilheteria? Daí quando alguém da Smith & Boone chegar, peça que mostrem o crachá de trabalho em troca dos tíquetes. Ah, e não se esqueça de pedir a identidade se eles quiserem uma pulseira para as bebidas.

Para simplificar as vendas da Zelma's e evitar que eles tivessem de lidar com pagamentos e pedir identidades ao mesmo tempo que estão servindo comidas e bebidas, Marcus sugeriu vender os tíquetes em um estande diferente por dois dólares cada um, para que os visitantes pudessem usá-los na barraca deles — cinco tíquetes por um hambúrguer com batata frita, três tíquetes por uma cerveja etc. Assim, o Zelma's e as outras cervejarias poderiam atender mais rápido e nós poderíamos pedir identidades na entrada e distribuir pulseiras para quem tem mais de 21 anos. Além do mais, isso nos deu a oportunidade perfeita de colocar uma jarra dizendo "sugestão de doação de entrada: $2", para aqueles que quiserem doar alguns trocados para os custos do festival.

— Ótimo. Faremos isso. E não se preocupe... — Apertando o polegar e o indicador um no outro, ela passa os dois sobre os lábios como um zíper.

— Obrigada. — Movo os lábios sem dizer nada, batendo no meu peito duas vezes sobre o coração.

A voz inconfundível de Glenn Boone retumba atrás de nós, na entrada do festival. Eu me viro e o vejo cumprimentando Andréa e mais outras duas pessoas que, suponho, são advogados da Smith & Boone do outro lado da bilheteria. É mais difícil reconhecê-los por terem trocado as roupas profissionais de sempre por roupas casuais de verão. Até Glenn está simples com calças cinza elegantes, uma polo branca e bem passada e mocassins.

Cuidando para que o único botão de minha jaqueta ainda esteja no lugar, ajeito a postura e dou um suspiro. É hora de participar da última atividade de verão obrigatória do trabalho. Só preciso esperar que nenhum dos outros voluntários esqueça e me faça perguntas na frente de alguém, especialmente Andréa, Frank ou Glenn.

Alongo os ombros para trás e respiro fundo. Este pode ser o cenário mais extremo no qual os meus dois mundos "colidem", mas será por apenas algumas horas. Vai dar tudo certo. Precisa dar.

27

Quando me junto ao grupo de advogados da Smith & Boone, Andréa me cumprimenta com um abraço.

— Oi, Cass. Tudo bom?

— Tudo.

— Empolgada para o festival?

— Sim, mal posso esperar.

— Ah, espere aí... — Virando o pescoço, ela ergue o braço. — Mercedes! Aqui!

Olho na direção para a qual ela está acenando e, de fato, é Mercedes. Mesmo em um dia de folga, ela está impecável. Trocou o vermelho de sempre por um vestido de verão leve e cinza que vai até o joelho, sandálias brilhantes e os maiores óculos de sol que já vi fora de uma revista. O cabelo que ela costuma usar solto está preso em um coque apertado, enquanto um lenço estampado violeta e vermelho está preso ao redor de sua cabeça como uma bandana. Ela está subindo a West 28th na direção da Providence, indo pelo caminho errado, já que a entrada é na avenida Jay, mas ela pausa ao ver a mim e Andréa.

Empurrando os óculos mais para cima do nariz, ela ergue a bolsinha branca que carrega no ombro e vem até nós. Frank também chega uns minutos depois e, logo, mais de vinte associados de verão e advogados-sênior estão andando pela rua, do lado de fora dos limites do festival. A voz de Glenn ressoa acima das conversas, da música e do trânsito das redondezas, e o contingente da Smith & Boone fica quieto.

— Obrigado a todos por estarem aqui! É maravilhoso vê-los fora do escritório, e num dia tão bonito de agosto. Pelo que entendi, o Festival de Flores & Cerveja de Ohio City tem mais de duas dúzias de artistas locais vendendo arte e produtos artesanais, que vão de fotografias a pinturas e comidas caseiras, além de uma variedade de flores e plantas. E tem três cervejarias locais oferecendo degustações.

Meu coração se ilumina. O modo como Glenn o descreveu faz o festival parecer impressionante. Apesar dos ataques de nervos constantes que estou tendo, o orgulho corre pelo meu peito.

— David comprou ingressos para todos, podem usá-los para comprar almoços de até vinte dólares, além de vouchers para duas bebidas alcoólicas, se quiserem beber. Mostrem as identidades na bilheteria para pegar as entradas... e se divirtam!

O pronunciamento de Glenn é respondido com palmas e o grupo da Smith & Boone começa a se dispersar.

Andréa se vira para mim e para Mercedes.

— E aí, o que acham? Querem primeiro almoçar e depois ver as barracas?

— Ah, você quer que a gente almoce... juntas? — pergunta Mercedes.

Frank vai para a frente.

— É claro. Vocês duas foram associadas excelentes este verão. Andréa e eu achamos que seria bom se almoçássemos juntos, nós quatro. O que acham?

— Claro — aceito sem pensar.

— Sim, obrigada — murmura Mercedes.

Frank bate palma.

— Muito bem, então. Vamos?

Os olhos azul-acinzentados dele reluzem ao trocar um olhar indecifrável com Andréa, cujos lábios se apertam em um sorriso. O que está rolando entre esses dois?

Antes que eu possa tecer qualquer outra conjectura, somos guiadas até a bilheteria. Jai e Anisha estão sentados do outro lado da mesa, conferindo identidades, passando cartões de crédito e entregando ingressos. Jai pisca ao me ver, mas não fala mais nada, e sou grata por isso. Antes de eu chegar na mesa, alguém puxa minha manga. Mercedes está atrás de mim. Apesar de a barraca ser coberta, ela ainda está de óculos de sol.

— Preciso usar o banheiro. Você pode pegar meus ingressos para mim?

— Há, bem, se você quiser beber, vai precisar mostrar a identidade.

Ela dispensa o comentário com um gesto.

— Não vou beber. Preciso dirigir mais tarde. Mas se puder pegar meus tíquetes de almoço, eu ficaria feliz. Obrigada.

Sem esperar que eu responda, ela sai da barraca em direção aos três banheiros químicos alinhados em um canto. Sacudo a cabeça, perplexa. Quando você precisa ir ao banheiro, você apenas precisa.

Vou à mesa onde está Anisha, que sorri placidamente ao olhar minha carteira de motorista, sem dar nenhum sinal de que me conhece, felizmente, e me entrega uma pulseira amarela e dez tíquetes. Estou quase indo embora quando lembro de Mercedes.

— Ah, posso pegar seis tíquetes de almoço para minha colega, por favor?

— Seis tíquetes, já vai — diz ela, e então nota que Frank a observa com curiosidade. — Ah, quer dizer. Não, sinto muito. Só podemos entregar tíquetes comprados pela Smith & Boone com uma identidade de trabalho. Temo que sua amiga tenha que voltar para pegar os tíquetes pessoalmente.

Frank sorri, simpático.

— Vocês são bem cuidadosos. Respeito isso. Mas sou um advogado--sênior na Smith & Boone e posso garantir que o pedido de minha colega é válido. Os tíquetes são para Mercedes, não são? — Ele acrescenta para mim.

— Sim. Ela foi ao banheiro.

Ele assente.

— Se você levar bronca por isto, eu levo a culpa, tudo bem? — Tirando a carteira do bolso, ele pega um cartão de visita e o entrega a Anisha. Ela pisca ao pegá-lo e olha de mim para Frank. Ele não faz a mínima ideia de que a pessoa que poderia dar a bronca está bem aqui. A ironia é tanta que quase rio.

Anisha pega mais seis tíquetes dos designados para a Smith & Boone e os entrega para mim.

— Certinho.

— Obrigado. Nós agradecemos. — Tirando um chapéu imaginário, Frank sai da barraca. Anisha faz joinha para mim rapidamente, assim que ele vira de costas.

Repito o gesto com as duas mãos e corro para alcançar Frank e Andréa. Nós esperamos na entrada do festival até Mercedes voltar, alguns minutos depois. Ela pega os tíquetes do almoço e murmura "obrigada" enquanto vamos em direção à barraca de comida.

Mais pessoas começam a chegar ao festival agora e fico maravilhada com o caleidoscópio de cores, cheiros e sons que sai de cada canto da rua cheia de barracas. Um casal jovem com uma criança de colo passa por nós antes de virar em direção a um estande cheio de bichos de pelúcia costurados à mão. Um homem mais velho e curvado usando um boné desgastado vai para outra barraca com comidas artesanais e um trio de jovens que parecem universitárias passeia, cada uma segurando um cupcake delicioso. Uma das mulheres tem um buquê na bolsa-sacola; uma mistura de flores brancas e cor-de-rosa aparece entre as alças.

Por onde olho, há pessoas sorrindo, passeando, rindo e aproveitando estar ao ar livre em um belo dia de verão em Cleveland. Conforme passo pela tenda de uma das cervejarias onde um homem de rabo de cavalo enfileira algumas cervejas de degustação para dois jovens de vinte e poucos anos, alguém me agarra pelo cotovelo. É o Fulano, aquele cara de antes, cujo nome não lembro... Alec, o voluntário que não sabia nada a respeito das barracas.

— Ei, achei que era você — diz ele. — Pode me ajudar com uma coisa, só um segundo? Eu...

— Desculpa, você deve ter me confundido com alguém — grunho entredentes. Arregalando os olhos, sacudo a cabeça bem de leve.

Alec franze o cenho, e é óbvio que ele não está entendendo o que estou dizendo.

— Mas, antes...

— Licença, por favor. — Fazendo cara feia para ele, me afasto e vejo os três pares de olhos voltados para mim.

Andréa nos encara com curiosidade.

— Tudo bem aí, Cass?

— Ah, sim. Aquele cara achou que me conhecia. Ele me confundiu com outra pessoa. — Ao ver o olhar confuso dela, continuo. — Ele achou que eu fosse uma das voluntárias do festival. — Reviro os olhos, tipo *dá-pra-acreditar?* Andréa olha para mim e depois para Alec que, depois de um momento de perplexidade, sacode a cabeça e vai embora.

— Deve ser por causa da sua camiseta — diz Mercedes, e sinto a bile subir por minha garganta. *Ela não ousaria.* — É verde, como as camisetas dos voluntários.

Frank dá risada.

— Que azar, Cass. Acho que não vai ser a última vez que alguém vai te confundir com uma voluntária hoje.

— É, que azar. — Dou uma risadinha em meio à onda de alívio que passa por mim. *Essa foi por pouco.*

Andréa e Frank voltam a andar, e Mercedes e eu ficamos um pouco atrás deles.

— Obrigada — murmuro.

Com o nariz empinado, ela dá de ombros.

— Já disse que não estou contra você.

Talvez ela *realmente* estivesse falando a verdade no elevador a respeito de não ter a intenção de me sabotar. Será que a julguei errado todo este tempo?

— Quero apenas o seu emprego. E vou consegui-lo de maneira justa — acrescenta ela, fungando. *Ah. Lá vai ela.* — Enfim... — Mercedes hesita, mordendo o lábio inferior. — Como foi que você se envolveu — ela gesticula ao nosso redor — com isto, de qualquer forma. Foi ideia do seu namorado?

— Não, nós não estamos mais juntos.

— Não?

— Terminamos mês passado. — Não sei por que estou contando a ela sobre minha vida amorosa, exceto por uma certa camaradagem que surgiu entre nós nos últimos dez minutos, e meio que gosto disso. É bom não estar constantemente brigando com Mercedes, e até mesmo trocar favores.

— Sinto muito — murmura Mercedes.

— Tudo bem. Ele quer tentar de novo, mas ainda estou decidindo se deveria tentar ou não.

— Não, não tente — diz ela, de modo brusco.

Dou um pulo.

— Por quê?

— Porque... nunca é uma boa ideia dar a um ex a oportunidade de partir o seu coração outra vez? Se vocês terminaram, devem ter tido um bom motivo. Você deveria seguir seu instinto.

Estou prestes a corrigir a suposição de que *ele* quebrou o *meu* coração, já que ele não fez isso, mas Andréa para de andar. Chegamos à barraca do Zelma's. Atrás de uma longa fila de mesas, vejo Marcus servindo bebidas usando a torneira de um barril. Brie está ao lado dele, entregando comidas aos clientes. Eles não me veem, o que é ótimo. O jeito como se movem em sincronia, mudando de lado ou se esquivando, é tão articulado quanto uma dança. Desde o surto de Brie no mês passado, as coisas entre ela e Marcus estão melhores do que nunca. E, pela primeira vez em muito tempo, eu acho mesmo, mesmo que vão continuar assim.

— Será que algum de nós deveria pegar uma mesa? — pergunta Andréa.

— Eu posso ir, claro — respondo.

— Ótimo! O que você quer de almoço? Nós pegamos para você.

Olho para o quadro do menu e digo a primeira coisa que leio.

— Um sanduíche de frango, obrigada.

— E para beber?

— O que eles tiverem. Uma *pale ale*, se der.

Ela abre um sorrisão.

— Entendido.

Dou meus tíquetes para Andréa com outro agradecimento sincero e passo pelas mesas metálicas de piquenique que ficam diante da barraca e estão sendo tomadas rapidamente. Afasto-me de onde Glenn, os advogados e outros cinco associados de verão estão sentados, em direção a uma mesa no canto mais afastado... perto da barraca da Blooms & Baubles.

O estande de Perry fica bem ao lado do estande do Zelma's, acompanhado de uma brilhante placa vertical de quase dois metros de altura em verde e roxo. Não consigo ver Perry de onde estou, mas há várias plantas em vaso e buquês de flores aparecendo entre as telas brancas da barraca.

Passando por cima de um dos bancos das mesas de piquenique, puxo bruscamente meu celular do bolso de trás e me sento, bufando. Olho de relance para Frank, Andréa e Mercedes, que já estão se movendo na fila, e então para a barraca da Blooms & Baubles.

Talvez eu poderia dar uma corridinha para ver como Perry está.

Não. É arriscado demais. Já fui quase descoberta como voluntária do festival vezes demais. E seria feio para mim perder a mesa caso eu levantasse e outra pessoa pegasse meu lugar.

Balançando os pés, desbloqueio a tela do celular. Tento me distrair com o Instagram, mas mal presto atenção nas fotos da timeline. Bloqueio o celular, coloco-o contra a palma da mão, meus olhos voltando para a barraca da Blooms & Baubles.

Talvez eu devesse mandar uma mensagem a Perry...

Ele ainda não disse nada sobre o mural. Claro, só trocamos cumprimentos em meio ao furor da preparação do festival, mas ainda assim… Pergunto a mim mesma o que ele achou. Também não falamos do quase-beijo que aconteceu na outra noite, ou o que ele poderia significar para nós… ou para mim e para Devin e nosso futuro — ou a possível falta dele.

Sinto um calafrio do nada. Uma camiseta verde e uma cabeça cheia de cabelo cor de cobre aparece no canto da minha visão.

Olho para cima e vejo Perry de pé, falando com um cliente na entrada da tenda da Blooms & Baubles, e minha boca fica seca. Ele está com o mesmo sorriso despreocupado de sempre e postura relaxada enquanto conversa. Quando o cliente enfim vai embora, ele se vira e nossos olhos se encontram. Mesmo a uns bons seis metros de distância e com pessoas passando entre nós, sinto a intensidade de seu olhar dos pés à cabeça. É como se fôssemos as únicas pessoas do mundo.

Perry aponta com o polegar por cima do próprio ombro — em direção ao mural reluzente, iluminado pelo sol quente da tarde — e então aponta para mim. Suas sobrancelhas travessas se erguem, questionadoras. *Foi você?*, pergunta em silêncio.

Sorrindo, dou de ombros. *Talvez.*

Sacudindo a cabeça e com um enorme sorriso irônico no rosto, ele coloca a mão sobre o coração.

Estou perdida.

— Cass. Cass?

— Hã? — Dou um pulo na direção da voz.

Andréa está segurando uma embalagem de papelão — meu sanduíche.

— Seu almoço — diz ela, com as sobrancelhas torcidas em preocupação. Ela, Mercedes e Frank estão me encarando, provavelmente se perguntando por que estou sentada aqui, encarando o nada, com a mente passeando como se estivesse de férias.

— Ah, obrigada. — Pego a caixa dela, veloz, e o copo de plástico cheio de cerveja que Frank passa para mim. — Desculpe, achei que tinha visto um conhecido. — Ajeito-me no banco e, quando levanto o olhar de novo, Perry já voltou para a barraca dele.

Assim que todos se acomodaram, Frank coloca as duas palmas na mesa e se inclina para a frente.

— Então, Andréa e eu queríamos almoçar com vocês duas por um motivo.

— Além da oportunidade de aproveitar a agradável companhia — acrescenta Andréa, fazendo Frank dar uma risada retumbante.

— Exatamente. — Ele a fita, fazendo-a continuar com um aceno de cabeça. — Temos notícias empolgantes para compartilhar. Vocês não deveriam descobrir até a semana que vem, mas Glenn nos deu permissão para contar mais cedo.

As costas de Mercedes estão tão rígidas que parece que ela vai quebrar ao menor toque. Meu coração acelera. *Será que…?*

Os olhos de Frank se iluminam até praticamente cintilarem.

— Gostaríamos de convidá-las oficialmente à família Smith & Boone… como associadas de primeiro ano.

28

Meu Deus, consegui. Eles ofereceram o emprego dos meus sonhos — o emprego que pensei ter perdido um ano atrás. Minha boca pende e não consigo formar palavras além de um som parecido a um coaxo. Mercedes parece tão atordoada quanto eu. Seus olhos azuis estão arregalados e a mão dela tremula contra o peito, como se estivesse tentando impedir que o coração fuja dali.

— Frank, estou honrada. Muito, muito obrigada — ofega ela.

— Sim. — Finalmente consigo dizer. — Uau. Obrigada.

Com uma risada simpática, Andréa aperta nossas duas mãos.

— Deixem-me ser a primeira a dizer bem-vindas ao escritório.

— Presumindo, é claro, que aceitem — diz Frank. — As ofertas formais por escrito virão na semana que vem, e tenho certeza de que as lerão fazendo um pente-fino. Vão querer saber a respeito do salário, requerimentos de honorários, bônus, benefícios, tempo de férias, esse tipo de coisa.

Andréa afofa o guardanapo de papel, o coloca no colo e abre a embalagem de uma salada generosa.

— Só aviso que não tiramos férias. Vocês têm tempo de folga, o que inclui licença médica, mas a maior parte dos associados não tira. A não ser que queiram perder honorários — ela diz, rindo.

Frank para o hambúrguer na frente da boca.

— Isso é verdade. A boa notícia, porém, é que depois de ter trabalhado alguns anos, você terão dinheiro acumulado o suficiente para tirar férias onde quiserem.

— Tipo ir a Fiji, não é, Frank? — sugere Andréa.

— Exatamente. Foi lá que minha esposa e eu fomos no nosso aniversário de vinte anos de casados no verão passado. Duas semanas sem nada além de sol, areia e mergulho.

— E o caso Seymour — completa Andréa, com um sorriso.

Ele acena que sim, pensativo.

— Ah, sim. O caso Seymour. Esse foi difícil. Lembro que tive de deixar o alarme para tocar às três da manhã e ligar para meu cliente lá da nossa cabana de praia. Minha esposa *não* ficou muito feliz. — Ele ri. — Ah, Andréa, você provavelmente está assustando as duas.

Frank nos dá um sorriso consolador, e Andréa dá uma garfada na salada.

— Ah, elas sabem onde estão se metendo. Ou não teriam se candidatado ao nosso programa de verão, não é, garotas?

Mercedes ajusta a postura.

— Exato. Nada disso é um problema. Na verdade, trabalho é minha maior prioridade. E é na Smith & Boone que desejo construir minha carreira. Vocês não vão se decepcionar comigo. — Ela toma um gole trêmulo do que parece ser chá gelado e umedece os lábios. — Por curiosidade, irei entrar em qual grupo?

— No meu — afirma Frank. — Você se mostrou muito competente em lei pública, e ficarei feliz de tê-la conosco.

— E você irá para o litígio comigo — diz Andréa para mim.

Ao meu lado, sinto as pernas de Mercedes ficarem tensas. Sei que litígio era o que ela mais desejava. Será que isso significa que voltaremos a competir? Se sim, talvez estejamos fadadas a uma competição eterna. Trabalhando no mesmo escritório, mas comigo em litígio e ela em lei pública, ela sempre vai ficar de olho na minha vaga.

Sinto uma dor de cabeça latejando começar.

— Obrigada, Andréa, mal posso esperar.

Levo minha cerveja e tomo vários longos goles. Olhando-me de soslaio, Mercedes franze o cenho.

Por que me sinto tão exaurida de repente? Isso é tudo com que sempre sonhei. A Smith & Boone é um dos escritórios mais prestigiados do estado, talvez do país. É onde inúmeros membros do Congresso e juízes da Suprema Corte começaram suas carreiras. Serei respeitada, bem paga e terei novos desafios todos os dias. Nunca terei de me preocupar com finanças nem terei dificuldades de pagar as contas, especialmente tendo começado sem dívidas estudantis.

Posso ter a vida com a qual as outras pessoas sonham.

Mas terei tempo para viver qual vida, ao sair do escritório?

Conheço o horário de trabalho da Andréa, presenciei sua rotina o verão inteiro. Sair às seis e meia é cedo para ela. Oito ou nove são a norma, especialmente quando está trabalhando em um caso importante — e, sejamos francos, ela está *sempre* trabalhando em um caso importante.

Será que *ela* pinta? Será que já planejou festivais comunitários? Tirou férias sem levar trabalho na mala? A cerveja coalha no meu estômago vazio e luto contra uma onda de náusea. Tateando pelo meu celular, eu me levanto.

— Cass, você está bem? — Andréa pergunta, me encarando.

Não. Nem um pouquinho.

— Estou bem sim, perdão. O frango não me fez bem.

Ela franze as sobrancelhas.

— Mas você não comeu nada.

— Quero dizer no meu café da manhã. Fiz ovos hoje cedo e achei que estavam com um cheiro estranho, mas comi mesmo assim porque café da manhã é a refeição mais importante do dia, não é? E agora estou me sentindo meio estranha. Preciso ir ao banheiro — murmuro.

Mercedes faz menção de se levantar.

— Quer que eu vá com você?

— Não — respondo rapidamente, dando um passo para trás do banco. — Vou ficar bem. — Tropeço antes de me virar. — Mais uma vez, obrigada, Andréa. Essa oportunidade é tudo para mim. — Coloco a mão no coração. — Já volto.

Vislumbro a expressão preocupada de Mercedes antes de sair da mesa em direção à multidão.

Ar. Estou sem ar. Esfregando os nós dos dedos no meio do meu peito, forço-me a respirar fundo.

O que há de *errado* comigo? Por que parece que um elefante sentou no meu peito?

Passo pela tenda da Blooms & Baubles. Lá, Perry conversa com Devin. Ele parece confuso quando me vê. Continuo andando. Não consigo pensar nem em Perry, em Devin ou em nenhum dos meus confusos sentimentos românticos neste exato momento.

Não vou até os banheiros químicos — só de pensar no fedor já faz meu enjoo piorar. Em vez disso, caminho em direção à Blooms & Baubles — a loja, não a tenda. Preciso de alguns minutos para me recompor. Preciso de um lugar calmo e fresquinho.

Meus tênis fazem um baque surdo na calçada enquanto passo pelo meu mural, mas não perco tempo admirando minha obra. Aceitar minha posição na Smith & Boone significa que não haverá mais murais, e disso tenho certeza. Talvez uma pinturinha pequena aqui e ali, mas, assim como na época da faculdade, sei que quanto mais ocupada fico, menos tempo tenho para pintar... e menos tempo tenho para ser feliz.

Esquivo-me de um casal de meia-idade, praticamente correndo em direção à loja. O sininho toca quando abro a porta, e paro. A Blooms & Baubles está mais movimentada do que jamais vi. Ao menos meia dúzia de pessoas está vagando pela loja cheia, e mais duas estão na fila do balcão — um segurando um vaso de vidro, outro uma pequena gravura e uma caneca de cerâmica.

Alma levanta os olhos quando me aproximo do balcão.

— Cass! — exclama, mas seu sorriso se esvai quando percebe minha expressão. — Ei, você está bem?

— Posso usar o banheiro?

— Claro. Você lembra onde é, não?

Assentindo, desvio da fila de clientes, passo por onde O Coronel cochila em sua caminha de cachorro e desvio pela porta à minha direita, entrando no minúsculo banheiro todo pintado de branco. Tranco a porta, apoio minhas mãos na pia de vinil e olho para o espelho.

Minhas bochechas estão vermelhas; meus olhos, lacrimejando. Por um milagre, o Cachinho Rebelde permanece no lugar graças ao grampo extra que usei para prendê-lo.

— O que estou fazendo? — pergunto ao meu reflexo, que teimosamente se recusa a me responder.

Fechando os olhos, inclino o queixo para o teto. Por que meu momento de glória mais parece uma derrota?

Você sabe o porquê, diz uma vozinha na minha mente.

Balanço a cabeça com força, sentindo lágrimas quentes escorrerem pelas bochechas.

Não quero nada disso. Nem o emprego nem a grande vida de advogada.

Essa confissão está me atormentando há semanas, cutucando sem parar os limites da minha consciência, mas até agora eu não dava voz ao pensamento. Há quantos anos me sinto esgotada até os ossos só por existir? Do momento que acordo ao momento que fecho os olhos para um sono inquieto, fico pensando nesse emprego, obsessivamente pensando em tudo que poderia melhorar. E o que isso me deu? Ansiedade crônica e linhas de expressão permanentes. Todo domingo à noite, antes de adormecer, lágrimas ameaçam brotar porque tenho pavor de acordar na segunda-feira de manhã. Que tipo de vida é essa?

Minha ascensão ao topo na profissão de advogada me definiu por tanto tempo que, de algum modo, perdi uma parte importante de mim no meio do caminho, incapaz de fazer qualquer coisa além de batalhar por esse objetivo. Até pouco tempo atrás, o que me encarava de volta no espelho era a perfeita definição de sucesso — a definição de sucesso que meus professores, minha família e colegas de faculdade me convenceram de que eu queria. Mas qual foi a última vez que me senti feliz de verdade?

A imagem da Blooms & Baubles aparece em minha mente. Não que eu queira ser florista — não quero —, mas nunca me senti tão feliz quanto me senti tentando salvar a loja de Perry. Prosperei porque coloquei todo o meu treinamento e intuição em um objetivo que vai fazer uma diferença real e tangível para a comunidade. Ajudar Perry a tirar o festival do papel nessas últimas semanas fez uma rachadura na ilusão da minha vida. Há mais para mim além de uma pilha de livros de Direito e um escritório sem janelas. *Eu* posso escolher o que me faz feliz; quem *eu* quero ser.

Então, se não sou Cass Walker, a advogada em ascensão de um grande escritório… quem sou eu? Cerrando os dentes, encaro meu reflexo.

Que tal… Cass Walker, a pessoa que usa seu diploma em Direito para *ajudar* pessoas, para ajudar comunidades? Cass Walker, que luta contra interesses corporativos egoístas e defende aqueles que realmente precisam de defesa? Cass Walker, fã de *brunch* aos domingos, família e amigos?

Não *preciso* de um emprego na Smith & Boone para ter sucesso na carreira, alcançar segurança financeira ou viver minha melhor vida. Na verdade, tenho certeza de que aceitar esse trabalho não me trará nada além de ansiedade e arrependimento.

Tenho que recusar.

De repente, a náusea que se formava em meu estômago desaparece. Meu peito fica leve de um jeito como eu não sentia desde... Desde que voltei a pintar. Uma risada explode para fora de mim. Então é *assim* que alguém se sente quando toma as rédeas da própria vida.

Rasgando um pedaço de papel-toalha do rolo que estava na pia, enxugo as lágrimas do rosto. Encaro a mim mesma no espelho e tiro os grampos do cabelo, desfazendo o coque que até então estava usando. O Cachinho Rebelde cresceu o suficiente para não espetar para fora, mas ainda aparece por baixo dos outros cachos.

Mas não ligo. O Cachinho Rebelde não é perfeito, nem eu. E está tudo bem.

Umedecendo os lábios, abro a porta e apago a luz. Hora de conquistar meu futuro... o futuro que realmente quero.

Alguém grita meu nome assim que coloco os pés para fora da Blooms & Baubles. Sinto meu coração bater mais forte. Reconheço essa voz — é a voz de Perry.

Ele está a alguns metros da esquina entre a Providence e a 28th. Nossos olhos se encontram e caminhamos em direção um ao outro como se estivéssemos conectados por um cordão invisível. Nós nos encontramos no meio do caminho, em frente ao meu mural. O cabelo dele está bagunçado pelo vento e os ombros parecem tensos.

— Está tudo bem? Vi você passando pela tenda e parecia triste.

Eu toco nos braços dele.

— Estou bem. Está tudo perfeito, na verdade. A Smith & Boone me ofereceu uma vaga permanente.

Os lábios dele se abrem, surpreso.

— Uau, Cass, isso é incrível. Parabé…

— Vou recusar.

— Espere. Como assim?

— Quando entregarem a oferta formal por escrito, vou recusar. O que significa que ficarei desempregada quando acabar meu período de associada de verão, mas está tudo bem. Existe um mundo de possibilidades lá fora. Ainda vou ter meu diploma em Direito. Vou usá-lo para fazer uma diferença real no mundo.

— Mas… Achei que trabalhar na Smith & Boone fosse o que você sempre sonhou.

— Tive uma epifania agora mesmo. No seu banheiro, na verdade. — Dou uma risada leve. — Acho que eu nunca quis trabalhar num grande escritório, não de verdade. Todo mundo acha que essas empresas são o suprassumo da carreira de advocacia, pelo nome e pelo prestígio… Tentei ser a melhor em tudo, por tanto tempo, que se tornou natural para mim querer uma carreira num grande escritório de advocacia.

Eu me aproximo e deixo minhas mãos passarem dos braços até as mãos dele, enlaçando-as com as minhas.

— Nas últimas semanas, porém, você me ajudou a perceber uma coisa: trabalhar na Smith & Boone não me faz feliz. Na verdade, me deixa triste pra caramba. A carga horária, o estresse, os clientes, a falta de tempo para os meus hobbies, minhas amizades e… Outras coisas. — Mordo os lábios e percebo as narinas de Perry inflarem. — Adorei te ajudar a planejar esse festival, e adorei esboçar a proposta para a prefeitura de abrir uma faculdade comunitária na Buckeye-Shaker. Tem outras formas de usar meu diploma para fazer o bem às pessoas… Pessoas reais, que só estão tentando pagar as contas, alimentar a família ou abrir pequenas empresas. — Aperto a mão dele com a minha. — Então… É isso o que desejo fazer. E não sei se eu teria percebido sem você. Você me encorajou a olhar para dentro de mim mesma e me fez me perguntar o que realmente me faz feliz. Tipo pintar.

Um sorriso astuto aparece nos lábios dele.

— Ainda não acredito que você pintou o mural. Quer dizer, suspeitava, mas não tinha certeza até ver você nas mesas de piquenique. *Obrigado*. Estou fascinado.

— Tive bastante ajuda. A Brie ficou de olho por mim. — Dou um suspiro, rindo. — Se você sabia que fui eu, por que você não me disse nada até agora? Por que não me perguntou por mensagem hoje de manhã?

— Eu tinha que ver você primeiro. Tinha que perguntar uma coisa cara a cara. — Olhando para nossas mãos dadas, ele respira fundo. Quando me olha de novo, seus olhos brilham mais que o sol do meio-dia. — Por que você pintou?

Meu coração palpita e engulo em seco.

— Bom, por um lado era para confrontar seu pai. Pintar uma propaganda de três metros de altura no depósito falando do negócio do filho dele, que ele está tentando destruir, parece justiça cármica. Não acha?

Perry abaixa o queixo para olhar nos meus olhos.

— Esse foi o único motivo?

— Não — sussurro. — Fiz por mim mesma, porque parecia ser o correto… e fiz por você.

Ele respira fundo, ofegante como se eu tivesse lhe dado um soco no estômago. Seus dedos se fecham ao redor dos meus conforme ele me puxa para mais perto.

— Cass? — Há uma pergunta que não foi dita em sua voz.

Não consigo mais me conter. Ficando na ponta dos pés, fecho os olhos e levo meus lábios aos dele. No momento que se tocam, a atração que fervilhou entre nós durante o verão inteiro explode e se torna palpável, tão brilhante e consumidora quanto os fogos de artifício do Quatro de Julho.

Com um gemido, ele me puxa para mais perto. E, então, sua boca se move contra a minha e… ahhhh, meu Deus, que *bênção*. Com a mão tomando o maxilar liso de Perry, coloco todos os sentimentos reprimidos que consigo reunir neste beijo. Seus dedos se entrelaçam em meu cabelo e ele responde minha intensidade com interesse.

Estou nadando em um mar de Perry — em seu aroma vívido e amadeirado, no peso suave de seus lábios, nos quadris pressionados contra os meus. Sua língua mergulha na minha boca e solto um gemido com o movimento sensual. Ele tem um sabor picante e doce, como bolo de canela. Meus lábios se abrem e ele aprofunda o beijo, bajulando o prazer com cada giro de sua língua e cada roçar de seus dentes. Quando chupo o lábio inferior dele, mordiscando-o de leve, ele sorri contra minha boca.

Mas não para. Com um gemido, ele ergue meu queixo e me beija de novo e estou me afogando em uma piscina de prazer e desejo.

Porque isto é um *desejo*. Preciso de Perry, dos lábios dele nos meus, e a sensação de alegria intoxicante e descontrolada que me deixa prestes a ser lançada para outro universo. Meu sangue está fervendo e minha alma grita com a certeza de cada um dos seus toques.

É *assim* que um beijo deveria ser. Não uma representação didática de maestria técnica, como Devin faz, onde cada movimento é calculado para produzir uma resposta física já esperada. É um encontro de almas, uma troca de promessas. Uma revelação.

E agora eu sei, inegável e inquestionavelmente, que eu quero Perry.

É *ele*.

Acho que eu sabia desde o primeiro momento que o vi na loja, mas eu estava cega demais por sonhos e fantasias para me dar conta da verdade. Não quero Devin e nunca vou querer.

Devin. Preciso falar com ele. Ele merece saber.

Ofegando, me afasto. Os lábios de Perry estão corados e inchados pelos beijos, os olhos esmeralda bem abertos e maravilhados.

— Devin — digo, sem ar.

Perry estremece como se tivesse levado um tapa. Sua expressão endurece e ele se afasta de mim. Meu coração trine em pânico.

— Uau — solta ele com a voz rouca. — Você nunca vai me escolher, né?

— Quê? Não. — Eu me aproximo, mas ele se afasta.

— Mesmo quando está me beijando, você ainda pensa nele. Nunca vou poder competir com um sonho, não é?

— Perry, não. Não foi o que eu…

Mas Perry já está andando para longe de mim. Ele olha de relance para a esquerda e, seja lá o que tenha visto, o faz parar. Mas, no segundo seguinte, ele continua, e corro atrás dele.

— Por favor, espere!

— Cass? — A voz de Devin me faz parar tão rápido que quase tropeço. Ele está de pé na esquina da outra calçada, me encarando. Sua boca está aberta, sua expressão é uma máscara de choque. Meu estômago despenca.

Ele nos viu. Ele viu tudo.

Giro o pescoço, procurando por Perry, mas ele desapareceu na multidão. Por mais que eu queira segui-lo e fazer com que ele *entenda*, estou devendo uma explicação a Devin há muito tempo. E, depois do que testemunhou, ele merece a verdade. Agora mais do que nunca. Deixando escapar uma respiração trêmula, forço meus pés a me levarem ao outro lado da rua.

Mas, antes de chegar até ele, Mercedes se aproxima. Ela coloca os óculos de sol para cima da cabeça, corre para onde estou e agarra meu ombro.

— Ei, eu estava te procurando por tudo que é canto. Andréa e Frank estão preocupados. Você está…?

Devin sai da calçada de forma hesitante.

— *Sadie*?

Mercedes dá meia-volta e a face dela fica branca como papel.

— Devin.

Espera… quê? Mercedes é *Sadie*? *A* Sadie? O apelido faz sentido, mas não consigo processar direito o fato de que trabalhei o verão inteiro com a ex manipuladora de Devin, que fingiu estar grávida.

Ele dá um passo atrás, retesando os músculos.

— O que você veio fazer aqui? — A voz dele é baixa e ameaçadora.

Eles se encaram na calçada com expressões semelhantes de asco. Olho para Mercedes, depois para Devin e de novo para ela.

Minha nuca formiga. A sensação se intensifica até queimar como se eu estivesse em chamas. *Não é a primeira vez que os vejo juntos.* O presente se mistura ao passado. As imagens flutuam em minha memória — minhas lembranças *reais* — junto à música. A cena diante de mim muda e tremula. Meia-luz. Mesas abarrotadas. Devin e Mercedes.

Minha visão fica turva. Tropeço para a frente e meus joelhos batem contra a calçada — em cheio.

Eu lembro.

Eu me lembro de *tudo*.

29

Quando saio do centro de provas para o Exame de Ordem, não me sinto feliz, aliviada nem nada assim. Tenho certeza de que passei — a certeza de que fui muito bem na prova reverbera em mim —, mas me resta apenas uma sensação de peso nas costas.

Não sinto vontade de voltar a Cleveland ainda, então passo a tarde explorando o bairro Short North, no centro de Columbus, vagando de uma galeria de arte à outra até bolhas começarem a se formar nos meus pés e meu estômago protestar pela falta de comida. Avisto um restaurante — italiano, suponho. É aqui perto. Estou com fome. Entro.

O recepcionista me olha com pena quando me atende, como se uma mulher almoçando sozinha fosse sinal de fracasso. Eu o ignoro. Minha cabeça está cheia de outras angústias para me importar. Ele me oferece uma mesa pequena para duas pessoas nos fundos do restaurante. Alguns minutos depois, um garçom me atende e faço o pedido. Assim que ele parte, as angústias começam a tomar conta de mim mais uma vez.

É como se eu tivesse corrido uma maratona e finalmente cruzei a linha de chegada, somente para perceber que não há mais nada para mim no horizonte. O que fazer da vida quando todas suas metas se resumem a: formar-se em Direito, passar no exame de ordem e conseguir um emprego em um escritório importante E você alcança todos esses objetivos antes dos 25 anos?

Meu trabalho como associada na Smith & Boone começa daqui a algumas semanas. Fico pensando em como serão os próximos vinte ou trinta anos da minha vida.

Eu me imagino trabalhando até a exaustão, todos os dias da semana, até conseguir me tornar sócia quando tiver... sei lá que idade. Será que

291

minha carreira vai me deixar ter tempo para a família? Amigos? Arte? Ou minha vida será meu trabalho, o único traço de personalidade que define minha existência?

Mamãe diria que nada disso importa. Que posso preencher as lacunas da minha vida com as coisas que amo se me tornar uma advogada de sucesso em um grande escritório, já que terei a segurança financeira.

Mas será que é suficiente?

Uma sensação de vazio me preenche até que eu me sinta tão oca que alguém poderia me tocar como se eu fosse um sino. Meus olhos vagam pelo restaurante e percebo que nunca me senti tão sozinha.

Um casal, então, entra no restaurante — uma loira estonteante usando um vestido justo cor de vinho e um homem tão lindo que vira a cabeça de todo mundo no estabelecimento.

Eu me remexo, incomodada, quando o recepcionista os coloca na mesa bem ao lado da minha. Estou tão próxima deles que deve haver só meio metro entre nossas mesas. Esgueirando-se pelo lado, a mulher se aperta para entrar no lugar próximo ao meu, alisando cuidadosamente o vestido antes de se sentar. O homem se senta no lado oposto a ela, tirando do pescoço o cachecol vermelho com estampa de quadradinhos brancos e o colocando na parte de trás da própria cadeira.

Eu observo o homem com o canto do olho. Ele e a namorada estão mais bem-vestidos do que a formalidade do restaurante sugere. Será que vieram de um show? Será esse o primeiro encontro deles, ou será o quinto, ou o décimo quinto? Eles não parecem casados, considerando a falta de alianças, e há uma certa hesitação na postura da mulher que me faz supor que este seja o primeiro encontro mesmo.

Logo percebo que estou certa. "I Got You, Babe", de Sonny e Cher, se mistura ao som das inúmeras conversas ao nosso redor, mas, a essa distância, é impossível não prestar atenção na conversa deles. Bebericando minha água com gelo, finjo mexer no celular enquanto escuto tudo.

No que diz respeito a primeiros encontros, este parece ter começado bem. Ele trouxe um buquê de lírios brancos e frescos, que ela apoia ao lado de minha mesa. O papel plástico enruga toda vez que ela encosta o cotovelo nele. Os dois fazem todas as perguntas típicas de um primeiro encontro: de onde você é, o que faz da vida, o que você gosta de fazer...

Em um certo momento, ela ri de uma história que ele conta a respeito de ter caído de um trampolim na terceira série e quebrado o dedo mindinho. "Ah, Devin, seu bobo." Ela cobre a mão dele com a sua em cima da mesa, tampando o dedo torto, e meu estômago revira. Quando foi a última vez que recebi esse tipo de carinho? O sorriso que ele oferece a ela é tão brilhante que chega a ofuscar.

Ele lhe conta sobre a própria família. Como a mãe tem uma floricultura em Cleveland — a Blooms & Baubles —, mas que agora ele quer é trabalhar com o pai, que tem uma construtora no lado sul da cidade, e como "quer levar os negócios dele para o futuro". Ela diz que sempre quis se mudar para Cleveland.

Ele fala mais, encantando-a com as mais diversas histórias, e uma vida se abre diante a mim — uma vida rica, complexa e linda, com todos seus significados e incertezas. Ele fala sobre o ensino médio, sobre como ama futebol, beisebol e longos passeios a bicicleta pelos Metroparks. Ela escuta tudo com atenção, mas o estimula com perguntas e risadas bem medidas.

Quando o garçom chega à minha mesa pela terceira vez, perguntando se quero a conta, enfim aceno que sim. O homem — Devin — foi ao toalete e a mulher olha o próprio celular. Ali vejo as horas; são nove horas, e ainda tenho uma longa viagem pela frente antes de, por fim, rastejar até a cama e entregar-me à exaustão.

Pegando minha bolsa, saio, relutante. No caminho, desvio em direção ao toalete — dar uma parada é sempre uma boa ideia antes de dirigir — e pauso em frente ao espelho no corredor dos fundos para observar meu reflexo.

Minhas bochechas estão encovadas e as olheiras escuras que se formaram sob meus olhos se tornaram um acessório permanente nos últimos meses. Hoje pode ter sido o fim de uma longa e árdua jornada, mas marca o início de outra. Com um suspiro, eu viro ao mesmo tempo em que a porta do banheiro masculino se abre, e me vejo frente a frente com o homem da mesa ao lado — Devin.

Ele olha para mim, abrindo um sorriso digno de um modelo.

— Com licença — ele murmura. As luzes acima de nós piscam duas vezes quando o vejo, pelo reflexo do espelho, passar por mim até desaparecer de vista.

Dez minutos depois, dirijo meu carro pela I-17, a rodovia que me leva até em casa, e reprimo um bocejo que parece nascido das profundezas da minha alma. Só duas horas até cair na cama. Logo, logo, vou chegar.

Mas nunca chego.

Tenho uma vaga lembrança da exaustão me empurrando por toda a viagem, mas teimosamente me recuso a parar. Abro as janelas, toco música alta e divago sobre o casal da mesa ao lado. Suas histórias, suas vidas. O sorriso do homem, que irradia uma confiança inebriante... Minha própria solidão...

A última coisa de que me lembro é estar no hospital, e Brie segurando minha mão, implorando para eu voltar.

— Cass, o que aconteceu? — O rosto de Devin entra no meu foco. Ele está ajoelhado em minha frente na calçada, segurando meus ombros e com uma expressão preocupada no rosto. Mercedes está ao lado dele, de olhos arregalados e completamente rígida.

— Estou bem. — Usando o corpo dele como alavanca, fico de pé. Meus joelhos doem depois de ter caído, mas ignoro a dor. Devin também se levanta.

— Eu me lembro de você. De vocês dois — digo, apontando para Mercedes.

— Do que está falando? Trabalhamos juntas o verão inteiro, é obvio que você se lembra de mim — ela diz, desconfiada.

— Não. Não é isso que eu quis dizer. — Sacudindo a cabeça, volto a atenção a Devin. — Enfim lembrei por que acordei do coma achando que eu te conhecia. Eu estava lá, no seu primeiro encontro com a Mercedes. Eu estava na mesa ao lado e escutei tudo. A conversa inteira.

Devin fica chocado e seus braços ficam frouxos. Depois de alguns minutos de silêncio, ele sacode a cabeça.

— Não, não pode ser...

— Pode sim. Em julho do ano passado eu estava em Columbus para o exame da ordem. Acabei mais cedo e decidi explorar a cidade. Depois de visitar umas galerias, fui jantar sozinha. Vocês estavam sentados perto de mim, naquelas mesas duplas que sempre colocam uma perto da outra. Mercedes, você se sentou ao meu lado, e Devin, você se sentou de frente para ela. As mesas estavam tão próximas que eu conseguia te ver muito bem, deve ser por isso que consegui te desenhar com tanta perfeição. Exceto pela cicatriz, que eu não devo ter percebido já que ele estava sentado à minha direita e a cicatriz é do lado esquerdo.

— Isso ainda não explica por que você achou que éramos um casal.

Apertando os lábios, massageio minhas têmporas.

— Meu cérebro deve ter bagunçado minhas lembranças quando tive o acidente, misturando coisas que aconteceram a coisas que imaginei. Você contou a Mercedes... Sadie — eu me corrijo; o nome me soa estranho — ... tudo sobre sua vida, seus interesses, seus pais, a Blooms & Baubles, tudo. Você estava usando o cachecol, o vermelho com quadradinhos brancos. E você levou flores para ela. Eu não tinha nada melhor para fazer, então escutei a conversa de vocês. Mais tarde, voltando para Cleveland, dormi no volante e bati o carro. Acho que fiquei pensando no encontro de vocês e as histórias inundaram minha consciência. Quando os vi juntos agora há pouco, lembrei de tudo.

— Caralho. — Devin deixa escapar. — Não acredito que você finalmente entendeu o que aconteceu.

Mercedes levanta a mão como se estivesse em uma sala de aula.

— Com licença, que merda está acontecendo aqui? Cass, você *ficou em coma*? E tudo isso que disse sobre imaginar que Devin fosse seu namorado... Achei que ele era? Vocês estavam juntos esse verão todo, não estavam?

— Sim, mas é complicado... — Eu me distraio, encarando-a. — Peraí. Como sabia disso? Nunca te contei quem era meu namorado. Na verdade, fiz questão de nunca mencionar o nome dele porque, para ser sincera, eu não confiava em você.

Mercedes fica vermelha.

— Escutei vocês falando no telefone mês passado. No dia que ele passou no escritório para te ver.

— E por que não me disse que era ex dele? Que *você* era a Sadie?

Devin bufa.

— Porque ela queria te manipular. É isso que ela é, uma manipuladora.

— Vá se foder, Devin. — Ela cospe, os olhos brilhando de ódio. — Eu *não estava* tentando manipular ninguém. Cass, eu queria contar, mas não sabia como.

— Peço desculpas, mas é difícil acreditar.

— Coloque-se no meu lugar por um minuto. Você descobre que a colega de trabalho, que parece te odiar, está namorando o seu ex. O mesmo ex que te abandonou sangrando no hospital no dia mais traumático da sua vida e, desde então, fez da sua missão pessoal convencer todo mundo que ele conhece de que você é uma megera mentirosa. — Sua voz fica embargada, e fico chocada de perceber que ela está chorando. — Você acha mesmo que teria acreditado em mim se eu tentasse avisar que o Devin é um sabe-tudo hipócrita e arrogante? Que você deveria fugir para longe porque ele não é um cara confiável? Ou você teria achado que eu estava apenas interpretando uma personagem para te manipular?

Com uma risada sarcástica, Devin cruza os braços sobre o peito.

— *Eu* não sou confiável? Eu não sou confiável, uau, Sadie, incrível isso. Não fui eu quem fingiu uma gravidez.

— Pela última vez, não fingi gravidez nenhuma! — ela grita tão alto que pessoas a mais de trinta metros nos lançam olhares questionadores de dentro do festival. — Você estava lá quando o médico disse que eu não estava grávida, mas você saiu antes de eles mandarem um obstetra para explicar o que havia no ultrassom: um saco gestacional vazio. Um saco *gestacional*. O que significa que eu *estava* grávida, mas perdi o bebê no início da gravidez, por volta das seis ou sete semanas.

— E por que não disse que teve um aborto espontâneo, então? Para manter isso em segredo por mais um mês?

— Porque eu não sabia. Tive enjoo matinal até uma semana antes de irmos ao hospital. Quando os enjoos começaram a melhorar, achei que fosse normal porque estava mais perto do segundo trimestre. Eu não tinha ideia que alguém pode perder um bebê e o próprio corpo não perceber. Mesmo que o embrião tenha parado de se desenvolver perto da sexta semana, meu útero continuou crescendo uma placenta e bombeando hormônios de gravidez por mais um mês, me fazendo acreditar que ainda estava grávida.

Os olhos de Devin vão e voltam do rosto dela.

— Então por que não quis ir ao hospital quando começou a sangrar?

Ela joga as mãos para o alto.

— Porque eu estava com medo. Não queria acreditar que meu corpo estava falhando justo na coisa para a qual ele foi biologicamente feito para fazer. Sei que parece idiota, mas acreditei que era brincadeira do destino ficar grávida mesmo tomando anticoncepcional. Que o *nosso* bebê estava destinado a nascer mesmo que não tivéssemos planejado nada. Você tem ideia do quanto isso me destruiu? Não, é claro que não. Porque você me deixou sozinha no hospital sem nem uma carona ou ao menos dizer tchau. Eu nem sabia que nosso relacionamento tinha acabado até chegar em casa e ver a caixa com todas minhas coisas que ficavam no seu apartamento. Eu nem sequer podia entrar em contato com você pra explicar o que aconteceu porque você me bloqueou em tudo, até no LinkedIn.

Devin abre a boca, em choque.

— Meu Deus, Sadie... — Ele pisca várias vezes e uma lágrima escorre por sua bochecha. — Me desculpa. Achei que você estivesse mentindo, achei que...

— Não importa mais. Você teve sua chance e estragou tudo. — Levantando o queixo tremendo, ela se vira para mim. — Sinto muito que você teve de ouvir tudo isso, mas não sinto que as coisas não tenham dado certo entre vocês dois. Sei que não fui muito simpática contigo nesse verão, mas é assim mesmo que eu sou. Não estou acostumada a confiar em ninguém nem a fazer amigos em ambiente de trabalho; entre as dívidas estudantis e ajudar minha família com as contas, sempre tive muito a perder. E posso não ser do tipo alto-astral, mas também não sou a vilã aqui.

Pegando a alça da própria bolsa como se sua vida dependesse disso, Sadie marcha de volta ao festival, desaparecendo na multidão.

O olhar de Devin fica perdido, à procura dela, o peito subindo e descendo. Ele fica quieto por tanto tempo que considero sair dali de fininho, até que ele passa os dedos no próprio cabelo e diz:

— Sadie, espere.

E corre em direção a ela, deixando-me sozinha na calçada.

30

> Perry, onde você tá? A gente precisa conversar.

Agarro o celular enquanto atravesso a multidão de volta ao festival. Preciso achar Perry, mas não o encontrei na tenda da Blooms & Baubles nem com Marcus e Brie. Tantas coisas aconteceram na última meia hora que sinto minha cabeça prestes a explodir, mas tenho uma certeza: não posso deixar Perry achar que escolhi Devin em vez dele.

Nosso relacionamento acabou de vez. Posso não ter tido a chance de lhe explicar nada, mas considerando o jeito como ele correu atrás de Mercedes, não acho que meus sentimentos por Perry serão um problema.

Meu celular vibra e confiro a tela:

> Vira pra trás.

Meu coração palpita. Perry está logo atrás de mim, de pé entre a entrada e uma tenda cheia de aquarelas. A luz do sol ilumina a expressão tensa e inescrutável que ele carrega.

Corro até ele.

— Você não foi embora. — Tento segurar sua mão, mas ele se esquiva. Sinto meu estômago revirar.

— Você está certa. A gente precisa conversar.

Ele acena para que eu o siga e me encaminha para fora do festival até pararmos atrás da tenda da Blooms & Baubles. Carros passam pela esquina da 28th, desviando do trecho bloqueado da rua.

— Perry, escute — digo, ansiosa. — Eu não falei o nome do Devin *desse* jeito. Só percebi que talvez ele ainda tivesse esperanças de que voltássemos a namorar, e eu precisava contar a verdade: não é ele quem eu quero. Até já sei por que me lembro dele depois do coma.

Perry arregala os olhos.

— Acontece que eu estava no restaurante ao qual ele levou Sadie no primeiro encontro, e acabei escutando a conversa inteira porque estava bem ao lado. É por isso que sei tanto sobre ele. Eu me lembrei de tudo assim que vi Devin e Sadie lado a lado, quando você foi embora.

— Espera, você viu a *Sadie*? Ela está aqui?

— Não importa. Nada disso importa. O que importa é que eu escolho você, Perry. É com você que quero ficar. Vai me dar mais uma chance?

A garganta dele se contrai enquanto ele engole em seco, e prendo a respiração, sentindo cada músculo de meu corpo se retesar.

— Tenho medo de… não. Desculpe, mas não acho que meu coração aguentaria. — O sorriso dele é tão oscilante quanto a voz, e é como se uma flecha atravessasse minhas entranhas. Ele coloca a mão sobre o nariz e a boca por um breve instante antes de respirar fundo. — Cass, assim que você pisou na minha loja pela primeira vez, fui arrebatado. Derrotado. Fiquei completamente apaixonado. E isso não acontece muito comigo. Tenho a tendência de proteger meu coração na maior parte do tempo, mas lá estava você: pernas longas, o cabelo preso para trás para revelar o sorriso mais lindo que já vi, e aquela voz que você usou com O Coronel…

Passo o punho por cima dos olhos.

— Completamente ridícula.

— E adorável. Sem vergonha de ser você mesma ou de mostrar quem você é de verdade. E, quando olhei nos seus olhos, você me encantou. *Quem é esta mulher e como ela veio parar aqui… na* minha *loja?* Nós conversamos e achei que, por um breve e incrível momento, talvez, você quisesse me conhecer tanto quanto eu queria te conhecer. Então, você desmaiou, e qual foi o nome que disse? Devin. E minha esperança se esvaiu.

Abro a boca para falar, mas ele continua.

— Você precisa entender que nunca houve uma única vez na minha vida que alguém escolheu a mim e não ao meu irmão… Nem mesmo nosso pai. Na maior parte do tempo, não dou a mínima. Devin é ele mesmo e eu sou eu. Não estamos mais no ensino médio, competindo pelo mesmo leque restrito de pares para levar ao baile de formatura. Mas, pela primeira vez, achei que tinha conhecido alguém que existia fora da esfera dele… Uma pessoa divertida, gentil e completamente encantadora. Mas então você disse o nome dele e eu sabia que era tarde demais. E isso foi antes de toda aquela história do coma surgir como se o destino tivesse escolhido você para o meu irmão.

Esfregando uma mão na nuca, ele empurra o queixo para a frente, determinado.

— Mas então passamos um tempo juntos. No começo, não foi ideal, como aquela vez que me meti no encontro que não era realmente um encontro. E daí teve a noite que você passou na loja e conversamos sobre nossos sonhos e esperanças. Daí a festa de Quatro de Julho, e a pintura que você me deu e... — hesita ele, e nossos olhares se encontram.

A conexão inexplicável que existe entre a gente.

— Uma pontada de esperança nasceu, por mais que eu tentasse ignorar. Você estava namorando o Devin. Ele era sua escolha, e respeitei. Mas você pintou o mural e me beijou e achei que... É isso. Você tinha me escolhido. Mas então você foi lá e disse o nome dele...

— Perry, foi um *engano*.

Ele levanta a mão para me interromper.

— Por favor, me deixa acabar — pede ele, com uma voz suave. — Sei que foi um engano, mas você mesma admite que estava pensando nele quando me beijou. Isso não me deixa parar de pensar: e se isso for seu subconsciente tentando dizer alguma coisa? E se for obra do destino de novo, direcionando você à sua alma gêmea e só estou aqui, no meio do caminho?

— *Não*, nada disso tem a ver com destino. Eu ter lembrado do Devin depois do coma foi só uma coincidência. Eu...

— Me desculpe, mas não posso viver com a dúvida. Demorei muito tempo para aceitar e apreciar a pessoa que sou, independentemente do meu pai ou do meu irmão, e preciso ficar com alguém que não me deixe em dúvidas sobre nosso futuro. Gosto de você, Cass. Sempre vou gostar. Mas não posso ficar com você. Meu coração não sobreviveria se você decidisse ficar com Devin de novo. Não posso correr esse risco. Me desculpa.

Então, sem olhar para trás, o homem de que mais gosto no mundo inteiro se afasta de mim para sempre.

Não sei como consigo manter a cabeça em pé durante o resto do festival. Depois de alguns minutos, tentando me recompor atrás da tenda do Perry, enfim saio e encontro Frank e Andréa, que me informam que Mercedes teve de ir embora mais cedo devido a uma emergência familiar. Sigo atrás deles enquanto passam de tenda em tenda, obedientemente sorrindo quando olham em minha direção, e finjo empolgação quando Andréa encontra o presente de aniversário perfeito para a própria mãe. Tomo cuidado para evitar a tenda da Blooms & Baubles, e também não vejo Devin de novo.

Terminadas as duas horas de diversão forçada, Frank, Andréa e os demais advogados da Smith & Boone se despedem e me arrasto até a tenda de comida, onde Brie ainda está ajudando Marcus. Ela dá uma longa olhada em meu rosto e corre até mim.

— O que aconteceu?

— Preciso falar com você. — Deixo escapar.

Marcus aparece por cima do ombro dela.

— Você está bem?

Apertando meus lábios, eu sacudo minha cabeça.

— Não.

Um soluço se rasga através de mim e meus ombros começam a tremer.

Marcus grita instruções para o pessoal trabalhando na tenda do Zelma's e, junto a Brie, os dois me levam para fora do festival, na rua ao lado, e fracasso na tentativa de segurar as lágrimas.

Paramos na frente de uma caminhonete vermelha que deve pertencer a Marcus, ele me coloca no banco de trás e Brie também entra para ficar comigo.

— Obrigada, Marcus, deixe comigo — diz ela, antes de fechar a porta. Marcus deve ter dado a partida à distância, já que o barulho do motor reverbera e o ar-condicionado começa a funcionar.

Brie tira os óculos de sol e me encara.

— Agora me conte tudo que aconteceu.

E eu conto. Conto sobre Perry, sobre nosso beijo, sobre minha descoberta em relação a Devin e como disse o nome dele depois de ter beijado Perry, arruinando todas as minhas chances com ele — tudo. Conto até sobre a proposta de emprego na Smith & Boone, minha decisão de não aceitar, minha memória retornando, e a surpresa que tive em relação a

Sadie. Quando termino, Brie está de boca aberta, com uma expressão confusa no rosto.

— Caramba, Cass. Deixo você sozinha por duas horas e você vivencia o equivalente a cem capítulos de uma novela.

— Nem me fala. — Pegando um lenço descartável no console central, assoo o nariz. — Não acredito que consegui estragar tudo com o Perry.

Brie encolhe os ombros.

— Se quer minha opinião, acho que ele está sendo meio escroto.

— Ei! — Dou um tapa na perna dela.

— Desculpe, mas é a real. É como você me disse: desilusões amorosas são só uma pedra no caminho para encontrar o amor. Entendo que tenha bagagem emocional, mas ele está desistindo da chance de ser feliz porque tem medo de se machucar. Ele precisa parar de besteira e se dar conta do quanto você é maravilhosa, da sorte que ele tem por você estar a fim dele.

— Não acho que esse seja o problema. Sei que ele também gosta de mim. — Nosso beijo tirou todas as minhas dúvidas. — Acho que preciso provar que é a ele que estou escolhendo de verdade, sem nenhuma sombra de dúvida. Danem-se os sonhos, dane-se o destino, dane-se o universo. Perry acha que estou destinada a ficar com o irmão dele, mesmo que as minhas lembranças do Devin tenham uma explicação lógica, então preciso mostrar a ele que são nossas *escolhas* que fazem nosso destino, e não o contrário.

Remexendo-se no assento de trás, Brie estala a língua.

— Isso não vai ser fácil. Claramente, uma simples conversa não bastará. É por isso que você precisa de algo *grande*. Tipo um cartaz no céu com fonte de quinze metros de altura dizendo: *Cass ama Perry*.

E, puta merda, acho que eu o amo mesmo.

Quando acordo de manhã, ele é a primeira pessoa em quem penso. Quando não estamos juntos, conto as horas até revê-lo. Ele sempre consegue me fazer sorrir, mesmo quando estou para baixo ou estressada. Ele entende o que estou dizendo porque me *ouve* de verdade, e não me julga nem tenta resolver meus problemas, mas me dá espaço e liberdade para eu ser eu mesma.

Ele é despreocupado, consciente, gentil, e ah, *meu Deus*, estou realmente apaixonada pelo Perry.

Os sentimentos que tenho tentado ignorar há tanto tempo se transformaram em algo muito maior e mais precioso.

E agora ele fechou as portas para mim e qualquer tipo de futuro que pudéssemos ter, antes mesmo de dizer o que sinto por ele.

Brie se agita, arregalando os olhos.

— Tenho uma ideia. Uma ideia das grandes. — Ela estremece. — Não sei se você vai gostar. Quando digo grande, é GRANDE mesmo. E você vai precisar da ajuda do Devin.

— Não me importo. Conte.

Preciso me apoiar contra a janela da caminhonete quando ela acaba de explicar. Minha nossa senhora, acho que é a coisa mais maluca que a Brie já propôs.

— O que você acha? — pergunta ela. — Loucura demais?

— A ideia é perfeita.

Assustadora, mas perfeita.

Brie dá um gritinho.

— Tenho que fazer algumas ligações, então. Você também. A gente se vê lá em casa mais tarde?

— Combinado.

Jogo meus braços ao redor dela e aperto até ela chiar, então pulo para fora da caminhonete.

Sem essa de passar a vida vagando sem direção, deixando a maré me levar. Estou no controle para tomar minhas próprias decisões. E agora? Estou escolhendo Perry não com palavras, mas com ações que provarão o quanto eu o amo.

Só espero que seja o suficiente.

31

A manhã seguinte chega com uma forte dor de cabeça, braços e pernas tremendo. Depois de Brie voltar para casa na noite passada e confirmar que nosso plano estava oficialmente em andamento, não consegui pegar no sono. Só consegui pregar os olhos lá pelas quatro da madrugada e, quando acordei, já eram nove e meia da manhã. Eu deveria estar exausta, mas estou elétrica como se tivesse bebido um bule inteiro de café. Meus joelhos vacilam enquanto lavo o cabelo no chuveiro e minhas mãos tremem tanto que quase furo meu olho com o rímel.

Hoje tudo irá mudar. Não só para Perry, mas para mim também.

Quando é hora de sair, às onze, Brie insiste em nos dar carona para o festival, mesmo que sejam só uns dez minutos a pé.

— Você está gata demais pra estragar a maquiagem andando por aí nesse calor — explica ela, e faço questão de não protestar.

Estacionamos no meio-fio atrás de uma caminhonete branca de imprensa que parou em frente a Blooms & Baubles. Desligando o motor, Brie esconde a chave no porta-luvas antes de trancar a porta — os benefícios de um carro com porta automática. Quando saímos do carro, encaro o tapume roxo da loja e meu coração palpita.

Na esquina, uma equipe de reportagem está montando equipamentos. Um cara corpulento posiciona três bancos altos na calçada em frente a meu mural, enquanto outro monta uma câmera enorme. Ao lado, a mãe de Brie — Charlotte Owens, queridinha do povo de Cleveland — está retocando o batom com um espelhinho de bolso.

Mais adiante na rua, avisto minha mãe e meus irmãos, com meu padrasto, Robert, logo atrás. Eu aceno.

— Mãe! Você chegou a tempo!

— Cass! — Jackson e Liam gritam em sincronia correndo em minha direção. Eu me abaixo, me preparo para quando arremessam seus corpinhos minúsculos contra mim em um abraço bem forte.

— Senti tanta saudade de vocês — digo baixinho contra os cabelos deles.

Jackson me abraça ainda mais forte.

— Também estava com saudades, Cassy.

— E aí, tampinhas — cumprimenta Brie. Ela faz um cafuné no cabelo de Liam, que dá um tapinha em Brie. Ela ri.

Mamãe e Robert se juntam a nós.

— Meninos, deixem a Cass respirar — diz mamãe, e ambos relutantemente obedecem. Ela continua: — Que bom te ver, Brie.

— Bom te ver também, Mel.

Eu me endireito, alisando minha saia cor-de-rosa.

— Obrigada por terem vindo.

— Não tem de quê. Você queria que chegássemos antes das onze, aqui estamos. — O rosto largo de Robert se abre em um sorriso enquanto esfrega o cabelo bem aparado.

Mamãe *gargalha*.

— O que você está planejando? Sua ligação ontem à noite foi tão enigmática.

Robert olha de mim para minha mãe e pigarreia.

— Jackson, Liam, vamos dar uma olhada naquele mural ali?

Apesar dos protestos, Robert os leva dali. Brie confere o relógio.

— E eu vou ali ver se minha mãe já está pronta. Vejo você daqui a pouco — diz ela para mim.

Minha mãe estreita os olhos.

— Por que a Charlotte está ali com a equipe técnica? Cassidy Walker, em nome de Deus, o que você está aprontando?

Aperto os ombros dela.

— A Smith & Boone me ofereceu a vaga de associada de primeiro ano. — Os olhos da minha mãe brilham como dois diamantes. — E vou recusar.

O brilho se apaga tão rápido quanto se acendeu.

— E por que faria uma coisa dessas? — questiona.

— Porque trabalhar para esse tipo de escritório não me deixa feliz, mãe. Aprendi isso neste verão. Aprendi várias coisas, na verdade — murmuro, mais para mim mesma. — A vida de advogada de prestígio não é para mim e, na verdade, acho que era mais um sonho seu do que meu.

— Cass, do que está falando? Nós trabalhamos tanto...

— Não, mãe. *Eu* trabalhei. Não que você não tenha me dado apoio o tempo inteiro; você deu, e por isso vou ser eternamente grata. Sei o quanto você sacrificou para nos dar uma boa educação. Nunca teria chegado aqui sem você. Mas você também me ensinou a tomar conta de mim mesma, e é isso que estou fazendo agora. É por isso que não posso aceitar o emprego. Eu seria muito infeliz.

— *Tsc tsc*, Cassidy. — Mamãe faz carinho em meus braços antes de me abraçar. — Eu não fazia ideia de que você se sentia assim. Você achou que eu ficaria brava se não conseguisse essa vaga?

Eu aceno que sim contra os ombros dela.

— Eu quero que você seja bem-sucedida, mas, mais importante, quero que você seja *feliz*. — Afastando-se, ela me olha nos olhos. — Peço desculpas se pressionei você em relação à carreira. Nunca quis que fizesse algo que te deixasse triste só para me agradar. Você é mais importante, sempre foi. Me desculpe.

— Está tudo bem, sério.

Com os olhos lacrimejando, ela arruma meu cabelo para trás dos ombros.

— Agora que já sabe o que não quer fazer... então o que *quer* fazer?

— Ainda não sei. Trabalhar para alguma organização sem fins lucrativos, talvez? Quero usar meu diploma para ajudar pessoas de verdade. Algo para a comunidade.

— Bom, se for uma carreira em organizações sem fins lucrativos, ou algo completamente diferente, que te deixe feliz, então *fico* feliz também.

— Obrigada, mãe. E, sabe... nunca é tarde demais para voltar a estudar. Melanie Walker, advogada. Soa bem, não acha?

Ela ri.

— Pergunte isso de novo quando os gêmeos crescerem. — O olhar dela se perde na equipe técnica, e ela franze a testa. — O que Charlotte Owens está *fazendo* aqui? Ela é horrível.

— Cass, está tudo pronto — Brie grita um pouco mais longe. Atrás dela, Charlotte me encara com fogo nos olhos. Logo atrás, Devin está conversando com... *Perry*? Meu coração reverbera no peito. Enquanto Perry veste a camiseta verde do festival, Devin está com uma elegante camisa polo e jeans. Respiro fundo.

Criando coragem, dou um tapinha no ombro da minha mãe.

— Já, já você vai entender.

Uma pequena multidão se forma fora da barricada de câmeras e banquinhos, e tenho de me espremer para passar pelo amontoado de gente.

Vejo um rosto familiar — Val. Ela me mandou mensagem hoje de manhã avisando que estava planejando visitar o festival perto do meio-dia. Parece que ela conseguiu vir.

— Ei, Val! — Eu chamo, e ela vira o rosto coberto por um óculos de sol em minha direção.

Ela se aproxima de mim, os fios prateados da camiseta dela brilham.

— Cass! O que está rolando?

— Uma surpresinha. — Eu lhe dou um abraço rápido. — Que bom ver você. Obrigada pela ajuda com a autorização do evento. Tenho que sair agora, mas a gente se fala depois, ok?

— Claro. — Ela acena enquanto deslizo pela multidão.

Um dos membros da equipe técnica tenta me parar, mas Charlotte acena para que eu passe a barricada.

— Cassidy, Cassidy, Cassidy. Quanto tempo. — Ela beija minha bochecha sem me tocar, e tento não me engasgar com o forte cheiro do perfume.

— Uns oito anos, que eu me lembre — afirmo.

— Fiquei chocada quando a Brie me ligou ontem à noite. Mal posso acreditar que ela não me contou essa história. Se eu soubesse, teria te convidado para o programa semanas atrás. Achei superinteressante, o público vai *amar*.

— Bom, obrigada por acomodar meu pedido de filmar aqui.

— Sem problema nenhum. Vai ser perfeito, na verdade. O fundo é lindo, define bem a cena. Gary aqui vai botar um microfone em você e no seu namorado, está bem?

Ela acena para o menor dos dois membros da equipe, que se aproxima segurando um emaranhado de fios e uma caixinha preta. Ele prende um pequeno microfone na lapela do meu colarinho, ajuda a passar o fio dentro da minha blusa pelas costas e me instrui a prender a caixinha na cintura da saia.

Devin dá um passo ao meu lado assim que termina de arrumar o próprio microfone, com Perry logo atrás.

— Cass — Perry murmura, e meu coração quase se parte mais uma vez. Ele está com as mãos enfiadas nos bolsos da calça e percebo olheiras profundas sob seus olhos, como se não tivesse dormido noite passada. — Devin me contou que Brie enfim convenceu a mãe dela a noticiar o evento, mas que pediu para entrevistar você e o Devin?

Eu dou de ombros.

— Loucura, né?

— Pois é. Bom, tenho que ir. Boa sor...

Eu seguro o braço dele.

— Por favor, fique. Não sei se consigo fazer isso se você não estiver aqui.

Ele concorda.

— Claro. Estarei torcendo por você do lado de fora. Silenciosamente, é claro.

Gary checa o microfone de Devin e faz um sinal de "ok" para Charlotte.

— Ok. Vamos tomar nossos lugares, pessoal — anuncia ela.

— Você consegue — murmura Brie antes de sair com Perry.

O cinegrafista mostra onde Devin e eu devemos nos sentar: Charlotte à esquerda, Devin no meio, e eu à direita.

Enquanto testam o som, eu me inclino e sussurro no ouvido dele.

— Obrigada por topar fazer isso comigo.

Ele sorri de leve.

— Como disse ontem à noite, não é apenas por você. Também é pelo Perry.

— Tem certeza de que está tudo bem? Até ontem, ainda existia uma chance de você e eu...

Ele sacode a cabeça que não.

— Eu sabia, desde o dia que tivemos aquela reunião com o conselheiro Truman, que a gente não daria certo juntos.

— Jura?

— Quer dizer, tinha esperanças de que talvez você ainda fosse querer, mas acabei percebendo que somos melhores como amigos. Você é uma pessoa fantástica e tenho muito carinho pelo tempo que passamos juntos, mas tem algo a respeito de nós que simplesmente...

308

— Não funciona — termino. — Só porque somos pessoas bacanas não significa que sejamos um *casal* bacana.

— Exato. E, poxa. — Ele me cutuca com o cotovelo. — Percebi o jeito como você olha para o Perry. Você nunca olhou para mim daquele jeito. E tenho certeza de que nunca me *beijou* daquele jeito, também.

Sinto meu pescoço ferver e viro minha cabeça para o outro lado. Hora de mudar de assunto.

— Você conseguiu falar com a Sadie?

— Tentei ligar para ela ontem à noite, deixei até uma mensagem na caixa-postal, mas ela ainda não me ligou de volta. Ainda não consigo acreditar em como fui escroto com ela, o que tentei deixar claro na mensagem.

— Dê um tempo a ela.

— Estão prontos? — Charlotte nos interrompe com sobrancelhas erguidas.

Devin e eu trocamos sorrisos maliciosos.

— Tudo certo. Se pudermos fazer silêncio, por favor — grita o cinegrafista para a multidão. — Entramos ao vivo em cinco, quatro...

Ele levanta três dedos, depois dois, e então aponta para Charlotte, que cola um sorrisão no rosto.

— Boa tarde, Cleveland! Aqui é Charlotte Owens, do Canal Seis, ao vivo do Festival de Flores & Cerveja. Estou aqui com a advogada Cass Walker e o construtor Devin Szymanski, que vão contar uma história fantástica sobre destino e amor verdadeiro. Então, Cass, você teve um acidente de carro ano passado que te deixou em coma por seis dias, correto?

Meu coração bate tão forte que chega a ser visível pela blusa, mas me forço a sorrir.

— Correto, Charlotte.

— E quando você estava em coma, sonhou com este homem aqui, Devin Szymanski. Exceto que... por essa vocês não esperavam, pessoal — fala ela, diretamente para a câmera. — Vocês não tinham se conhecido ainda?

— Correto. Mas ele não esteve só em meus sonhos. Quando acordei, eu ainda lembrava dele, como se a gente se conhecesse bem e estivéssemos namorando por vários meses.

— Então você se lembrava de ter ido a um primeiro encontro, de conversas sinceras e meses de namoro?

— Exato. Mas isso foi há um ano e, até junho, eu achava que só tinha imaginado, que ele não era real. Eu não tinha nenhuma evidência que provasse que ele fosse. Meus médicos concordavam. Meu caso até apareceu em um artigo publicado pela minha neurologista chamado "Memórias falsas como resultado de coma: um estudo de caso".

— Exceto que eu sou. Real, quero dizer. — Devin pisca para a câmera, mais charmoso do que nunca.

Charlotte cora — cora de verdade — com o sorriso dele.

— Então, contem para nós como isso aconteceu — pede ela a Devin.

— A gente se conheceu de verdade em junho. A Cass tinha recém se mudado para Ohio e passou na Blooms & Baubles, a floricultura do meu irmão, que é o anfitrião do Festival de Flores & Cerveja. — Ele vira para câmera com seu melhor sorriso. — Se você ainda não veio, aproveite que ainda dá tempo de visitar. É na esquina da West 28th com a Providence, vai rolar até as cinco da tarde.

Os lábios de Charlotte se estreitam em aparente irritação. Ela provavelmente não gostou que Devin tenha feito propaganda durante a entrevista, mas deixa passar.

— E vocês começaram a namorar.

Devin acena que sim.

— Eu tinha minhas dúvidas no começo. Quer dizer, história supermaluca, né? Mas todas as coisas que ela me contou batiam e, quanto mais tempo eu passava com ela, mais eu queria conhecê-la. E aqui estamos nós, dois meses depois, mais felizes do que nunca.

— Vocês ouviram, pessoal. Uma linda história em que o destino uniu duas pessoas.

Vejo Perry na plateia. O rosto dele está pálido e o encaro, desejando que ele confie em mim. Que ele fique lá e ouça só mais um pouquinho.

— Não exatamente, Charlotte — afirmo com um sorriso.

Os cílios longos e falsos tremulam contra as bochechas dela.

— Ah, é? Como você descreveria, então?

— Não sei, para ser sincera. Lutei por muito tempo com a questão do destino e o papel dele nos eventos de minha vida. Meu acidente de carro e os meses seguintes cheios de desafios avassaladores faziam parte de um plano maior? Se faziam, o que isso diz a respeito do destino, que seria conivente com algo assim? E, então, vinham minhas lembranças com Devin.

Dá para imaginar o que é acordar de um acidente de carro horrível só para descobrir que a pessoa que você mais quer ver não é, de fato, real? E como é difícil quando sua própria *mente* não é confiável, quando você começa a questionar o seu próprio cerne?

— E, finalmente — prossigo —, depois de um ano, quando descobre que essa pessoa é real… Conhecer o cara com quem você sonhou, mas ainda não sabia o porquê ou como você o conhecia, já que ele não se lembra de conhecer *você*? No começo, me convenci de que a resposta ao quebra-cabeça era o destino. Por que outro motivo eu sonharia com um homem que descobri ser real, se ele não era minha alma gêmea, aprovada pelo universo?

Olho de relance para Perry mais uma vez. Ele está parado, me observando tão intensamente que sinto seu olhar em cada terminação nervosa. Foco mais uma vez na câmera.

— Mas, então, um milagre aconteceu. Conheci outra pessoa. Perry, o irmão de Devin. Nossa conexão não foi tão cósmica ou imediata, mas, quanto mais tempo passávamos juntos, mais eu notava que essa pessoa, esse *estranho*, poderia me completar ainda mais do que o homem com quem sonhei. Não porque eu não gostasse de Devin; na verdade, ele é uma pessoa incrível e me sinto honrada de poder ser sua amiga. Mas o coração funciona de maneira tão misteriosa quanto o próprio universo. Seria algo químico, essa atração que sentimos por outra pessoa? Emocional? Uma combinação de feromônios e o cérebro reconhecendo uma compatibilidade inerente com outra pessoa de forma subconsciente? Não tenho uma resposta. Mas sei que encontrei esse tipo de conexão de alma com a qual as pessoas costumam sonhar. E não foi com Devin.

Com um sorriso sarcástico, ele dá de ombros e a plateia ri.

— Levei muito tempo para reconhecer a verdade, mas *Perry* Szymanski é o homem que fala com o meu coração. Sua missão de vida é trazer alegria aos outros pelo simples ato de se dar. Ele reconhece e celebra a conexão entre as pessoas porque entende a natureza passageira da vida e os laços poderosos que fazemos enquanto estamos aqui. E, apesar de seu próprio pai, Roger Szymanski, das Empresas Szymanski, tentar usar seu poder e influência na cidade de Cleveland para fechar o amado negócio de seu filho, a Blooms & Baubles, a luz de Perry continua a brilhar. Ele tem um riso fácil, ele faz os arranjos de flores mais belos que você já viu e é difícil conquistar a confiança dele, mas ela vale ouro quando você a conquista.

— Você disse antes que esta era uma história do destino unindo duas pessoas. Acho que pode estar certa, Charlotte. Não sei se o destino ou Deus ou forças além de nossa compreensão existem no Universo. Mas, se existirem, acredito que elas me levaram até Devin para que eu conhecesse Perry, o homem pelo qual me apaixonei.

A plateia fica em silêncio. Até Charlotte fica sem palavras por três segundos inteiros. Finalmente, ela abre seu sorriso de âncora.

— Bem. Essa foi uma história e tanto.

32

𝒜ssim que a câmera para de gravar, o set de mentira se transforma em caos.

— Que merda foi essa? — berra Charlotte, mas já estou tirando meu microfone. Levantando, procuro no mar ondulante de espectadores, mas não consigo encontrar Perry. Sinto um aperto no peito. Ele foi embora?

Brie corre até o meu lado.

— Meu Deus, *Cass*...

— Cadê o Perry? — Tirando a caixa de som do microfone da parte de trás de saia, puxo o fio para fora de minha blusa e o deixo em meu banquinho.

Piscando, ela olha para todos os lados, franzindo o cenho.

— Ele estava aqui.

— Preciso encontrá-lo. — Antes que eu possa dar um passo sequer, Charlotte Owens aparece em minha frente. O chanel loiro na altura do ombro estala de raiva.

— Como ousa me pegar de supetão assim? Só te entrevistei para fazer um favor a Brie, e você...

Brie se mete entre nós.

— Cala a boca, mãe. — Ela é vários centímetros menor que a mãe, mas a expressão de Brie é tão letal que Charlotte se apressa a dar um passo para trás. — Pare de fingir que me devia um grande favor. Você só concordou em entrevistar Cass quando viu que tinha uma história grande e sensacional em jogo. Você se negou a mandar até o seu estagiário para fazer cobertura do festival quando pedi, semanas atrás, e de novo, no outro dia. Então pare de agir como se fosse uma santa e fique grata, já que Cass provavelmente acabou de te entregar de bandeja um vídeo viral.

Minha garganta aperta.

— Acha mesmo que vai viralizar? — pergunto, horrorizada.

Estremecendo, Brie dá de ombros.

— O conteúdo é bem impressionante.

— Com licença. O que está acontecendo aqui? — Uma voz grave retumba. As pessoas ao nosso redor se afastam, revelando Roger Szymanski. O cabelo dele não está tão bem arrumado quanto das outras vezes, e até mesmo a polo da Lacoste está um pouco enrugada de um lado, como se ele a tivesse enfiado dentro da calça às pressas. Com as narinas infladas, ele encara o mural atrás de nós, e depois se vira para Devin. — Meu assistente ligou hoje de manhã para me informar que *alguém* pintou o *meu* depósito, e que tem algum tipo de festival associado à Blooms & Baubles. E agora encontro *você* aqui, com uma equipe de televisão? Explique-se — sibila.

— Para quê, pai? Para você me demitir? Para ameaçar arruinar minha vida como está tentando arruinar a vida de Perry? — cospe Devin, enchendo o peito.

Ele se contrai.

— Como você *ousa*...

Dou um passo à frente.

— Como *você* ousa. — Meu coração está batendo tão rápido que minha visão começa a ficar turva no canto do olho. — Você age como se se importasse com seus filhos, mas não se importa. Pais que se importam não tentam controlar a vida dos filhos. Pais que se importam não mentem, nem conspiram, nem sabotam. E não usam suas conexões políticas para fazer vinganças pessoais às custas da cidade.

Atrás de Roger, Charlotte acena para o cinegrafista, que gira a câmera na nossa direção.

Eu sacudo minha cabeça.

— O mais triste é que você não tem nem ideia do quão incríveis, trabalhadores e atenciosos são seus filhos, tanto um quanto o outro. E porque não consegue ver além dos próprios caprichos egoístas, vai perder os dois. Você vai acabar virando um velho amargo e sozinho porque conseguiu afastar a família inteira.

— Bem — zomba ele. — Vejo que você estava atrás disso também. Pode dar adeus à sua carreira na Smith & Boone, porque no momento que eu informar Frank...

Com uma bufada, cruzo os braços em cima do meu peito.

— Vá lá, faça seu pior. Eu vi que tipo de pessoa você é, Roger Szymanski. E agora todo mundo vai ver também.

Charlotte pega um microfone do cinegrafista antes de arrumar o cabelo. Ajustando a expressão para puro foco jornalístico, ela marcha até Roger com microfone no queixo.

— Com licença, Roger Szymanski?

— O quê? — Ele se vira, e a cor desaparece de seu rosto.

— Charlotte Owens, do jornal do Canal Seis. Você pode comentar a alegação de que usou suas conexões políticas com a prefeitura de Cleveland para se vingar do próprio filho?

O rosto de Roger fica mais vermelho que um tomate.

— Sem comentários.

Furioso, ele foge em direção ao festival, com Charlotte em seu encalço. O cinegrafista levanta a câmera enorme no ombro e os segue.

— Há fraude na prefeitura? — grita ela. — O que as Empresas Szymanski têm a ganhar?

E a voz dela some quando todos desaparecem na multidão.

O sentimento de vingança toma conta de mim, tão quente quanto um cobertor. É o que Roger merece. Talvez ele aprenda uma coisa ou outra com tudo isso. Pelo bem de Perry, espero que sim.

Eu me viro para Brie, que está olhando para mim de boca aberta.

— Preciso achar o Perry. Agora — solto.

A boca dela se fecha com um estalo.

— Ele estava aqui até um minuto atrás. — Ela aponta para onde Perry estava. — Eu ia me oferecer para ir contigo, mas acho que você não precisa. Está com tudo, garota.

Sorrindo, misturo-me à multidão que não para de cochichar.

— Cass? — Devin grita, e eu me viro. O queixo dele treme quando ele sorri. — Perry é um cara de sorte.

— Ele tem sorte por ter você como irmão. — Sorrio de volta antes de sair.

Eu procuro pelo rosto de Perry em todo mundo, mas não o vejo em lugar nenhum. Mamãe acena para mim à distância, mas explicarei tudo depois. Uma vez livre da multidão, saio correndo em direção à Blooms & Baubles — é o lugar mais lógico para onde Perry deve ter ido. As solas das minhas sandálias cravejadas de pedrinhas batem contra a calçada no ritmo do meu coração trovejante.

Por que ele não ficou para falar comigo depois da filmagem? Sei que ele perdeu a minha briga com seu pai, mas será que ele não me ouviu dizer que o amava?

Talvez isso já não importe mais. Talvez tudo isso tenha sido um erro… Talvez seja tarde demais.

Eu vejo, então, à distância, um borrão verde a um quarteirão daqui. Meu coração palpita e derrapo até parar na frente da Blooms & Baubles. Apertando os olhos, consigo ver um homem de camisa verde e algo escrito em branco nas costas. Ele está subindo a rua Providence — longe do festival… e longe de mim. O cabelo castanho-dourado brilha contra o sol do meio-dia.

Perry.

Virando a esquina, ele desaparece na West 27th.

— Não, não, não… — Sem pensar, corro até o carro de Brie. Sei o código da chave de cor — 4937, os últimos dígitos do telefone da família dela quando ela era criança — e digito com força na tela. Abrindo a porta, eu me jogo no banco de motorista e respiro bem fundo. Meu coração reverbera no peito e minhas mãos tremem enquanto busco a chave no guarda-luvas e ponho na ignição. Preferiria encarar mil Roger Szymanski, mas preciso fazer isso. Por Perry. Antes que seja tarde demais.

Giro a chave e o motor ruge. O suor escorre nas minhas costas, mas seguro o volante. Dou a marcha a ré, saindo devagar. Meu pneu bate no meio-fio e piso no freio. Minhas coxas tremem e sinto vontade de vomitar. Não, isso não foi um acidente, só bati no meio-fio. Estou bem. Estou bem. Eu consigo.

Respirando fundo, mudo a marcha e giro o volante. Assim que passo pela van da equipe do Canal Seis, piso no acelerador. Um borrão verde salta na frente do carro, sacudindo os braços. Gritando, piso no freio.

Com o peito arfando, olho pelo para-brisa. É Perry.

Ele está na minha frente, com um buquê na mão.

Nossos olhos se encontram e sinto brevemente minha alma sair do corpo.

Ele está aqui. Não foi embora. Eu me atrapalho com o câmbio, coloco o carro no estacionamento, desligo o motor e saio. Perry chega até a mim em menos de um segundo.

Perry me examina, presumo que em busca de sinais de lesões.

— Você está bem? Achei que não dirigia, o que está acontecendo?

— Achei que você tinha ido embora. Vi você saindo da rua. Eu tinha que falar contigo, então pulei no carro da Brie. Eu não podia deixar você partir sem saber que... eu te amo. Eu te amo, Perry. Não sei como deixar mais claro que não quero ficar com o Devin porque eu amo *você* e...

Sem aviso, ele beija minha boca. Minha pele formiga e meu peito se expande de alegria quando ele joga os braços ao redor da minha cintura. Afastando-se, ele acaricia minha bochecha com os dedos.

— Desculpe por ter sido tão idiota. Ceder às minhas inseguranças foi um erro. Eu nunca deveria ter feito aquilo porque... porque também te amo, Cass.

Um soluço ameaça rasgar meu peito, mas antes que eu possa falar, ele me beija de novo e me derreto. Os lábios dele são como uma promessa cumprida, um vislumbre dos dias cheios de aventura que estão por vir.

Uma risadinha rouba minha atenção e olho por cima do ombro até encontrar um par de adolescentes nos filmando com o celular por trás da van da equipe técnica. Quando eles percebem que estamos observando, desligam os celulares e saem correndo em meio a uma chuva de mais risadinhas.

Perry sacode a cabeça.

— Acho que você e Devin causaram uma sensação com aquela entrevista.

— A Brie acha que pode viralizar.

Apertando os braços ao meu redor, ele me puxa para mais perto.

— Isso te incomoda? Você não gosta de contar sobre o acidente nem do coma, então sei o sacrifício que foi falar a respeito disso na televisão, para todo mundo ver.

— Foi surpreendentemente catártico, na verdade. Em especial quando falei umas verdades para o seu pai, por ele ser um idiota egoísta.

Perry ri, mas logo para, inclinando a cabeça.

— Espere, o quê?

— Depois eu conto. — Sorrindo, inclino-me para beijá-lo de novo, mas sinto um papel amassar embaixo do meu queixo. O buquê de Perry está esmagado entre nós. — São para mim?

— Claro que são. Fiz o buquê ontem à noite. Estava planejando entregar hoje quando ia implorar por uma segunda chance, mas isso foi antes de você aparecer na televisão e perceber que tinha perdido minha chance. Assim que a entrevista acabou, corri para o apartamento e fui pegar as flores que você merecia.

Pegando o buquê entre os braços, admiro a pétalas roxas e aveludadas intercaladas com tons de verde-claro e escuro... Assim como no buquê que ele fez para mim no primeiro dia, até com o mesmo aroma de eucalipto.

— As flores são lindas. Então não era você subindo a rua?

— Não. — Colocando os braços ao meu redor de novo, ele me beija suavemente nos lábios. — Nunca mais vou me afastar de você.

De algum modo, sei que ele não vai. Porque enquanto Devin era o homem dos meus sonhos, Perry é o homem do meu coração.

E, pela primeira vez na vida, vou escolher seguir meu coração. E não poderia estar mais feliz.

Epílogo

Dois anos e meio depois

Brie bate na porta do banheiro.

— Cass, não pode apressar aí, não? Você vai se atrasar para a sua noite.

Rapidamente, ponho a bolsa no ombro e jogo o casaco de lá sobre meu braço. Por costume, verifico meu cabelo no espelho uma última vez, embora o Cachinho Rebelde já tenha crescido e se misturado ao restante dos longos cachos castanhos. Entrando no corredor, dou um girinho. As tábuas de madeira do chão rangem sob minhas botas de camurça.

— O que você acha?

Ajustando os óculos, Brie alisa uma de minhas mangas antes de tirar um fiapo do meu vestido preto que vai até o joelho e abraça todas minhas curvas. Depois de dar um passo para trás, ela beija os dedos como um chef de cozinha.

— Perfeita. O Perry vai ficar de queixo no chão.

— Obrigada, Brie. E isso vale para o Marcus também.

Sacudindo a bainha da saia de tule rosa-choque, ela joga o quadril para o lado com uma mesura de brincadeira, dando risadinhas.

Faz quase um ano que me mudei para o apartamento de Perry, que fica acima da loja, mas Brie insistiu que eu me vestisse na casa dela hoje à noite, pelos velhos tempos. E, por mais que eu quisesse aproveitar cada segundo da noite com Perry, não pude dizer não. Brie é meu primeiro amor, afinal.

Cruzamos o corredor de braços dados e sinto uma pontada no coração ao ver meu antigo quarto. Em vez de uma cama, mesa de cabeceira e uma cômoda, o quarto está cheio de livros, uma enorme escrivaninha em forma de L e uma poltrona usada. Brie transformou o quarto em um escritório depois de eu me mudar — e Marcus se mudou para morar com ela um ano e meio atrás — assim que ela começou o doutorado de meio-período em aeronáutica na universidade de Case, mas ainda é estranho ver o cômodo sem meus móveis.

Marcus está esperando no fim da escada, vestindo um blazer e o mesmo sorrisão bobo e apaixonado que tem na cara quando está perto de Brie.

Ele faz uma reverência, tirando uma cartola imaginária.

— As damas estão belíssimas esta noite. Vamos?

— Nossa carruagem nos espera, cavalheiro? — pergunta Brie.

— Se a carruagem for um Uber, sim.

Xerxes assobia em sua gaiola na sala enquanto saímos. Está nevando do lado de fora. Puxando meu casaco, encaro o céu escuro com algumas pinceladas brancas dançando nele. Que sorte tenho de existir em um mundo com tanta beleza. Nós nos apertamos no sedã prateado e meu celular apita ao receber uma mensagem de Val.

> Parabéns pelo show!!! Desculpa não poder ir hoje à noite. Jake está resfriado. Mas boa sorte! Mal posso esperar para passar na galeria semana que vem!

> Obrigada! Espero que o pequenino melhore logo 🖤

> Manda um oi para o Eric por mim!

> Pode deixar 🤏

> P.S. Já viu isso?? Tudo sua culpa, garota!

A próxima mensagem inclui um link para um artigo de um jornal local: "Nova Faculdade Comunitária Abrirá em Buckeye-Shaker em Junho." Apesar de eu já ter lido o artigo mais cedo, meu peito ainda se estufa, triunfal. Depois de ter criticado Roger Szymanski ao vivo, a cidade não teve escolha além de descartar a proposta. Com a reputação da prefeitura em jogo, o conselheiro Truman ficou particularmente contra a proposta assim que descobriu os verdadeiros motivos de Roger... E leu uma certa alternativa minuciosamente pesquisada que Devin compartilhou com ele na semana após nossa entrevista. Meus pulmões se expandem ao pensar em como uma nova faculdade comunitária vai ser boa para os residentes de Buckeye-Shaker... e para a cidade de Cleveland como um todo.

Cinco minutos depois, o carro estaciona na rua West 28th, na esquina com a Providence, diante do depósito que um dia pertenceu a Roger Szymanski. Sorrio ao ver meu mural da Blooms & Baubles. Ele se desgastou com os anos graças às condições climáticas, mas continua aqui, tão significativo quanto o era na noite em que o pintei. Nós damos a volta para ir à parte dianteira do prédio, com uma placa que diz "Cooperativa de Artistas de Ohio City". Marcus abre a grossa porta de madeira, meu coração palpita ao dar um passo para dentro e me sentir envolvida em um casulo de ar quente.

Fico boquiaberta. Luzes de Natal piscam acima de uma escrivaninha branca e curvada. Atrás, a galeria aberta está cheia de gente.

Brie aperta minha mão.

— Todos vieram aqui por você, meu bem.

Penduramos nossos casacos no cabideiro ao lado da escrivaninha e andamos pela galeria de paredes brancas.

— Cass! — Jackson me chama e ele e Liam correm até mim, os sapatos sociais batendo contra o parquê do chão.

— Você fez *tudo* isso mesmo? — Os olhos arregalados de Liam passam pelas paredes cheias de pinturas, as *minhas* pinturas.

Há telas de todos os tamanhos cobrindo as paredes, cheias de retratos abstratos e colagens multimídia, cada uma delas contando uma história diferente. Minha história. Do acidente ao coma às minhas dificuldades de memória — que, apesar de terem melhorado com os anos, ainda não desapareceram totalmente — às minhas revelações sobre a vida, o amor e sobre encontrar a alegria pelas escolhas que fazemos e as pessoas que chamamos de família.

Faço carinho em um dos cachos na cabeça de Liam.

— Pois é, dá para acreditar?

— Eu consigo acreditar — diz Robert, indo até nós com o braço ao redor de minha mãe.

Com os olhos marejados, minha mãe me dá um abraço apertado.

— Sinto muito por ter acreditado que sua arte seria uma perda de tempo. Estou impressionada. E tão, tão orgulhosa.

Eu a abraço de volta antes de dar um passo para trás.

— Obrigada, mãe. Você viu Perry, aliás?

— Será que ouvi meu nome? — Dois braços fortes circulam minha cintura e sou puxada para trás até um peito firme. Sorrio para Perry quando ele beija o meio de minha nuca. O familiar cheiro amadeirado e floral me envolve, e suspiro. — Você está atrasada — sussurra ele, mordiscando minha orelha.

— Ei, leva um tempo para ficar bonita assim.

Ele me gira em seus braços e dá um beijo nos lábios.

— Você é sempre bonita.

— Você também. — E, *caramba*, como ele está bonito hoje. Está de terno e gravata, com o colarinho frouxo, bem estilo Perry, e as maçãs do rosto brilham sob as luzes do teto.

Jackson finge colocar o dedo na garganta e faz um som de vômito. Minha mãe dá risada.

— Aqui está ela! — Uma voz retumba e meia dúzia de meus colegas da Fundação da Comunidade de Cleveland começam a me cercar. Depois de uma rodada de abraços e "parabéns!", que me deixam um pouco sem ar, meu chefe, Tom, um cinquentão gentil, aperta minha mão. — Eu sabia que você era uma advogada brilhante, mas uma artista também? Estou perplexo.

— Como você não sabia que Cass é artista? — Deixa escapar Rosie, uma de nossas estagiárias. — Você não viu aquele vídeo que estava em tudo que é canto da internet uns anos atrás? O que foi feito bem aqui, do lado de fora? A Cass é famosa!

Tom arregala os olhos.

— Espera, *você* é a Garota do Coma?

Houve um tempo que eu teria ficado magoada com o apelido. Mas, desde que minha entrevista com Charlotte viralizou, junto ao vídeo feito por algum celular, de Perry e eu nos beijando, o nome adquiriu um novo significado, um que levo comigo no coração. Porque, se não fosse pelo coma, nunca teria encontrado o amor da minha vida, meu verdadeiro propósito, e nem teria ajudado Perry a salvar seu negócio, que agora é a floricultura de mais renome no estado de Ohio.

— Eu mesma.

A próxima meia hora vira um borrão de apertos de mão e apresentações, parabenizações e agradecimentos. E, em meio a tudo isso, Perry nunca sai do meu lado. Ele me guia até a sala, a mão na parte mais estreita de minhas costas, roubando beijos quando não tem ninguém olhando.

Uma crítica de arte do *Plain Dealer* se apresenta e me faz uma série de perguntas, anotando as respostas em um caderninho. Peço licença quando vejo Devin e Mercedes entrando na galeria. O cabelo loiro-avermelhado está mais curto e ondulado, e ligeiramente menos arrumado — não é o liso perfeito que ela tinha quando nos conhecemos. O pálido vestido azul balança ao redor de suas coxas quando Devin lhe ajuda a tirar o casaco.

— E aqui está a mulher do momento — anuncia Devin. Sorrindo para Perry, ele me dá um meio abraço.

— E aqui está o homem do momento — digo. — Nada disso teria acontecido se não fosse por você.

Devin dá de ombros, com o mesmo sorriso charmoso de sempre.

— Ei, depois de todo o dinheiro que ganhamos com as entrevistas que fizemos, não tinha como eu não comprar este lugar. Por uma LTDA criada em segredo, é claro, para o nosso pai não descobrir e tentar arruinar a venda. E não tinha como não transformar esse lugar em uma cooperativa de artistas com galerias e estúdios, depois de tudo que você fez por Perry e por mim.

Colocando o braço ao redor de Mercedes, ele aperta o quadril dela, fazendo-a sorrir.

Um garçom se aproxima de nós, segurando uma bandeja.

— Champagne?

Perry pega um para Devin e um para mim, mas, quando vai pegar mais dois, Mercedes acena para ele.

— Para mim não precisa, obrigada.

Eu a observo atentamente.

— Você não está bebendo? Espere… você está…?

Encaro a barriga dela, procurando alguma protuberância.

— Não, mas... — ela ri e olha para Devin, que dá um aceno encorajador. — Começamos a tentar.

— Ai, meu Deus, gente! Que coisa incrível! Não vou dar parabéns *ainda* porque ainda não rolou, mas estou superfeliz por vocês.

— Obrigado — agradece Devin. — Nossa terapeuta concorda que é um bom momento, e nós dois estamos prontos, então por que não tentar? De propósito, dessa vez — complementa ele, dando um beijinho nela.

Ergo meu champagne.

— Um brinde a um futuro cheio de possibilidades.

— Um brinde! — Eles repetem. Nós brindamos e o olhar ardente que Perry me dá por cima do copo faz minhas panturrilhas ficarem tensas e meus dedos dos pés se curvaram por dentro.

Três horas depois, a galeria está quase vazia. Brie me encontra conversando com minha mãe em um canto e me dá um último abraço de despedida.

— Marcus e eu vamos para casa. Parabéns de novo, amiga.

— Obrigada, Brie.

— Aproveite o restante da noite. — Abaixando o queixo, ela olha maliciosamente na direção de Perry. Ele está ajoelhado, no outro lado do salão, com Jackson pulando em suas costas enquanto Liam puxa seu braço em uma aparente luta de dois contra um. Todos riem e meu peito se enche de alegria.

— Tchau, Mel. — Ela se despede ao se afastar.

— Boa noite — responde minha mãe. Suspirando, ela verifica o próprio relógio. — Está ficando tarde, preciso colocar os meninos na cama.

— Obrigada por ter vindo, mãe. Significa muito para mim.

Ela dá um tapinha na minha bochecha.

— Eu não perderia por nada neste mundo. Você conseguiu um namorado e tanto, por sinal — afirma ela, apontando para Perry. — Vocês têm sorte de terem um ao outro.

Minha resposta é um sorriso vindo direto da alma.

— Eu sei.

Depois de Perry e eu nos despedirmos da minha família, ele passa um braço ao redor dos meus ombros.

— Pronta para ir para casa, srta. Artista?

— Definitivamente, sim.

Pegando nossos casacos, fazemos a curta caminhada pela neve até nosso apartamento, no prédio ao lado. O Coronel se levanta da cama e ginga seu corpinho quando chegamos. Aos treze anos, ele já está bem mais lento, mas ainda nos recepciona com um latido e rabinho abanando.

— *Quem é um bom cachorrinho? Quem é?* — cantarolo ao esfregar as orelhinhas macias dele, e meus dedos tocam em uma coleira que não reconheço. Inclinando a cabeça, começo a rir. — Ele está usando uma *gravata-borboleta*?

Afrouxando a própria gravata, Perry coloca as chaves de casa na mesa da cozinha.

— Só porque ele não pôde ir à exposição hoje, não significa que ele também não possa comemorar.

Eu me levanto e coloco os braços ao redor do pescoço dele.

— Isso é tão fofo. Obrigada, Perry. Por tudo. A noite foi perfeita.

Depois de dois anos e meio, ainda não consigo acreditar em quanto eu amo esse homem. Estar com ele é tão... *fácil*. É como respirar.

Eu o beijo. Começa lento e lânguido, mas logo sentimos o clima esquentar e Perry começa a tirar meu casaco. Meus dedos encontram os botões da sua camisa e acaricio seu peito nu.

— Espere — diz ele, ofegante. — Eu... tenho outra surpresa para você.

— A surpresa não pode esperar? — Tento abrir a fivela do cinto dele, mas Perry me segura com firmeza.

— Um minuto — ele pede. — Espere aqui. — Com os olhos cintilando, ele passa a língua no lábio inferior e desaparece no quarto.

Deixando-me cair em um banquinho da cozinha, abro o zíper das botas e as tiro de meus pés doloridos. Tamborilo os dedos na minha coxa. Mordendo o lábio, vou de fininho até o quarto e coloco a orelha na porta fechada. *O que ele está aprontando?* De repente, a porta se abre e caio nos braços de Perry com um guincho.

Ele me pega e dá risada.

— Você não conseguiu esperar, né?

— A paciência não é meu forte.

Roçando os nós dos dedos contra minha bochecha, Perry dá um passo para trás e perco o ar.

Nosso quarto está iluminado à luz de velas e cheio de flores. Vasos de rosas tomam cada superfície, desde a cômoda até as mesas de cabeceira, e há guirlandas penduradas no teto. E, em nossa cama, nosso edredom branco está salpicado de pétalas carmim.

— Perry — digo, ofegante. — Quando você fez tudo isso?

Ele dá uma risadinha baixa, gutural, diante de mim. Ele tirou a gravata, os sapatos e as meias, e as bochechas estão coradas em um tom rosa.

— Mais cedo. Foi por isso que Brie insistiu que você se arrumasse na casa dela.

Sacudindo a cabeça, dou risada.

— Ela fazia parte do plano?

— Total. — Ele toca com o polegar nos nós dos meus dedos, engolindo em seco. — E... tem mais uma coisa.

Procurando em seu bolso, ele puxa uma caixinha preta e se abaixa até ficar com um joelho no chão. Respirando com dificuldade, cubro a boca.

— Cassidy Walker, os últimos dois anos e meio que passei com você foram os melhores de minha vida. Quando você me escolheu naquele dia do festival, achei que tinha ganhado na loteria a nível cósmico. Mas o que eu não sabia é que todos os dias depois disso seriam ainda melhores que o anterior. O jeito como você vê o mundo, e as possibilidades nele, me inspira a ser a melhor pessoa que consigo ser porque é isso que você faz: levanta a moral de todos à sua volta pelo simples ato de ser você mesma. Você é corajosa, amorosa, gentil e a pessoa mais brilhante que já conheci. Cada dia com você é um presente, e não quero passar o restante da minha vida sem ser ao seu lado.

Ele abre a tampa para revelar uma aliança de prata com uma esmeralda quadrada. É do mesmo tom dos olhos verdes dele que, como ele sabe muito bem, é minha cor favorita.

— Você quer se casar co...

Eu me jogo nos braços dele.

— Sim!

Ficando de pé, ele toma minha mão trêmula e desliza o anel em meu dedo.

— Eu te amo, Perry. — Olho para ele, que me dá um beijo longo, lento e doce. Sorrindo contra seus lábios, espalmo o peito de Perry e o empurro na cama. Nós rimos juntos, e ele me puxa para ficar em cima dele. Há pétalas espalhadas ao nosso redor como flocos de neve.

O clima muda e a urgência floresce. Puxando a bainha de meu vestido, ele o levanta e o tira por minha cabeça. Entre beijos, consigo tirar a camisa, a calça e a boxer dele. Ele grunhe quando fecho os dedos ao redor de seu membro enrijecido, e o som se assenta em minha barriga. Com os olhos brilhando à luz das velas, ele abre meu sutiã e o joga para o lado antes de me levantar e me virar para que eu fique por baixo.

Solto um gemido enquanto ele arrasta beijos por meu queixo, descendo pelo meu pescoço, minha clavícula e ainda mais para baixo. Quando ele traça a curva de meu quadril com a língua, arqueio as costas e ele tira minha calcinha com um movimento fluido. Minha pele está em chamas em cada lugar que ele me toca. O peso delicioso dele, a fricção de pele contra pele, e cada giro pecaminoso de sua língua me deixam mais perto do êxtase. Mas sempre quero mais. Sempre quero mais *dele*.

O sangue lateja em minhas veias.

— Preciso de você — digo, rouca. — Agora!

— Tudo bem — sussurra ele, passando o polegar pelos lábios brilhantes. Subindo por cima de meu corpo, ele empurra minhas pernas de leve para se abrirem mais, posiciona-se e entra em mim, deslizando longa e lentamente. Ofego ao me sentir preenchida de modo súbito. Parando, ele passa os dedos em meu cabelo, olhando-me com devoção pura. — Eu te amo tanto.

Apesar da ternura dos beijos, a velocidade não é terna. Nós dois nos movemos juntos, mais rápido, mais desesperados, até ambos estarmos arquejando de desejo. O prazer aumenta. Estou perto. Tão perto.

Quando ele diminui a distância entre nós e circula com os dedos o local que mais quero que ele toque, chego lá. Várias estocadas depois, Perry me acompanha e nós dois caímos exaustos, satisfeitos e suados.

— Sabe — falo entre suspiros pesados. — Acho que eu que sou a sortuda aqui.

— Ah, é? Por quê? — Ele também está sem fôlego. Com o braço por cima da cabeça e os olhos quase fechados, o cabelo despenteado por culpa de meus dedos... Este é meu Perry favorito. Perfeitamente feliz, desarmado, autenticamente ele mesmo. Acho que nunca vi nada tão lindo.

Rolando até ficar de lado para encará-lo, apoio-me com um braço. O anel de esmeralda cintila com a luz trêmula das velas, arrepiando minha coluna. Se eu tivesse escolhido, não poderia ser mais perfeito do que já é. Sorrindo, acaricio o peito dele com a ponta dos dedos.

— Porque vou passar o restante da minha vida com *você*.

Virando minha mão, ele beija a palma aberta.

— E que vida vai ser.

Que vida, realmente. Aninhando-me em seu peito nu, fecho os olhos. Ele beija minha testa e eu suspiro.

Perry é meu destino, meu para sempre.

Ele é meu sonho tornado realidade.

Agradecimentos

Depois daquele sonho começou, literalmente, como um sonho, e me sinto muito afortunada por todo o amor e apoio que recebi de tantas pessoas, sem as quais este livro nunca teria sido feito.

Um grande obrigada à minha agente, Jess Watterson, por me incentivar em todas as etapas, mesmo quando o caminho (pandemia) era difícil. Você torna sonhos realidade e é a guru de minha jornada literária. Sou muito grata de tê-la ao meu lado (#melhoragentedomundo).

À minha editora incrivelmente talentosa, Molly Gregory: trabalhar com você é uma honra e um sonho. Esta história nunca teria sido finalizada como foi sem seus comentários inteligentes, a ajuda para brainstorm e o apoio — obrigada. Também agradeço de verdade à equipe inteira da Gallery Books pelo apoio: Jen Bergstrom, editora-responsável; Jen Long, editora-adjunta; Sally Marvin, diretora de marketing e publicidade; Lucy Nalen, publicitária; Mackenzie Hickey, especialista de marketing; Caroline Pallota, editora administrativa; Christine Masters, editora de produção; Faren Bachelis, revisora; Lisa Litwack, diretora de arte; e Aimée Bell, diretora editorial.

À Headline Eternal, que publicou o livro no Reino Unido, e minha editora, Kate Byrne: obrigada, mais uma vez, por levar minhas palavras a leitores do outro lado do Atlântico! Estou empolgada e extremamente grata.

Para qualquer pessoa que tenha sofrido um aborto e sentiu a necessidade de falar sobre o assunto: do fundo do meu coração, obrigada. A perda de gravidez de *Depois daquele sonho* foi baseada em meu próprio aborto espontâneo, que aconteceu alguns anos atrás, e eu nunca teria tido coragem de revisitar a experiência e refletir sobre ela nas páginas de um livro se não fosse por todos os seres humanos corajosos que escolheram compartilhar suas histórias. (P.S.: Se você está lendo isto, e faz parte da estatística de uma a cada quatro mulheres que perderam a gravidez e experimentaram o trauma complicado que vem com ela, saiba, por favor, que eu te vejo, sinto muito por você e me importo. Existe apoio. Você não está sozinha.)

Muito amor e gratidão a Karen Cullinane, Erinn Ervin e Katy Holloway por torcerem por mim todos os dias em nosso grupo. Vocês são minhas luvas de boxe, minhas taças de vinho depois de um longo dia de trabalho e minhas almofadas macias cada vez que caio. Amo vocês.

Obrigada, Megan Keck, pelas chamadas de vídeo no auge da pandemia para conversar sobre restaurantes e a indústria de serviços. Apesar de a história ter acabado se afastando dessa ideia em particular, sou grata por sua boa vontade na hora de me deixar entrar no seu cérebro — e por poder chamá-la de amiga.

À Amanda Uhl, obrigada por ler as primeiras versões dos capítulos de *Depois daquele sonho* e me deixar ter ideias com você. E obrigada à minha grande amiga Lindsey Davis por me acompanhar em um pequeno retiro de escritores em Ohio, e por sua amizade há tantos anos (e por sua eterna boa vontade de comiseração a respeito dos quebra-molas da vida). Amigas de Cleveland para sempre!

Obrigada à minha equipe de leitoras entusiasmadas, as "Shippers", por seu tempo, energia e apoio contínuo. Eu adoro vocês e as aprecio muito!

Obrigada à doce Gracie da floricultura Flower Shoppe em Strongsville, por servir como leve inspiração para O Coronel — manchas de pólen de lírio e tudo mais! E obrigada a Mike Dunn por me convidar à sua festa do Dia de Independência no lago, tantos anos atrás! Foi divertido usar minhas memórias para o cenário da festa no lago de *Depois daquele sonho* (mas não para a companhia, já que você e seus amigos são simplesmente incríveis e um arraso — não havia nenhum Roger Szymanski por lá).

Aos ex-alunos da Universidade Wellesley College em tudo que é lugar: sinto-me incrivelmente sortuda de fazer parte de uma comunidade tão empoderadora. Graças a vocês, eu acredito que *posso*.

Gratidão à cidade de Cleveland, e a todos que estão se empenhando tanto para melhorar e reforçar comunidades no nordeste de Ohio. A determinação, o coração e a tenacidade desta cidade, e das pessoas que a consideram um lar, me inspiram de modo muito profundo. Não consigo imaginar ter escrito *Depois daquele sonho* e a jornada de Cass em nenhum outro lugar.

Enfim, à minha família — meu alicerce de apoio —, eu não poderia ter escrito este livro sem vocês!

Obrigada à minha mãe, Sandy, por sempre acreditar em mim e me incentivar a sair de minha zona de conforto e a *correr atrás*. Tenho sorte de ter sido criada por uma mãe solteira tão forte e trabalhadora (e uma mulher incrível demais, além disso!). Obrigada por ser minha apoiadora número um nesta montanha-russa!

Aos melhores sogros do mundo e meus especialistas em Cleveland: sempre posso contar com vocês para receber uma palavra encorajadora ou opiniões sábias sobre a vida. Obrigada por me fazerem sentir como a filha que nunca tiveram.

Ao meu padrasto, Don: obrigada por seu amor e apoio inabaláveis. Sua presença é um cobertor cálido em um mundo caótico. Eu te adoro.

Obrigada, vó, por seu apoio firme como o de uma rocha, e o amor de uma vida toda. Somos almas gêmeas, você e eu, e acredito que, se tivéssemos nascido ao mesmo tempo, teríamos sido como Brie e Cass, nos metendo em incontáveis aventuras juntas. Amo você.

Ao meu filho, Cooper, também conhecido como a luz de minha vida e o carinha mais engraçado que já conheci: ser sua mãe é a maior aventura de todas, e você me faz sorrir todos os dias. Obrigada por encher meu coração e me motivar a ser a melhor pessoa que posso ser.

Ao meu marido, Jimmy: sabe como sou sortuda de tê-lo como companheiro? Obrigada por lavar a roupa… e a louça… e fazer as compras… e a cama, faxina, organização, passear com o cachorro e, basicamente, fazer muito mais do que precisa na casa quando chegou a hora da verdade com este manuscrito. *Depois daquele sonho* nunca teria acontecido se não fosse por você fazer tudo isso e oferecer seu apoio incondicional. Eu te amo.

Obrigada aos livreiros, resenhistas, blogueiros, bookstagrammers, bookTokers, bibliotecários, educadores e todos aqueles que compartilham o amor pela leitura e incentivam os outros a lerem. Sou eternamente grata a vocês!

E, por fim, a todos os leitores por aí que deram uma chance a *Depois daquele sonho*: obrigada, obrigada, obrigada! Vocês significam tudo para mim, de verdade. É um privilégio compartilhar esta história com vocês e espero, de verdade, que tenham gostado. Obrigada pela leitura!

Leia também...

    Se Darcy Barrett não tivesse conhecido o homem dos seus sonhos quando tinha oito anos, o restante da população masculina não seria tão decepcionante. Ninguém está à altura de Tom Valeska, cujo único defeito é que o irmão gêmeo de Darcy, Jamie, o viu primeiro e o reivindicou para sempre como seu melhor amigo. Apesar de todos os esforços de Darcy, Tom está fora dos limites e é 99% leal a Jamie — 1% teve de ser suficiente para ela.

    Quando os irmãos herdam a casa de campo caindo aos pedaços de sua avó, recebem também instruções estritas para reformá-la e vendê-la. Darcy planeja estar em um avião, sobrevoando o oceano, assim que as reformas se iniciarem; mas, antes que possa fugir, ela encontra um rosto familiar na varanda: Tom, restaurador de casas extraordinário, chegou e está solteiro pela primeira vez em quase uma década.

    De repente, Darcy cogita ficar por ali para garantir que seu irmão gêmeo não estrague a magia inerente da casa de campo. Ela definitivamente não decidiu ficar ali só por causa das camisetas justas do restaurador ou por causa daquele rosto perfeito que a inspira a pegar sua câmera outra vez. Em pouco tempo, há faíscas voando — e não é por causa da fiação avariada. Talvez 1% do coração de Tom não seja mais suficiente para Darcy. Desta vez, ela está determinada a fazer de Tom Valeska 99% dela, e ele nunca conseguiu recusar algo a ela até hoje…

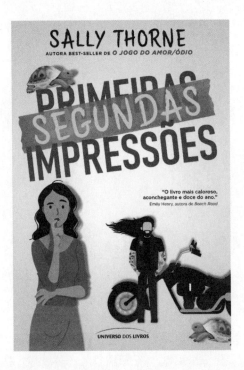

Ruthie Midona trabalha em um condomínio para idosos há seis anos. Se ela conseguir tomar conta do lugar durante a ausência de sua chefe à beira da aposentadoria, pode se tornar a nova gerente. Esse é basicamente seu plano de vida e, depois de tudo isso, quem sabe ela possa encontrar um cara legal. Tudo o que precisa fazer é se manter séria — e isso é o que ela faz de melhor. Até que, um dia, alguém deslumbrante aparece.

Teddy Prescott passou os últimos anos frequentando festas, dormindo até tarde, se tatuando quando entediado e, no geral, evitando responsabilidades — algo que seu pai, o incorporador imobiliário que acaba de adquirir o condomínio, não consegue entender. Quando Teddy precisa de um lugar para ficar, seu pai aproveita a chance para estimular o crescimento do filho: Teddy pode ficar em um dos chalés do condomínio, desde que trabalhe.

Ruthie sabe exatamente como esse menino rico, doce e egoísta pode garantir a estada dele — e ao mesmo tempo se ver livre de sua presença em menos de uma semana. Mas Teddy está disposto a surpreendê-la, mostrando a Ruthie que há mais na vida além de trabalho... Será que Teddy pode ser mais do que simplesmente uma bela e indesejada distração?